# 미켈란젤로의 복수

**Sixtinische Verschwörung**
by Philipp Vandenberg

All rights reserved by the proprietor throughout the world
in the case of brief quotations embodied in critical articles or reviews.

Korean Translation Copyright ⓒ 2000 by Hangilsa Publishing Co., Seoul
Copyright ⓒ by Gustav Lübbe Verlag, Bergisch Gladbach

This Korean edition was published by arrangement with
Gustav Lübbe Verlag, Bergisch Gladbach through Bestun Korea Agency Co, Seoul.

이 책의 한국어판 저작권은 베스툰 코리아 에이전시를 통해
저작권자와의 독점계약으로 한길사에 있습니다. 저작권법에 의해
한국 내에서 보호를 받는 저작물이므로 무단전재와 무단복제를 금합니다.

반덴베르크 역사스페셜

# 미켈란젤로의 복수
### 시스티나 천장화의 비밀

안인희 옮김

한길사

차 례

7 이야기하려는 열망

19 예레미야서

    21 글자가 나타나다
    62 미켈란젤로의 부활
    69 의문의 소포
    79 비밀회의
    100 추방
    106 은밀한 게임
    114 밀담
    123 침묵하라
    133 누가 그를 보냈는가
    140 불신
    155 어둠 속의 발소리
    170 죽음의 그림자
    182 의심은 의심을 부른다
    191 먼 곳의 절망
    196 아는 자와 모르는 자
    206 저주받은 이름
    214 사라진 부스타

221 피렌체 사람의 분노

229 누가 적인가

235 성벽 너머의 눈길들

240 예언자들

257 바티칸의 그림자

264 야심가들

269 멈출 것인가, 전진할 것인가

276 감추려는 자와 찾으려는 자

280 사라지는 문서들

292 영원한 비밀은 없다

295 가까이 가다

301 고리가 이어지다

307 성모여, 굽어살피소서

322 오래된 상처

327 후퇴

334 암살자들

342 다 이루었도다

351 **침묵하는 죄**

359 옮긴이의 말

일러두기

- 성경구절은 1977년 대한성서공회에서 발행한 『공동번역 성서』에서 주로 인용하였다.
- 시스티나 예배당의 프레스코 그림들 : 미켈란젤로의 천장화 「천지창조」는 율리우스 2세 시절인 1508년부터 1512년까지 작업한 것이며, 1989년에 복원이 완료되었다. 또한 서쪽 벽면 전체에 그린 「최후의 심판」은 바오로 3세 시절인 1534년부터 1541년까지 작업한 것으로 1994년에 복원이 완료되었다. 이곳에는 또한 페루지노, 핀투리키오, 보티첼리, 기를란다요, 로셀리, 시뇨렐리 등의 프레스코 그림들이 있다.
- 예배당(chapel) : 일반적인 성당이나 대성당과는 성격이 다르다. 보통 궁전이나 성에 부속된 가족용 혹은 개인용 예배당을 가리킨다. 시스티나 예배당은 바티칸 궁전에 부속된 교황의 개인 예배당이며, 바티칸 시국(市國)의 공식 예배당은 성 베드로 성당이다.
- 날짜 상징 : 소설 속에서 이야기를 들려주는 예레미야는 가톨릭 수사로서 주일과 교회의 축일(祝日)에 따라서 사건의 날짜들을 기억창고에 보관하고 있다. 그래서 이야기는 그의 기억 속의 날짜에 따라 보고된다. 이야기 속의 사건은 기독교의 가장 중요한 축제일인 주현절에 시작해서 부활절에 종료된다. 주현절에서 부활절까지의 기간은 예수 그리스도의 행적과 관련하여 『신약성서』에 기초한 기독교의 가장 중요한 축일이자 상징인 셈인데, 이 소설에서 반기독교 사상이 기독교 축제일의 순서에 따라 모습을 드러내는 것으로 설정되어 있다.
- 라틴어 : 사건의 주요 배경이 되는 바티칸 시국(市國)에서 사제들 사이에 일상적으로 통용되는 라틴어가 원문에 그대로 실려 있는 경우가 많다.

# 이야기하려는 열망

지금 이 글을 쓰면서, 이 이야기를 모두 해도 될지 심한 의혹에 사로잡혀 있다. 지금까지 그것을 알았던 사람들이 자기만의 비밀로 간직했듯이 나도 차라리 혼자 마음속으로만 간직하는 것이 낫지 않을까 하는 생각이 들기 때문이다. 하지만 침묵은 가장 잔인한 거짓말이 아니던가? 그리고 오류조차도 진실을 이해하는 데 도움을 주지 않던가? 참된 기독교도에게도 일평생 감추어져 있고 결국은 믿음의 증언에 이르고야 마는 저 지식을 감당할 길이 없는 채로, 나는 오랫동안이나 이야기할 것인가 말 것인가 생각하고 또 생각했다. 그러다 차츰 이야기를 하고 싶다는 열망이 우세해졌다. 나 또한 아주 특이한 상황에서 이 이야기를 들었던 것이다.

나는 수도원을 좋아한다. 바깥 세상과 격리된 수도원, 설명하기 힘든 어떤 열망이 나를 이끌어 세상에서 가장 아름다운 곳에 자리잡고 있는 이곳 저곳의 수도원들로 데려가곤 한다. 그곳에서는 시간이 정지된 듯이 보인다. 이쪽 저쪽으로 수없이 뻗어나간 건물들 속을 흐르는 병적인 냄새도 좋다. 영원히 혼잣말을 주절거리는 2절판 대형 서적들의 냄새와, 축축하게 청소된 복도의 냄새와, 짧은 순간 스쳐가는 성스러운 훈향 냄새가 뒤섞인 수도원의 냄새가 마냥 좋다. 그러나 무엇보다도 나는 수도원의 정원을 좋아한다. 정원은 대개 일반인의 눈에 띄지 않게 조심스럽게 감추어져 있다. 어째서인지는 모르겠지만 이렇게 감추어진 정원들이 바로 에덴 동산의 모습을 보여주는 것 같다.

이렇게 말하면 남방의 하늘만이 베풀 수 있는 어느 햇빛 찬란한 가을날, 내가 저 베네딕트 수도원의 에덴 동산 속으로 몰래 숨어들어간 이유가 설명될 것이다. 수도원 교회와 지하 납골당과 도서관 안내를 받은 다음, 슬그머니 일행에서 빠져나온 나는 작은 쪽문으로 이어진 길을 발견했다. 문 저편에는 베네딕트 성인의 계획에 따라 만들어진 수도원 정원이 있을 것이란 짐작이 들었다.

정원은 특별히 작았다. 수도원의 크기에 비해 예상보다 훨씬 작았다. 그래서 서쪽으로 많이 기운 태양이 사각형의 낙원을 비스듬히 가로질러 비추면서 찬란하게 햇빛을 받은 부분과 깊은 그늘 속에 잠긴 부분을 뚜렷하게 갈라놓고 있는 것이 더욱 강렬하게 느껴졌다. 건물 내부를 지배하는 숨막히는 냉기를 줄곧 느끼던 참이라 햇빛의 온기가 무척 기분 좋았다. 늦여름에 피는 플록스와 달리아들이 무거운 꽃대를 받치면서 제 철을 즐기고, 붓꽃, 글라디올러스, 루핀들이 꼿꼿한 모습을 자랑하고, 판자로 칸을 막아놓은 좁다란 꽃밭에는 각종 양념식물들이 제멋대로 뒤엉켜 있었다.

이 수도원 정원은 공원처럼 꾸며진 다른 베네딕트 수도원의 정원들과는 전혀 비슷하지도 않았다. 베네딕트 수도원 정원들은 둘레에 있는 여러 건물의 측면부가 만들어내는 커다란 방진(方陣)에 둘러싸이고, 정원을 네모로 감싸고 도는 회랑의 도움을 받아서 파리 근교의 베르사유 궁전이나 빈 근교의 쉰브룬 궁전 정원과도 겨룰 만한 위풍을 자랑하는 것이 보통이다. 그러나 지금 이곳의 정원은 수도원 남쪽 경사지로 난 테라스에 추가로 덧붙여 만들어진 것으로, 이 지역에서 생산되는 응회암으로 된 높은 담으로 막혀 있었다. 남쪽을 향한 전망이 열려 있어서 날씨가 좋은 날이면 먼 지평선에 알프스 산맥의 연봉들이 보였다.

정원 한쪽에 양념용 식물들이 자라고 있는데, 그곳에 삐죽이 나온 쇠 대롱에서 물이 졸졸 흘러나와 커다란 돌 물통으로 떨어져내렸다. 그 옆에는 다 부서져가는 정자라기보다는 차라리 널빤지 집이 서 있었다. 여러 명의 건축가들이 달라붙어 상당히 서툰 솜씨로 지어놓은 집이었다. 비를 피하기 위해 타르 칠을 한 판지(板紙) 지붕으로 사방을 꼭 막아놓아서 비스듬하게 만들어진 낡은 창문을 통해서만 빛이 들었다. 전체 모습이 특이하게 명랑한 분위기를 만들어냈다. 아마도 우리가 어린 시절 야외에 얼기설기 맞추어 지은 판잣집을 연상시키는 건축방식 때문이리라.

그늘 속에서 갑자기 한 음성이 울려왔다.

"나를 어떻게 찾아냈느냐, 아들아?"

나는 깜짝 놀라서 어둠 속의 방향을 좀더 잘 가늠하려고 손으로 햇빛을 가렸다. 그러고 나서 보게 된 풍경에 나는 한동안 마비되고 말았다. 예언자처럼 새하얀 수염을 매단 수도사 한 사람이 꼿꼿한 자세로 휠체어에 앉아 있었다. 그는 전체적으로 연한 잿빛을 띠고 있어서 그가 입고 있는 베네딕트 수도복의 고귀한 검은 빛과 대조를 이루었다. 뚫어질 듯이 나를 바라보는 동안에도 내게서 눈을 떼지 않고 머리를 이리저리 흔드는 모습이 마치 목재로 만들어진 인형 같았다.

나는 그의 질문을 아주 잘 이해했는데도 시간을 벌 셈으로 다시 물어보았다.

"무슨 말씀이십니까?"

"나를 어떻게 찾아냈느냐, 아들아?"

이상한 수도사는 계속해서 머리를 이리저리 흔들면서 질문하였다. 그의 눈길 속에서 공허의 표현을 보는 것 같은 느낌이 들었다.

나는 퉁명스럽게 대답했다. 그럴 수밖에 없는 것이, 이 이상한 만남과 이상한 질문에 당황하고 있었기 때문이다.

"댁을 찾았던 게 아닙니다. 수도원을 구경하는 길에 정원을 한번 보고 싶었던 것뿐이에요. 실례하겠습니다."

머리를 까딱 하고 작별인사를 하려는데 갑자기 노인이 그때까지 아무런 움직임도 없이 휠체어 손잡이에 걸쳐 있던 두 팔로 바퀴를 세게 굴려서 투석기에서 날아오기라도 하는 것처럼 내 쪽으로 달려들었다. 노인은 곰처럼 힘이 센 것 같았다. 달려들 때와 똑같이 빠른 속도로 갑작스럽게 휠체어를 멈추었다. 내게 아주 가까이 다가온 그는 이제 햇빛 속에 모습을 드러냈다. 그제야 나는 텁수룩한 머리카락과 수염 사이로 길고 창백하고, 처음에 생각했던 것보다 훨씬 젊은 얼굴을 제대로 볼 수가 있었다. 이 만남이 점점 불안해지기 시작했다.

"예언자 예레미야를 아시오?"

수도사가 갑자기 물었다. 나는 한동안 망설이면서 그냥 도망쳐 버릴까 생각했다. 그러나 찌를 듯한 눈빛과 이 남자에게서 풍겨 나오는 이상한 품위가 나를 붙들었다.

"네, 예언자 예레미야를 압니다. 이사야, 바룩, 에제키엘, 다니엘, 아모스, 즈가리야, 말라기도 압니다."

나는 수도원의 기숙학교 시절 이후로 기억에 남아 있는 이름들을 주워섬겼다.

내 대답이 수도사를 당황하게 만들었다. 아니면 그를 기쁘게 만들었다. 갑자기 그의 얼굴에서 엄숙함이 사라지고 인형 같은 동작도 없어졌다.

"그때가 오면 사람들은 유다 왕들의 뼈, 고관들의 뼈, 사제들의 뼈, 예언자들의 뼈, 예루살렘 주민들의 뼈를 무덤에서 파헤쳐, 해와 달과 하늘의 모든 별 아래 드러나게 하리라. 그렇게도 좋아서 섬기고 찾아다니며 물어보고 예배드리다가 그 아래 드러나고 말리라. 그 뼈들을 거두어 다시 묻어주는 사람조차 없어 쓰레기처럼 땅에 굴러다닐 것이다. 이 악한 족속 가운데서 살아남은 것들도 내가 사방으로 쫓아보내리니, 가는 곳곳에서 '이렇게 사느니 차라리 죽어버리자'고 하게 되리라."

나는 묻는 듯이 수도사를 바라보았다. 그는 나의 눈길을 이해하고 말했다.

"「예레미야」 8장 1절에서 3절."

나는 고개를 끄덕였다.

그는 고개를 쳐들어서 흰 수염이 거의 수평이 되게 만들더니 수염 아랫부분을 손등으로 부드럽게 쓰다듬었다. 그러면서 말했다.

"내가 예레미야요."

그 어조에는 수도사의 미덕이라고는 할 수 없는 허영의 울림이 섞여 있었다.

"모두들 나를 예레미야 형제라고 불러요. 하지만 그건 이야기가 길지."

"베네딕트 소속이십니까?"

그는 부정의 손짓을 해보였다.

"사람들이 나를 이곳에 처넣었다오. 내가 여기선 해를 끼칠 수 없을 거라고 생각했기 때문이지. 그래서 나는 '성 베네딕트회 규정'(Ordo Sancti Benedicti)에 따라서 세속의 욕망과는 무관하게 이단자로서 무가치하게 살고 있다오. 할 수만 있다면 도망을 칠 테지만."

"이 수도원에 계신 지는 오래지 않은가 보지요?"

"몇 주 아니면 몇 달 됐소. 아니면 벌써 몇 년이 흘렀든가. 그런 게 다 무슨 소용인가!"

예레미야 수사의 탄식이 내 관심을 자극하기 시작했다. 그래서 아주 조심스럽게 그의 이전의 삶에 대해서 물었다.

수수께끼 수도사는 대답이 없었다. 턱을 가슴에 떨구고 마비된 자신의 무릎만 내려다보았다. 나는 질문이 지나쳤다고 느꼈다. 그러나 내가 실례했다는 말을 내놓기도 전에 예레미야는 말을 시작했다.

"내 아들이여, 미켈란젤로에 대해서 무엇을 아시오……?"

그는 나를 쳐다보지도 않고 자주 끊기면서 이야기를 이어나갔다. 말을 내뱉기 전에 한마디 한마디를 깊이 생각하는 것을 볼 수 있었다. 그런데도 그의 말은 혼란스럽고 맥락이 없었다. 나는 개별적인 말들을 일일이 기억하지 못한다. 특히 그가 끊임없이 이야기를 복잡하게 만들고 수정하고 문장을 새로 시작하곤 했기 때문에 더 그랬다. 어쨌든 내 기억에 남은 것은 바티칸의 성벽 안에서는 신앙심 깊은 기독교도가 전혀 예상치도 못한 일들이 일어난다는 것, 그리고—이 점이 나를 놀라게 했지만—교회가 '순결한 창녀'(casta meretrix)라는 사실이었다.

이야기중에 그는 전문용어들을 사용했고, 논쟁신학, 도덕신학, 도그마 등의 말들에 깊이 탐닉해 있어서 예레미야 형제가 맑은 정신이 아닐지도 모른다는 나의 의심은 생길 때보다 더 빠른 속도로 사라졌다. 그는 종교회의의 이름들과 연도들을 말하고, 개별 종교회의, 총회 종교회의, 지역 종교회의를 구분하고, 감독제도의 장점과 단점을 말했다. 그러다가 갑자기 말을 멈추더니 물었다.

"당신도 내가 미쳤다고 생각하시오?"

그렇다, 그는 '당신도'라고 말해서 나를 놀라게 했다. 예레미야 형제는 정신착란을 일으킨 사람으로, 부담스러운 이단자로 여겨져서 이 수도원에 격리되어 있는 것이 분명했다. 내가 무어라고 대답했는지 기억나지 않는다. 어쨌든 이 사람에 대한 관심이 점점 더 커졌던 것만이 기억에 남아 있다. 나는 처음 질문으로 돌아가서 그가 어떻게 해서 이 수도원에 오게 되었는지 이야기해 달라고 청했다. 그러나 예레미야는 얼굴을 태양 쪽으로 향한 채 눈을 감고 침묵했다.

그를 바라보고 있는 동안 그의 수염이 떨리기 시작한 것을 보았다. 작은 움직임이 점점 더 격렬해지더니 갑자기 수도사의 상체 전부가 경련을 일으켰다. 그의 입술은 열에 들뜬 것처럼 덜덜 떨렸다. 이 남자의 닫힌 눈 앞에서 대체 어떤 무시무시한 사건들이 일어났더란 말인가?

　수도원 교회 종탑에서 종이 울리며 예배식에 오라고 불렀다. 예레미야 형제는 마치 꿈에서 깨어난 것처럼 윗몸을 꼿꼿하게 세우며 말했다.

　"우리가 만났다는 말을 아무에게도 하지 마시오. 그리고 이 오두막 속에 잠깐 숨어 있어요. 저녁예배가 시작되면 들키지 않고 수도원을 빠져나갈 수 있을 거요. 내일 같은 시간에 다시 와요! 나도 올 테니까!"

　나는 수도사의 지시대로 했다. 작은 판잣집에 몸을 숨기자마자 발걸음 소리가 다가왔다. 반쯤 막힌 창문을 통해서 베네딕트 수도사 한 사람이 예레미야의 휠체어를 밀어 교회로 끌고 가는 것을 볼 수 있었다. 두 사람은 서로 한마디도 하지 않았다. 마치 상대방을 알지 못하는 채로 한 사람은 그냥 기계적으로 제 할 일을 하고, 다른 사람은 무관심하게 그 일이 자기에게 일어나도록 내버려두는 것 같았다.

　얼마 뒤에 교회에서 그레고리안 찬가가 울려나오는 것이 들렸다. 나는 오두막을 나와서도, 정원을 둘러싼 건물의 어느 창가에 혹시 있을지 모르는 눈길에 들키지 않도록 오두막 그늘에 몸을 숨겼다. 무슨 일이 있어도 예레미야 형제를 다시 보고 싶었기 때문이다. 높은 흙벽에는 아래쪽을 향해 가파른 돌계단이 나 있었다. 출입을 막는 쇠문은 쉽게 넘을 수 있었다.

　이렇게 해서 나는 낙원과도 같은 수도원의 정원을 떠났다. 그리고 다음날 같은 방법으로 다시 그곳으로 갔다. 오래 기다리지 않아서 수도사 한 사람이 전날처럼 아무 말도 없이 예레미야의 휠체어를 정원으로 밀고 왔다.

예레미야 수사는 말을 돌리지 않고 곧바로 이야기를 시작했다.

"내가 여기 온 뒤로 아무도 이전의 내 삶에 대해 관심을 가진 사람이 없었지. 반대로 그것을 잊어버리게 만들고, 나를 바깥 세상과 차단하려고 그들은 있는 힘을 다했소. 그들은 내가 타락한 수도승이나 회교도 자객처럼 이성을 잃었다고 나를 설득하려 했다오. 나에 대한 진실이 이 수도원까지 전해지지도 않았을 게요. 내가 수천 번이나 맹세한다 해도 아무도 내 말을 믿지 않을 테지. 갈릴레이도 아마 이 비슷한 심정이었을 게요."

나는 그의 말을 믿는다고 단언하였다. 그는 누군가를 믿을 필요성이 절박해 보였다.

"그러나 내 이야기가 당신을 더 행복하게 만들지는 못할 거요."

예레미야 형제는 토를 달았다. 나는 잘 견딜 수 있을 거라고 장담했다. 그러자 고독한 수사는 이야기를 시작했다. 그는 조용하게 이야기했고, 자기 말에 거리를 두는 표현을 자주 썼다. 첫날 나는 어째서 그 자신이 이야기에 등장하지 않는지 의아하게 여겼다. 둘째 날 그가 중립적인 관찰자처럼 3인칭을 써서 이야기를 한다는 인상이 점차 뚜렷해졌다. 그렇다. 그가 상세히 이야기하는 등장인물들 중 하나가 바로 그 자신, 예레미야 형제일 것이 분명했다.

우리는 이 수도원의 낙원에서 5일간 연속해서 만났다. 우리는 거칠게 우거진 장미넝쿨 뒤에 숨었고, 때로는 부서진 오두막에도 숨었다. 예레미야는 이야기를 들려주고 이름과 사실들을 거명하였다. 그의 이야기가 때로는 몽상적으로 여겨지기도 했지만 나는 단 한 순간도 그 진실성을 의심하지 않았다. 이야기하는 동안 예레미야 형제는 나를 바라보는 일이 드물었다. 그의 눈길은 대개 상상 속의 먼 곳에 고정되어 있었다. 마치 그곳의 어떤 판을 읽어내려 가는 것 같았다.

나는 감히 그의 말을 중단시키지 못했다. 감히 질문도 하지 못했다. 그가 실마리를 놓칠까 두려웠기 때문이다. 나는 그의 이야기에 완전히 사로잡혀 있었다. 나는 또한 수도사의 말의 물줄기를 방해할까 두려워서 메모도 하지 못했다. 그러므로 다음의 이야기는 오직 기억에 따라 써내려간 것이다. 그러나 나는 예레미야 형제의 말을 거의 충실하게 옮겼다고 생각한다.

# 예레미야서

## 글자가 나타나다
주현절

교황청이 최신 과학의 지식에 따라 시스티나 예배당을 복원하기로 결정한 날이여, 저주가 있을지어다. 피렌체 사람(미켈란젤로)이여 저주를, 모든 예술이여 저주를, 이단의 사상을 이단자의 용기로 말하지 않고, 모든 광물 중에 가장 밉살스러운 석회반죽에 그려넣고, 아직 마르지 않은 신선한 반죽을(본 프레스코) 죄많은 색깔과 뒤섞어놓은 뻔뻔함이여, 저주를 받으라.

옐리넥 추기경은 도면들이 주렁주렁 붙은 구조물이 위에서부터 아래로 매달려 있는 높은 아치형 천장을 올려다보았다. 마침 아담이 창조주와 손길을 마주치고 있는 부분은 구조물에 가려지지 않아서 잘 보였다. 신의 강력한 오른손이 두렵기라도 한 것처럼 추기경의 얼굴 위로 불규칙한 간격을 두고 여러 번이나 특이한 경련이 스쳐 지나갔다. 천장에는 자비로운 하느님이 아니라 강하고, 아름답고, 근육질의 전사(戰士)와 같은 창조주가 붉은 옷을 두른 모습으로 아담에게 생명을 넣어주고 있었다. 말씀이 여기서 육체로 변했다.

예술적 감각을 가졌던 교황 율리우스 2세(재위 1503~1513)의 불행한 시절 이후로 어떤 교황도 부오나로티(미켈란젤로의 성, 1475~1564)의 방종한 그림을 보고 기쁨을 얻지 못했다. 이 예술가는 살아 있을 때 이미 기독교 신앙에 대해 의심하는 태도를 지녔으며, 그가 고대 그리스, 그리고 아마도 이상화된 로마 세계를 『구약성서』의 전통과 기묘하게 혼합해서 자기 사상의 그림들을 만들어냈다는 것은 공공연한 비밀이었다. 그런 일은 당시에는 죄악으로 여겨지고 있었다. 당시 교황은, 이 예술가가 선인이나 악인이 모두 최후 심판의 폭력 앞에서 벌벌 떨고 있는 무자비한 재판관의 모습이 그려진 이 프레스코화를 처음으로 보여주었을 때 기도하며 바닥으로 쓰러졌다고 전해진다.

그러나 이 경건함에서 회복되자 교황은 곧바로 낯설고 수수께끼 같고 벌거벗은 사람들이 그려진 이 그림을 두고 미켈란젤로와 격한 싸움을 벌였다. 꿰뚫어볼 수 없는 상징, 수없이 많은 암시들, 신플라톤주의적인 흔적들에 당황한 교황청은 이렇게 엄청나게 많은 사람들이 벌거벗은 것을 비난하고, 나아가 그것을 제거하라고 요구하는 수밖에는 달리 도리가 없었다. 누구보다도 교황의 의전관인 비아지오 다 체세나는 지옥의 판관 미노스의 모습이 자기를 그린 것이라고 생각하고 더욱 극성스럽게 굴었다. 다만 당시 로마의 가장 중요한 예술가들이 격렬한 항의를 하는 바람에 「최후의 심판」은 간신히 철거를 모면하였다.

조금씩 새는 물, 오랜 세월에 걸쳐 여러 번이나 되풀이된 덧칠, 촛불 그을음 등이 미켈란젤로가 그려놓은, 망아경에 잠긴 정신의 비상(飛翔)을 망가뜨리려고 위협하였다. 오, 그러나 차라리 곰팡이가 예언자들을 파먹고 그을음이 고대의 여자 예언자들을 삼켜버렸더라면……. 복원사업의 총책임자인 브루노 페드리치가 높이 매달린 구조물에서 작업을 시작하자마자, 그러니까 그가 조수들과 함께 탄소와 아교 성분을 오일과 뒤섞어 만든, 두터운 안료층을 벗기자마자 저 피렌체 사람의 유산이 모습을 드러냈다. 미켈란젤로가 마치 복수의 천사처럼 죽은 자 가운데서 벌떡 일어선 것 같았다.

예언자 요엘은 원래 두 손에 검은 빛의 양피지 문서를 들고 있었다. 비록 양피지 문서가 왼손과 오른손 사이 가운데서 앞쪽에서 뒤쪽으로 뒤틀려 있기는 했지만 문서의 앞면이나 뒷면 어느 쪽에도 문자가 씌어 있지는 않았다. 그러던 것이 나중에 덧칠한 것을 성공적으로 벗겨내자 두루마리 위에 뚜렷하게 'A'라는 글자가 나타난 것이다. 그리스 알파벳의 첫 글자와 끝 글자인 'A'와 'O'(알파와 오메가)는 초기 기독교 교회의 상징이다. 그러나 아직 축축한 석회반죽에 그려진 양피지 문서 부분을 복원 예술가들이 흰 바탕이 드러나기까지 씻어보아도 석회반죽은 알파벳 'O'를 보여주지 않았다. 그 대신 예언자 요엘 바로 옆에 자리잡은 여자 예언자 에리트레아가 독서대 위에 펼쳐놓은 책에서 또 다른 짧은 기호가 나타났다. 'I-F-A'라는 글자 배열이었다.

예상치 못한 문자의 출현은 일반에 공개되지 않은 채로 심각한 토론을 불러왔다. 안토니오 파바네토 교수가 이끄는 사서들과 바티칸 건축물 및 박물관 소속 미술사가들이 이 발견을 감정하고, 피렌체 대학교의 미켈란젤로 전문가인 리카르도 파렌티 교수가 로마로 달려왔다. 알파벳 'A-I-F'의 의미를 놓고 내부 토론을 거친 다음 국무장관 추기경인 줄리아노 카스코네는 이 발견이 기밀이라고 선언하였다.

파렌티 교수는 복원과정에서 다른 문자들이 더 발견될 가능성이 있으며, 그 비밀을 풀어보면 경우에 따라 교황청과 교회에 그다지 바람직하지 않은 결과가 나올 수도 있다는 사실을 맨 먼저 지적한 사람이었다. 미켈란젤로는 자기에게 일을 맡긴 여러 교황들 아래서 극심한 고통을 맛보았고, 자기만의 방식으로 복수할 것이라고 여러 번에 걸쳐 암시를 했기 때문이다.

이 피렌체 화가가 이단의 사상을 가졌다고 생각하는 것도 가능한가, 국무장관 추기경이 물었다.

미술사 교수는 이 질문에 대해 조심스럽게 긍정하였다.

이어서 국무장관 추기경 카스코네는 교리 문제를 담당한 성무장관 추기경 옐리넥을 이 문제에 끌어들였다. 옐리넥은 이 사건에 별다른 관심을 보이지 않고, 파바네토 교수가 이끄는 바티칸의 건물 및 박물관 위원회가 이 사건을 맡는 것이 좋겠다는 추천의 말을 했다. 이런 것을 사건이라고 본다면 말이지만. 어쨌든 성무청(예전에 종교재판을 담당한 기관—옮긴이)은 개입하지 않겠다는 의사를 비춘 것이다.

이듬해에 복원공사가 예언자 에제키엘 부분에 이르렀을 때, 교황청의 관심은 예루살렘의 멸망을 예언한 이 예언자가 왼손에 들고 있는 두루마리에 쏠렸다. 페드리치의 말에 따르면, 프레스코 천장화의 이 부분에 특별히 그을음이 많이 끼여 있으며, 그 부분을 어둡게 만들기 위해서 일부러 촛불을 갖다댄 것처럼 보인다는 것이다. 어쨌든 복원자의 스폰지 아래서 두 개의 문자가 다시 나타났다. 'L'과 'U'였다.

파바네토 교수는 에제키엘과 이웃한 페르시아 여예언자도 알파벳 비밀을 간직하고 있으리라는 추측을 말했다. 분명 근시안인 이 근육질의 노파는 붉은색 장정의 책을 눈앞에 바싹 갖다대고 읽고 있는데, 복원공사용 구조물에 올라가서 바라보면 덧칠 부분을 제거하기도 전에 벌써 알파벳 모양을 알아볼 수 있다는 것이다. 이 발견을 통해 누구보다도 불안해진 국무장관 추기경 카스코네는 이 여자 예언자의 책 부분의 덧칠을 먼저 벗겨보라고 명령했다. 그러자 추측이 사실이 되었고, 여기서 발견된 'B'가 이 알파벳 행렬에 합세하였다.

그러므로 이 줄의 마지막 인물인 예언자 예레미야도 어떤 문자 비밀을 폭로할 것이라는 짐작을 할 수밖에 없었고, 정말로 그의 옆에 놓인 두루마리는 'A'라는 글자를 보여주었다. 다른 예언자들과 달리 내면의 투쟁으로 고통받고 있는 예레미야, 이스라엘 민족이 절대로 변하지 않으리라고 공언했던 사람, 그리고 미켈란젤로가 자신의 절망한 얼굴을 그에게 그려주었던 이 인물은 어찌할 줄 모르고 체념한 채 조용한 모습으로 앉아 있다. 마치 이 알파벳 대열의 비밀스런 의미를 알고 있기라도 한 것처럼 말이다.

'A-I-F-A-L-U-B-A.'

국무장관 추기경 카스코네는 일반에 공표하기 전에 우선 이 문자의 의미부터 밝혀야 한다고 선언했다. 그는 설명할 길 없는 문자조합의 비밀이 즉각적으로 풀리지 않는다면 그것을 지우는 것이 낫겠다고 주장했다. 복원공사를 지휘하는 브루노 페드리치의 생각에 따르면, 기술적으로는 지우는 것이 가능하다고 했다. 미켈란젤로가 이미 완성된 프레스코 그림 위에 약간의 수정을 가해서 세코 방식으로 글자조합 부분들을 그렸기 때문이다(프레스코

방식에는 본 프레스코와 프레스코 세코가 있다. 본 프레스코가 진짜인데, 벽면의 최종 마감재인 석회반죽이 아직 마르기 전에 그림을 그려 넣어서 그림의 안료가 석회반죽과 섞여 함께 건조되면서 벽 표면을 이루게 된다. 그에 반해서 세코 방식은 완성된 석회 벽면을 물을 뿜어 적신 다음, 그 위에 부드럽게 그림을 그려넣는 방식이다. 세코는 중세와 르네상스 초기까지 주로 쓰인 프레스코 기법-옮긴이).

그러나 리카르도 파렌티 교수가 격렬하게 항의하였다. 그는 만일 문자들을 지울 경우 자문활동을 중단하고, 세계에서 가장 중요한 예술작품이 위조되고 시스티나 예배당에서 훼손되는 중이라는 사실을 즉시 여론에 알리겠다고 협박했다. 그러자 카스코네는 자신의 계획을 철회하고 이번에는 직권으로 옐리넥 추기경에게 교리 문제 성무장관으로서, 시스티나 문자 탐구를 위한 위원회를 만들고 정규 회의를 소집하여 결과를 논의하라고 명령했다. 동시에 이 사건은 기밀사안에서 1급 기밀사안으로 상향 조정되었다. 그에 따라 비밀엄수를 위반할 경우 공민권 상실이라는 중벌을 받게 되었다. 위원회 소집 날짜는 주현절(1월 6일) 이후 둘째 일요일 지난 월요일로 정해졌다.

옐리넥은 시스티나 예배당을 떠나 좁은 돌계단을 올라갔다. 그는 있는 힘을 다해 성직자 평복을 두 손으로 움켜잡았다. 이 의상은 그의 다른 의상들과 마찬가지로, 교황청 사람들과 교황의 옷을 만드는 산타 키아라 거리 34번지의 안니발레 감마렐리가 만든 것이었다. 그는 왼손으로 난간을 잡고서 같은 방향으로 계속 달렸다. 그의 흥분한 발걸음이 길고 텅 빈 복도를 통해서 울렸다.

복도는 대략 200걸음 길이인데, 중간에 지질학자 단티가 그린 프레스코 지도들을 지나치게 된다. 그것은 교회사에 등장하는 80군데 현장을 뽑은 것으로, 교황 그레고리우스 13세가 끝도 없이 긴 둥근 천장의 금세공들 사이에 그려 달라고 주문한 것이다. 복도 끝에는 문이 하나 있었다. 열쇠구멍도 손잡이도 없이 '바람의 탑'에 이르는 길을 아예 넘어갈 수 없도록 가로막고 있는 문이었다. 추기경은 노크를 하고 나서, 문을 여는 사람이 한참이나 걸어와야 한다는 것을 알고 있기에 움직이지 않고 기다렸다.

이 탑이 어째서 '바람의 탑'이란 이름을 얻게 되었는지는 잘 알려진 일이다. 그레고리우스력(曆)의 개혁은 교황이 해와 달과 별을 관측하기 위해 이곳 다락층에 천문대를 설치하면서 시작되었다. 변덕스러운 바람의 유희도 그의 눈길을 벗어날 수가 없었다. 풍신기에 연결된 커다란 바늘이 천장에서 언제나 기류가 흐르는 방향을 가리키고 있었기 때문이다. 벌써 오래전에 이 관측 기구는 사라져버렸다. 하지만 그 기구 덕분에 그레고리우스 교황 즉위 10년째이던 주후 1582년에 서양 세계는 열흘이라는 시간을 빼앗겼다. 그러니까 10월 4일에 이어서 10월 15일이 되었던 것이다. 그리고 그 이후로는 100으로 떨어지는 해들 중에서는 100단위 이상의 숫자들이 다시 4로 나누어지는 해만 윤년으로 삼으라는 헷갈리는 규칙이 공표되었다.

'이대로 하라. 교황 그레고리우스 13세.' (Fiat, Gregorius papa tridecimus)

당시의 흔적들 중에서 남은 것이라고는 햇빛을 받아 빛나는 12동물궁을 묘사한 바닥 모자이크뿐이다. 태양은 벽에 한 줄기 광선을 던져서 벽에 그려진 프레스코 그림들과, 바람에 펄럭이는 의상을 입고 바람에게 명령을 내리는 신들의 모습을 비쳐주었다.

 금기와 비밀이 아주 오랜 옛날부터 이 잃어버린 시절의 탑을 둘러쌌다. 그러나 그것은 이곳에 그려져 있는 이방의 신들이나 처녀, 황소, 물의 정령 탓이 아니며, 이 강력한 벽 안에 조명이 없다는 사실 때문도 아니었다. 이곳에서는 산더미 같은 서류들을 신비의 아우라가 둘러싸고 있다. 세부 항목으로 갈라지고 주제별, 역사순으로 분류되어서 수백 년 먼지 속에 잠자고 있는 문서들이 빼곡하게 들어찬 벽면들은 대체 얼마나 많은 분류항목들을 간직하고 있는지 아무도 알지 못한다. 이곳은 바로 바티칸 비밀문서고였다.

 시간이 흐르면서 교황 비밀문서고의 끝도 없는 미로 안에 삼켜진 서류와 양피지들은 탑 속에서 화산의 용암처럼 넓게 퍼졌다. 수백 년 동안 현재의 문서가 과거의 문서를 뒤덮고, 그러다가 현재의 문서도 과거사가 되어 또다시 새로운 현재에 뒤덮이곤 하였다. 사서들은 교황들의 뜻에 따라서 오로지 후계 교황들에게만 공개될 수 있는 특별문서들을 탑 속에 쌓아올렸다. '제한구역', 그곳은 비밀서고 안에서도 또다시 더욱 은밀히 밀폐된 부분이었다.

 문 저편에서 발소리가 울리는 것을 듣고 추기경은 한 번 더 문을 두드렸다. 곧이어 안에서 열쇠가 꽂히더니 무거운 문이 소리 없이 열렸다. 안에서는 이미 추기경이 문을 두드릴 시간이나 아니면 그가 들어가기를 원하는 시간을 알고 있었던 듯하다. 문을 연 사람은 늦은 시간의 방문객에게 아무런 질문도 하지 않았기 때문이다. 그는 문틈으로 한번 내다보지도 않고 추기경의 소리를 정확하게 알아들었다. 문서고 책임자는 아우구스티누스라는 이름의 오라토리오회 수사로, 나이 들고 경험 많은 사람이었다. 부관장 한 사람과 세 명의 사서, 그리고 네 명의 서기를 거느리고 있었는데, 그들은 직급은 달라도 하는 일은 모두 같았다. 아우구스티누스에 대해서는, 그가 양피지 문서와 서류함(부스타)이 없이는—편지와 문서들이 보관된 정리함은 부스타(Busta)라고 불렸다—살 수가 없다는 소문이 있었다. 문서들 사이에서 잠을 자고, 아마 문서들을 덮고 잘 것이라는 소문이었다.

통상적으로 사람들은 앞문으로 들어오게 되는데, 그곳 책상 앞에는 관장이나 서기 한 사람이 지키고 앉아 있다. 여기 앉아 있는 사람은 누구나 똑같은 자세를 취했다. 검은 수도복 소매 속에 두 손을 감추고 앞쪽에 방문 기록부를 펼쳐놓고 있는 것이다. 방문객은 출입허가증의 규정에 따라 이 기록부에 이름을 적어야 한다. 허가증은 방문객에게 어떤 서가에 접근이 허락되어 있는지를 알려준다. 대다수의 서가들에는 접근이 허용되지 않으며, 이곳을 관리하는 사람은 문서고에서 연구하는 사람이—일주일에 두세 명, 그 이상일 경우는 드물다—어두운 서가에서 보낸 시간을 시각과 분까지 정확하게 기재하는 것을 절대로 잊는 법이 없다.

추기경은 책상 앞을 지나면서 "예수 그리스도를 찬양"(laudetur Jesus Christus)이라는 말처럼 들리는 소리를 중얼거리고 관장을 그대로 지나쳐갔다. 그는 기록부에 이름 적기를 거부했다. 오른편의 '색인방'이라는, 많은 것을 약속해 주는 방에는 묶인 책들, 색인들, 개요, 문서고의 재고목록이 들어 있는데, 그것들을 모르고는 이곳에 쌓인 서류들이 마치 신비로운 「요한 묵시록」처럼 혼란스러워서 전혀 꿰뚫어볼 길이 없다.

　이곳의 사서와 서기들이 비밀의 방들과 서가들을 편안하게 공개해도 실은 괜찮을 것이다. 그 누구도, 가장 부지런한 학자라고 해도 수킬로미터에 달하는 이 퇴적물에서 단 하나의 비밀도 캐내지 못할 것이다. 문자와 숫자로 암호표시가 된 모든 항목들은 그 내용에 대해서 아무런 암시도 해주지 않는다. 개별 목록들을 사용하는 법에 대해서만도 서가의 벽을 여러 개나 가득 채울 만큼 많은 학술논문들이 씌어졌다. 그리고 바람의 탑 맨 위층에 9,000개의 부스타들이 들어 있는데, 이들 대부분이 아직 열리지도 않았다. 두 명의 서기들이 개별 항목을 분류해서 문서고에 정리하는 데만 대략 180년 정도가 걸리기 때문이다.

　그러니까 이곳에 어떤 문서의 이름만 가지고 들어가서 곧바로 그것을 찾아낼 수 있으리라 생각하면 오산이다. 수백 년이 흐르면서, 특히 교회분열 이후로 전체 재고품을 새로 분류하려는 시도가 수없이 되풀이되었지만 실패로 돌아갔다. 그 결과 많은 부스타들은 꼬리표를 여러 개씩 달게 되었다. '교황청에 대해서, 허용될 수 있는 자유에 대해서, 여러 형식들에 대해서, 지식에 대해서, 완전사면들에 대해서' 등등의 꼬리표들이었다. 중세 교황 시대에 흔히 통용되었던 일이지만 서류들을 눕혀서 보관했을 경우(따라서 분류표는 맨 밑바닥에 놓이게 된다) 또는 숫자꼬리표나 'Bonif. IX 1392 Anno 3 Lib. 28'처럼 문자와 숫자체계가 결합된 경우에만 그나마 읽을 수가 있다.

　이 경우에는 18세기 중간에 활동했던 주세페 가람피라는 이름의 '교황칙서 목록 감독자'가 뚜렷한 흔적을 남겼다. 그는 '가람피 목록'을 남겼는데, 각각의 교황시대에 따라 여러 가지 주제영

역별로 체계적으로 분류한 목록이었다. 그러나 그것은 오히려 혼란을 더 많이 만들어냈다. 교황들 모두가 오래 통치했던 것도 아니고 '기념축제에 대해서'와 '유효한 허가에 대해서'처럼 서로 다른 항목들이 각기 크기가 전혀 다른데도 똑같은 자리를 차지했기 때문이다.

이런 일은 대단히 혼란스럽게 들리지만, 새로운 분류란 언제나 바벨 탑을 쌓는 것과 같은 일이다. 바벨 탑이 하늘의 높이에 도달하지도 못했는데 하느님께서 건설자들의 언어를 서로 혼란케 만드신 것처럼 새로운 질서는 언제나 비슷한 결과를 얻게 된다. 그런 일은 끝이 없는 우주를 닮은 것으로, 미리부터 실패하도록 운명지어져 있기 때문이다. 아니면 저 고대 그리스의 우주진화론이 가르쳐주는 것처럼 혼돈(카오스)이 원상태요, 창조주는 바로 이런 원상태에서 질서에 따르는 우주를 창조한 것이며, 그 반대가 아니기 때문이다.

그러나 이곳에는 이런 비유조차 잘 맞지 않는다. 카오스는 무질서이고 형태가 잡히지 않는 것일 뿐만 아니라, 또한 삼키고 움켜잡고 자신을 열어 보이기도 하기 때문이다. 이곳에 들어오는 사람에게는 이 알 수 없는 세계가 눈앞에 열린다. 지옥문을 지키는 머리 셋 달린 개 케르베루스처럼 아우구스티누스가 이 세계를 지키고 있었다.

이 오라토리오 수도사는 추기경에게 배터리가 충전된 손전등을 내주었다. 추기경의 길이 조명이 전혀 되어 있지 않은 '제한구역'으로 향하리라는 것을 짐작했기 때문이다. 추기경은 아무 말도 없이 고개를 끄덕였다. 아우구스티누스도 침묵했다. 그러나 그는 물러서지 않고 추기경의 뒤를 따라 탑의 위층으로 올라가는 좁다란 나선형 층계를 올라왔다. 그것은 위층으로 올라가는 유일한 길이었고, 층계참마다 벽에 전화기가 걸려 있었다.

비밀문서고의 가장 오래되고 가장 비밀스러운 부분인 제한구역으로 가는 길은 곰팡내가 심했다. 곰팡이의 독기 어린 악취는 악착같이 번성하는 그것들을 강력한 휘발작용으로 죽이기 위해 가져다놓은, 곰팡내 못지않게 불쾌한 화학약품 냄새로 더욱 고약해지기만 했다. 곰팡이는 벌써 수백 년 전에 이곳에 들어와서 자줏빛 포자로 서류며 양피지들을 뒤덮고, 발달된 현대의 약품들을 견뎌내고 있었다.

교황의 허가를 얻어야만 이곳에서 탐구하는 일이 가능하고 이곳의 서류들을 볼 수 있었다. 그러나 교황은 중요한 내용이 담긴 문서들의 경우가 아니면 좀처럼 서명을 하지 않기 때문에 옐리넥 추기경이 이 일을 맡았다. 물론 허가를 내주는 일은 극히 드물었다. 어떤 기독교도도 신청이 거절된 데 대해 설명을 요구할 권리가 없기 때문이다. 100년이 안 된 문서들은 예외 없이 비밀로 분류되었고, 교황이 친히 만들었거나 교황과 연관된 문서들은 후세에 300년간이나 비밀에 붙여졌다.

이곳에는 탑을 이루고, 둘둘 말리고, 끈으로 묶이고, 봉인된 모습으로 거의 2000년 가까운 교회 역사가 놓여 있다. 개신교도였던 스웨덴의 크리스티네 여왕이 화체(化體)와 성스러운 저녁식사와 연옥의 불과 죄의 감면과 교황의 무오류(無誤謬) 권위에 대한 믿음과, 트리엔트 종교회의의 지식을 고백하고 그로써 신성한 가톨릭 교회 신앙을 고백한, 300년간 봉인된 문서도 이곳에 보관되어 있다. 교황 알렉산더 7세의 지시들, 장부책, 계산서, 편지, 상세한 세부사항을 갖춘 보고서들, 이 보고서들은 개종한 여왕의 의상(가슴이 깊이 파인 검은 비단옷)과 제공된 과자(마르치판 과자와 젤리와 설탕으로 만든 입상들과 꽃들)까지도 빼놓지 않고 적고 있으며, 그녀의 양성애적인 성향도 기술하고 있다. 이런 문서들은 이곳이 세계 최고의 문서고라는 명성을 확인해 준다.

 헨리 7세의 증손녀이고 정열적인 가톨릭교도였던 스코틀랜드의 메리 스튜어트 여왕이 교황에게 보낸 마지막 편지도 이곳에 보관되어 있다. 성무청이 니콜라우스 코페르니쿠스의 '천체의 순환에 관한 여섯 권의 책'에 금지처분을 내린 지시문도 이곳에 있다. 교회법 박사였던 코페르니쿠스는 이 책을 교황 바오로 3세에게 헌정하였다. 갈릴레오 갈릴레이의 재판문서들은 분리된 문서고에 따로 보관되어 있다. 'EN XIX'라는 기호 아래 묶인 이 문서의 402쪽에는 일곱 추기경의 불행한 판결문이 들어 있다.

 우리는 위에 말한 갈릴레오 그대가 재판으로 밝혀지고 그대 자신이 앞에서 고백한 이 일들을 통해서 무서운 이단의 의혹을 성무청에 불러일으켰다는 사실을 말하고, 예고하고, 판결하고, 선포한다. 즉 그대는 성스러운 책의 가르침에 위배되는 잘못된 학설을 주장하고 믿었음을, 그리고 태양이 지구를 중심점으로 하여 동쪽에서 서쪽을 향해 움직이는 것이 아니라 지구가 움직이고, 세계의 중심이 아니라는 주장을 펼쳤다…… 따라서 그대는 성스러운 교회법과 다른 칙서들을 통해서 그러한 범죄에 대해 부과되었고, 적법하게 선포된 모든 형벌을 받게 되었다.

 말은 사라지지만 씌어진 것은 남는다(Verba volant, Scripta

manent).

　교황에 관한 예언들과 공식적으로 알려지지 않은 예언들도 이곳에 보관되어 있으며, 위조된 것이라고 일컬어지지만 그래도 분명히 중요성을 가진 문서들도 이곳에 있다. 교황청을 깊이 당황하게 만들었던 일이지만, 성 말라기의 교황 예언들도 여기 있다. 그것은 말라기가 죽은 지 440년이 지난 뒤에야 씌어진 것이기 때문에 분명 성 말라기의 예언이 아니다. 그런데도 이 익명의 예언들은 놀랄 정도로 정확하게 교황들의 이름과 출신, 그리고 그들 재위기간의 중요한 사실들을 예언해 놓았다. 그뿐만 아니라 로마 출신의 페트루스(베드로)라는 이름으로 세 번째로 교황이 되는 사람으로 인해 교황청의 종말이 올 것이라고 예언되어 있으며, 일곱 언덕의 도시인 로마도 멸망할 것이고, 무시무시한 심판자가 그 민족을 심판하리라는 예언도 그 안에 들어 있다.

　이 세상의 그 무엇도 로마 교황청이 내린 결정처럼 반박할 길 없이 결정적인 것은 없다. 그리고 교황청이 이 교황 예언들에 대해 거부적인 입장을 취했기 때문에 예언자 말라기의 위조문서는 터부시되었다. 어쨌든 외부를 향해서는 그랬다. '보이는 것과 반대되기에 나는 그것을 믿는다'(credo quia absurdum)는 기도는 이단자의 입에서 나온 것이 아니라, 교부(敎父)인 켄터베리의 안셀름의 입에서 나온 것이다. 교황 그레고리우스 7세와 거룩한 어머니 교회에 대한 안셀름의 충성심은 의심의 여지가 없는 것이었지만 사정은 그랬다.

　어쨌든 말라기의 예언서에서 '타오르는 불길'(Ignis ardens)이라는 예언을 받은 교황 피우스 10세는, 불타는 횃불을 든 개를 상징물로 삼은 성 도미니쿠스의 날(8월 4일)에 선출되었다.

피우스 10세는 1차 세계대전이 일어나고 몇 주 지나지 않아서 죽었다. 이 교황은 자기가 알지도 못하는 후계자를 동정하였다. 그는 자기 후계자에게 지정된 '백성을 잃은 종교'(religio depopulata)라는 예언을 알고 있었기 때문이다.

그 사이 탐구와 학문이 계속되어 이 교황 예언서를 쓴 사람이 가톨릭을 갱신한 위대한 성인 필리포 네리라는 사실이 밝혀졌다. 그는 미켈란젤로의 시대에 이따금 무아경에 빠지곤 했다고 한다. 밤새 무엇인가에 사로잡혀서 몸을 벌벌 떨고, 그의 몸과 더불어 그가 묵고 있는 집도 함께 떨었으며, 미사를 드릴 때 그의 몸이 제단의 계단 위로 떠오르고, 그의 심장은 최후 심판의 날 북소리처럼 크게 울리기 시작했다고 전해진다. 많은 병을 치료한 일과 그의 카리스마적인 재능에 대한 증언들에 근거하여 그는 뒷날 성인으로 추대되었다.

그러나 오라토리오 수도회의 창설자인 네리의 문서들은 어디 있단 말인가? 이 성인이 죽기 전에 모든 개인문서를 불태웠다고 전해지는데도, 사람들은 이곳 바티칸의 비밀문서고에서 그의 문서들을 찾아낼 수 있으리라는, 근거가 없지도 않은 희망을 가졌다. 그것은 우연이었던가? 네리가 죽은 해인 1595년에 베네딕트 수도사 아르놀트 비온이 베네딕트 수도회의 문헌적 업적에 대해서 쓴 다섯 권짜리 책이 간행되었다. 『생명의 목재——교회의 의상과 장식』(lignus vitae——ornamentum et decus Ecclesiae)이라는 제목이었다. 이 책 2권 307~311쪽에는 「대주교 성인 말라기가 행한 교황들에 대한 예언」이라는 제목으로 오라토리오 수도회 창설자의 예언들이 실려 있다. 기적은 원래 믿음의 자식이다. 오라토리오회의 필리포 네리와 베네딕트 수도사가 이렇게 서로 연결된 것은, 그의 붓이 얼마나 순수한 동기를 따라 움직였든 착각을 만들어냈다.

이 예언서에는 '백조들의 장식'(Sidus olorum)이 교황의 관을 머리에 쓰게 되리라는 수수께끼 같은 예언이 상징적 어조로 적혀 있었다. 그러다가 1667년에 클레멘스 9세가 교황의 자리에 오르자 아무도 이 예언이 맞는다는 것을 의심하지 못하게 되었다. 클레멘스 9세(줄리오 로스필리오시)는 시인으로서 위대한 명성을 얻었고, 오늘날에 이르기까지 유일한 시인 교황으로 남아 있다. 잘 알려져 있다시피 백조는 시인들을 상징한다.

수백 년 동안이나 교황선출 이후에 교황의 예언이 바티칸에서 떠난 적이 없었다. 퀴리날 궁전에서 다섯 달 동안 계속된 선출회의가 끝나고, 클레멘스 14세의 후계자로 선출된 피우스 6세에게도 정확한 예언이 미리 주어져 있었다. 신비경에 빠진 성인은 새로 선출된 교황에게 '사도 이방인'(Pereginus apostolicus)이라는 예언을 남겼다. 계몽주의 시대(18세기)에 이런 예언은 쉽사리 잊혀졌지만, 불행한 교황은 1789년 프랑스 혁명군에 잡혀서 프랑스로 끌려갔다가 그곳에서 '이방인'(peregrinus)으로 죽었다.

모든 교황은 취임하면서 문장(紋章)을 하나씩 받는데, 레오 13세의 문장에 있는 혜성도 수수께끼 풀이에 동원되었다. 그것은 '하늘에 있는 빛 하나'(lumen in coelo)라는 예언과 연관시키자 비로소 이해되었다. 요한 23세가 선출되기도 전에 벌써 피우스 12세의 후계자는 '목동이며 선원'(pastor et nauta)이라고 예언되어 있다는 이야기가 돌았다. 그러나 후보 추기경들 중에서 이런 약속에 해당하는 사람이 아무도 없었다. 아무도 기독교 세계의 해양도시인 베네치아의 교부를 점찍지 않았다. 그랬지만 결국 베네치아 출신의 론칼리가 선출되었고, 그의 재임기간은 가장 목가적인 특성을 지닌 시대의 하나로 꼽을 수 있다.

겨우 몇 걸음 떨어진 곳에는 교황청 경감인 레몰리네스의 고문을 받고 수도사 지롤라모 사보나롤라가, 이단에 빠져 잘못된 가르침을 설교하고 로마 교황을 우습게 여겼다는 자신의 잘못을 시인한 고백이 놓여 있다. 두려움을 불러일으키던 이 참회 설교자의 최후의 몇 시간에 대한 아주 상세한 보고들이 거기 있다. 종교재판 당국이 그런 의심을 가졌거니와, 악마의 마법이 그를 괴물로 둔갑시킬까 봐 감방을 철저히 조사한 것, 처형되기 전에 그가 깊은 잠에 빠져서 몇 번이나 커다란 웃음을 터뜨린 일에 대한 증언들, 교수대에서 아무 일도 없이 진행된 죽음, 그리고 그의 시체를 태운 일, 그 재를 아르노 강에 뿌린 일 등에 대한 보고이다.

비밀서류들은 또한 피렌체의 귀부인들이 하녀로 변장하여 이 참회 설교자의 재를 모은 것, 심지어는 팔 하나와 두개골 부분들을 모았다는 것, 그렇게 해서 유골이 보존되었다는 관찰도 적어놓았다. 교황들의 교의(敎義)도 이곳에 있었다. 성모 마리아의 흠 없는 수태에 대한 가장 최근의 교의도 밝은 청색 벨벳에 싸여서 이곳에 보관되어 있었다.

문서고 책임자는 추기경이 이 모든 것에 전혀 관심이 없다는 것을 알고 있었다. 추기경은 위쪽에 있는 검은 떡갈나무 문으로 향했다. 그 문은 문서고 책임자의 도움 없이는 열 수가 없었다. 양 방향으로 깎인 열쇠를 그가 자신의 허리끈에 묶어서 지니고 있기 때문이다. 오직 그만이 비밀문서고에서 가장 비밀스러운 이

방으로 통하는 열쇠를 가지고 있었다. 그렇다고 그가 이 방의 비밀을 전부 알고 있으며, 그 내용을 알면서도 입 밖에 낼 수 없기에 침묵하고 있다는 뜻은 아니었다. 그가 알고 있는 것이라고는 이 검고 무거운 떡갈나무 문 뒤에는 교회의 가장 중요한 비밀들이 감추어져 있다는 것, 그리고 각 시대의 교황만이 그 안으로 들어갈 수 있다는 사실뿐이었다. 어쨌든 요한 바오로 2세의 전임자들까지는 그랬다.

다만 폴란드 출신인 요한 바오로 2세 교황은 이런 자신의 특권을 추기경에게 넘겨주었다. 문서고 책임자는 추기경을 앞질러 걸어가서 손전등 불빛에 의지해서 문을 열었다. 두 손의 떨림이 그가 흥분해 있음을 보여주었다. 추기경은 문 안으로 사라지고 아우구스티누스는 어둠 속에 남았다. 그는 서둘러서 문을 다시 잠갔다. 그것이 규정이었다.

문을 열 때마다 문서고 책임자는 이 방 안에 눈길을 던지곤 했다. 성처녀를 훔쳐보는 죄 많은 눈길이었다. 그래서 그는 검은 문 안의 사정을 일부나마 알고 있었다. 국립은행 지하실처럼 귀중품실 문들이 나란히 줄지어 서 있는데, 그곳의 열쇠는 그가 아니라 추기경이 지니고 있었다. 아우구스티누스가 이 방문을 여는 경우는 그리 많지 않았다. 최근 들어 추기경이 자주 이 권리를 사용했지만 말이다.

1960년에 단 한 번 그는 이곳에 감추어진 문서들이 얼마나 자극적인 내용을 가진 것인지 경험하였다. 당시 그는 요한 23세(재위 1958~1963)를 위해 문을 열었다가 다시 잠갔다. 그러고는 지금 추기경의 노크 소리를 기다리듯이 교황이 문을 두드리기를 기다렸다. 그러나 한 시간이 넘도록 모든 것이 극히 조용하였다.

그러다가 갑자기 주먹으로 문을 치는 둔탁한 울림을 들었다. 문을 열자 교황이 전신을 벌벌 떨면서 그를 향해 비틀거리며 나왔다. 마치 열병이 급습한 것 같았다. 당시 그의 눈에는 그렇게 보였다.

그러다가 뒷날 사실의 일부가 알려졌다. 1917년 포르투갈의 파티마에서 성모 마리아가 세 명의 목동에게 나타나 세계전쟁이 일어나리라는 예언을 했다. '파티마의 성모'는 당시 세 번째 예언을 했는데, 그 내용은 1960년에야 비로소 문서로 교황에게 알려졌다. 이 문 안에 보관된 문서의 진짜 내용은 바티칸에 두렵고도 전혀 다른 종류의 생각을 해볼 계기를 마련해 주었다. 소문에 따르면 모든 생명을 소진시킬 묵시록적 세계전쟁이 일어나리라는 예언이 있으며, 또 다른 소문에 따르면 교황이 암살되리라는 예언도 있었다는 것이다. 요한 23세의 후계자인 바오로 6세(재위 1963~1978)는 선출된 다음에 이 문 안으로 들어가서 그것을 살펴보지 않을 수 없었다. 그 이후로 그가 심한 우울증에 빠져서 결정을 망설이게 되었다는 것은 비밀도 아니다.

그러나 이날 저녁 추기경의 관심은 미켈란젤로 부오나로티와 관련된 서류들이 보관된 철제 금고로 향했다. 미켈란젤로가 교황들과—특히 율리우스 2세와 클레멘스 7세—편지교환을 했다는 것, 그의 교류문서들 중에는 비토리아 콜론나를 향한 금욕주의적인 정열과, 신플라톤주의자들 및 유대 비교(秘敎) 카발라 신봉자들과 주고받은 편지도 들어 있다는 것, 그리고 이 문서들이 지금까지 1급 비밀로 분류되어 왔다는 사실 등이 추기경의 관심을 불러일으켰다. 그 관심은 미켈란젤로와 그의 예술 뒤에는 무서운 비밀이 감추어져 있으리라는 의구심이었다. 그렇다, 그럴 수밖에 없다. 450년 전부터 미켈란젤로의 생애가 바티칸에서 터부시되어 온 것에는 분명 이유가 있을 것이다!

무지(無知)는 지식을 두려워한다. 그럴수록 추기경은 점점 더 성급하게 종이들을 뒤지고, 여러 겹으로 겹쳐진 종이들, 끈으로 묶인 서류더미들을 움켜잡았다. 그는 손전등 불빛 아래에서 아름답게 휘어진 작은 글자체를 알아보았다. 아무런 연관성도 없이 이해되지 못한 채로 남겨진 편지들을 들추었다. 대개는 이탈리아어 관행대로 "나, 조각가 미켈란젤로는……"(io Michelagniolo scultore) 하고 시작되는 편지들이었다. 단테의 언어(이탈리아어)를 쓴다는 것은 그의 자랑 중의 하나였다. 그는 교회에서 사용되는 라틴어를 이해하지 못했을뿐더러, 다른 한편으로는 이탈리아어를 씀으로써 바티칸이 자신의 예술을 유린한 것에 대해 측면공격을 하였다.

교황 율리우스 2세는 거짓 조건들을 내세워서 미켈란젤로를 로마로 불러들였다. 1만 스쿠디의 보수를 받고 교황인 자신을 위해서 카라라산 대리석으로 거대한 묘비명을 만들어달라는 것이었다. 한 인간이 일생을 다 바친다 해도 이 작품을 완성할 수 없었을 것이다. 그러나 토스카나 지역에서 로마로 대리석 덩이가 운반되어왔을 때 교황은 자신의 계획이 마음에 들지 않아서 심지어는 석공에게 보수를 주는 것마저도 거절했다. 미켈란젤로는 서둘러서 로마를 떠나 피렌체 방향으로 향했다. 2년이 지난 다음에야 그는 교황 신하들의 절박한 탄원을 듣고 다시 로마로 돌아왔다. 그러자 율리우스는 자기가 살아 있는데 묘비명을 만드는 것은 불행을 불러들이는 일이니 차라리 시스티나 예배당 천장에 그림을 그려달라고 주문했다.

이 예배당은 식스투스 4세, 세속 이름 델라 로베레가 자신의 이름을 주었던('시스티나'는 '식스투스의'라는 뜻으로, 시스티나 예배당은 곧 교황 식스투스의 예배당이라는 뜻—옮긴이) 장식 없는 건물이었다. 예술가가 자신은 '조각가'로 태어난 사람이지 '화가'가 아니라고 탄원했지만 아무런 소용도 없었다. 교황은 이 계획이 실현되기를 고집했다.

추기경의 손에 들어 있는 양피지 문서 하나는 있을 법하게 보이지도 않고 글자도 거의 읽기 어려운 것이지만, 어쨌든 교황이 미켈란젤로의 고집을 꺾었음을 알리고 있다.

오늘, 1508년 5월 30일에 나 조각가 미켈란젤로는 교황 율리우스 2세 성하에게서 500두카도의 돈을 받았습니다. 출납관인 카를리노 님께서 이 돈을 내게 주셨고, 그것은 카를로 알비치 님께서 오늘 내가 식스투스 교황의 예배당에서 그리기 시작한 그림값으로 지불하신 돈입니다. 나는 파비아 주교께서 기초하고 내가 손수 서명한 계약조건 아래서 일을 시작했습니다.

추기경은 옛 문서에서 풍겨나오는 향기를 좋아했다. 눈에 보이지 않는 미세한 먼지가 알아채지 못하는 사이에 코의 점막을 건드려서 감각을 어지럽게 만들고, 코를 통해서 이미 읽은 것이 형태를 가지기 시작하는 것이다. 갑자기 땅딸막하고 튼튼한 저 피렌체 사람 미켈란젤로가 그의 눈앞에 나타났다. 통이 좁고 얇은 바지를 입고 누비질한 중간 길이 재킷의 허리를 꽉 잡아 묶고, 세모난 두상에 길다란 코와 좁게 달라붙은 두 눈을 한 모습은 분명 남자의 아름다움을 지니지 못했으며, 힘을 자랑하는 '조각가'

의 모습은 더더욱 아니었다. 무엇인가를 안다는 듯한 미소를 머금고—아니면 이런 몸짓은 심술궂은 기쁨에서 나온 것인가?—그는 추기경에게 양피지 문서를 연속으로 건네주었다.

추기경은 허겁지겁 그것들을 읽어나갔다. 해독하기 어려운 문서들을 눈으로 집어삼키고, 율리우스 2세 성하(聖下)의 이해할 수 없는 변덕과 특이한 탐욕과, 예술가에게 주어야 할 사례비를 떼어먹으려는 거듭된 시도를 보았다. 이런 일은 물론 교황과 미켈란젤로 사이의 싸움으로 발전했다. 교황은 시스티나 천장에서 열두 명의 사도의 모습을 보고 싶어했다. 피렌체 사람은 예술을 신학의 하녀로 만드는 구상을 하기는 했으나, 그들이 아치 한가운데에 매달려 있는 것이 불쌍하다고 느꼈다. 로베레 집안 출신 교황(율리우스 2세는 세속 이름이 '델라 로베레'인 식스투스 4세의 조카였다—옮긴이)은 미켈란젤로가 교황인 자기가 원하는 것을 그려야 한다고 생각했다. 자기를 위해서 '예수 그리스도의 이름으로' 이 예배당의 창문에서 천장까지를 가득 채워야 한다고 말이다.

이런 싸움은 다음과 같은 결과를 가져왔다. 미켈란젤로는 독단으로 창세기 이야기를 그리기로 결정했다. 하느님 아버지께서 세상을 창조한 것, 하느님이 물 위를 떠가고, 마지막에 노아의 방주만 구원을 받는 노아의 홍수에 이르기까지의 이야기였다. 마치 창세의 이야기가 하늘에 나타난 것 같았고, 미켈란젤로는 건축물의 천장과 아치를 무시한 것 같았다. 어쨌든 거룩한 어머니 교회에 대한 암시는 조금도 나타나지 않았다.

오히려 미켈란젤로는 교회에 대한 암시를 철저히 피했다. 심지어는 건축물의 구조가 그것을 강요하는 곳, 바로 예배당의 창문들을 통해서 열둘로 나뉜 아치의 삼각형 꼭지 옆부분들을 채우면서도 열두 사도를 그리지 않았다. 이 피렌체 사람은 대신 다섯 명의 여자 예언자와 일곱 명의 남자 예언자를 그렸다. 마치 저들이 감추고 있는 비밀의 지식을 알고 있기라도 한 것처럼, 그들이 발산하는 힘은 매우 강력하다. 이들 고대 거인족이 현신한 모습은 그 강력한 힘으로『구약성서』의「창세기」이야기를 거의 제압하는 것처럼 보이고, 그들의 상징성은 수수께끼에 가득 차 있어서, 사람들은 그것을 짐작할 수는 있을망정 한 번도 제대로 이해하지 못했다.

  추기경은 화가의 고백을 통해, 그가 손으로 그림을 그리지 않고 머리로 그렸다는 것, 천장에다 분노와 지식을 쏟아부었다는 것, 호머의 다양성을 지닌 343명의 인물들은 거의 위압적인 신성(神性)을 지닌 여자 예언자와 남자 예언자 열두 명에 의해 지배된다는 것을 알아냈다. 물론 사람들은 발자크에 대해서 그가 3,000명의 인물을 창조했다고 말하지만, 그러나 발자크는 그러기 위해서 일생을 다 보냈다. 미켈란젤로는 이것을 겨우 4년 만에 이루어냈다──못마땅해하면서, 불만에 가득 차고 복수심에 넘쳐서, 교황에게 남 몰래 앙갚음해 주려는 마음으로 말이다──이런 생각이 문서에 나타나 있었다. 하지만 지식의 열쇠는 대체 어디 있는가? 미켈란젤로 부오나로티는 무엇을 알고 있었던가? 이 피렌체 사람은 이해할 수 없는 이 세계상을 통해 얼마나 중요한 경험을 표현하려고 했던 것인가?

  48명의 교황들은──율리우스 2세 이후로 지금까지 48명의 교황들이 있었다──진지하게 혼잣말로 물어보곤 하였다. 어째서 미켈란젤로는 날아가는 하느님에게서 생명의 숨결을 받으려고 집게

손가락을 내밀고 있는, 방금 창조된 아담에게 배꼽을 그려넣은 것일까? 성서의 말씀을 그대로 믿는다면 그는 어머니의 태반에서 나오지 않았고, 따라서 배꼽을 자르지도 않았는데 말이다. 성서에 이르기를 "창조주 하느님께서 진흙으로 사람을 빚어 만드시고 코에 생명의 숨결을 불어넣으시니 사람이 되어 숨을 쉬었다"(「창세기」 2장 7절)고 하지 않는가.

이 그림에서 배꼽을 제거하려는 진지한 시도가 여러 번이나 있었다. 이 거장 화가가 아직 살아 있을 때—미켈란젤로는 당시 86세였다—교황 바오로 4세는 다니엘레 다 볼테라에게 미켈란젤로의 거인들에게 너무나도 분명하게 나타나 있는 성(性)의 표지들을 허리띠를 둘러서 감추라고 명령했다. 그런 일은 가엾은 보조 화가 볼테라에게 '바지 구멍 만드는 사람'(Brachettone)이라는 별명을 붙여주었다. 그 당시에, 그리고 뒷날에도 아담의 배꼽을 건드리지 않고 그대로 남겨둔 것은 로마 교황청의 심사숙고 덕분이었다. 배꼽을 덮으면 성서 해석상으로는 의심스럽지만 해부학적으로는 정확한 배꼽보다 관찰자의 관심을 더 많이 끌게 될 것이라는 의견 때문이었다.

추기경이 그토록 사랑하고 모든 성인들의 축일에 흔드는 신성한 연기처럼 고귀하다고 생각하는 책의 먼지와 양피지 냄새가 그를 경외심에 가득 찬 명상의 상태로 이끌어갔다. 문서에 빠져들수록 피렌체 사람에 대한 공감이 점점 더 커졌다. 미켈란젤로의 편지들에 분명히 드러나는 일이지만, 그는 교황들이 자기를 못되게 취급한 만큼 그들을 미워했던 것으로 보인다. 여기서 그는 율리우스 2세에게서 1년 동안 단 한 푼도 못 받았으며, 자신은 그림작업을 통해 능욕당하는 느낌이라고 푸념하고 있다("성하께 이미 말씀드렸거니와 그림은 저의 기술이 아닙니다"). 그리고 천장에 매달려 흔들리는 발판 위에서 교황의 성급함에 저주를 퍼부었다. 등을 대고 누워서 그림을 그리자니 매일 안료가 눈으로 떨어지고, 목이 뻣뻣하게 굳는 증세로 고생한다고 했다. 정상적인 자세로 글을 읽을 수가 없게 되었고, 벌써 몇 년째나 책을 읽으려면 책을 머리 위로 들어올려야 한다는 것이다.

율리우스의 뒤를 이어 즉위한 메디치 가문 출신 교황 레오 10세(재위 1513~1521)는 이 피렌체 사람에 대한 거부감을 숨기려고 하지 않았다. 그는 미켈란젤로가 사납고 상대할 수 없는 사람이라는 소문을 냈다. 레오 10세는 화가들 중에서 라파엘로를 좋아했다. 그밖에 그의 정열은 원천적으로 음악을 향하였다. 레오의 뒤를 이어 즉위한 하드리아누스 6세(재위 1521~1523)는 아무도 서러워하지 않는 가운데 죽음이 일찌감치 그를 데려가지 않았더라면 미켈란젤로의 천장화를 없애버렸을 것이다. 클레멘스 7세 교황(재위 1523~1534) 시절에도 미켈란젤로와의 관계는 좋아지지 않았다.

미켈란젤로는 용감하고도 음흉하게, 교황에게 보낸 어떤 편지에서 80피트 높이의 거인상을 세우겠다는 교황의 계획을 자기가 아주 우습게 여기고 있음을 슬그머니 알리고 있다. 교황의 태도가 얼마나 그를 격분케 했기에 그는 이런 비웃음을 터뜨렸던가. 미켈란젤로는 "이 거창한 계획에 방해가 되는 이발소를 예술작품 안에 흡수할 수가 있다. 만약 거인상이 앉은 자세를 취하고 한쪽 팔에 풍요의 뿔을 들고 있다면, 이발소 화덕의 굴뚝을 그 풍요의 뿔로 삼을 수 있다"는 것이다. 그리고 "예술가로서 거인의 머리에 비둘기집을 박아넣는다는 아이디어가 가장 좋다고 생각합니다"라고 표현했다.

추기경은 각각의 편지를 모두 제자리에 돌려놓았다. 그는 어찌 할 줄 모르고 머리를 가로저었다. 이 편지들 중 어느 것도 불쾌하거나 아니면 1급 비밀로 분류되어 보관될 만한 가치가 있다고 여겨지지는 않았다.

그러다가 그의 눈길이 어떤 양피지 꾸러미 위에 떨어졌다. 눈에 띄지 않고 지나쳐버리기 쉬운 물건으로, 빛 바랜 가죽끈에 묶여 있었다. 커다랗고 새빨간 봉인 두 개가 거기에 찍혀 있지 않았더라면 그는 이렇게 끈으로 묶인 문서들—그런 것은 열 개도 넘을 것이다—은 그냥 지나쳤을 것이다. 봉인은 가로줄무늬 세 개를 가진 것으로, 어렵지 않게 피우스 5세의 문장임을 알아볼 수 있었다. 미켈란젤로는 피우스 5세의 전임자 시절에 죽지 않았던가?

우리 주 예수여! 400년도 더 전부터 어떤 인간의 눈길도 이 꾸러미의 비밀스런 내용을 들여다보지 않았다. 교황은 중요한 문서들을 비밀로 만들어 후세의 눈길에서 안전하게 치워놓았다. 그것이 어떤 이유를 가진 것이건, 추기경은 손가락이 떨렸다. 그는 목에 땀이 솟는 것을 느꼈다. 방금 전까지만 해도 알반 산에서 수천 그루의 밤나무들이 꽃가루로 온 땅을 뒤덮는 5월 아침 공기처럼 달콤하다고 느끼면서 들이마시던 공기가 갑자기 무겁게 느껴졌다. 공기가 숨을 빼앗을 듯 무겁고, 칼로 자르듯이 날카롭게 여겨졌다. 그는 이런 불확실함과 두려움의 분위기에 질식할 것만 같았다. 그러나 바로 이 두려움과 불확실함이 그의 산만한 손가락을 붙잡아서 봉인을 뜯고 나란히 묶은 끈들을 풀게 만들었다. 파도 무늬의 가죽 덮개 아래 꼭 눌려 있는, 여러 가지 크기의 양피지 문서들이 나타났다. 그것은 '미지의 땅'(terra incognita)이었다.

'조르지오 바자리에게.'

추기경은 미켈란젤로의 필적을 알아보았다. 어째서 피렌체의 친구에게 보낸 편지가 이곳 바티칸 문서고에 있는 것일까? 추기경은 미켈란젤로의 약간 동글동글한 필적에 빨려들면서 서둘러 읽어내려 갔다.

소중한 젊은 친구여. 내 마음은 자네 곁에 있네. 작금의 풍습으로 보면 그러지 말란 법도 없는 일이지만 이 편지가 자네에게 도달하지 못할지도 모르겠네. 자넨 성하의(이 말을 쓰는 것만으로도 내 펜에서 분통이 터져나오는구나) 처리방식을 알고 있겠지. 종교재판 당국이 관심을 가진 모든 편지와 소포를 개봉하고 압류하고, 심지어는 증거로 사용할 수도 있다는 것 말이야. 바오로 4세라는 이름으로 스스로를 치장하고자 하는 광신적인 늙은이가, 마치 그 이름이 한 인간의 악마적인 요소를 모두 가려주기라도 하는 것처럼 말이지. 이 늙은이가 내게서 1,200스쿠디의 연금을 빼앗아갔어. 그런 일이 내 처지를 곤란하게 만드는 것은 아니네만.

내 장담하지만 부오나로티는 그 무엇도 용서하지 않을걸세. 나는 시스티나 예배당을 경건한 눈에 보이는 색채로 칠하는 것이 아니라 화약으로 칠하는 것이야. 아레초 출신의 계관시인 프란체스코 페트라르카가 행복한 삶을 위한 서문에 그 화약의 무시무시한 작용을 적어놓았지─자네도 알고 있지 않은가. 모르타르 아래 유황과 초석을 넉넉히 숨겨놓으면 카라파

(바오로 4세의 세속이름)와 더불어 자줏빛 하인놈들(추기경)을 지옥으로 날려버리기에 충분하지. 알리기에리(단테)가 거룩한 시(「신곡」, 지옥편)에 아주 훌륭하게 묘사해 놓은 그곳으로 말이야. 시인들은 말이야말로 가장 날카로운 무기라고 말하더군.

하지만 내 소중한 젊은 친구여, 나는 이렇게 말하겠네. 시스티나의 프레스코는 로마를 위협하는 에스파냐 병사들의 창과 칼보다도 더욱 위험하다고 말일세. 교황 카라파는 에스파냐 군에 맞서 방어벽을 쌓으려 하고, 수도사들은 수도복 안에 천 배나 되는 지상왕국을 지니고 있겠지만……. 바오로가 약골만 아니었더라도 그는 채찍을 휘두르며 방벽 쌓는 일을 재촉하겠지. 죽음이 때로 내 소매를 잡아당길 정도로 내가 이렇게 늙었는데도, 아니면 바로 그렇기 때문에 나는 에스파냐 사람들이 두렵지 않다네. 이만 작별을 고하겠네.

미켈란젤로 부오나로티.

추신 : 피렌체에서는 분배된 성체(聖體) 일부를 놓고 매일 보고서를 써야 한다는 것이 사실인가?

추기경은 편지를 아래로 내려뜨렸다. 문서나 커다란 2절판 책을 받칠 수 있도록, 무쇠 금고들 사이에 놓인 받침대 하나에 팔꿈치를 기댔다. 눈앞에 어른거리는 환영을 쫓아내려는 듯 오른손으로 얼굴 위를 휘저었다. 그는 생각을 정리하며 방금 읽은 것을 이해하고 무엇인가를 알아내려고 무척 애써보았지만 소용이 없었다. 다시 읽어보았다. 이 편지가 수신인에게 전달되지 못했다는 것만은 확실했다. 아마도 종교재판 당국에 압류되어서, 이해는 못했지만 어쨌든 미켈란젤로에 대한 증거품으로 보관되었던 모양이다.

이 피렌체 사람이 유황과 초석을 회반죽에 섞어넣었다고 쓴 것은 대체 무슨 뜻이었을까? 그 회반죽 위에 예술가는 색채를 입혔던 것이 아닌가? 그는 바오로 4세를 미워했다. 그리고 객관적으로 관찰해 보면 인정하지 않을 수 없는 천재인 자기를 그토록 함부로 대한 모든 교황들을 미워했다. 부오나로티가 그 무엇도 용서하지 않을 것이라고 말했다면, 그것은 그가 복수를 생각했다는 뜻이다. 아니 그는 이미 교황을 제거하려는 무시무시하고 위험한 계획을 가지고 있었다. 시스티나 예배당의 프레스코 뒤에 대체 어떤 위험이 숨겨져 있다는 말인가?

로마의 디 카르피 추기경에게 보낸 또 다른 편지도 역시 비슷한 암시를 하고 있다. 당시 벌써 고령에 이르렀던 미켈란젤로는 이 교황청 추기경에게 사나운 말로, 영원한 신사분들이 자신의 작품에 대해 어떤 식으로 말하는지 자기도 들었노라고 분통을 터뜨리고 있다.

나로서는 카라파가 죽은 지금 이 교황과 의견을 같이할 필요는 없다. 오히려 반대로 로마에서의 소동과 종교재판 감옥으로 불어간 폭풍, 그리고 카피톨 언덕에 세워진 그의 오만한 동상을 때려부순 일 등은 이 교황이 인기가 없었다는 사실을 증언해 주는 것이며, 또한 그의 후계자가 어찌할 줄 모른다는 것을 말해 주는 것이다. 이 후계자는 스스로 메디치(Medici, 피렌체가 근거지임—옮긴이)라고 칭하고 있지만, 어린애라도 그가 밀라노 출신이며 그의 이름이 메디키(Medichi)라는 사실을 알고 있다.

성하께서 전임자가 나에게서 압류한 내 소득을 상환해 주신다면 비위를 맞추는 사람일 뿐이다. 나처럼 나이가 많은 사람은 많은 것이 필요치 않다는 사실을 굳이 강조하지는 않겠다. 나는 일을 그만두겠노라고 청원했지만 이 청원에 대해 아직 아무런 답변도 없다. 그래서 지금 디 카르피 추기경께 청원하는 것은, 성하에게서 나의 사직을 허락받아 주십사는 것이다. 일할 사람이 부족하지는 않을 테니까.

나는 교황들을 위해 일하는 것을 그리 귀하게 여기지 않는다. 그러나 성하께서 자기 일이 자기 영혼을 영원히 구원해 줄 것이라는 생각을 가지고 계신다면, 영원한 구원이 그토록 쉽게 얻어지는 것인지, 어쨌든 한 예술가가 17년간이나 합당한 보수를 빼앗겼다는 이유만으로 그것이 얻어지는 것인지 나로서는 의심이 든다. 영원한 구원이라는 주제에 대해서는 할 말이 많지만, 그러나 분별력이 나에게 침묵하라 명한다. 말할 수 있는 것은 벌써 시스티나 예배당의 프레스코 그림에 다 말해 두었다. 눈이 있는 자여, 볼지어다. 삼가 추기경 예하의 손에 입맞춤을 올리며.

미켈란젤로.

주님의 이름으로! 시스티나 예배당에는 미켈란젤로가 극도의 불쾌감 속에서 심어놓은 비밀이 감추어져 있다. '모든 비밀은 악마의 것!'이라는 생각이 추기경의 머리를 스치고 지나갔다. 그는 이 생각에 소스라쳐 놀랐다. 방금 읽은 것을 잘 정리해 보려고 애썼다. 확실한 것은 오직 이것뿐이었다. 즉 이 문서들이 비밀문서고에 보관된 이유는 교황들을 비난한 내용을 담고 있어서가 아니다. 앞쪽의 더 큰 방에서는 비밀을 지킬 수가 없다. 진짜 이유는 미켈란젤로의 암시 속에 숨어 있다.

하지만 누가 그 비밀을 알았단 말인가? 피우스 5세는 분명 그것을 알았을 것이다. 그렇지 않다면 무슨 이유로 이 문서에 봉인을 해두었겠는가? 그렇다면 피우스 5세 이후 39명의 교황들이 모두 이 비밀을 몰랐다는 뜻일까? 시스티나 천장화의 설명할 수 없는 요소와, 파티마 성모의 세 번째 예언 사이에는 어떤 연결점이 있을까? 시스티나 천장에 나타난 문자가 그의 마음에서 떠나지 않았다. 그는 자기가 무슨 일을 하는지도 모르고 성급하게 종이 위에 몇 글자 끄적였다.

"추기경님?"

문서고 관장의 질문하는 목소리가 문을 통해서 울려왔다.

"추기경님?"

옐리넥은 이 극비문서 보관실에 자기가 얼마나 오래 머물렀는지 알 수가 없었다. 그러나 이 엄청난 발견을 앞에 두고 그런 일은 아무래도 괜찮은 것처럼 생각되었다. 그는 문으로 가서 당당한 목소리로 외쳤다.

"노크할 때까지 기다리라고 말하지 않았소! 아시겠습니까?"

"알겠습니다, 추기경님."

반대편에서 겸손한 목소리가 들려왔다.

특별히 섬세한 펜을 사용한 것이 두드러져 보이는 문서 하나가 추기경의 눈길을 사로잡았다. 필체의 위쪽과 아래쪽 뻗어나감이 5월 바람에 오색 비단수건 날리듯해서 글쓴이의 과격한 환희를 보여주고 있었다. 첫줄은 '후작부인!'(Signora Marchesa)이라는 말로 시작되었다. 마치 달콤한 환희에 잠긴 것처럼 첫글자 'S'의 윗부분이 파도를 치면서 줄 가운데서 시작되고 마지막 부분은 알을 감은 뱀처럼 둥그렇게 마무리되어 있었다.

"후작부인!"

이런 서두의 자극성을 그는 잘 알고 있었다. 추기경은 이 말이 누구를 향한 것인지 너무나도 잘 알았기 때문이다. 페스카라의 후작부인 비토리아 콜론나, 파비아 전투 이후로 과부가 된 여자, 경건하고 신앙심이 두터워서 수녀가 되려는 것을 교황 클레멘스 7세가 나서서 겨우 말렸고, 로마와 피렌체의 귀족들이 경쟁적으로 청혼을 했던 여자였다. 그녀는 자기 시대 가장 아름다운 여자이며, 가장 지적인 여자로 손꼽혔다. 추기경처럼 라틴어를 잘하고 철학자처럼 연설을 잘했던 여자, 이 후작부인은 미켈란젤로의 위대하고 유일한—사람들 추측으로는—플라토닉한 사랑의 대상이었다. 화가이며 조각가인 사람을 시인으로 만든 사랑, 분수를 모르고 타는 듯한 소네트에 몰두하는 멍청한 학생이 되게 만든 사랑이었다.

"후작부인!"

이 장소에 이런 편지가? 어째서 이 편지가 바티칸을 벗어나지 못했는지 오래 생각할 필요도 없었다. 주저하면서, 거의 두려움에 떨면서 추기경은 이 날아오를 듯한 필적에 빠져들었다.

충성스런 시종인 저를 위해 따뜻한 마음과 멋진 글솜씨로 비테르보에서 보내주신 편지의 높은 은총에 나는 초원을 뛰노는 망아지보다도 더 행복하였습니다. 행복한 미켈란젤로, 세상의 온갖 영주보다도 더 행복하구나 하고 나는 소리쳤지요. 내가 어머니 교회의 거룩한 종교 문제에서 당신의 생각과 뜻을 거슬렀다는 말을 듣고 놀라서 마음이 우울해졌습니다만. 선과 악 사이에서 어찌할 줄 모르고 비틀거리면서, 때로는 좋은 색깔로 때로는 나쁜 색깔로 반죽을 주물럭거리지만 그 어떤 형태도 만들어내지 못하는 한 예술가의 시시한 잡담이라고 생각해 주십시오.

성하의 확고한 신앙과 당신에게 모토가 되는 '옴니아 순트 포시빌리아 크레덴티'(omnia sunt possibilia credenti)라는 말씀, 당신이 학식 없는 나를 위해 훌륭하게 번역해 주신 그 말씀에 겸손한 경탄을 할 따름입니다. 믿기만 하면 모든 일이 이루어진다는 말씀 말입니다. 당신은 나를 신앙심 없는 바보라고 생각하시는군요. 그리고 당신은 이런 정신에서 어떻게, 영혼의 의심에도 불구하고 창조와 최후의 심판이 싹터나올 수 있을까 걱정을 하고 계십니다. 하지만 내가 말씀드린 의심은 넓은 하늘의 어두운 창공을 향한 것이 아니라 지금 미궁에 빠진 내 삶의 처지를 향한 것입니다. 그것을 당신께 설명드리기는 어렵습니다.

비록 나는 이 세상에서 이름 부를 수 있는 다른 누구보다도 성하를 위하여 더 많은 일을 하고 있습니다만. 빛나는 당신은 '사랑하는 마음에 부추김은 필요없다'(amore non vuol maestro)는 속담을 알고 계시겠지요. 그러나 내게는 이 비밀을 무덤 속까지 가져가라는 과제가 주어져 있습니다. 그것이 비록——온갖 못된 행동과 때 이른 지옥 이야기는 빼더라도——당신의 영혼에는 독으로 보일 테지만 당신께도 그에 관해서는 단 한마디도 털어놓지 못한 채로 말입니다. 그 옛날 네로 황제가 불타는 로마 시를 굽어보았던 카발로 산의 중턱에다, 경건한 여인들의 발길이 악의 흔적을 지워 없애라고 수녀원을 설립하신 당신께 말입니다.

다만 이것만은 말씀드릴 수 있습니다. 이미 오래전부터 짐작하셨겠지만 나의 모든 지식은 시스티나 예배당의 프레스코화에 영원히 남게 될 것입니다. 그리고 내 의심의 근거가 그것으로도 확인되는 것입니다만, 신앙의 전파에 열심인 사람들이 신앙의 가르침을 얼마나 모르고 있는가를 알면 참으로 고통스러운 일입니다. 지금까지 일곱 명의 교황들이 거룩한 시스티나 예배당에서 매일 천장을 우러러보았습니다만, 예술적 훈련을 받은 어떤 정신도 저 끔찍한 유산을 알아보지 못했습니다. 그들은 스스로의 화려함에 눈이 멀어서 머리를 뒤로 젖히고 바라보고 깨닫지를 못하고, 완고한 머리를 꼿꼿이 쳐들고 있지요. 그러나 나는 이미 너무 많은 말을 해서 당신을 불안하게 만들었군요.

천 가지 죄를 지니고 공손하게 다가오는 사람들이
언젠가는 하찮은 은총을 찾아내지 않을까,
스스로 행한 것을 자랑스럽게 여기는 사람들이
과도하게 많은 선업(善業)을 가지고 올 때에.

영원히 위대하신 분의 하인 미켈란젤로 부오나로티 드림, 로마!

추기경은 바스락거리는 양피지를 서둘러 다시 접고, 그것을 서류더미에 올려놓고, 그 더미를 금고 안의 원래 있던 자리에 되돌려놓았다. 누가 이 미켈란젤로를 이해한다고 주장하겠는가? 이 예술가는 시스티나 예배당의 천장에 무엇을 감추어놓았단 말인가? 그리고 추기경이며 신학자인 자신이 400년도 더 지난 다음 이제 와서 어떻게 그 흔적을 찾아낸단 말인가?

옐리넥은 금고실 문을 잠근 후 손전등을 찾아 들고 문으로 걸어갔다. 손바닥으로 초조하게 여러 번이나 문을 두드렸다. 문서고 관장이 자물쇠에 열쇠 꽂는 소리가 들렸다. 추기경은 문을 열고 졸음에 잠긴 사람을 밀쳐내고서 관장이 재빨리 문을 잠그는 동안 서둘러서 층계를 향해 걸어갔다. 손전등 불빛이 그림자를 만들어냈다. 이상한 모습들. 아름다운 혹은 늙은 여자 예언자들과 수염 달린 예언자들이 그의 눈앞에서 춤을 추었다. 근육질의 힘을 가진 아담과 매혹적인 이브, 그는 이브를 사랑하였다. 학생이 무대에서 빛나는 프리마돈나를 사랑하듯이 희망 없이 멀리서 사랑하였다. 셈과 함과 야벳(노아의 세 아들)에 둘러싸인 노아도 이 춤판에 끼여들었다. 머리에 베일을 쓴 유딧과 칼을 높이 쳐들고 자신감에 찬 다윗도 여기 끼었다. 성모 마리아여!

천재이며 악마인 미켈란젤로는 자신의 프레스코화에 보이지 않는 붓으로 대체 무엇을 써놓았단 말인가? 알레고리의 모습들 뒤에 적그리스도가 숨어 있단 말인가? 브라만테(당시의 건축가—옮긴이)를 쏙 빼닮은 예언자 요엘, 그가 들고 있는 양피지 위에 적혀 있는 'A'는 대체 무슨 뜻인가? 최후의 심판을 예언했다고 전해지는 저 에리트레아의 여자 예언자를 위해 등불을 붙여주는 천사는 대체 어떤 의미가 있을까? 꿈꾸듯이 아름답고 화려한 의상을 입고서 그녀는 책장을 넘기고 있다.

쿠마이의 여자 예언자도 마찬가지다. 그녀는 늙고 뼈마디가 불

거지긴 했지만 다른 누구보다도 힘찬 모습으로 2절판 책을 들여다보며 진실을 찾고 있다. 머리에 터번을 두르고 두루마리를 가진 예언자 에제키엘, 그의 두루마리에 있는 'L'과 'U'는 어떤 비밀을 감추고 있을까? 아니면 다니엘, 그가 열심히 쓰고 있는 문서에는 신적인 깨달음이 들어 있을까? 델피의 여자 예언자 뒤에는 어떤 아름다운 꿈이 숨겨져 있으며, 그녀의 겁에 질린 눈길은 어디를 향하고 있는가?

희미하게 조명이 된 복도를 통해서 시스티나 예배당으로 돌아오는 길에 추기경의 눈앞에 마침내 예언자 예레미야가 나타났다. 비극적으로 우울한 모습, 의심의 여지 없이 미켈란젤로가 험상궂은 자기 얼굴을 내준 사람, 검고 각진 눈썹, 뼈가 불거진 길다란 코, 오른손으로 받쳐서 가려진 턱과 입술──지식인의 우울을 지닌 예언자의 모습이었다. 그렇다, 최후의 심판 위쪽에 있는 그곳 천장화에 비밀의 열쇠가 들어 있는 것이 분명하다. 추기경은 걸음을 재촉했다.

조로(早老)한 모습으로 예레미야는 그곳에 앉아 있었다. 자기가 본 일의 출구 없는 상황에 대해 생각하면서⋯⋯. 그의 넓은 등 뒤에 두 명의 이상한 정령들이 서 있다. 왼쪽은 나이가 들기는 했지만 델피의 여자 예언자와 놀랄 정도로 닮은 모습이다. 마치 단번에 한 세대를 건너뛰어 나이 든 모습으로 거기 서 있는 것처럼⋯⋯. 그녀는 고통스럽게 고개를 옆으로 돌리고 있다. 오른쪽 정령은 젊음의 힘이 넘치는데 머리에 두건을 쓰고 있는 것이 수도사 사보나롤라의 옆모습과 닮아 있다. 암시일까? 무엇에 대한?

추기경은 가쁜 숨을 몰아쉬며 아래쪽으로 향한 좁은 돌계단을 내려가서「천지창조」를 방해하지 않으려는 듯이 조심스럽게 거룩한 예배당으로 들어가는 문의 오른쪽 날개를 살그머니 열었다. 높이 매달린 창문들을 통해 햇빛이 들어와서 솜씨 좋게 다듬은 바닥의 기하학 무늬를 비추었다. 미켈란젤로의「천지창조」는 부드러운 그늘 속에 잠겨 있었다. 다만 이곳 저곳에서 뻗친 팔이나 모르는 얼굴이 빛 속에 모습을 드러냈다. 추기경은 스위치를 건드리기가 두려웠다. 창틀에서 바닥을 향해 있고, 바닥에서 다시 인공조명을 천장으로 쏘아올리는 저 조명등 불빛을 통해서 소리 없이 색채가 모습을 드러냈다. 어차피 햇빛도 같은 경로를 통해서만 천장에 이르렀다.

조명등의 불빛은 『모세 5경』의 제1권「창세기」에 있는 창조행위와도 같은 효과를 냈다.

'하느님께서 빛이 생겨라 하니 빛이 생겼고, 그 빛이 하느님 보시기에 좋았다. 하느님께서 빛과 어둠을 나누셨다……'

대리석으로 된 성가대석 앞에서 추기경의 눈길은 모르는 사이에 위를 향하고 이미 천 번은 보았을「천지창조」를 바라보았다. 구세주의 오심을 알린 예언자 요나, 빛과 어둠을 가르심, 하느님이 해와 달과 식물의 생명을 만드시고, 땅과 물을 나누시고, 하느님 아버지의 뻗친 손가락이 아담에게 생명을 불어넣으시고, 그 뒤에 이브의 생명을 깨우시고, 이 한 쌍의 남녀가 뱀으로 변신한 악마의 유혹을 받는다.

바라보는 사이 목이 아파왔다. 추기경은 천장에서 눈길을 떼지 않고 천천히 몇 발짝 물러섰다. 일곱 명의 교황들이 스스로의 화려함에 눈이 멀어서 머리를 뒤로 젖히고 바라보고 깨닫지를 못하고, 완고한 머리를 꼿꼿이 쳐들었다는 미켈란젤로의 편지 문구가 그의 뇌리를 스쳐 지나갔다. 그때 홍수를 무사히 겪은 다음 노아가 제단을 차린 모습이 그의 눈에 들어왔다. 그 다음에 대홍수 장면. 물에 잠긴 성전. 자기만 아는 이기주의자들로 넘치는 섬. 이 섬은 그 누구에게도 살아남을 기회를 마련해 주지 않았다.

추기경은 관찰을 멈추었다. 그의 눈길은 얼마나 자주 이 「천지창조」를 바라보고 놀라 관찰하고 해석을 해보았던가. 그러나 시간 순서가 뒤바뀌어 있다는 사실이 지금까지 한 번도 그의 머리에 떠오르지 않았다. 어째서 미켈란젤로는 홍수가 나기에 앞서 감사의 제단을 먼저 차린 것일까?「창세기」8장 20절에 보면 노아는 야훼 앞에 제단을 쌓고, 모든 정한 들짐승과 정한 새 가운데서 번제물을 골라 그 제단에 바쳤다. 그리고 7장 7절에 노아와 그의 아들들, 아내, 며느리들이 대홍수가 나기 전에 배 안으로 들어간다.

「천지창조」의 연속풍경은 술 취한 노아의 모습으로 갑자기 끝을 맺는다. 포도주에 취해서 그는 벌거벗고 자기 천막에 잠들어 있으며, 아들 함의 조롱을 받았지만 셈과 야벳은 아버지의 벗은 몸을 보지 않으려고 고개를 돌리고 옷을 덮어준다.

미켈란젤로는 이 부분에서 이 연작(連作) 그림을 시작해서 창조의 과정을 거꾸로 거슬러 올라갔다고 한다. 그가 일부러 잘못을 범한 것처럼 여겨진다. 이 피렌체 사람은 『구약성서』를 아주 잘 알았다. 그에 비해서 『신약성서』에 대해서는 설명할 수 없는 냉담함, 거의 거부감까지 보인다. 시스티나 예배당의 프레스코화를 주의 깊게 관찰한 사람이라면 미켈란젤로가 『신약성서』 부분을 다른 화가들에게 넘겼다는 씁쓸한 사실을 깨닫게 된다. 페루지노가 그리스도의 세례를, 기를란다요가 사도들의 부름받음을,

로셀리가 최후의 만찬을, 보티첼리가 그리스도의 시험을 그리고 있으며, 미켈란젤로는 예수 그리스도를 다루지 않았다. 주여, 그의 영혼에 은총을 내리소서.

이곳 시스티나 예배당에서 미켈란젤로의 손으로 그려진 그리스도의 모습은 단 하나뿐이다. 곧 「최후의 심판」에 나타나는 세계 심판관의 모습이다. 추기경은 공손한 태도로 높은 벽을 향해 다가갔다. 그곳에 있는 하늘의 푸르름은 모든 관찰자에게 폭풍처럼 여겨진다. 그것은 이 묵시록의 세계를 향해 다가가는 모든 사람을 한가운데로 빨아들여서 빙글빙글 돌리는 소용돌이다. 멀리서 이 그림을 오래 바라볼수록 점점 더 커지는 두려움에 그만 어지러워 쓰러질 것 같은 광경이다.

추기경은 한 걸음씩 다가갈수록 불안이 줄어들었다. 그렇듯 미켈란젤로가 그린 모습들은 분노하는 세계 심판관에게 가까이 다가갈수록 열정적인 불안감이 없어진다. 들어올린 오른손이 그 어떤 골리앗이라도 땅바닥에 내동댕이칠 수 있을 것 같은 근육질의 이 거인족, 과연 이 사람이 교회가 가르치는 부활한 그리스도일까? 이 영웅이 과연, 마음이 가난한 사람은 행복하나니, 하늘 나라가 그들의 것이라고 가르친 바로 그 사람일까? 슬퍼하는 사람은 행복하다. 그들은 위로를 받을 것이다. 온유한 사람은 행복하다. 그들은 땅을 차지할 것이다. 옳은 일에 주리고 목마른 사람은 행복하다. 그들은 만족하게 될 것이다. 자비를 베푸는 사람은 행복하다. 그들은 자비를 입을 것이다……

미켈란젤로 이전의 긴 세월, 그리고 그 이후의 수많은 세대들에게 주 예수 그리스도는 온유하고 부드러운 사람으로 여겨졌다. 시간을 초월한 고귀한 모습이고, 기품 있고 수염이 난 거룩한 사람이라고 생각되었다. 그러나 부드러운 인공의 빛에 비친 이 그리스도에게서—추기경은 제단에 오르는 마지막 계단에 멈추어 섰다—자비로운 신의 모습은 그림자도 찾아보기 어렵다. 반대로 그는 너그러움 없이 땅을 내려다보고 있어서 위를 올려다보는 관찰자의 눈길을 거부한다. 그리스의 신처럼 근육의 힘을 드러낸 벌거벗은 모습이 강력하고 아름답다. 오직 그의 이러한 외면적인 아름다움만이 그의 신성을 드러내준다.

번개를 든 제우스, 근육질의 헤라클레스, 나긋나긋한 아폴론—아폴론이라니! 이 예수 그리스도는 저 (바티칸) 벨베데레에 있는 아폴론과 놀라울 정도로 닮지 않았는가? 그 옛날 아테네의 언덕 아고라에 청동상의 모습으로 생동감을 주었고, 알 수 없는 경로를 통해 로마로 들어와서 교황 율리우스가 벨베데레 궁전의 조각 마당에 세워놓은 저 대리석상 말이다. 예수가 아폴론……? 미켈란젤로 부오나로티는 그 어떤 무서운 장난을 꾸몄단 말인가?

추기경은 들어왔던 길로 다시 예배당을 떠났다. 서둘러 계단을 오르는데 어지럼증이 덮쳐왔다. 지금 가는 길은 눈을 감고도 찾아갈 수 있을 만큼 잘 아는 길인데도 전에 없이 멀고 힘들고, 신비스럽게 사람을 붙잡고 늘어지는 것처럼 느껴졌다. 두개골 속에서 북소리 같은 커다란 울림이 울려왔다. 여러 개의 북이 서로 상대를 이기려고 울려대는 것만 같았다. 원하지도 않는데 알 수 없는 목소리 하나가 그의 내면으로 밀려들어왔다. 그는 신비로운 계시의 말을 들었다.

"그리고 나는 하늘에서 또 다른 강한 천사가 내려오는 것을 보았다. 그는 구름에 싸여 있는데 머리 위에는 무지개가 있었다.

그의 얼굴은 태양과 같고 그의 다리는 불기둥과 같았다. 손에는 문서를 펼쳐 들고 있었다. 그는 오른발로 바다를 딛고 왼발로 땅을 딛고 사자가 울부짖는 것 같은 큰 목소리로 외쳤다. 그가 외치고 나자 일곱 번개가 목소리를 높였다. 일곱 번개가 말을 할 때에 나는 그것을 적으려고 하였다. 그때 하늘에서 한 목소리가 울리는 것을 들었다. '일곱 번개가 말한 것을 봉인하고, 그것을 받아적지 말라!'"

기대감에 넘쳐서 그 목소리가 말을 계속할지 귀를 기울이는 동안, 추기경은 비밀문서고로 연결된 검은 문에 이르렀다. 문은 잠겨 있었다. 그는 두 팔꿈치가 아플 정도로 문을 두드렸다. 그러다가 지쳐서 멈추고 귀를 기울였다. 그러자 「요한 묵시록」의 목소리가 다시 나타났다. 명료하고 비현실적일 정도로 인간적이지 않은 소리였다. 그 소리가 말했다.

"가서 바다와 땅 위에 선 천사가 손에 쥐고 있는 펼쳐진 책을 받아라."

그리고 천사가 말했다.

"가서 그것을 삼켜라! 네 위장은 고통스럽겠지만 네 입에는 꿀처럼 달콤할 것이다."

그는 더 이상 아무 말도 듣지 못했다.

새벽 4시 30분경에 바티칸 비밀문서고 입구에서 청소반장 한 사람이 추기경을 발견했다. 아직 숨이 붙어 있었다.

# 미켈란젤로의 부활
주현절 다음날

뿌연 우윳빛 안개 속에서 추기경이 얻은 최초의 감각은 유령들이 소리 없이 위아래로 커다랗게 움직이는 동작이었다. 점차 눈에서 희뿌연 것이 사라지고 목소리들이 감각에 다가왔다. 옐리넥은 절박한 목소리를 들었다.

"추기경님, 제 말 들리십니까? 제 말 들리세요, 추기경님?"

"예."

추기경이 대답했다. 이제야 비로소 간호사의 옆으로 벌어진 흰색 두건이 또렷하게 눈에 들어왔다. 빳빳한 리넨 천이 불그레한 얼굴 주변을 감싸고 있었다.

"모두 정상입니다, 추기경님! 기절하셨더랬어요."

간호사가 그의 질문에 앞질러 대답했다.

"기절?"

"비밀문서고 입구에 기절해 쓰러지신 것을 사람들이 찾아냈죠.

지금은 병동에 계십니다. 몬타나 교수님이 직접 추기경님을 돌보셨어요. 이제 모든 게 정상입니다."

추기경은 눈길로 자신의 팔오금에 붙여진 밴드 밑에서 뻗어올라간 호스를 좇다가 크롬 빛깔 대에 걸린 링거 병을 보았다. 또 다른 선 하나가 팔목에서 뻗어나가 빛나는 녹색 스크린을 가진 하얀 기구로 연결되어 있었다. 스크린에는 자신의 심장박동 리듬에 따라서 '삑삑' 하는 소리와 더불어 날카로운 톱니모양이 나타나고 있었다.

꾸며낸 미소를 지으며 연신 고개를 끄덕이는 수녀부터 시작하여 추기경은 눈으로 방 안을 탐구하기 시작했다. 모든 것이 하얗다. 벽들도 천장도 얼마 안 되는 가구도, 심지어는 벽에 붙어 있는 등과 하얀색 나이트 테이블 위에 있는 구식 전화기도 하얀색이었다. 한 공간의 색깔 없음이 지금 이 순간처럼 암울하게 여겨진 적이 없었다. 그는 대체 무슨 일이 일어났던가 생각하기 시작했다. 전화기 옆에 노랗게 빛 바랜, 잔뜩 구겨진 종이가 한 장 놓여 있었다.

수녀는 추기경의 눈길을 보더니 종이를 붙잡지는 않고 조심스럽게 건드리기만 했다. 그러고는 환자에게 사람들이 그를 발견했을 때 그가 이 구겨진 종이를 입에 물고 있었다고 말을 돌려서 설명했다. 상황이 상당히 위급했다는 것이다. 추기경은 그 종이가 목에 걸려 질식사할 수도 있었기 때문이다.

"그것은 중요한 것인지요?"

추기경은 침묵했다. 그는 골똘히 생각에 잠겨 있었다. 마침내 쳐다보지도 않고 종이를 더듬어 잡더니, 두 손으로 종이의 주름을 펴자 그 위에 씌어진 철자들이 나타났다.

"그곳에 검은 색깔로 증명을 해두었다."(Atramento ibi feci argumentum)

추기경은 높낮이 없이 중얼거렸다. 수녀는 이 라틴어를 이해하지 못했기 때문에 부끄러워하며 눈길을 떨어뜨리고 무심하게 하얀 수녀복의 주름을 매만졌다.

"그곳에 검은 색깔로 증명을 해두었다……."

이 말이 누구를 향한 것인지 알지 못해도 그는 이 말을 이미 알고 있었다. 그는 이것이 올바른 실마리라는 것을 알아차렸다.

"그렇게 흥분하시면 안 돼요, 추기경님!"

수녀는 옐리넥의 손에서 종이쪽지를 빼앗으려 했지만 그는 재빨리 손아귀에 움켜쥐었다. 하얀색 병실 문 저쪽에서 몇 사람의 목소리가 들리더니 문이 열렸다. 특이한 행렬이 안으로 밀려들어왔다. 교황의 주치의인 몬타나 교수, 그 뒤를 따라 국무장관 추기경 카스코네, 그 뒤로 두 사람의 보조의사, 국무장관의 수석비서와 보조비서, 그리고 마지막으로 교황의 시종인 윌리엄 스티클러 등의 행렬이었다. 수녀는 벌떡 몸을 일으켰다.

"추기경님!"

국무장관이 소리치면서 옐리넥을 향해 두 손을 뻗쳤다. 옐리넥은 몸을 일으키려고 했지만 카스코네가 환자를 도로 베개로 밀어 넣었다. 그리고 나자 교수가 앞으로 나서서 추기경의 손을 잡고 맥을 짚더니 고개를 끄덕였다.

"기분이 어떠십니까, 추기경님?"

"기운이 좀 없지만 아프진 않아요."

"순환장애였습니다. 생명이 위험한 것은 아니었지만, 어쨌든 조심하셔야지요. 일은 줄이고 산책을 더 늘리셔야 합니다."

카스코네가 물었다.

"어쩌다 그렇게 되었지요? 비밀서고 앞에서 당신을 발견했다더군요. 하느님이 도우셨지요. 그 장소보다 더 공기가 나쁜 곳은 없을 겁니다. 정신을 잃은 것도 놀라운 일이 아니지요."

"추기경님, 단둘이 얘기할 수 있을까요?"

옐리넥은 확고한 시선으로 국무장관을 바라보았다. 그러자 한 사람씩 병실을 빠져나갔다. 스티클러는 교황의 인사를 전해 주었다. 옐리넥은 성호를 그었다.

옐리넥 추기경은 말을 시작했다.

"흥분 때문입니다. 흥분한 탓이었어요. 미켈란젤로의 문자를 설명할 방법을 찾는 중에 무언가를 찾아냈던 거지요……."

"이 사건을 그렇게 심각하게 받아들일 필요는 없어요."

카스코네는 무뚝뚝하게 환자의 말을 끊었다.

"미켈란젤로는 벌써 400년 전에 죽었어요. 그는 위대한 예술가였지 신학자는 아니었습니다. 그가 어떻게 비밀을 감추어두었겠소?"

"그는 르네상스 시대에 태어난 사람이지요. 이 시대 이전에 모든 예술은 교회에 봉사했지만, 이 시대 이후 사정이 어땠는지는 따로 설명드릴 필요가 없겠지요. 그리고 미켈란젤로는 피렌체 출신입니다. 언제나 피렌체에서 죄악이 나왔단 말입니다."

"그놈의 문자들이 나타났을 때 페드리치가 지워 없애버렸어야 하는 건데. 이제는 아는 사람이 너무 많아요. 우리가 어떤 해석을 찾아내도 바티칸은 구설수에 오를 겁니다."

"하지만 그리스도 안의 형제여, 당신도 나처럼 우리 교회의 건물이 단단한 화강암 반석 위에만 지어진 것이 아니라는 사실을 잘 아시지요? 도처에 모래알이 들어 있다는 것을 말입니다……."

"그러니까 당신은 정말로 믿는 것이군요. 400년 전에 죽은 화가가…… 좋아요. 윗분에게서 친절한 대우를 받지 못했다고 칩시다. 그 어떤 프레스코화에 그 어떤 문자들이 드러난 것으로 이 사람이 거룩한 어머니 교회를 위험에 빠뜨릴 수 있다고 믿는단 말입니까?"

국무장관은 화가 난 태도로 말했다.

옐리넥은 일어나 앉았다.

"첫째로 여기서 문제가 되는 것은 그 어떤 프레스코가 아닙니다. 그리스도 안의 형제여. 바로 시스티나 예배당의 프레스코가 문제가 되고 있습니다. 둘째로 미켈란젤로 부오나로티는 죽기는 했지만 완전히 죽은 것이 아니에요. 미켈란젤로는 살아 있어요. 살아 있을 때보다도 오히려 오늘날 인류의 기억 속에 더욱더 살아 있습니다. 셋째로 그는 교황님과 어머니 교회에 대한 증오에 사로잡혀서 그와 같은 사람이 사용할 수 있는 모든 수단을 다 썼다는 것입니다. 폭 넓은 탐색을 하고 난 다음 결론을 말씀드리는 겁니다."

"며칠 밤을 비밀서고에서 보내신 것 같군요, 추기경님. 그래서 거기서 보신 일을 그렇게 고약하게 여기는 겁니다."

"당신의 명령에 따라서였지요, 그리스도 안의 형제여. 바로 당신이 이 사건을 제게 맡기셨습니다. 그밖에도 이 사건이 몹시 마음에 걸려서 나는 몇 시간쯤 잠을 희생하고 그 일에 매달릴 수 있었어요. 어째서 웃으시지요, 국무장관님?"

카스코네는 머리를 가로저었다.

"프레스코의 덧칠을 씻어내는 과정에서 불행하게도 드러난 문자 여덟 개가 로마 교황청을 흥분상태에 빠뜨릴 거라고는 생각지 않아요."

"이보다 훨씬 하찮은 사건들도 바티칸의 담벽을 훨씬 넘어갔지요."

"한번 더 생각해 보십시다. 페드리치가 내일 이 철자들을 용제(溶劑)로 닦아서 없애버린다면 어떻게 될까요?"

"이렇게 말씀드리지요. 신문마다 그 사실이 보도될 겁니다. 그리고 우리는 예술작품을 파괴했다는 죄목을 뒤집어쓰겠지요. 나아가서 원래 문자에 대한 추측들이 나타날 것이고, 그밖에도 교황청이 나서서 이 철자들을 지우게 된 동기가 무엇일까에 대한 추측들이 나오겠지요. 거짓 예언자들이 일어나고 거짓 증언들이 생겨날 것이고, 결국 유익함보다는 손해가 훨씬 커질 겁니다."

말을 하면서 옐리넥은 손을 펼쳐서 구겨진 종이쪽지를 보여주었다.

"나는 이미 이 철자들의 해석을 시작했습니다."

카스코네가 가까이 다가와서 쪽지를 바라보았다.

"그래서요?"

"A-I-F-A는 'Atramento ibi feci argumentum' (그곳에 검은 색깔로 증명을 해두었다)입니다…… 물론 이런 시작부분이 행복을 약속해 주는 것 같지는 않군요."

카스코네는 눈에 띄게 당황한 모습을 보였다. 그는 지금까지 이 사건에 별다른 의미를 두지 않았다. 그러나 지금 국무장관은, 미켈란젤로가 교회의 어떤 비밀을 시스티나 예배당의 천장에 써넣은 것이 아닐까 하는 질문을 진지하게 해보았다. 카스코네는 심각하게 생각하고 나서 말했다.

"그렇다면 이 해석이 옳다는 것을 어떻게 증명하시겠소?"

"현재로서는 증명할 길이 없어요. 오직 절반만 알기에 증명을 못하는 겁니다. 다만 이런 첫 해석이, 벌써 이 문자가 교회에 얼마나 위험할 수 있는가를 보여준다고 할 수 있지요."

"그렇다면 무슨 일을 할 수 있겠습니까?"

"무슨 일을 할 수 있느냐? 형제로서 형제에게 말씀드립니다. 우리는 저 피렌체 사람이 사용한 수단을 사용하도록 저주를 받았어요. 그리고 그가 악마와 동맹을 맺었다면 우리도 악마를 불러들여야지요."

카스코네는 십자를 그었다.

## 의문의 소포
### 교황 마르첼루스의 축일

저녁 무렵, 옐리넥 추기경의 진한 청색 피아트 승용차가 키지 궁전 앞에 멈추었다. 이 도시에서는 흔한 일이지만, 이 건물을 지은 바로크 건축가의 이름을 잊어버리게 만들려고 은행가 아고스티니 키지가 자기 이름을 붙여준 이 건물은 영욕이 엇갈린 역사를 겪었다. 현재는 의견일치를 보지 못한 상속단이 건물 내부를 여러 개의 아파트로 나누어서 비싼 값에 세를 놓고 있었다.

사제처럼 옷을 입은 운전사가 자동차의 뒷문을 열었다. 추기경이 내리더니 문 위에 카메라가 설치된 작은 옆문으로 다가갔다. 어두운 현관 옆에서 수위실에 앉아 있던 안니발레가 추기경에게 친절한 태도로 고개를 끄덕 하고 인사했다. 그는 2년 전에 이곳에 입주해 들어올 때 추기경에게 인사를 하면서 자기는 무신론자라고 말했다. 눈을 찡긋 하면서 덧붙인 말이, 다행이다, 그렇지 않다면 추기경께서는 안니발레에 대해서 전혀 아무것도 모르실 것이 아니냐고 했다. 안니발레는 수위 노릇말고도 환전상, 오토바이 경주자 노릇도 했다.

그러나 이런 것들보다 더욱 주목을 끄는 것은 안니발레의 아내 조반나였다. 중년의 나이로 그 이름에 아주 잘 어울리는 여자였다. 그녀는 거의 언제나 층계참에서 지내는 것 같았다. 추기경이 집으로 올라가는 길에 층계에서 조반나를 만나지 못하면 그것이 이상하게 여겨질 지경이었다. 단련한 무쇠로 가장자리를 두른 넓은 계단은 낙원의 뱀처럼 엘리베이터 주위를 감싸면서 위쪽으로 올라갔다.

전에 그는 이 구식 엘리베이터를 타곤 했다. 그러다가 어느 날 조반나가 계단을 청소하는 것을 보았다. 그녀는 하루에도 여러 번씩 계단 청소를 하는 것 같았다. 그는 마호가니 판으로 실내를 감싼 엘리베이터의 유리창을 통해서, 그녀의 통통한 종아리를 뒤에서 훔쳐보았다. 이 종아리에는—'주여, 불쌍히 여기소서'(misere domine)—짧은 스타킹이 감겨 있었는데, 거무스름한 빛으로 마무리된 스타킹의 끝부분이 죄 많은 밴드로 고정되어 있었다.

이런 감각적인 혼란에 마음이 뒤숭숭해진 추기경은 다음날 판테온 근처에 있는 카밀루스 교회에서 고해를 하고, 수도사에게 자신의 수치스런 신분을 털어놓고 죄사함을 위해서 그에 어울리는 벌을 주십사 청하였다. 그러나 성 막달레나의 카밀루스 수도사는 선량한 말로 그를 맞아들여서 주기도문 두 번, 아베 마리아 두 번, 글로리아 기도문 두 번을 외우라고 선고했다. 그리고 어린 예수의 성 테레제 끈으로 몸을 감싸고 모든 불결한 생각을 멀리하라는 선량한 충고를 해주었다. 그밖에도 그가 이 광경을 보았다는 그것이 죄가 아니오, 그것을 보고 즐거운 생각을 가진 것이 죄악이며, 그가 천박한 의도를 품고 이 모습을 즐겼다면 모든 환자를 지켜주시는 거룩한 카밀루스 성인의 넓은 가슴이 그를 지켜주실 것이라고 말했다.

사제의 충고에 힘을 얻어, 『가톨릭 백과사전』의 '순결' 항목에 씌어진 규칙들을 한 번 더 확인해 보고 나서, 추기경은 다음날 엘리베이터를 타고 4층 단추를 꾹 누르고 온갖 유혹에서 벗어나기 위해 눈을 질끈 감고는 성 아그네스를 불렀다. 그러나 엘리베이터는 금방, 4층까지 올라갔다고 생각되기에는 너무 금방 다시 멈추어 섰다. 생각지도 않은 멈춤과 이어서 문이 열리는 바람에 추기경은 눈을 뜨지 않을 수 없었고, 이어서 조반나를 보았다. 조반나는 무슨 죄 많은 모습을 하고 그의 눈앞에 등장한 것은 아니었다. 더러운 물이 담긴 잿빛 물통을 오른손에 들고 대걸레를 왼손에 든 것만 보아도 알 수 있었다.

그는 엘리베이터 안으로 들어오는 여자를 가혹한 눈길로 쏘아 보았는데도 풍만한 젖가슴의 자극적인 모습이 그를 괴롭혔다. 그는 몹시 당황해하면서 수위 마누라의 친절한 인사에 대답도 하지 않고 엘리베이터 밖으로 나가려고 하였다. 그러나 이 재미있는 놀이에 사탄도 한몫 거들어서 조반나가 물결치는 커다란 젖가슴으로 길을 가로막는 바람에, 추기경은 악마를 쫓는 사람 앞에 선 악마처럼 깜짝 놀라 뒤로 물러섰다. 조반나는 이렇게 소리쳤다.

"2층이에요, 추기경님!"

"2층이라구?"

추기경은 야훼의 모습을 본 이사야처럼 당황해서 중얼거렸다. 그리고 이사야처럼 몸을 옆으로 돌렸다. 그러나 뒤쪽에 느껴지는 조반나의 몸에서 풍겨나오는 죄 많은 온기가 어지럼증을 불러일으켰다. 문이 자동으로 닫히고, 덜컥 하면서 구식 엘리베이터가 다시 올라가기 시작하기까지의 시간이 그에게는 한없이 길게 느껴졌다. 그는 엘리베이터를 타겠다는 잘못된 생각을 했던 것을 저주하였다. 그렇다. 그는 에덴 동산에서 아담이 뱀의 모습을 한 사탄을 만난 것처럼, 자신이 죄 많은 유혹의 희생물이라고 느꼈다.

그는 얼굴을 찡그리고서 엘리베이터 내부 중간 높이에 가로걸린 차가운 금속 막대를 꼭 붙잡았다. 짐짓 무관심한 척하며 추기경은 유리창을 통해 계단을 바라보았다. 그러다가 유리창에 비친 조반나의 모습이 그의 눈에 들어왔다. 그녀의 검은 눈과 높은 광대뼈, 도톰하게 부풀어오른 입술을 아주 가까이서 보았다. 조반나는 자기 모습에 고정된 그의 눈길을 알아차리자 성급한 몸짓으로 풍만한 머릿결을 흔들어 뒤쪽으로 밀어넣더니, 시선을 천장 한가운데 달린 우윳빛 등으로 향했다. 2층에서 4층까지의 고통스런 침묵을 건너뛸 속셈으로 그녀는 그 자세 그대로 나직한 콧노래를 불렀다.

"푸니쿨리 푸니쿨라, 푸니쿨리 푸니쿨라아아!"

전혀 해롭지 않은 나폴리 민요의 후렴구였다. 그러나 조반나의 나직한 목소리는 전혀 다른 울림을 가졌다. 점잖지 못하고 죄 많은 울림이었다. 어쨌든 추기경의 귀에는 그렇게 들렸다. 왜 그런지는 하느님만이 아시는 일이겠지만, 그는 유리창에 비친 조반나의 입술을 관찰하는 것을 그만둘 수가 없었다. 그리고 바라보는 것 자체가 죄악이 아니요, 저급한 의도를 품고 그것을 즐기는 것이 죄라는 카밀루스 수도사의 말이 기억에 되살아났다. 아니다,

의도가 저급하건 고상하건 그가 조반나의 모습을 보고 즐겼다는 것은 말이 안 된다.

"4층입니다, 추기경님!"

이제는 너무 빨리 끝나버렸다는 느낌으로 추기경은 자동문이 열리자마자 서둘러서 엘리베이터 밖으로 나왔다. 그리고 가능한 한 커다란 원을 그리며 관리인 여자를 돌아 달아나면서 외쳤다.

"고마워요, 시뇨라 조반나, 고맙소!"

벌써 2년 전 일이었다. 그 이후로 계단은 추기경에게 매일의 사건이 되었다. 그는 넓은 계단을 이용했고, 따라서 4층까지 올라가는 도중에 관리인 여자를 만날 것이라고 거의 확신할 수 있었다. 그러나 추기경이 엘리베이터를 타거나 혹은 특이한 시간에 자기 집으로 돌아갈 경우에도 신비로운 신의 섭리에 따라 조반나를 만나게 되곤 했다.

이날 저녁 추기경은 계단으로 가는 길을 선택했다. 성 바울로처럼 그는 육신의 고통을 느끼면서, 그리움에 가득 차서 위쪽을 바라보았다. 그랬다. 그는 자기가 일부러 큰소리를 내며 걷고, 관리인 여자에게 시간을 벌어주기 위해서 걸음을 늦춘다는 사실을 알아챘다. 그러나 2층에 도달했는데도 만남이 이루어지지 않았다. 추기경은 일종의 금단 증세를 느꼈다. 그것은 중독되었다는 증거다. 고해신부의 충고에 따라서 그는 고통스러운 욕망을 어느 정도 분출시켰다. 조반나의 모습을 막으려고 하지 않고, 욕망을 불러일으키는 여자를 경멸하려고 애썼다. 카밀루스 수도사의 충고에 따르면, 이런 방식으로 그는 악의 유혹을 물리칠 그날그날의 강함을 얻을 수 있다는 것이다.

그러나 교회사를 살펴보면 금욕주의자의 환상이 죄인의 환상보다 더 무시무시하다는 것을 알 수 있다. 이런 환상들은 교부 히에로니무스와 예수회 성인 로드리게스에게도 나타났다. 「기독교도의 완전성의 실천」을 설교한 로드리게스는 일생 동안 벌거벗은 여자들의 모습으로 고통받았다. 그녀들은 밤이면 꿈속에 나타나서 그의 눈 바로 위에서 젖가슴을 흔들어댔다. 이 수염난 참회자는 사막에서도 춤추는 로마 처녀들을 만났고, 통증을 만들어내기 위한 옥수수대 매트리스도, 옆으로 누워 자는 일도 아무런 효과가 없었다. 성인의 정신으로 살았던 사람들이 육체의 유혹에 시달렸다면 자기 같은 사람이 거기에 저항해 본들 무슨 소용인가? 실망한 마음으로 그는 계속 올라갔다. 조반나의 스타킹 신은 종아리가 그의 눈앞에서 춤을 추는 동안—현실은 이보다도 더 노출된 모습을 보여주었다—그는 검은색 가운 속으로 손을 넣어 열쇠를 만지작거렸다.

추기경은 혼자 살았다. 프란치스코회 수녀가 집안일을 맡아서 해주었지만 저녁이면 아벤틴 언덕에 있는 자신의 수녀원으로 돌아갔다. 그래서 그는 빈 집으로 돌아오는 일에 익숙해 있었다. 붉은색 카페트가 덮인 높고도 어두운 복도가 집을 두 부분으로 나누었다. 왼쪽편에 있는, 양쪽으로 여는 문을 열면 살롱으로 들어서게 된다. 이 방에는 19세기 이탈리아 양식의 검은 가구들이 놓여 있고, 유리문을 통해 분리된 그 뒤쪽에 서재가 있었다. 복도의 오른편에 침실, 화장실, 부엌 등이 있었다.

혼란스런 심정으로 추기경은 서재로 들어섰다. 마주보고 있는 두 개의 벽면에는 바닥부터 천장까지 책들이 가득 꽂혀 있고, 목재 판을 댄 세 번째 벽에는 십자가가 걸렸고, 그 앞에 자줏빛으로 감싸인 기도대가 놓였다. 그는 기도대 앞에 털썩 주저앉아서 두 손으로 얼굴을 감쌌다. 속삭이는 어조로 로사리오 기도를 되풀이해도 아무런 소용이 없었다. 가장 열렬한 아베 마리아 기도도 조반나의 죄 많은 환영으로 방해를 받았기 때문이다.

추기경은 화가 나서 벌떡 일어나 성급하게 몇 발짝 오락가락하다가 무언가를 결심하고서 커튼이 내려진 어두운 침실로 걸어갔다. 낡은 옷장을 서둘러 뒤져서 가죽끈을 찾아냈다. 그런 다음 가운의 단추를 풀고 웃옷을 벗었다. 그러고는 성 도미니쿠스처럼 끈으로 자신의 등을 후려치기 시작했다. 소심하게 시작했지만 이런 형벌에 쾌감을 느끼자 더욱 세게 휘둘러 가죽끈이 커다란 소리를 내면서 피부를 철썩 때렸다. 때마침 아파트 문의 노크 소리가 이 정신 나간 상태에서 그를 불러내지 않았다면, 어쩌면 이 날 밤에 정신을 잃을 때까지 자신을 채찍질했을지도 모르는 일이었다. 그는 서둘러 옷을 입었다.

"누구요?"

추기경은 복도를 통해 소리쳤다.

문 앞에서 조반나의 목소리가 들려왔다. "우리 주여!"(Domine nostrum) 하는 소리가 저절로 입 밖으로 새어나오고, 그는 서둘러 십자를 그었다. 그리고 문을 열었다.

"어떤 신부님께서 이것을 놓고 가셨어요!"

조반나는 더럽혀진 갈색 종이로 싸고 튼튼한 끈으로 묶은 작은 꾸러미를 내밀었다.

추기경은 놀라서 멍하니 조반나를 바라보았다.

"어떤…… 신부요?"

그는 당황해서 중얼거렸다.

"네, 신부님요. 도미니쿠스회 아니면 팔로티누스회, 뭐 아무튼 검은 옷을 입고 있었어요. 이것을 추기경님께 전해달라고 말했어요. 그게 전부예요."

추기경은 꾸러미를 잡고 감사의 표시로 고개를 끄덕이고는 놀라서 문을 닫았다. 그는 조반나의 발소리가 층계에 울리는 소리를 들었다. 그러다가 살롱으로 들어가서 꽃무늬가 수놓인 안락의자에 앉았다.

'저 여자는 죄악이야, 낙원의 뱀이고, 사막의 유혹이야. 우리 주여! 자 이제 어떻게 한다?'

그는 『미사 전서』를 집어들었다. 공부는 정열을 막는 고약이다. 건성으로 책장을 넘기다가 강림절 이후 세 번째 주일을 위한 「루가 복음서」에서 멈추었다. 세리들과 죄인들이 예수의 말씀을 들으려고 모여들었다. 이것을 본 바리새 사람들과 율법학자들이 불평하며 말하기를, "그가 죄인을 받아들여 그들과 함께 먹고 마신다" 하였다. 그래서 예수께서는 그들에게 비유로 말씀하셨다.

"너희 가운데 누가 양 100마리를 가지고 있었는데 그중에서 한 마리를 잃었다면 어떻게 하겠느냐? 아흔아홉 마리는 들판에 그대로 둔 채 잃은 양을 찾아 헤매지 않겠느냐? 그러다가 찾게 되면 기뻐서 양을 어깨에 메고 집으로 돌아와 친구들과 이웃을 불러모으고 '자, 같이 기뻐해 주십시오. 잃었던 양을 찾았습니다' 하며 좋아할 것이다. 잘 들어두어라. 이와 같이 회개할 것 없는 의인 아흔아홉보다 죄인 한 사람이 회개하는 것을 하늘에서는 더 기뻐할 것이다."

복음서 기록자의 말씀이 열병을 진정시키는 약처럼 진정효과를 가져왔다. 죄의 열병이 다시 깨어날까 두려워하면서 추기경은 몸을 일으켜 서재로 가서 기도대에 다시 몸을 엎드렸다. 특별히 가슴에 와닿는 다윗 왕의 시편들에서 그는 도움을 구하였다.

"오, 하느님, 저를 살려주소서. 야훼여, 빨리 오시어 저를 도와주소서."

추기경은 절반쯤 소리내어 간절한 심정으로 읽었다.

"이 목숨 빼앗으려고 노리는 자들, 수치와 창피를 당하게 하소서. 내 불행을 즐거워하는 자들, 물러나 망신을 당하게 하소서! 나를 보고 깔깔대던 자들, 창피를 당하고 도망치게 하소서! 그러나 하느님을 찾던 자들은 모두 당신 안에서 기쁘고 즐거울 것입니다. 당신의 도움을 바라던 자들은 항상 '하느님 높으시어라' 찬양할 것입니다. 저는 가난하고 불쌍합니다. 하느님, 빨리 오소서. 야훼여, 더디 마소서……."

이렇게 명상을 하는 도중에, 당황해서 생각 없이 옆으로 밀쳐두었던 꾸러미 위로 눈길이 떨어졌다. 그는 그것이 비밀스런 내용물을 담고 있을까 봐 겁이 난다는 듯이 두 손으로 이리저리 만져보고 조심스럽게 끈을 풀기 시작했다. 성모 마리아와 모든 성자들이여, 호기심은 기독교의 미덕과는 거리가 멀건만, 이 부덕함이 그의 경건한 기도보다도 강했다. 조반나의 모습이 그의 생각을 옳지 못한 곳으로 이끌어가는 것과 같은 일이었다. 다시 조반나가 그의 앞에 섰다. 머릿속으로 솔로몬의 「아가서」가 울렸다. 그는 이보다 더 감각적인 구절을 알지 못했다.

'그대 머리카락은 길르앗 비탈을 내리닫는 염소떼…… 입술은 새빨간 실오리…… 그대 목은 높고 둥근 다윗의 망대 같아…… 그대의 젖가슴은 새끼 사슴 한 쌍 같고, 쌍둥이 노루 같아라…….'

추기경은 동작을 멈추었다. 다마스쿠스 성문 앞에서 하늘에서 내린 빛을 받고 놀란 사울처럼, 꾸러미의 내용물이 그를 놀라게 만들었다. 금 테두리를 한 안경 한 개와 십자가 수가 놓인 실내화 한 켤레였다.

# 비밀회의
이틀 뒤

특별회의를 소집하라는 성령의 부르심을 좇아 옐리넥 추기경은 성 우피치오 광장 11번지 2층에 있는 성무청에서 다음의 참석자들을 확인했다.

국무장관이며 동시에 교회의 공보를 담당한 줄리아노 카스코네 추기경, 교리 담당 감독관이며 카에사레아 명예 대주교인 마리오 로페즈, 성사(聖事)와 예배 담당 장관이며, 제례와 의식에서 의전을 담당하고 옐라의 명예주교인 주세페 벨리니 추기경, 가톨릭 교육 감독관이며 대학교육을 담당하고, 콜레기움 토이토니쿰 대학 학장인 프란티섹 콜레츠키, 바티칸 문서고를 관리하고 성하의 수석 비밀사서이며, 아벤틴 언덕의 오라토리오회 소속인 아우구스티누스 펠트만 신부, 바티칸 박물관 큐레이터인 도미니크회 수도사 피오 그롤레브스키, 고문관이고 시스티나 예배당 복원 책임자인 브루노 페드리치, 바티칸 건물 및 도서관 책임자인 안토니오 파바네티 교수, 피렌체 대학 미술사 교수이며 미켈란젤로를 중심으로 후기 르네상스 및 초기 바로크 시대 프레스코화 전문가인 리카르도 파렌티, 예수회의 아담 멜체르, 성 아우구스티누스 은둔회 소속인 우고 피로니오, 마리아의 시종회 소속 피에르 뤼지 찰바, 산타 아니스타샤 소속 펠리체 첸티노 수도사, 산 카를로 소속의 데시데리오 스칼리아 수도사, 성 피에트로 인 빈콜리 소속 라우디비오 차키아 등이었다. 공증인 안토니오 바르베리노, 기록자 에우제니오 베를린제로, 서기 프란체스코 살레스 등이 기록계로 참석하였다.

다음의 기록은 성무청 일지에서 발췌한 것이다.

옐리넥 추기경께서 위에 참석한 사람들에게 에라스무스의 모범에 따라 '적은 것에서 많은 것을, 가장 작은 것에서 가능하면 최고의 것을 이끌어내고' 이 사건을 얕잡아보지 말라고 청하였다. 신학도 예외가 아니지만 학문과 예술은 2000년 동안 거룩한 어머니 교회에 대해서 로마인들이 기독교도를 박해한 것보다도 더 많은 해를 입혔다. 시스티나 예배당에 있는 수수께끼 문자의 해독이 문제가 아니다. 그것을 만들어낸 사람은 병적인 반교황주의자라고 부를 만한 사람이다. 이 위원회는 온갖 변질된 추측들을 앞지르고, 동시에 이 발견을 공표할 때에 반드시 필요한 설명을 제공하기 위한 것이다.

프란티섹 콜레츠키의 항의 : 이 위원회는 얼마 전에 있었던 비슷한 사건을 생각나게 한다. 그 또한 별것도 아니던 것이 성무청에서 토론되었다는 사실 때문에 교회에선 해결할 수 없는 문제로 변질되고 말았다.

예수회의 아담 멜체르의 질문 : 어떤 사건을 말하는 것인가? 모두가 알아들을 수 있는 말로 표현해달라.

콜레츠키의 답변(아이러니가 섞임) : 아직도 성장하고 있는 사람들을 위해서 설명을 해드리겠다. 교리를 담당하신 옐리넥 추기경의 동의가 전제되는 일이지만, (추기경이 머리를 끄덕임으로써 동의하자) 이 위원회는 우리 주 예수의 귀두(龜頭) 포피에 관해서 비밀리에, 그러나 성과 없는 토론을 벌였다. 경건한 의도로, 도덕적으로 순수하게 토론했음에도 사건은 해결할 수 없는 문제로 확대되었을 뿐이다.

마리아 시종회의 피에르 뤼지 찰바가 격분함.

콜레츠키는 굽히지 않고 연설을 계속했다. 당시 어떤 예수회원이 이 사건을 시작했다. 그는 한 수도원에 보관되고 있다는 성스러운 포피가 경배해도 되는 것인지를 질문했다. 복음서 저자 루가는 예수가 탄생한 지 8일 만에 할례를 받았고, 그의 포피를 감송(甘松)에 넣어 잘 보관하였다고 보고하고 있다. 그러나 성무청에서 이루어진 토론은 생각지도 못한 결과를 가져왔다. 여러 장소에서 포피들이 나타났을 뿐만 아니라, 고귀한 위원회는 우리 주 예수께서 부활하여 승천하실 때에 원래 그의 몸의 일부였던 이 부분도 함께 지니고 가시지 않았겠느냐는 질문에 직면하게 되었던 것이다. 고귀한 신사들이 이 문제를 놓고 너무나도 격렬한 싸움이 붙어서, 당시 교황위원회가 교회 규범법의 해석에 개입하지 않을 수 없었다. 그러나 이 위원회는 성스러운 포피가 명백한 성유물로 판정받을 수 없다고 거절함으로써 문제를 일부만 해결하였다. 교회법 1281조 2항에 따르면 고문을 받은 신체 부위들만 성유물로 간주될 수 있기 때문이다. 당시 성무청은 성스러운 포피를 두고 말이나 글로 논쟁하는 일을 '기밀사안'으로 분류하고 파문이라는 벌로 엄금하는 도리밖에 달리 길을 알지 못했다.

옐리넥 추기경이 탁자를 두드려서 논의를 중단시켰다. 본론으로 돌아갑시다. 추기경님!

콜레츠키 : 교황청이 이런 위원회를 열어서 모기를 코끼리로 만들 뿐이라는 사실을 말하려고 했다. 그리고 때로는 침묵이 말보다 낫다는 것을 증명하려고 했다. 말은 상처를 열어 보이는 데 반해서 침묵은 치유를 촉진하는 법이다.

국무장관 겸 교회 공보장관인 줄리아노 카스코네가 급한 성미를 드러내며 : "교황청의 과제는 침묵하지 않는 것입니다! 여기 회의에 참석한 우리들이 결정을 내리지 않으면 안 됩니다. 어떤 방식이 되었든 말이지요!"

곧이어 옐리넥 추기경이 분위기를 진정시키려고 애썼다 : "그리스도 안의 형제들이여, 겸손은 기독교도의 모든 덕목 중에 가장 훌륭한 것입니다. 내가 어째서 이 사안을 중요한, 아니 위험한 것이라고 생각하는지 말씀드리겠습니다. 바로 이곳, 이 책상 앞에서 350년 전에 하나의 사건이 다루어졌습니다. 그것은—주여, 우리 가련한 죄인들을 자비롭게 여기소서—어머니 교회에 중대한 해를 입혔습니다. 저 갈릴레이 사건을 말하는 것으로 그것은 성무청에는 치욕으로 남았습니다. 갈릴레이 사건이 겉보기에 별것 아닌 일에서, 즉 하늘이 움직인다는 주장이 성서의 기록에 맞는 것이냐 하는 문제에서 비롯하였다는 점을 상기시키고자 합니다. 그러므로 같은 잘못을 한 번 더 범해서는 안 된다는 점을 경고하고자 합니다."

성 아우구스티누스 은둔회 소속 우고 피로니오 입에서 터져나온 흥분된 외침 : "트리엔트 종교회의는 교부들의 해석에 위배되는 성서 해석을 금지했습니다! 갈릴레이에 대한 판결은 옳았습니다."

점점 더 격렬한 태도로 옐리넥 추기경 : "지금 우리는 규범법을 논하는 것이 아닙니다. 성무청의 사건이 거룩한 어머니 교회에 미친 해악을 이야기하는 것이오. 그리고 책임자들의 부주의함에서 별것 아닌 사건이 치명적인 것으로 변할 수도 있다는 점을 이야기하는 것입니다."

격분한 우고 피로니오 : "당시 지식 수준에 따르면 태양이 하늘에 붙박여 있으면서 지구 주위를 돌고, 지구는 우주의 중심부에서 움직이지 않고 머물러 있다는 것이 상식이었습니다. 그런 일은 지식 있는 사람이면 누구나 교부들이나 찬송가나, 솔로몬과 여호수아에서 읽을 수 있습니다. 거룩한 어머니 교회가 성서의 이 부분들이 의문시되는 일을 참아야 했단 말입니까? 그랬다가는 오래 지나지 않아 또 다른 이단 사상가가 나타나서 주 하느님이 아담과 이브를 낙원에서 쫓아낸 것이 아니라 아담과 이브가 단둘이만 있고 싶어서 주 하느님을 낙원에서 쫓아낸 것이라고 주장했을지도 모르는 일이고, 그런 일을 수학적·천문학적으로 입증했을지도 모르지요."

피로니오는 십자를 그었다.

"그리스도 안의 형제여, 당신은 갈릴레오 갈릴레이가 아니라 성무청이 틀렸고, 천문학과 기하학이 아니라 신학이 오류를 범했다는 사실을 잊은 것 같군요. 아니면 성 아우구스티누스 은둔회에서는 오늘날에도 태양이 지구 주위를 돌고 있습니까?"(옐리넥

추기경의 발언, 도중에 좌중의 불안을 만들어냄)

계속해서 옐리넥 : 갈릴레이는 경이로운 학문과 신의 계시와 영원한 평화에 관해서는 다른 어떤 학문보다도 신학의 우선권을 인정하였다. 그는 심지어 신학을 학문들 중의 여왕이라고 부르기까지 했다. 그러면서 신학이 열등한 학문들의 저급하고 하찮은 사색의 영역으로 내려오지 말라고 요구했다. 이들 학문들은 영혼의 평화를 위한 것이 아니고, 이런 학문의 종사자들은 자기들이 지식을 갖지 못한 영역의 문제들을 결정할 권위를 요구할 수 없기 때문이다.

그러자 우고 피로니오가 격분해서 성 아우구스티누스의 저술인 「문자 그대로의 창세기」에서 한 구절을 인용했다. 참회 설교사라도 이보다 더 격렬할 수는 없을 것이다.

"세속의 학자들이 참되다고 입증할 수 있는 모든 것이 우리 성서와 모순되지 않는다고 말할 날이 오리라는 것을 분명히 알 수 있다. 그러나 우리는 그들이 자기들의 책에서 성서와 반대되는 것을 가르치는 일은 분명 잘못이라고 보아야 한다. 그리고 우리는 할 수 있는 한 그것을 입증하고자 한다."

교리 담당 감독관이며 카에사레아 명예 대주교인 마리오 로페즈가 이 연설에 답변하였다.

"피로니오 씨, 우주의 사정을 설명하는 것은 성서의 일이 아니오. 거룩한 어머니 교회의 구원론을 설명하는 것이 학문의 일이 아닌 것과 마찬가지요. 그리스도 안의 형제여, 이것은 내 말이 아니라 바로 갈릴레오 갈릴레이의 말입니다."

"성서는 사물의 특성을 가르치기 위한 것이 아닙니다. 그런 일은 구원에는 아무런 소용도 없어요. 당신은 레오 13세 성하가 지

으신「모든 것을 미리 내다보시는 하느님」에 나오는 명제를 알고 있지 않습니까!"(옐리넥 추기경의 외침)

교리 담당 감독관(로페즈)이 말을 이었다.

"그래서 중세의 상황을 다시 끄집어내서 기하학, 천문학, 음악, 의학의 문제들이 아르키메데스와 보에티우스와 갈레누스보다 오히려 성서에서 더욱 진지하게 다루어졌다고 주장하려는 겁니까? 갈릴레오는 자기 시대의 세속적 학자들이 일부 자연현상을 과학적으로 입증할 수 있다고 주장한 것뿐입니다. 신학자들은 그저 가설만을 가르치고 있던 시대에 말입니다. 그래서 그는 세속적 학문의 진실내용에 대해 신학적으로 토론하기를 거부했던 것이지요. 그것은 과학의 도움으로만 입증될 수 있기 때문입니다. 그는 또한 신학자들이 오류라고 폭로한 것의 증거들에 대해서도 탐구했습니다. 어쨌든 내게는 이 피렌체 사람(갈릴레이)의 주장이 정직한 것으로 보입니다. 자연과학의 증거들은 성서에 속하지 않으며, 오로지 성서에 위배되지 않는다고 선언할 수 있을 뿐이라고 말했기 때문이지요. 그는 사람들이 자연현상의 설명에 저주를 내리기에 앞서 이 설명에 과학적 증거가 결핍되어 있다는 것을 입증하지 않으면 안 된다고 했어요. 그렇지만 이런 일은 그것을 '참'이라고 인정한 사람들의 몫이 아니라 그것에 의문을 제기한 사람들의 몫이라고 말이죠."

옐리넥 추기경은 여러 번이나 성무청의 탁자를 두드리며 본론으로 돌아가라고 경고했다. 거룩한 어머니 교회의 가르침은, 적이라고 명백하게 선언된 사람들을 통해서보다 오히려 자신들의 부주의함과 서툼 탓으로 더 많은 해를 입었다는 사실을 보여주기 위해서 갈릴레이 사건을 언급했을 뿐이다. 이런 맥락에서 추기경은 성 아우구스티누스의 예정설을 놓고 벌어진 도미니크회와 예수회 사이의 오랜 싸움을 언급했다. 이 싸움은 두 수도회에 차례로 해를 입혔다.

그러나 이 발언은 다음의 참석자들이 모두 함께 소리쳐서 무슨 말인지 알 수 없게 만드는 이유가 되었다 : 예수회의 아담 멜체르, 산 카를로의 데시데리오 스칼리아 수사, 산타 아나스타샤 소속 펠리체 첸티노 수사, 성사와 예배 장관이며 제례와 의식에서 의전을 담당하는 주세페 벨리니 추기경 등이었다.

옐리넥 추기경은 사람들이 자기 말을 경청하게 만들고 토론을 원래 주제로, 그러니까 시스티나 예배당 문서의 해석으로 되돌리기 위해 상당히 애를 먹었다. 그런 다음 복원공사 책임자인 브루노 페드리치에게 발언권을 주었다.

복원 책임자 브루노 페드리치는 예언자 요엘과 에리트레아의 여자 예언자와 이어서 계속되는 순서에 따라 다른 인물들이 보거나 들고 있는 책과 두루마리에 쓰여진 여덟 개 문자의 발견을 상세히, 그리고 필요한 경우 프레스코 기술과 화학적 분석을 곁들여서 설명했다. 'A-IFA-LU-B-A'라는 이들 문자들은 미켈란젤로가 원래의 본 프레스코화를 완성한 다음, 윤곽, 비례, 원근법상의 수정 등 상대적으로 가벼운 손길로 수정을 하는 과정에서 '세코' 기법으로 덧붙여진 것이다.

국무장관 추기경 줄리아노 카스코네의 질문 : 여기서 논의되는 문자들이 미켈란젤로말고 뒷날 다른 사람의 손에 의해 덧붙여졌을 가능성은 없는가.

페드리치는 이 가능성을 부정했다. 발견된 문자들에 쓰인 것과 같은 무기(無機) 안료들이 『구약성서』 장면들의 그림자 부분에서도 쓰이고 있기 때문이라고 했다. 따라서 이 문자가 진짜라는 것을 의심하는 사람은 동시에 미켈란젤로가 시스티나 천장화를 그렸다는 것도 의심해야 한다.

이 피렌체 사람의 다른 작품에도 그 어떤 문자들이 기록되어 있는가(국무장관의 질문).

피렌체 대학교 미술사 교수인 리카르도 파렌티의 답변 : 미켈란젤로는 당시 관습에 따라 자기 작품에 서명을 하지 않았다. 자기 작품에 자신의 모습을 그려넣은 것을 빼고는 말이다. 「천지창조」에서 예언자 예레미야의 모습과, 「최후의 심판」에서 피부 껍질만 남은 바르톨로메의 모습에 미켈란젤로의 얼굴이 나타나 있는 것은 거의 의심의 여지가 없는 일이다. 피렌체 사람의 이런 독특함에 대한 결정적인 해석은 오늘날까지 이루어지지 않았다.

"그러니까 지금 발견된 미스터리는 철저히 이 사람의 성격에 어울린다는 말씀이지요."(옐리넥 추기경의 발언)

파렌티의 답변 : 그렇다. 게다가 미켈란젤로는 시스티나 예배당 말고는 이렇다 할 그림을 그리지 않았다. 누구나 아는 일이지만 시스티나 예배당의 그림은 물질적인 곤궁에 시달리며 교황과 교황청에 대한 미움을 품고서, 그리고 여러 가지 종류의 굴욕을 겪으면서 나온 것이다. 어떤 종류가 되었든 복수의 생각이 나온다 해도 조금도 이상할 것이 없다. 교황궁의 예배당을 위해 예술가가 선택한 장면들만 해도 추문이라고 말할 것까지야 없겠지만 어쨌든 도전으로 해석될 수 있다. 오늘날 어떤 예술가가 성하의 개인 예배당에 이렇듯 벌거벗은 숙녀와 신사들을 오늘날의 미의 기준에 맞추어서 그렸다고 상상해 보시라. 기독교의 상징들 대신에

마약 장면이나 프리메이슨 장면, 아니면 팝 뮤직 장면을 그렸다고 말이다. 아마 그보다 더한 소동이 없을 것이다.

(성무청 안에 동요.)

파렌티가 계속했다.

"교황과의 싸움에서 피렌체 사람이 승리자가 된 것이죠. 그밖에도 미켈란젤로는 복수하기 위해 신약의 장면 혹은 교회의 그림을 모두 거절했습니다. 그러고는 정령계와 영계의 사절들을 살아나게 만들었어요. 그는 단테를 숭배했죠. 단테는 신플라톤주의자였고, 교회가 이방종교라고 탄핵했던 고대를 찬양하는 사람이었습니다. 오늘날에 이르기까지 어째서 성하께서 이런 종류의 표현에 항의를 하지 않았는지 명백하게 밝혀지지 않았습니다."

교리 문제 장관 옐리넥 추기경의 외침 : "율리우스 2세 성하께서는 항의하셨을 뿐만 아니라 율리우스 교황님은 이 고집센 예술가와 심한 싸움까지 하셨소."

"고집세다니 무슨 뜻입니까? 모든 예술가들, 어쨌든 이름을 얻은 사람들은 고집이 센 법이지요!"(바티칸 문서고 책임자이며 성하의 수석 사서인 아우구스티누스 펠트만 신부의 외침)

옐리넥 추기경의 질문 : "그리스도 안의 형제여, 방금 그 말을 어떻게 이해해야 합니까?"

아우구스티누스 신부의 답변 : "아주 간단합니다. 예술은, 그것이 예술이란 이름을 가지는 한, 돈으로 살 수 없다는 말이죠. 다른 말로 하면 이렇습니다. 예술을 돈으로 살 수 있다고 믿는 것은 어리석다는 거죠. 이 사건이 바로 이 명제를 위한 가장 좋은 예가 될 것입니다. 성하께서는 미켈란젤로가 주문을 완수할 거라고 믿었고, 겉으로 보기에는 정말 그런 것 같았습니다. 그러나 실제로는 자신에게 굴욕을 준 주문자에게 예술가가 복수를 했습니다. 그것도 성하께서 눈치챌 수 없는 방법으로 말이죠. 정직하게 말해 봅시다. 미켈란젤로가 시스티나 천장에 그려놓은 웅대한 세계극장의 구성은 어떤 해석이든 다 가능합니다. 나는 예술가가 상징을 묘사하려는 욕구에 사로잡혀서, 신이 만든 인간의 세 가지 존재형식, 곧 육체적 형식, 정신적 형식, 종교적 형식을 묘사했다는 견해에 만족하지 못합니다. 어쨌든 이 상징체계에서는 아니죠. 인간의 일상과 삶은 상징으로 가득 차 있습니다. 연상시키고, 경고하고, 명령하고, 금지하는 상징들, 서로 뒤엉켜 다투는 상징들이죠. 절대적 상징이란 없습니다. 말하자면 어느 시대, 어느 문화에서나 항상 동일한 의미를 보여주는 상징이란 없다는 말입니다. 기독교의 부활과 신앙의 상징인 십자가만 해도 다른 문화에서는 전혀 다른 의미를 가집니다. 다른 한편 모든 것에 한 개만이 아니라 여러 개의 상징들이, 때로는 아주 많은 상징들이 있습니다. 그러니까 다음과 같은 말씀을 드리려는 겁니다. 미켈란젤로는 자기가 전달하려고 했던 것을 비밀스런 방식으로 표현하기 위해서 이교(異敎)의 여자 예언자들을 필요로 했던 것은 절대로 아니라고 말입니다. 여자 예언자들이 신적인 것을 본다고 하더라도 거룩한 어머니 교회가 가장 고귀한 존재라고 찬양하는 전능하신 하느님이 아니라 올림포스 산정(山頂)을 본다는 뜻이죠."

옐리넥 추기경 : "신부님, 꼭 이단처럼 말씀하시는군요."

아우구스티누스 신부 : "교양 있는 기독교도의 눈에 띌 만한 점들을 말씀드린 것뿐입니다. 물론 보는 재능이 있다면 말입니다. 그리고 이 위원회가 이미 말씀드린 사정을 감안하여 조심스럽게 최근의 발견에 접근하도록 하기 위해서 그것을 말씀드렸을 뿐입니다. 우리가 율리우스 성하처럼 어찌할 줄 모르는 처지에 빠지지 않기 위해서 말이죠."

"그렇다면 페드리치가 발견해서 우리를 놀라게 만든 저 문자에서 당신이 짐작하는 의미는 무엇입니까?"(국무장관 줄리아노 카스코네 추기경의 질문)

아우구스티누스 펠트만 신부가 망설이며 답변을 시작했다. "아직까지는 이 여덟 철자의 결정적인 의미를 제시할 수가 없습니다. 이런 과제를 위해서 나보다 더욱 소명을 받은 다른 사람들이 있겠지만. 나는 이 문제에 대해서 극히 개인적인 입장을 밝히고자 합니다. 바로 그러기 위해서—제 생각으로는—우리는 오늘 여기 모였으니까요."

(찬성의 뜻으로 참석자들이 웅성거림.)

"우리는 여기서 아주 특이한 방식의 통합주의를 만나고 있는 것 같습니다. 그러니까 서로 다른 기원을 가진 종교사상들을 통합하여 내적인 통일과, 모순 없는 하나의 전체로 만들려는 사상 말입니다."(아우구스티누스 신부의 이어진 답변)

교리 담당 감독관이며 카에사레아 명예 대주교인 마리오 로페즈의 설명 : "이 사상은 이미 충분히 논의되었으며. 전혀 새로운 것이 아닙니다. 16세기에 플라톤과 아리스토텔레스 사이를 중개하려던 철학자들은 통합파라고 불렸지요. 물론 그런 통합은 다 아시다시피 불가능한 일입니다. 그러나 그리스도 안의 형제여. 당신의 지적은 문자의 의미보다는 그림의 주제에 관한 것 같군요!"

아우구스티누스 신부 : "정말 그렇습니다. 이 철자들에도 음험한 통합주의가 포함되어 있다는 짐작이 들어서 이것을 언급했습니다."

"그리스도 안의 형제여, 그러니까 우리는 이 비밀의 해결을 위해서 우리 신앙의 신학에만 의존할 것이 아니라……."

바티칸 박물관 큐레이터인 도미니크회 수도사 피오 그롤레브스키가 말하는 도중 국무장관 카스코네 추기경이 큰 소리로 성급하게 끼여들어서 말을 중단시켰다.

"지금 1급 기밀사안을 다루고 있다는 사실을 위원회에 상기시킬 필요는 없겠지요. 교회와 교황청이 웃음거리가 되지 않도록 하는 것이 우리의 과제입니다. 그리고 이번의 발견을 통해서 신학적인 문제를 다루어야 한다면 이 문제 또한 1급 기밀사안으로 처리하는 것이 위원회의 과제입니다!"

침묵.

국무장관 추기경 : "분명하게 말씀드리겠습니다. 이 위원회에서 나온 단 한 마디 말도 언론에 공개되어서는 안 됩니다. 위원회가 이 사건에 대한 설명을 찾아내기 전에는 안 됩니다. 최고의 기본 원칙은 바로 '교리가 예술보다 우선한다'는 것입니다."

산 카를로 소속 데시데리오 스칼리아 수사가 미켈란젤로의 프레스코는 수백 년 전부터 수백만 기독교도들의 믿음의 원천이었다는 점을 지적했다. 창조주 하느님을 그린 장면들이 여러 세대에 걸쳐 개종의 계기가 되었다. 현재의 문제는 신학적인 문제라기보다는 이 사건에 어느 정도의 여론이 집중되느냐의 문제이다.

예수회의 아담 멜체르의 말 : 자신은 시스티나 예배당에서 이 사건내용을 검토했지만 문자를 알아볼 수가 없었다. 고작해야 그것을 짐작할 수 있었을 뿐이고, 따라서 짐작을 놓고 이렇게 진지한 토론을 벌이는 것에 반대한다.

바티칸 건물 및 박물관장 파바네토 교수가 말없이 한 더미의 사진을 탁자 위로 밀어보냈고, 아담 멜체르는 안경을 포개 들고 그것들을 바라보았다. 각각의 그림을 자세히 바라보면서 그때마다 "이건 아무것도 말해주지 않아요" 하고 되풀이 말했다. "이건 아무것도 말해주지 않습니다. 기독교 신앙은, 지각과 사유에서 참이라고 생각되는 것을 빈틈없이 만들어내는 것만으로 보장되지 않는 것을 참이라고 여길 것을 요구합니다. 지각과 사유를 통해서 입증된 것이 참이 아니라고 생각하기를 요구하면 안 될 이유가 어디 있겠습니까."

교리 담당 감독관이며 카에사레아 명예 대주교인 마리오 로페즈가 분개하면서 : "그건 예수회식 수다요! 당신들 예수회 사람들은 항상 모든 상황에 적응하는 법을 알고 있잖소. 가장 적은 에너지만을 투입하고도 자기들의 요구를 이룰 줄 안단 말이오. '그리고 모두가 하느님의 영광을 더 높이기 위해'(예수회 창시자 이냐치오 로욜라의 좌우명)서 말이오."

옐리넥 추기경이 분위기를 진정시키면서 : "그리스도 안의 형제들이여, 참아요! 우리 주 예수님을 위해 참으십시다!"

아담 멜체르가 로페즈 대주교에게 : 대주교가 용서를 빌어야 한다. 자신에게가 아니다. 자신의 명예는 하찮은 것이므로. 예수회에 용서를 빌어야 한다. 예수회가 아시아의 명예 대주교의 모욕을 받아야 할 이유가 없기 때문이다. (이 말을 하고 멜체르는 방을 떠나려고 하였다.)

"그리스도 안의 형제들이여!"

옐리넥 추기경이 진정하고 신중하라고 외치면서, 아담 멜체르에게 자기 자리로 돌아오라고 '직권으로' 경고하였다. 멜체르는 옐리넥이 분명히 '직권으로' 명령했는지 물었다. 그렇지 않다면 대주교님의 실언의 중대성에 비추어 자신은 그 요구를 따를 수가 없다고 했다. 그리고 이 요구가 '직권으로' 이루어졌다는 분명한 확인을 듣고서야 멜체르는 다시 자기 자리로 돌아갔다. 그러나 안경을 만지작거리면서 "대주교님에게서 명예회복을 얻기 위해 교황님의 알현을 청원할 것"이라고 경고했다.

양쪽이 진정된 이후에 옐리넥 추기경은 다음과 같은 질문을 했다. 남자 예언자와 여자 예언자들의 묘사와 철자들 사이에 어떤 내적인 연관성이 있는가, 예언자 요엘과 예레미야에게 나타난 철자 'A'가 어떤 의미를 암시하는가, 철자 'B'는 페르시아 예언자를 가리키는 문자일 수 있는가, 또한 철자 'LU'를 에제키엘과, 'IFA'를 에리트레아 예언자와 연관시킬 수 있는가.

바티칸 문서고 책임자인 아우구스티누스 펠트만 신부가 말을 시작했다. 우선 요엘이라는 이름은 히브리어로 '야훼는 하느님이시다'라는 뜻이라는 것을 지적했다. 그의 예언은 이스라엘에 대한 예언과 이방민족들에 대한 심판으로, 야훼의 날을 암시하는 것이다. 요엘의 예언서는 또한 특별히 짧다. 긴 호흡을 가진 에제키엘의 예언과 비교하면 완전히 반대다. 에제키엘의 예언은 죽은 사람들에 대한 애도, 한숨, 비탄의 외침 등으로 가득 채워져 있다. 음탕한 내용의 사랑노래에 이어 종교적·도덕적 질서가 나타난다. 그러나 철자와 숫자 신비학의 도움을 받아도 철자와 예언자 사이에는 어떤 의미맥락이 발견되지 않으며, 이것은 여예언자들의 경우도 마찬가지다.

안토니오 파바네토 교수의 항의 : 예언자 요엘과 에제키엘에는 표지가 있지만 예레미야, 다니엘, 이사야 등에는 아무런 표지도 없다는 사실에 더 큰 의미를 부여해야 하지 않겠는가. 이 질문은 물론 여예언자들에게도 해당한다. 그들 중에서 특히 에리트레아와 페르시아 여예언자에는 표지가 있고, 델피와 쿠마이 여예언자는 그대로 비어 있으니 말이다.

이 질문은 일반적인 공감을 얻었지만 답변은 되지 않았고, 그래서 수수께끼로 남았다.

가톨릭 교육기관 감독관 프란티섹 콜레츠키는 유대 신비교는 철자와 숫자 마법을 이용한다는 것, 카발라(유대 신비교의 일종-옮긴이)에서는 철자들이 특정한 수치를 가지고 있어서 그 도움을 받아 점을 칠 수 있다는 점을 지적했다.

산 카를로 소속인 데시데리오 스칼리오 수사가 이 연설을 성급하게 중단시켰다.

"그리스도 안의 형제여! 대체 카발라의 기호가 어떻게 시스티나 천장에 도달했단 말입니까? 당신은 미켈란젤로가 카발라에 속하고, 따라서 이단이었다고 주장하시려는 겁니까? 나는 차라리 중세의 주문공식 같은 명백한 해석을 받아들여야 한다고 생각합니다. 물론 강조할 필요도 없겠지만, 그런 것은 교회에 의해서 미신이라고 낙인찍히기는 했습니다. 귀신을 부르는 주문들은 개별 단어들의 첫 글자에 나타나게 됩니다. 가장 잘 알려진 것이 페스트를 막기 위한 즈가리야 주문입니다. 이 주문의 첫 글자들은 베네딕트 주문 공식에 맞는 모습으로 액막이 부적이나 수도사들의 겉옷이나 종(鐘), 그리고 즈가리야 십자가 등에 나타나고 있습니다. 기독교 신앙은 이 주문의 철자 순서를 되풀이하는 것을 금지하고 있지만, 어쨌든 그것은 여기서 토론되는 철자 순서와는 전혀 연관성이 없습니다."

성사와 예배 담당 장관 주세페 벨리니 추기경의 질문 : 철자와 음악 문자들의 연관성에 대한 탐구는 이미 행해졌는가. 가장 오래된 음표시 방법은 음정을 알파벳 철자로 표기하는 것이었다. 악보 시스템은 기원 1000년 전후에야 사용되기 시작했다. 클뤼니의 오동만 해도 감동적인 그레고리안 찬가들을 철자로 표기해서 남겼다.

옐리넥 추기경의 항의 : "추기경님의 말씀을 제대로 이해한 것이라면…… 당신은 미켈란젤로의 철자 뒤에는 멜로디가 숨어 있다는 말씀 같은데요. 이 멜로디 뒤에 다시 특별한 진술을 담은 문서가 숨겨져 있고요."

동의.

마리아 시종회의 피에르 뤼지 찰바, 성 아우구스티누스의 은둔회 소속 우고 피로니오, 펠리체 첸티노 수사 등의 항의의 외침.

펠리체 첸티노 수사가 흥분해서 : "그리스도 안의 형제들이여, 우리는 가장 좋은 길, 곧 사실이라는 바탕을 벗어나 있습니다. 경건한 기도문에서 지식을 구하지 않고 이교적인 주문공식이나 낯선 노래가사를 놓고 토론하고 있습니다. 주께서 우리와 함께하시기를."

오라토리오회 신부 아우구스티누스 펠트만의 답변 : "그리스도 안의 형제여, 기독교 신앙은 매일 사실이라는 바탕을 떠납니다. 신앙은 사실에 대해 적대자이기도 합니다. 언뜻 보기에 있을 법하지 않은 일이 신앙의 표지 아래서는 이해가 되지요. 독실한 기독교도는 누구든 「요한 묵시록」을 의심하지 않습니다. 그것은 시대의 역사를 떠나 기독교도에게 위안을 주는 소식이지요. 그런데도 묵시록은 대단히 수수께끼이고 오늘날까지도 설명할 수 없는 책입니다. 그리스도 안의 형제들이여, 여러분은 그런 이유로 신비로운 묵시록의 진실성과 소명성을 의심하십니까? 「요한 묵시록」이 본질적으로 우리 주 예수께서 활동이 끝날 무렵 보여주셨던 계시와 일치한다는 것을 부정하시렵니까? 묵시록이 때때로 이해되지 않고, 이교적 해석의 대상이 된다는 이유로 말입니다."

엘리넥 추기경이 큰 소리로 이 진술에 대해 상세히 설명하라고 요구했다.

"숫자 마법의 도움을 받지 않는다면 「요한 묵시록」 13장 11절로부터 18절까지를 어떻게 해석하겠습니까. 요한은 이렇게 말합니다. '그는 한 짐승이 땅에서 올라오는 것을 보았는데, 어린 양처럼 두 뿔이 있었으며 용처럼 말했습니다. 영리한 사람은 그 짐승을 가리키는 숫자를 풀이해 보십시오. 그 숫자는 한 사람의 이름을 표시하는 것으로, 육백육십육입니다.' 이렇게 성서에 씌어 있다는 것을 여러분 모두 아십니다."

질문 : "모든 문서는 해석이 필요합니까?" (펠리체 첸티노 수사의 질문이었던 듯함)

답변 : "물론 아닙니다. 기독교도는 믿음을 위해서 믿을 수도 있습니다. 그러나 우리 주 예수의 가르침에는 해석도 포함됩니다. 그러니까 한 인간의 이름을 나타내는 666이라는 숫자에 맞는 이 짐승은 대체 누굽니까? 요한 이후 100년이 지나도록 이 질문에 답변이 주어지지 못했습니다. 오늘날까지 기독교 신학은 이 질문에 아무런 답변도 주지 못합니다. 다음의 것말고는 말입니다……"

"다음의 것이란?"(여러 사람의 외침)

"그러니까 그리스와 소아시아에 전파된 그노시스(영지주의. 이단으로 판정받음―옮긴이)파의 숫자 마법의 도움을 받지 않는다면 말입니다."

사방에서 항의의 외침소리. 산타 아나스타샤 소속 펠리체 첸티노 수사가 십자를 그으며 : "주여, 우리에게 은총을 베푸소서!"

옐리넥 추기경 : "계속하시오, 형제여!"

아우구스티누스 신부, 불안하게 사방을 둘러보면서 : "지금 보고드리는 말씀은 누구라도 바티칸 문서고에서 읽어보실 수 있습니다. 이 점을 고려해 주십시오. 고대 후기 영지주의자인 바실리데스파는 주후 130년경 못된 짓을 한 패거리인데, 그들은 자기들끼리 서로 알아보기 위해 여러 가지 마법용어들을 썼고 그중에는 '아브락사스'(ABRAXAS)라는 말도 있었습니다. 이 말은 동시에 마법 공식이기도 했지요. 이것은 아마도 헤브라이 야훼의 이름 첫 글자들을 조합해서 만들어진 것 같습니다. 그 단어는 철자가 일곱이라는 것말고도 또 다른 특징들을 보입니다. 바실리데스파의 철자마법에 따르면 아브락사스라는 공식은 '365'라는 수치를 지니며, 또한 한 해의 날짜 총수로서 완전함, 포괄, 신성 등을 상징합니다. A-1, B-2, R-100, A-1, X-60, A-1, S-200을 모두 합친 것이죠. 같은 숫자마법에 따르면 메이트라스(Meithras)라는 단어도, 그 속에 포함된 'ei'라는 이중모음은 그리스 말에서 온 것인데요, 역시 365라는 숫자를 나타냅니다. '이에소우스'(Iesous)라는 말도 그리스어 이중모음을 지니고 있으며 숫자 888을 나타냅니다. 요한의 묵시록과 거기 언급된 수수께끼의 숫자 666으로 돌아가보면―여기 나온 철자들과 숫자도식에 따라 다음의 철자순서는 합계가 666입니다. 즉 'AKAIDOMETSEBGE' 입니다. 미켈란젤로의 철자들 못지않게 무의미하고 수수께끼로만 보이는 글자배열이죠. 그러나 요한이 묵시록을 그리스어로 썼다는 사실에서 출발하고, 이 철자 배열을 약어로 갈라보면 다음과 같은 배열이 나옵니다. 'A. KAI. DOMET. SEB. GE.'이죠. 이것은 통치자 도미티아누스 황제의 이름을 정확하게 약자로 표시한 것이 됩니다. 즉 독재자 황제 도메티아노스 세바스토스 게르마니코스(Autokrator Kaiser Dometianos Sebastos Germanikos)라는 말입니다. 요한은 묵시록을 로마인들이 통치하던 그리스 섬 파트모스에서 썼습니다. 그리고 그가 이런 숫자 암시를 통해서, 당시의 황제숭배를 가리켜 지상의 통치자를 신으로 만드는 일이라고 질책하려 했다는 설명은 쉽게 떨쳐버리기 어려운 설득력을 가지고 있지요."

아우구스티누스 신부의 연설이 끝나자 긴 침묵.

이어서 줄리아노 카스코네 추기경 : "그렇다면 아우구스티누스 형제여, 당신은 미켈란젤로의 문자들도 그와 같은 특성을 가지고 있다는 것입니까? 그러니까 저 피렌체 사람이 이교 종파의 숫자 마법을 이용해서 교황과 교회를 웃음거리로 만들려고 했다는 겁니까?"

이에 대한 반대질문 : "더 나은 설명을 알고 계십니까?"

이 질문에 아무런 대답도 없었다.

위원장인 옐리넥 추기경의 말 : 오늘 토론은 이 사건을 얕잡아보아서는 안 된다는 사실을 보여주었다. 그래서 직권으로 바티칸 문서고 관장이며 성하의 수석 사서인 아우구스티누스 펠트만 신부에게 다음 황제들 시대의 신비학문과 숭배에 대한 문헌기록을 작성해 오라는 명령을 내렸다. 즉 율리우스 2세(재위 1503~1513), 레오 10세(재위 1513~1521), 하드리아누스 6세(재위 1521~1523), 클레멘스 7세(재위 1523~1534), 바오로 3세(재위 1534~1549), 율리우스 3세(재위 1550~1555), 마르첼루스 2세(재위 1555년 4월 9/10~5월 1일), 바오로 4세(재위 1555~1559), 피우스 4세(재위 1559~1565) 등이었다. 피렌체 대학교 미술사 교수인 안토니오 파렌티 교수는 미켈란젤로의 생애에서 교회에 적대적인 사상의 원인과 접촉점들을 연구해 오라는 지시를 받았다. 가톨릭 교육 감독관이며 콜레기움 토이토니쿰 대학 학장인 프란티섹 콜레츠키는 '1급 기밀사안'이라는 조건으로 이 철자의 해석을 위해 자문해 줄 기호학자를 데려오는 일을 맡았다. 다음번 회의는 성촉절(2월 2일) 다음 월요일로 정해졌다.

  위의 기록이 정확함을 확인함.

  안토니오 바르베리노, 공증인.

  에우제니오 베를린제로, 기록자.

  프란체스코 살레스, 서기.

# 추방
### 주현절 다음 두 번째 주일과 세 번째 주일 사이

오라토리오회 신부 아우구스티누스는 벌써 30년 가까이 교황청에 근무하고 있지만, 국무장관 줄리아노 카스코네 추기경에게서 직접 소환을 받은 기억이 없었다. 물론 사서라는 직위는 로마 교황청의 서열에서 밑바닥이었다. 아우구스티누스는 서면으로 명령을 받아서 아주 꼼꼼하게 일처리를 하는 데 익숙해져 있었다. 교황청은 시계처럼 정확한 기계였고, 아우구스티누스는 그 시계의 가장 작은 태엽이었다.

그럴수록 국무장관의 수석비서인 라네리 씨가 자신을 사무실로 부른 것이 이상하기만 했다. 그는 지금 서둘러 이 명령을 수행하는 중이었다. 아우구스티누스는 소나무 정원을 지나서 성 다마소 정원의 입구에서 이름과 방문 목적을 말하고, 수위가 전화문의를 거친 다음 들어가도 좋다는 허락을 받아냈다.

국무장관은 바티칸에 근무할 뿐만 아니라 그곳에 살기도 하는 소수의 추기경 중 하나였다. 2층에서 해맑은 파곳의 연주소리가 시끄럽게 방문객의 귀에 울려왔다. 하느님의 영광을 높이기 위해서, 그리고 자신의 즐거움과 교황청의 즐거움을 위해서, 국무장관 카스코네의 수석비서 라네리 씨가 시간이 날 때마다 이 이중관 악기를 부는 것이었다.

궁전 2층에서 아우구스티누스는 나란히 이어진 전실(前室)들을 여러 개나 지나갔다. 전실 하나가 방문객의 기억에 남았다. 그곳에는 붉은 천개(天蓋)가 놓여 있었는데, 그 아래 추기경의 문장이 매달려 있었기 때문이다. 또 다른 전실 하나에는 책상만 하나 놓였는데, 책상 위 십자가 아래에 추기경의 붉은 삼각모자가 놓여 있었다.

아우구스티누스는 커다란 대기실에 당도했다. 이곳에도 가구는 거의 없었다. 높은 등받이가 달린 여남은 개의 의자들이 딸린 커다란 책상 하나만 빼면 말이다. 아우구스티누스를 이곳까지 안내해온 비서는 사서에게 의자를 가리키더니 아무 말도 없이 정면에 있는 두 개의 문 중 하나를 통해서 사라졌다. 높은 홀의 벽들은 붉은 다마스크 천으로 덮여 있었다. 금수를 놓은 두터운 비단 커튼이 내려진 커다란 창문들은 희미한 빛만을 방 안으로 통과시켰다.

큰 소리를 내며 두 개의 문 중 하나가 열리더니, 수석비서와 아우구스티누스가 모르는 조수를 거느린 국무장관 카스코네가 팔을 활짝 벌리고 구세주처럼 대기실로 들어섰다. 아우구스티누스는 일어나서 인사했다. 국무장관은 큰 소리로 말했다.

"아우구스티누스 신부, 예수 그리스도를 찬양!"

그는 짧은 손동작으로 방문객에게 자리를 가리켰다. 그런 다음 탁자의 반대편으로 가서 자리를 잡고 앉았다. 자기 뒤쪽에 자리를 잡으려는 두 비서에게 그는 눈짓을 보냈다. 그러자 그들은 인사도 없이 자리를 떴다.

한 순간 그들은 말없이 서로 마주보고 앉아 있었다. 국무장관이 조심스럽게 말을 시작했다.

"신부님, 당신이 조심스럽고 훌륭하게 서류를 다룬다는 것을 잘 알기 때문에 오시라고 했습니다. 우리 둘은 중요한 몸인 교황청의 일원입니다. 일을 만들고 타협하는 팔의 행동력이 내게 맡겨졌다면 당신은 기억 부분을 맡고 있지요. 선한 것이든 악한 것이든, 그 무엇도 사라지지 않도록 기억하는 부분 말입니다."

아우구스티누스는 눈을 내리깔고 있었지만 국무장관에게 답변을 해야 할지 말아야 할지 알 수가 없었다. 그러다가 그는 말했다.

"하느님과 교회의 더 높으신 명예를 위해서입니다, 추기경님."

그리고 조금 뒤에 이렇게 덧붙였다.

"저는 교황 다섯 분을 섬겼습니다, 추기경님. 네 분을 위해서는 임종을 기록하고 봉인했고, 대여섯 가지 교서들을 작성하고 처리했으며, 부스타 수천 개를 분류 작성하였지요. 저는 흔적을 남겼다고 말할 수 있는 사람이라고 생각합니다."

"내 생각으로는 그 정도면 한 사람의 삶으로는 충분한 것 같군요……."

추기경이 다시 말을 받았다.

"아닙니다!"

사서가 그의 말을 끊었다.

"뭐요, 아니라고?"

"무슨 말씀을 하시려는지 압니다, 추기경님. 이렇게 말씀하시려는 거지요. 나는 충분히 일을 했다. 그러니 이제는 본래의 소속 수도원으로 돌아가서 하느님의 더 높은 명예를 위해서 삶을 마감하라고 말입니다. 추기경님, 그럴 수 없습니다! 나는 부스타들이 필요합니다. 숨쉬기 위한 공기처럼 도서관의 먼지가 필요해요. 누군가가 내가 게으르다고 혹은 칠칠하지 못하다고 비난한 적이 있습니까? 그 어떤 문서를 못 찾아낸 적이 있었나요?"

사서의 목소리가 커지면서 떨렸다.

"아니오, 아우구스티누스 신부님. 당신이 임무를 틀림없이 수행하셨기 때문에 첫 불만이 나오기 전에, 첫 잘못이 생겨나기 전에, 누군가가 아우구스티누스 신부가 벌써 늙었다, 그의 기억력은 이제 예전 같지 않다고 불만을 말하기 전에 일을 그만두는 것이 좋을 것 같군요."

"하지만 내 기억력은 정상입니다, 추기경님. 젊은 시절보다 오히려 더 좋아졌어요. 모든 항목의 제목을 머리 속에 간직하고 있습니다. 이 문서고는 기독교의 다른 어떤 문서고보다 더 많은 항목들을 가지고 있는데도 말입니다. 기독교사의 중요한 수기본이나, 어떤 고본이나 칙서를 이름만 대보십시오, 즉시 그 항목의 이름을 기억해서 말씀드릴 수 있습니다. 데리고 있는 서기 한 사람이 즉시 그 문서를 대령할 수 있습니다."

"신부님!"

국무장관 카스코네 추기경이 두 손을 들었다.

"신부님, 그러시겠지요. 그리고 현재로서는 아무도 이 일을 위해 당신보다 더 나은 능력을 가진 사람이 없다고 생각합니다. 그러나 당신을 마지막 순간까지 그 직위에 그대로 놓아두고 젊은 사람에게는 전혀 기회를 주지 않는 것은 무책임한 일인 것 같군요. 벌써 여기저기 알아보았고, 어떤 유능한 베네딕트 수도사를 찾아냈어요. 몬테카시노 수도원의 피오 세고니 신부입니다. 대학 공부를 마친 고전 문헌학자지요. 그리고 누르시아의 성 베네딕트 규칙은 사서에게는 가장 훌륭한 전제조건이 됩니다."

"아, 그렇군요."

아우구스티누스는 당황해서 눈길을 옆으로 돌렸다. 이 순간 생애의 건물이 자기 위로 와르르 무너져내리는 것만 같았다.

"아, 그렇군요."

거의 억양 없이 같은 말을 되풀이했다.

국무장관 추기경은 손바닥을 책상에서 떼지 않은 채 몸을 일으켰다. 그리고 다음과 같은 말로 대화를 끝마쳤다.

"신부님, 겸손은 하늘의 깨달음을 얻기에 가장 효과적인 수단입니다. 우리 주의 이름으로."

카스코네가 나왔던 문이 유령의 손으로 열린 것처럼 다시 열리더니 수석비서와 조수가 들어와서 국무장관을 맞아들였다.

그러나 아우구스티누스는 몹시 처져서 왔던 길을 되돌아갔다. 그는 뚫어져라 하고 앞만 바라보았다. 생각이 겸손이라는 단어 주위를 뱅뱅 맴돌면서, 수도회 창설자인 필리포 네리가 이런 종류의 복종을 겸손이라고 이름붙였을까 하는 질문을 해보았다. 성인께서는 이런 태도를 자기비하나 노예적인 처신이라고 부르지 않았을까, 그분이라면 이런 독재, 이런 냉소적 태도에 맞서 떨쳐 일어나지 않았을까.

일생 동안 아우구스티누스는 한 번도 목자(牧者)가 되려고 하지 않았다. 그는 양떼에 속한 사람이었고, 일에 익숙한 채 명령을 받는 사람이었다. 권력이란 그에게 낯선 단어였다. 그러나 이

오라토리오 수사는 일생 동안 지금처럼 자기가 무력하다고 느껴본 적이 없었다. 가슴속에서 분노가 끓어올랐다. 지금까지는 회교의 가르침처럼 낯설기만 했던 감정이었다.

# 은밀한 게임
바울로가 개종한 날

일주일에 한 번씩 옐리넥은 장기 게임을 했다. 게임이란 말은 어쩌면 정확한 말이 아닐지 모른다. 그것은 개시 의식을 거치고 다음번 수를 두기에 앞서 모든 말을 건드리는 등 철저히 제의적인 특성을 가진 경건한 과정이기 때문이다. 추기경은 장기를 게임으로가 아니라 꼭 필요로 하는 사람이었다. 상황 때문에 자신의 성향대로 장기 게임을 할 수가 없을 때면 마음속으로라도 이 정열을 계속 숭배했다. 새로운 장기판의 첫 수, 그러니까 자신의 공격에 길을 틔워주기 위해서 한 개 또는 여러 개의 말을 희생시키는 갬비트 수를 생각하느라 경건한 업무를 중단하는 일도 자주 있었다.

장기를 두는 사람들 사이에서는 새로운 수를 생각해내면 그것을 장황하게 떠벌리는 것이 보통이었기 때문에, 옐리넥도 그때마다 자기가 잡고 있던 책의 구절을 따서 자신의 새로운 발상에 이름을 붙이곤 했다. 강림절 첫째 주일에 생각이 떠오른 로마서 13장 갬비트, 예수 축제일에 떠오른 에페소 3장 갬비트 등은 오직 바티칸에서만 알려진 것들이었지만 최고위층에 이르기까지 싱긋 웃으며 그것들을 참아주었다. 진짜 기원은 아무도 몰랐기 때문이다.

추기경의 첫번째 적수는 오탄니였다. 그는 보통 전혀 해가 없는 방법으로 e2에 있는 졸을 e4 자리로 이동시키는 것으로 게임을 시작했다(옐리넥도 마찬가지로 평범하게 e7을 e5로 이동시켜서 답변했다). 그러나 오탄니는 게임이 진행되면서 더 고급 형식을 이용해서 그를 외통수로 몰아붙이는 경우도 간혹 있었다. 이어서 국무장관을 죽인 다음, 옐리넥은 종교문제 연구소장인 필 카니지우스 주교와 판을 벌였다. 카니지우스는 종교문제 연구소의 일을 종교보다는 돈과 관련된 일이라고 여기는 사람이었다. 그러나 이 사람과 어울린 것은 아주 잠깐뿐이었다. 카니지우스는 가차없이 장기말을 물리는 것을 최고의 즐거움으로 삼았는데, 옐리넥이 그것을 경멸하였기 때문이다. 옐리넥은 위치 게임과 놀라운 전략수를 좋아했다.

그 뒤로 그는 성하의 시종인 윌리엄 스티클러와 장기를 두었다. 대개 금요일에 프라스카티 포도주 한 병을 놓고 마주앉았다. 스티클러는 탁월한 장기 상대였다. 신중하게 게임을 하고, 부러울 정도로 우아하며, 거의 모든 변화수의 이름을 알고, 모든 변화수의 역사를 알았다. 그러면 세계는 줄어들어 빛을 받은 좁은 장기판이 되었다. 옐리넥의 살롱에서는 구식 램프가 64개의 필드로 나뉘어진 장기판을 밝혔다. 오직 옆에 세워진 바로크 양식의 시계만이 현재를 기억나게 만들었다.

교황들이 받은 값비싼 선물을 보관하는 일종의 보물실인 선물방에는 황금과 보라색 에나멜로 만들어진 멋진 장기판이 있었다. 이것과 세트를 이룬 장기말들은 손바닥 크기의 금과 은으로 만들어진 것이었다. 오르시니 영주가 성하게 선물한 것이었다. 이 장기판은 시계들과 잔들과 화려한 장정본들 사이에 놓인 채 한 번도 사용되지 않았다.

스티클러가 이 호화로운 장기판 이야기를 한 이후로——벌써 2년 전 일이었다——옐리넥과 스티클러 사이에서 끝도 없을 것처럼 보이는 판이 진행중이었다. 이 판에 대해서 두 사람은 굳게 침묵을 지켰다. 그들은 각기 상대방의 반응을 보고 지난번 장기수가 어땠는지 알 수 있었지만, 아니면 적어도 안다고 믿었지만 그에 대해서 서로 전혀 말을 하지 않았다.

보물실에서 벌어지는 게임에서 장기말의 변화가 나타나고 상대방 차례가 되기까지 1주 아니면 때로 2주가 걸렸다. 상대방의 반응이 아직 나타나지 않은 동안에는 마지막 수를 철회하는 것도 침묵의 합의에 들어 있었다. 시간적으로 아주 많은 간격을 두었고, 그래서 생각할 시간이 충분했으므로 하나하나의 장기수는 최고 수준을 보여주었다. 그리고 두 개의 장기수 사이의 시간이 길어질수록 마침내 나타난 수는 더욱 탁월한 것이었다.

한 번은 옐리넥이 3주 동안이나 건드리지 않고 그대로 두었다가 자신의 탑을 a4에서 e4로 옮겼다. 그것은 처음에는 극히 소박한 수처럼 보였지만 나중에 아주 탁월한 수였음이 드러났다. 스티클러는 다음번에 만났을 때 지나가는 말로 '장기란 자기 나이의 사람들이 할 게임이 아니다, 가장 오래 계속된 세계 챔피언전은 27년이나 걸렸기 때문'이라고 말했다. 스티클러는 그 이상은 말하지 않았다.

이날 저녁 키지 궁전에 있는 집 살롱에서 옐리넥은 그들이 만나는 여느 금요일처럼 잔 두 개를 포도주로 채워놓고 하얀 농부(장기판에서의 졸)를 e2에서 e4로 옮겼다. 스티클러도 자신의 졸을 e7에서 e5로 옮기면서 이렇게 말했다.

"농부들은 장기 게임의 혼이지요."

옐리넥 추기경은 고개를 끄덕이면서 오른쪽 주교(비숍)를 c4로 옮겼다.

"그건 내가 하는 말이 아니오! 필리도르가 말한 거죠. 200년 전에 말이오. 장기의 천재였고 게다가 작곡가였어요. 그밖에도 프랑스 사람이었지만 런던에서 죽었죠."

스티클러가 자신의 말에 주석을 붙였다.

추기경은 스티클러의 설명에 아는 척하지 않으려고 일부러 애쓰는 모습이었다. 그는 그것이 게임 초반에 상대방이 자기 정신을 딴데로 끌어가려는 수단이라고 생각했다. 자신의 마음이 평정을 잃어버리게 만들려는 것이고, 그렇게 되면 벌써 상대가 절반은 승리한 것이나 마찬가지다. 물론 그는 필리도르를 알고 있었다. 장기를 두는 사람이면 누가 그를 모르겠는가.

스티클러는 그 사이 왼쪽의 주교를 c5로 옮겼다. 이어서 추기경은 하얀 귀부인(퀸)을 붙잡아서 h5로 보냈고 그것으로 검은 왕(킹)을 위협했다.

"장군이오!"

추기경이 말했다. 그 동안 스티클러는 여러 번이나 되풀이해서 중얼거렸다.

"귀부인들은 돈이 들어요, 귀부인들은 돈이 든대두."

겉보기에 공격적인 옐리넥의 수가 얼마나 비싼 대가를 치러야 하는 것인지 이제 드러났다. 그는 상대방이 그에 적절한 반응을 보일 경우 이 수가 잘못이 될 수도 있으며, 스티클러가 자기를 몰아쳐서 심각한 시간손실을 초래할 수도 있다는 사실을 정확하게 알고 있었다. 그러나 그런 일은 상대방이 영리하고 대단히 신중한 수를 둘 경우에나 생기는 일이었다. 그런데 그런 일이 정말로 생기고 말았다. 스티클러는 필리도르의 확신으로 맞받아치면서 자기쪽 퀸을 e7으로 옮긴 것이다.

옐리넥은 '아니, 이건 내 판이 아닌 것 같은데' 하는 생각을 하면서 오른쪽 말(기사)을 건드렸다. 스티클러는 상대방의 불안감을 알아채고 슬그머니 웃었다. 적수의 웃음보다 더 강한 무기가 어디 있으랴! 그는 원래 추기경의 침착성을 흔들어놓을 생각은 아니었지만 결정짓듯이 한마디 더했다.

"시스티나 프레스코는 정말 기묘한 이야기요. 아주 특이한 일입니다!"

그러나 스티클러는 이 말을 해서 자기도 모르는 사이에 추기경의 마음을 완전히 뒤흔들어놓고 말았다.

옐리넥은 아무 말도 없이 어찌할 줄을 모른 채 자신의 말을 뚫어질 듯이 바라보았다. 스티클러는 이 고통스런 침묵을 없애려고 한마디 더하였다.

"솔직하게 말씀드리는 거지만, 추기경님, 나는 처음엔 이 사건에 전혀 관심이 없었어요. 프레스코에 나타난 알 수 없는 문자 여덟 개가 교회에 중대한 문제를 일으킬 거라고 생각하고 싶지 않았던 거죠. 그러다가……"

"그래서요?"

옐리넥이 잔뜩 긴장해서 물었다.

"그러다가 어떻게 되었소?"

마침내 그는 자신의 말을 f3에 놓았다.

"그러다가 아우구스티누스 신부가 「요한 묵시록」에 대해서 해석하는 말을 들었어요. 숫자 666에 대한 해석과 그 뒤에는 도미티아누스 황제의 이름이 숨어 있다는 말 말이오. 고백하지만 그날 밤 한숨도 못 잤어요. 그 문자들이 밤새 쫓아다니는 바람에."

"어둠은 사람을 끌어요!"

추기경은 이렇게 말하면서 일부러 냉정한 인상을 불러일으키려고 애썼다. 그러면서도 두려웠다. 자기 적수의 다음번 수가 두려웠다. 상대방이 이미 공격으로 넘어갔다는 사실을 아까부터 알아챘기 때문이다. 그리고 이 사람의 질문이 두려웠다. 오늘은 장기수에 대해서도 어찌할 줄을 모르지만 그의 질문에 대해서도 어쩔 줄 몰랐기 때문이다. 그렇다. 그는 잘못된 수를 두었다. 스티클러가 자신의 말을 c6로 옮기고 이제 역공으로 넘어간 것을 인정하지 않을 수 없었다. 옐리넥은 망설이면서 말을 시작했다.

"소크라테스가 옳았던가 하고 혼자 자주 물어보게 돼요. 그는 인간에게 유일하게 좋은 것은 앎이고, 유일한 재앙은 무지라고 말했지요. 그러나 분명 이 세상에서는 앎이 더 많은 재앙을 불러오니까요."

"그러니까 시스티나 예배당 천장에 나타난 문자의 의미를 모르는 편이 낫다는 말씀이오?"

옐리넥은 침묵했다. 산만한 태도로 자신의 말을 움직였지만 곧바로 통상적인 사과의 말을 했다.

"수정하겠소."

그러면서 다시 말을 시작했다.

"어떤 일이 있기에 미켈란젤로 같은 사람이 작품에 비밀을 덧붙여 넣었을까요? 분명 경건한 신앙은 아니오! 비밀이란 모두 악마의 것이니까. 내 짐작으로는 저 위쪽 예언자들과 여자 예언자들 사이에 악마가 있어요. 그 악마는 진짜 얼굴을 절대로 보여주지 않지. 아주 특별한 가면 뒤에 숨어 있어요. 문자란 악마들이 자주 쓰는 가장 위험한 가면이지. 문자들은 죽어 있다가도 정신이 그것을 도로 살려내니 말이오. 단 하나의 문자가 단어를 나타내고, 단 하나의 단어가 세계관을 나타냅니다. 그러니 단 하나의 철자가 세계관을 뒤바꿀 수도 있는 게요."

스티클러는 머리를 쳐들었다. 추기경의 말이 그의 마음에 깊은 불안감을 만들어내서 자기에게 아주 유리하게 돌아가고 있는 장기판도 갑자기 별것 아닌 것처럼 생각되었다. 그는 조심스럽게 말했다.

"말씀보다 더 많이 아시는 것 같구려."

"난 아무것도 몰라요!"

옐리넥이 성급하게 대답했다.

"전혀 모릅니다. 다만 이것만 알아요. 미켈란젤로는 세계적으로 유명한 사람이었고 그 시대 최고 권력자와 중요인물들과 교제를 했소. 그러니까 그의 지식이 대부분의 보통 사람들보다 훨씬 더 폭넓은 것이었다고 생각할 수 있지요. 어쩌면 기독교의 가르침이 금지하는 새로운 의식의 차원으로 넘어갔다고 말이오. 그래야만 이 피렌체 사람이 그린 이단적인 그림에 대해 설명이 됩니다."

갑자기 스티클러가 소금기둥처럼 굳어졌다. 그는 눈에 띄게 창백해졌다. 추기경은 속으로 게임 파트너의 이런 행동을 만들어낸 원인이 대체 무엇일까 생각해 보았다. 미켈란젤로에 대한 자신의 암시였을까, 아니면 자기가 귀부인(퀸)으로 e5를 겨냥한 일이었을까, 아니면 그의 당황한 눈길이 파괴적인 새로운 배열을 찾아낸 것일까?

스티클러의 눈길은 그러나 옐리넥의 뒤편으로 넘어가 있었다. 추기경이 몸을 돌려보았지만 거기에는 게임 상대방의 주의를 끌만한 것이 아무것도 없었다. 그냥 아무렇지도 않게 갈색 포장지가 펼쳐져 있고 그 위에 붉은 실내화 한 쌍과 평범한 안경이 놓여 있을 뿐이었다. 그러나 스티클러는 위장에 번개라도 맞은 사람 같았다. 아니면 아주 끔찍한 것을 알게 되어서 혈관 속의 피가 응고된 사람 같았다.

추기경은 당황해서 스티클러를 바라보았지만, 그렇다고 그가 이 수수께끼 소포를 보고 이런 쇼크 반응을 일으켰다고는 생각할 수가 없었다. 한 순간 그는 그 이상한 물건이 거기 있게 된 과정을 설명할까도 생각해 보았지만 그 진실이 너무나도 믿기 어려운 것으로 여겨져서 그냥 가만히 있었다.

갑자기 스티클러가 몸을 벌떡 일으켰다. 그는 비틀거리면서 마치 구역질을 느낄 때처럼 손으로 배를 움켜쥐었다. 그리고는 추기경을 쳐다보지도 않고 이렇게 말했다.

"실례하겠소!"

그는 인형처럼 기계적으로 방을 나섰다.

옐리넥은 아파트의 문이 닫히는 소리를 들었고, 그러고 나서 어쩔 줄 모르고 주위의 깊은 침묵에 귀를 기울였다.

# 밀담

주현절 지나 네 번째 주일

 국무장관 줄리아노 카스코네 추기경은 베드로 성당에서 일요 미사를 올렸다. 합창대는 팔레스트리나의 「마르첼루스 교황의 미사곡」을 노래했다. 그가 좋아하는 미사곡이었다. 카스코네는 완전 성장 차림이었다. 그러니까 붉은색 사제복을 입고, 필 카니지우스를 부제로, 라네리를 차부제로 삼고, 도미니크 수도사 두 사람을 복사로 거느렸다. 카스코네는 복음서에서 예수가 풍랑을 다스린 마태오 8장 23~27절을 읽었다.

 ……그때 마침 바다에 거센 풍랑이 일어나 배가 물결에 뒤덮이게 되었는데 예수께서는 주무시고 계셨다. 제자들이 곁에 가서 예수를 깨우며 '주님, 살려주십시오. 우리가 죽게 되었습니다' 하고 부르짖었다. 예수께서 그들에게 '그렇게도 믿음이 없느냐? 왜 그렇게 겁이 많으냐?' 하시며 일어나서 바람과 바다

를 꾸짖으시자 사방이 아주 고요해졌다…….

미사 내내 카스코네의 생각 속에서는 복음서의 말씀이 맴돌았다. 교회라는 배는 벌써 여러 번이나 풍랑을 견뎌냈다. 그토록 신비스러운 방식으로 시스티나 천장화에 나타난 표지들이 새로운 풍랑을 예고하는 것일까? 국무장관은 책임감이 강한 키잡이였고, 소란을 싫어했다.

그의 머릿속 생각은 시스티나의 비밀에서 벗어나기가 힘들었다. 아니 거의 불가능했다. 마지막 찬송가를 부른 다음 그들이 성베드로 성당의 성구실인 카펠라 오르시니에 이르렀을 때, 카니지우스가 계속 걸으면서 말했다.

"그리스도 안의 형제여, 당신 오늘 마음이 제자리에 있지 않던걸."

카스코네와 카니지우스는 꼭 친구라고 할 수는 없었지만 그래도 같은 종류의 사람들이었다. 서로 출신지가 달랐지만—한 사람은 로마의 오래된 귀족의 아들이었고, 또 한 사람은 미국 농부의 아들이었다—그들은 서로를 아주 잘 이해했다. 두 사람 다 예수회에 속했던 사람들에게만 나타나는 강력한 논리와 언변을 구사했다. 그들의 친밀한 관계는 교황청의 다른 구성원들에게는 눈엣가시였다. 어쨌든 국무장관인 카스코네와 은행가인 카니지우스는 바티칸의 세속적 권력을 대변하고 있었기 때문이다.

성구실은 일요일 오전이면 성장을 한 사람들이 오고가는 바람에 하늘나라의 정거장 같았다. 참사회원 두 사람이 방금 도착한 사람들이 옷을 갈아입는 것을 도와주었다. 이번에 카스코네는 사제의 짧은 백의와 두건 달린 겉옷을 입고, 그 위에 붉은 비단 외투를 입고 레이스와 금술이 달린 붉은 모자를 쓰고 황금 쬠쇠가 달린 붉은 신을 신었다. 그에 반해 카니지우스는 소박한 검은 옷을 더 좋아했다. 옷을 갈아입은 다음 국무장관은 카니지우스를 옆으로 불렀다. 납으로 가장자리를 댄, 유리 진열창 안에 든 성자들의 모습에서 뿜어나온 푸르스름한 녹색의 빛이 그들의 얼굴을 창백하게 물들였다. 창문의 니치 안에서 그들은 속삭이듯 말을 주고받았다.

"당신들 미쳤소!"

카니지우스가 웅얼거렸다.

"당신들 모두 미쳤다니까, 여덟 개의 웃기는 철자 때문에. 누군가 지팡이로 개미떼를 건드린 것 같구만. 교황청이 그토록 쉽게 얼이 빠질 거라고는 생각지 못했어──웃기는 철자 여덟 개 때문에 말이야!"

카스코네가 두 손을 쳐들었다.

"어떻게 하면 좋지? 하느님, 이렇게 된 것이 내 잘못은 아니야. 복원자들이 발견한 그날로 그 문자들을 지웠으면 좋겠더구만. 하지만 이젠 이 문자들이 이미 노출되었고, 그러니 침묵하게 만들 길이 없네, 필."

그러자 카니지우스가 폭발하였다.

"그렇다면 이 빌어먹을 현상에 대해서 적절한 설명을 찾아내라구!"

흥분한 그의 말소리가 새나가지 않도록 국무장관이 카니지우스를 옆으로 돌려세웠다. 그리고 대답했다.

"필, 내 권한 안에 들어 있는 일은 무엇이든 하겠네. 우리의 탐색이 어떤 결론에 이를 수 있도록 말이지. 옐리넥에게 직권으로 이 문제를 해결하라고 맡겼어. 그는 훌륭한 전문가들이 낀 위원회를 소집했어. 이 위원회가 생각할 수 있는 모든 측면에서 이 사건을 논의할 거야."

"논의라고? 이런, 말 하고는! 논의라고? 논의를 해서 문제를 해결하는 게 아니라 오히려 만들어낼 수도 있어. 말은 계속해서 비밀을 만들어내고, 그것을 다시 토론에 붙여서 문제로 만든다구. 난 시스티나의 비밀 같은 건 안 믿어, 거룩한 어머니 교회를 위협할 만한 비밀 같은 것은 안 믿는다니까."

"그 말은 하느님 귀에 대고 말하게, 형제여! 하지만 세상은 비밀을 찾느라 혈안이야. 사람들은 음식과 옷을 갖고, 자동차와 4주간의 휴가를 가진 것으로 만족하지 못하는 거야. 사람들은 비밀을 갖고 싶어하네. 종교의 완전성이 아니라 신비로운 것, 종교에서 수수께끼에 싸인 것을 알고 싶어하는 거야. 수백 년 묵은 천장화에 나타난 수수께끼의 철자들, 그거야말로 사람들을 흥분시키지 않겠나. 이런 상황에서 일어날 수 있는 가장 고약한 일은 이번 발견이 언론에 유출되는 일이야. 그것도 우리가 적절한 설명을 찾아내기도 전에 말이지."

"예수 마리아님. 그렇다면 너무 늦기 전에 설명을 하나 찾아내게, 찾아내라구. 난 처음부터 이런 탐색엔 반대라는 것을 자네 알지? 왜 그러는지도 알 거야. 하지만 악마가 냄새를 풍기면서 복도를 통해 살금살금 돌아다니며 여기저기 못된 냄새를 퍼뜨리면 내 거부감이 분노와 증오로 바뀔 거야. 그렇게 되면 그놈을 어떻게 할지 내 한번 생각해 보지."

"말하지 말고 행동하라!"(non verbis, sed in rebus est)

카스코네가 당황스런 미소를 지었다.

"아우구스티누스를 쫓아낸 것이 잘한 일인지 모르겠어. 그는 영리한 사람이지. 이 비밀을 풀 능력을 가진 사람이 있다면 바로 그 사람이야. 그가 위원회에서 어떤 말을 했는지 자네 이미 들었을 테지. 그는 수많은 지식을 가진 것말고도 조합하는 능력이 있어. 문자나 숫자로 조합된 수수께끼를 풀 수 있다는 사실을 입증하기 위해서「요한 묵시록」을 이용했네. 그러니까 자네도 열쇠를 찾을 수 있을 게야. 그러나 이 열쇠는 보통 짐작하기가 힘든 곳에 놓여 있거든. 아우구스티누스는 영지주의자 바실리데스를 찾아내서 요한이 말한 '666'이 의미하는 짐승이 로마 황제 도미티아누스를 가리킨다는 것을 밝혀냈어. 그러니까 아우구스티누스가 아니라면 대체 누가 시스티나의 비밀을 풀겠나?"

카니지우스는 눈에 띄게 불안해졌다.

"그 사람을 해고하라고 자네한테 부탁한 이유는 그의 무능 때문이 아니었어. 나는 그의 직감이 두려웠네. 그가 조사를 하다가 맨 아래쪽에서 맨 위쪽으로 방향을 돌려서, 감추어져 있는 편이 더 나은 일들을 밝혀낼까 봐 두려웠어. 내가 무슨 말을 하는지 자네 알겠지."

카스코네는 어찌할 줄 모르는 얼굴을 했다. 그는 지나가는 사람들이 보내오는 인사에 말없이 고개를 끄덕여 응수하면서 이렇게 대답했다.

"개를 없애버리면 오소리를 잡기가 어려워."

"그럼 저 몬테카시노에서 온 베네딕트는?"

국무장관은 눈을 굴렸다.

"경험 많고 공부도 많이 한 사람이야. 하지만 피오 신부는 40

년도 더 넘게 로마엔 없었네. 그는 전체를 볼 수가 없어. 아우구스티누스처럼 학자로서의 전체적인 조망이 없단 말이야."

"피오는 내 취향에 맞는 사람이야. 그는 위험을 만들어낼 인물이 아니야. 아우구스티누스는 뻔뻔한 작자야. 자기가 안다는 사실을 아는 것처럼 뻔뻔한 일은 없거든. 이 앎이란 바빌론의 모든 창녀들보다도 더 뻔뻔한 것이네. 이 세상의 모든 권력은 이렇게 뻔뻔한 모습을 보이곤 하지. 앎은 곧 권력이니까. 악마가 그렇게 말했어."

카니지우스는 침을 뱉으려는 것처럼 입을 뾰족하게 내밀었다.

"쉿!"

카스코네가 자제하라는 경고를 보냈다.

"아우구스티누스의 도움 없이는 앞으로 나가기가 어려울 거야. 다른 한편으로는 비밀이 밝혀질 때까지 우리 모두 불안에 떨 것이고. 이 불길한 전조가 우리 머리 위에 떠도는 한 불안이 우리 사이에 끼여들걸세."

"무엇에 대한 불안? 미켈란젤로의 이단사상에 대한 불안인가? 그리스도 안의 형제여, 거룩한 어머니 교회는 역사상 더 심한 풍랑도 견뎌냈어. 이번 전조도 역시 견뎌낼 거야, 이 점 확신하네!"

국무장관은 오래 침묵하고 나서 말했다.

"예언자 다니엘이 말한 전조를 생각해 봐. 바빌론 왕 벨사살이 취해서 하느님을 모독하자 인간의 손가락이 나타나더니 궁전 벽에다 아람어로 글씨를 썼어. '므네 트켈 우 파르신'(meneh tekel u pharsin) 하고 말이야. 자넨 자음으로만 구성된 이 문장의 여러 가지 의미들을 알고 있겠지. 어떤 사람들은 이렇게 말했지. 한 므네, 한 세켈, 반 세켈, 하고 화폐단위 수를 헤아린 것이라고 말이야. 그러나 다니엘은 전혀 다른 해석을 내놓았어. 하느님께서 왕의 통치 햇수를 헤아렸고, 왕의 무게를 달았는데, 왕의 무게가 모자랐다. 그래서 왕국이 나누어질 것이라고 말이야. 벨사살 왕은 그날 밤 살해당하고 그의 왕국은 둘로 갈라졌지."

"그건 벌써 2500년이나 지난 얘기야!"

"그래서 무엇이 달라졌나?"

카니지우스는 생각에 잠겼다.

"미켈란젤로는 화가이지 예언자가 아니야!"

"조각가야!"

카스코네가 그의 말을 끊었다.

"조각가지 화가가 아니라구. 미켈란젤로는 율리우스 교황의 강요를 받고 그림을 그렸던 걸세. 성하께서는 예술에 대한 이해가 그리 높지 않았고, 그래서 대리석을 가지고 성 디오니지 추기경의 주문을 받아 「피에타」(Pietà) 상을 만들어낸 사람이라면 시스티나 천장도 아름다운 그림으로 채울 수 있을 거라고 생각하셨던 거야."

"주 예수여!"

카니지우스가 웅얼거리고 카스코네는 말을 이었다.

"그래서 미켈란젤로가 써놓은 철자들 뒤에 경건한 찬송가가 숨겨져 있을 거라고 생각할 수가 없는 거야. 미켈란젤로가 교리상의 문제만으로 불만을 품고 종교재판에 회부되었다면—우리 모두 아는 일이지만, 물론 종교재판이 가장 다행스러운 결말은 아니겠지만—이런 철자 수수께끼를 놓고 두려워할 필요가 없을 거야. 하지만 인간의 본성과, 그 생성과 소멸을 그토록 잘 아는 정신, 우리 주 예수 그리스도를 복수의 천사처럼 묘사한 이 사람은 사기꾼처럼 행동하지는 않았을 거라구. 내 말을 믿게, 그리스도 안의 형제여. 그는 자기가 만들어낸 육체들 위로 전투가 끝난 다음의 승리자처럼 솟아나올 거야."

"줄리아노, 이런 철학적 성찰들은 물론 충분히 잘 생각한 결과로 나온 것이겠지. 하지만 자네의 상상력은 내가 표상할 수 있는 범위를 넘어가네. 어쨌든 내가 상상할 수 있는 것은 이 문제의 해결을 찾는 도중에, 우리 모두에게 원래 이 문제보다 더욱 골치 아픈 일들까지 노출시키게 될 거라는 거지. 그 이상은 말하지 않겠네."

국무장관은 검지손가락을 쳐들고 말했다.

"이 사건은 1급 기밀사안으로 다루어지고 있어. 1급 비밀이라구. 이해하겠나?"

"바로 그래서 나는 망설이는 거야. 이런 방식이라면 추측과 온갖 짐작들을 위해 문을 활짝 열어주는 셈이지. 이 성벽 안에 몰래 감추어둘 수 있는 비밀이 있는지 말해 보게. 비밀이 비밀스러울수록 그에 대해서 더 많은 이야기가 도는 법이지. 시스티나 예배당을 폐쇄한다면 그것이 가장 정신나간 일이라고 말하겠네."

카스코네가 대답했다.

"아무도 그럴 생각은 없어. 다만 우리가 이번 사건의 설명을 찾아내기도 전에 이것이 보도되면 어떡하지?"

"그럴 경우를 생각해 보았어. 조명을 어둡게 만들고 방금 씻어낸 색깔들은 시간을 두고 천천히 날카로운 조명에 노출시켜야 한다든가 뭐 그 비슷한 복원 핑계를 대."

국무장관 줄리아노 카스코네는 동의하는 태도로 고개를 끄덕였다. 두 사람은 베드로 성당으로 연결된 긴 복도로 걸어갔다. 가는 길에 카스코네가 말했다.

"나는 모르겠네. 하지만 이 현상이 하느님께서 우리의 오만함을 치시려는 계획의 일부라는 생각이 들어. 세상은 악하고 뻔뻔하고 거짓으로 가득 차 있어. 이곳이라고 다르겠나."

정방형 공간의 안드레아스 기둥 뒤에서 그들은 베드로 성당으로 들어섰다. 이 장소에는 교회사에 나오는 교황의 이름이 모두 적혀 있다. 밝은 봄빛이 창문을 뚫고 들어왔다. 콜론나의 제단 쪽에서 찬송소리가 들려와서 경건함과 신앙심을 교회당 안에 널리 퍼뜨렸다.

## 침묵하라
같은 날

같은 시간 교황의 시종인 윌리엄 스티클러는 성베드로 성당의 왼쪽 측면회랑에 있는 클레멘티나 제단에 들어섰다. 이 제단 아래쪽에 위대한 그레고리우스 교황이 묻혀 있었다. 그는 건물의 왼쪽으로 열을 지은 기둥 사이를 지나쳐 메디치 집안 출신 교황인 레오 11세의 무덤 앞에 멈추었다. 그의 눈길은 기둥 밑둥의 장미무늬 위에 씌어진 제명을 훑어보았다. '나는 아주 잠깐만 꽃 피었나니'(SIC FLORUI)라는 글귀였다. 그것은 이 교황이 1605년에 겨우 27일 동안만 통치했던 것을 가리키는 말이었다.

그와 동시에 스티클러는 고해석을 유심히 바라보았다. 그것은 당초무늬가 새겨진 바로크 괴물이었는데, 그는 마치 어떤 표지를 기다리는 것 같았다. 이 고해석에 고해신부가 앉아 있는지 멀리서는 알 수가 없었다. 그러나 갑자기 양쪽으로 열리는 유리가 끼워진 창문이 벌어지더니 하얀 손수건이 슬쩍 모습을 보였다. 스티클러는 빠른 걸음으로 고해석으로 걸어가서 오른쪽 문을 통해 안으로 들어갔다.

대각선 격자 칸막이 저편에 성사와 예배 담당 장관인 주세페 벨리니 추기경이 앉아 있는 것이 보였다. 스티클러는 흥분된 인상을 풍겼다. 속삭이는 그의 말소리가 더듬거렸다.

"추기경님, 옐리넥이 요한 바오로(1세. 1978년 9월 28일에 죽기까지 겨우 34일간 교황 직위에 있었다―옮긴이) 님의 실내화와 안경을 가지고 있습니다. 제 눈으로 보았어요."

이번에는 격자 칸막이 저편에서 불안한 모습이 일어났다.

"옐리넥이? 확실하오?"

벨리니 추기경이 되물었다.

"확실하냐고요?"

스티클러의 목소리가 높아졌고 추기경이 그를 진정시키느라 '쉬……' 하는 소리를 냈다. 그러자 교황시종은 목소리를 낮추어서 속삭였다.

"추기경님! 성하의 실내화를 저는 아주 잘 알지요. 안경도 마찬가지고요. 하지만 제가 그걸 제대로 구별하지 못했다 하더라도, 성하께서 갑자기 돌아가셨을 때 이상스럽게 사라져버린 것하고 비슷하게 생긴 물건이 세상 어딘가에서 돌아다닐 거라고 생각하십니까? 아니, 그럴 리 없어요. 그렇다면 손에 장을 지지죠. 정말로 성하의 실내화와 안경이었다니까요. 키지 궁에 있는 옐리넥 추기경의 집 살롱에, 포장지 안에 들어 있더라니까요."

벨리니는 십자를 긋고 이해할 수 없는 말을 중얼거렸다. 그중에서 스티클러가 들은 말은 '하느님, 우리와 함께하소서' 하는 말뿐이었다. 그런 다음 그는 처음에는 큰 소리로, 그리고 잠시 뒤에 속삭이는 소리로 말을 계속했다.

"그리스도 안의 형제여, 지금 무슨 말을 하는지 아시오? 옐리넥 추기경이 요한 바오로 성하에 대항한 음모를 배후조종했거나, 아니면 하다못해 공범이라는 뜻이 될 수도 있소."

스티클러가 속삭였다.

"다른 설명은 있을 수가 없지요. 이런 발언의 결과가 어디까지 미치는 것인지 잘 알고 있습니다, 추기경님."

"맙소사, 스티클러, 어쩌다 그것을 보게 되셨소?"

벨리니는 목소리를 계속 속삭이는 수준으로 유지하려고 애를 썼다.

"그건 설명하기 쉽습니다, 추기경님. 우리는 일주일에 한 번씩 장기를 두거든요. 옐리넥 추기경과 저 말입니다. 옐리넥은 대단한 장기꾼이에요. 전에 오탄니와 둔 적이 있고, 그가 고안해낸 갬비트들은 유명합니다. 지난 금요일에 우린 다시 만났어요. 옐리넥은 몹시 산만한 인상이더군요. 우린 언제나처럼 그의 집 살롱에서 만났어요. 옐리넥은 저보다 시작이 좋았는데 몇 수 만에 제가 그를 몰아붙일 수가 있었습니다. 그런데 게임 도중에 우연히 눈길이 서랍장으로 쏠렸는데, 그 위에 갈색 포장지와 실내화와 안경이 있더군요."

"그렇다면 포장지째 그대로 거기 있었다는 말입니까? 옐리넥은 그것을 감추려는 노력도 전혀 하지 않고?"

"전혀 노력하지 않았어요. 그것이 제게는 두 번째 충격이었지요. 보기만 해도 놀라서 몸이 굳어질 지경인데 어째서 옐리넥이 증거품을 저렇게 방치할까 하는 생각에 그만 말을 잃고 말았습니다. 저는 기습적으로 방문했던 게 아닌데 말입니다."

"그러니까 의도적이었겠군."

벨리니가 속삭였다.

스티클러도 속삭이는 말로 대답했다.

"그렇습니다. 달리는 설명할 도리가 없습니다."

주세페 벨리니는 한 번 더 십자를 그었다. 그러나 이번에는 집게손가락을 쭉 펴서 이마와 가슴과 어깨를 건드리는 커다란 십자였다. 그러면서 나직하게 기도문을 중얼거렸다.

"영광의 마리아여, 찬양받으소서……."

그가 기도를 마치자 윌리엄 스티클러는 추기경에게 이런 특별한 장소에서 만나자고 제안한 것을 사과했다. 그러나 그는 그것만이 안전하다고 생각했다. 바티칸에는 벽마다 귀가 있고, 누구를 믿어도 되고 누구를 믿어선 안 되는지 도통 알 수가 없기 때문이다. 벨리니는 '스티클러가 옳다. 주께서 오시면 최후의 심판날에 재판을 여실 것'이라고 대답했다. 두 손을 모으고 추기경은 「요한 묵시록」의 구절을 중얼거렸다.

"어린 양의 피로 옷을 깨끗이 빠는 사람은 행복하다. 그런 사람들은 생명의 나무를 차지할 권세를 얻고 성문을 통해 도성에 들어갈 것이다. 그러나 개들과 마술쟁이들과, 음란한 자들과 살인자들과 우상숭배자들과 거짓을 사랑하고 일삼는 자들은 다 문밖에 남아 있게 될 것이다."

스티클러는 그 말을 경건한 기도처럼 경청했다. 벨리니가 말을 끝내자 그는 속삭였다.

"추기경님, 저는 믿을 수가 없습니다. 요한 바오로 님이 음모에 희생되어 쓰러졌다는 생각을 제 두뇌는 거부합니다. 아니, 아니, 아니에요."

그는 손바닥으로 세 번 자기 이마를 쳤다.

"사람들 모두가 그를 가리켜 미소 짓는 교황이라고 하지 않았던가요? 온 세상이 그의 선량함과 그의 건강한 인간성을 말하지 않았던가요? 그는 인간을 사랑하고, 스스로 인간일 뿐 그 이상이 아니라고 주장했던 사람이 아닌가요?"

"바로 그 점이 그의 잘못이었소. 바오로 교황(재위 1963~1978)이 죽은 다음, 그러니까 조로하고 체념하고 결단력 없는 교황이 떠난 다음에 교황청은 결단력 있는 교회대표를 기대했어요. 어쨌든 베드로의 옥좌에 올바른 교황이 자리잡은 것을 보고 싶어하는 일단의 사람들이—이름이야 말할 필요가 없겠지—있었던 겁니다. 마르크스주의를 비난하고, 남아메리카의 테러분자들에게 지원을 거절하고, 제3세계 문제들에 대한 교회의 동정심에 제동을 걸었던 피우스 12세(재위 1939~1958) 같은 사람을 원했던 거죠. 그런 사람 대신에 그들은 언제나 미소 짓고, 공산당원인 로마 시장과 악수를 하고, 거룩한 어머니 교회는 이 시대의 정점에 있지 않다고 거리낌없이 말하는 교황을 얻었던 겁니다."

"하지만 요한 바오로 님은 하늘에서 떨어진 게 아니잖습니까! 추기경들이 뽑아놓구선!"

"쉿!"

벨리니가 스티클러에게 목소리를 낮추라고 경고했다.

"자기들이 그를 뽑았기 때문에 분노가 더 컸던 게요. 그들은 모든 '가능한 사람들' 중에서 그를 선택했고, 그래서 그들의 증오는 측량할 수 없을 정도였소."

"위대하신 하느님! 그렇다고 해도 그들이 요한 바오로 님을 죽일 수는 없는 거지요!"

추기경은 침묵하였다. 그리고 하얀 고해수건으로 이마를 닦았다.

"교황은 살해당한 겁니다!"

스티클러가 다시 속삭이기 시작했다.

"전 요한 바오로 님이 자연스러운 죽음을 맞이했다고 애초부터 믿지 않았어요. 당시 분위기를 아직도 기억합니다. 교황청 안에 교황청이 또 있다는 인상을 느꼈지요."

"그리스도 안의 형제여, 교황청은 언제나 다양한 그룹들로 이루어져 있어요. 보수파와 진보파, 엘리트파와 인기영합파."

"그렇습니다, 추기경님. 요한 바오로 님은 제가 섬긴 첫번째 교황은 아니었지만 그렇기 때문에 더욱, 그가 재위하고 있던 34일보다 더 음모와 비밀결사가 많았던 적이 없다고 말할 수가 있지요. 마치 모두가 모두에 대해 적인 것 같았어요. 대부분의 사람들이 오직 서면으로만 성하와 의사소통을 했는데, 그것은 요한 바오로 님께는 엄청난 분량의 일이었지요."

"거룩하신 아버지가 과로하셨던 게요……."

"그것이 공식적인 견해입니다만, 추기경님, 그렇다고 요한 바오로 님의 검시(檢屍)를 거부할 이유는 못 되지요."

"스티클러……."

추기경이 흥분해서 속삭였다.

"아직 한 번도 교황의 시신을 해부한 적이 없었다는 말을 해야겠군요."

윌리엄 스티클러가 말했다.

"그렇게 말씀하셔서는 안 됩니다. 저는 오늘날까지도 어째서 검시를 허용하지 않았을까 혼자 물어보곤 합니다. 성하의 유해에 대한 나머지 조치들은 아주 정상적인 처리과정을 거쳤거든요. 매장인들이 요한 바오로 님의 발목 관절과 가슴 부분을 끈으로 묶고, 구부러진 시신을 있는 힘을 다해서 양쪽으로 잡아당겼을 때 뼈들이 우두둑 부러지는 소리가 들렸습니다. 그건 그다지 품위 있는 모습은 아니었지요. 저는 그 모습을 직접 보았습니다, 추기경님. 주여, 저와 함께하소서."

"몬타나 교수가 분명하게 사망원인을 확인해 주었소. 관상동맥 폐색증이라고."

"추기경님! 몬타나가 침상으로 다가가서 죽은 사람이 다리를 꼬고 앉은 모습으로 왼손은 서류철을 잡고 오른손은 뻣뻣하게 굳어 늘어진 것을 보았으니, 심장마비 외에 다른 어떤 진단을 내리겠습니까? 저도 생생하게 기억하는 일이지만, 몬타나는 간돌포성에서 바오로 교황님이 죽을 때의 고통스럽게 몸부림치는 장면을 한 번 더 되풀이했어요. 그는 은망치를 꺼내 들고서 우선 요한 바오로 님에게서 흘러내린 안경을 벗겨내 그것을 나이트 테이블에 올려놓았지요. 그리고 죽은 교황의 이마를 세 번 내리치면서 그가 이미 운명했는가 세 번 물어보고 세 번 다 대답이 없자, 요한 바오로 성하께서는 신성한 로마의 사도 교회의 의식에 따라 죽었다고 선언을 했지요."

"평화로이 잠드소서, 아멘."(Requiescat in pace. Amen)

"그러나 국무장관 추기경님이 들어서면서 아주 특이한 일들이 시작되었습니다. 5시 30분이었는데, 그가 나타난 것을 보니 방금 면도한 모습이라 이상하게 보였어요. 아주 침착한 인상을 풍겼고, 성하의 서류들이 바닥에 떨어진 것을 보더니 공식 발표문대로 '내가 이른 아침에 성하께서 침대에 죽어 있는 것을 발견했다'고 발표했지요. 성하는 서류를 읽고 있었던 것이 아니고 그리스도를 모방하는 일에 대한 책을 읽고 있었어요. 물론 저는 혼자 자문해 보았지요. 어째서 요한 바오로 님은 서류를 보다가 죽으면 안 되고, 어째서 수녀가 그의 죽음을 발견해서는 안 되는 것일까 하고 말입니다. 빈첸차 수녀는 매일 아침 요한 바오로 님의 문 앞으로 커피를 날랐거든요. 어째서 이런 거짓말이 필요할까요?"

"그럼 성하의 실내화와 안경은?"

"모르겠습니다, 추기경님. 그 물건들은 난리와 흥분통에 갑자기 사라졌어요. 바닥에 흩어졌던 서류목록도 마찬가지고요. 처음에는 이 모든 일에 어떤 의미를 두지 않았습니다. 국무장관님께서 그 물건들을 가져갔겠거니 하고 생각했거든요. 한참 뒤, 그러니까 점심때쯤 되어서 시신을 이미 내가고 난 다음, 물건들의 행방을 알아보다가 이 고약한 소행이 드러났지요. 누군가가 죽은 교황의 물건을 훔친 겁니다."

"그럼 옐리넥은? 옐리넥은 그 임종의 방에 언제쯤 들어왔소?"

"옐리넥요? 전혀 오지 않았는데요. 제가 알고 있는 한 추기경은 성하께서 사망하시던 날 로마에 있지도 않았습니다."

"그렇다면 내 관찰과 일치하는군요, 스티클러. 내가 기억하는 한 옐리넥은 교황의 자리가 비어 있는 동안 첫번째 추기경 회의 때 볼로냐 실에 참석하기는 했지만, 회의는 다음날에야 열렸어요. 그러니까 옐리넥 추기경은 절대로 용의선상에 오르지 않는 거지요――당신이 발견한 것이 틀리지 않았더라도 말이오. 그밖에도 스티클러, 침묵하시는 편이 좋을 게요. 사건이 재판에서 다루어지기라도 하는 날에는 분명 당신이 제1의 용의자가 될 참이니 말이오."

그러자 시종은 벌떡 일어났다. 그가 고해석을 떠나려고 하는 참에 벨리니가 그에게 잠깐 멈추라고 청하고는 말했다. 스티클러가 자기 말을 오해하였다. 예수와 성모 마리아에 걸고 자기가 그를 의심하는 것은 아니다. 그러나 비밀심문 과정에서 그는 어쩔 수 없이 주요증인이 될 수밖에 없다. 어쨌든 그는 성하를 마지막으로 본 사람이고, 그가 성하의 시체를 발견한 사람이니까 말이다.

"하지만 제가 시체를 발견한 것이 아닙니다, 추기경님. 국무장관께서 이런 소문을 퍼뜨렸다니까요!"

스티클러는 목소리를 낮추는 것이 불가능하였다.

벨리니는 스티클러를 진정시켜서 속삭이는 소리로 되돌리려고 애썼다. 그리고 자기가 믿는 것이 중요한 것이 아니고 판관의 조사결과가 중요하다고 말했다. 심문은 고통스러운 질문들을 전혀 생략하지 않을 것이다. 그리고 이제 생각해 보니, 교황의 시종인 스티클러는 교황의 약병 하나에 독약을 넣을 가능성을 가진 사람이 아닌가. 교황의 주변에 있는 사람은 누구나 아는 일이지만 그는 많은 약을 복용했으니까 말이다.

이 말이 끝나자 긴 침묵이 흘렀다. 벨리니 추기경은 자신의 생각을 다시 검토해 보고 자기가 시종에게 말한 내용을 곱씹어보느라 조용했다. 윌리엄 스티클러는 추기경의 말을 현실로 만들어보느라 조용했다. 어쩌면 벨리니가 지금까지 자기가 생각했던 저 그룹의 일원이 아닐지 모른다는 의심이 처음으로 그의 머리에 떠올랐다. 그렇다면 이 추기경은 카스코네와 한 패일지도 모른다. 아니면 옐리넥과 한 패일까?

스티클러는 속삭이기 시작했다.

"추기경님, 이제 저는 어떻게 행동해야 할까요?"

"옐리넥에게 무어라고 말씀하셨소? 당신이 발견한 것을 그의 면전에서 알게 만들었나요?"

"아닙니다. 저는 갑자기 복통이 난 것처럼 행동하면서 물러나 왔어요."

"그러니까 옐리넥은 당신이 그것을 보았다는 것을 모르겠군요?"

"의도적으로 그런 것이 아니었다면 말입니다. 몰랐을 겁니다."

"우리 주의 이름으로……. 그렇다면 우리도 이 문제를 일단 그대로 놓아둡시다."

교황의 시종 윌리엄 스티클러는 그날 저녁에 옐리넥 추기경에게 사과편지를 써보냈다. 자기는 그날 몸이 안 좋았고, 다음번 승부를 즐거운 마음으로 기다리고 있노라는 내용이었다.

# 누가 그를 보냈는가
### 성모의 성촉절

 

이날 저녁 옐리넥 추기경은 키지 궁전에서 계단으로 가는 길을 선택했다. 안니발레가 앉아 있곤 하는 수위실은 비어 있었다. 드물지 않게 있는 일이었다. 추기경은 타락한 심정으로 유쾌한 기대감을 느꼈다. 죄 많은 생각들이 그의 두뇌를 괴롭혔다. 그는 위쪽을 향해 올라가는 계단에서 발걸음 소리를 세게 내서 자기가 온 것을 알리려고 애썼다. 마침내 3층에서 그녀가 탄력 있고 무겁게 발의 무게를 이쪽에서 저쪽으로 옮겨 엉덩이가 춤을 추도록 만들면서 아래로 내려왔다.

"부오나 세라(안녕하세요), 추기경님!"

그녀는 멀리서 친절하게 외쳤다. 추기경은 그녀가 입고 있는 앞쪽에 단추가 달린 검은 작업복의 싸구려 얇은 천을 보았다. 그는 네보 산 위에 선 모세 같은 기분이었다. 그곳에서 하느님은 그에게 약속의 땅을 보여주기는 하셨지만, 보여주시기만 했을 뿐 그곳을 밟지는 못하리라 예고하셨던 것이다.
"부오나 세라, 시뇨라 조반나!"
옐리넥은 공손하게 인사를 받으면서 자기 목소리에 특별히 친근한 울림을 주려고 애썼다. 그러나 고통스럽게도 잘되지 않았으므로 당황해서 헛기침을 했다.
"감기 걸리셨나요?"
관리인 여자는 다가오면서 걱정스레 물었다.
"올해는 봄이 더디 오네요, 추기경님."
이렇게 말하면서 그녀는 옐리넥보다 한 계단 위에 멈추어 섰다. 추기경은 고통스럽게 자기 앞에 솟구쳐 있는 이 장애물을 멀리 돌아가지 않았다가는 고약한 일이 생길까 두려웠다. 마침내 그는 이 만남을 성공적으로 극복하고 난 다음 헐떡이면서 대답했다.
"이런 날씨엔 놀라운 일도 아니죠, 시뇨라 조반나. 더웠다 추웠다 변덕이니!"
그러곤 조반나에게 더는 눈길을 주지 않고—물론 이 상황에서 그보다 더 원하는 일이 없었지만—옐리넥 추기경은 철썩거리는 발걸음으로 계속 올라갔다.
여자가 주는 고통에서 해방되고 동시에 실망한 채로 옐리넥 추기경은 등 뒤로 아파트 문을 닫았다. 그는 곧 누군가가 집 안에 있다는 것을 알아챘다. 살롱에 불이 켜져 있었던 것이다.
"수녀님?"
옐리넥이 소리쳤지만 아무런 대답이 없었다. 이 시각에 프란치스코회 수녀를 만나는 것은 이상한 일이었다. 살롱으로 통하는 문은 다른 때와 달리 활짝 열려 있었다. 안으로 들어가다가 옐리넥은 깜짝 놀라 뒤로 물러섰다. 안락의자에 검은 옷의 수도사가 앉아 있었다.

"당신 누구요? 무엇을 원하시오? 대체 어떻게 이리로 들어왔소?"

이 모든 말을 묻고 싶었지만 그는 말없이 서서 아무 소리도 내지 않았다.

이 검은 옷의 존재가 정말로 수도사인지, 아니면 악마가 손수 찾아온 것인지 분명하지가 않았다. 그 사람은 추기경을 바라보며 말을 돌리지도 않고 물었다.

"보내드린 소포는 받으셨습니까, 추기경님?"

"그러니까 그 수수께끼 선물은 당신이 보낸 것이군요?"

"선물이 아니라 경고였소!"

"경고라고? 당신 누구요? 무엇을 원하시오? 대체 어떻게 이리로 들어왔소?"

낯선 사람은 못마땅하다는 손짓을 했다.

"소포의 내용물을 모르신단 말입니까? 요한 바오로……."

"예수 마리아님."

옐리넥은 말을 멈추었다. 낯선 사람이 요한 바오로를 언급하자 그는 그 이상한 내용물로 자기에게 무슨 일이 닥쳤는지 대번에 알아차렸다. 추기경은 관자놀이에서 피가 벌떡벌떡 망치질하는 것을 느꼈다. 34일간 통치한 교황의 안경과 실내화! 그는 당시 이 사건에 전혀 특별한 의미도 두지 않았지만 그때 9월에 죽은 교황의 물건을 도둑맞았다는 소문이 돌았던 것이 기억났다. 그의 유품 중에서 여러 가지 중요하지 않은 물건들이 없어졌다는 것이다. 심지어는 이 물건들을 소유하기 위해 그를 죽였다는 의혹까지도 돌았다. 그 모든 것이 이 순간 추기경의 생각 속으로 떠올랐다. 낯선 사람이 돌같이 굳은 얼굴로 말을 계속했다.

"그러니까 이해하시겠습니까?"

"이해?"

설명할 수 없고 우스꽝스럽고 아주 비참한 불안감이 갑자기 옐리넥을 사로잡았다. 그는 하느님의 예언자 엘리야가 바알을 섬기는 왕후 이세벨의 분노를 두려워했듯이, 검은 옷을 입은 사람의 보복이 두려웠다. 추기경은 억양 없이 대답했다.

"아니, 아무것도 이해하지 못하겠소. 말해 보시오, 대체 내게서 무엇을 원하시오? 누가 당신을 보냈소?"

낯선 사람은 기분 나쁘게 히죽 웃었다. 아무것도 모르는 사람을 향해 아는 사람이 보내는 역겨운 웃음이었다.

"너무 많이 질문하시는군요, 추기경님. 질문은 최초의 죄입니다."

"무엇을 원하는지 말해 보시오!"

추기경이 초조하게 반복했다. 그는 자기 손이 떨리는 것을 알아차렸다.

"제가요?"

검은 옷을 입은 사람이 조롱하듯이 물었다.

"아무것도 없습니다. 저야 높은 분의 명령을 받고 왔지요. 그 쪽에서는 당신이 시스티나 문자의 의미를 탐색하는 일을 중단하기를 바라고 있습니다."

옐리넥 추기경은 침묵했다. 그는 여러 가지 답변들을 예상했지만 이 대답은 그에게서 말을 앗아갔다. 말을 되찾기까지 꽤 시간이 흘렀다. 그는 흥분해서 말을 내뱉었다.

"이봐요, 시스티나 예배당에 여덟 개의 수수께끼 문자가 나타났소. 그것들은 논의해서 없앨 수도, 계속 침묵할 수도 없는 것이오. 어떤 두려운 의미를 가지고 있겠지요. 나는 교회를 더 큰 재앙에서 지키기 위해 그 의미를 찾아내라는 '직권' 명령을 받았소. 그래서 나는 성무청의 책임자로서 회의를 소집한 것이고, 그 일은 해답을 찾아낼 때까지 계속될 겁니다. 당신의 소원이 어떤 이유에서 나온 것이든, 문자들을 지우거나 그 위에 덧칠하는 것은 극히 어리석은 일이 되리라는 점을 알아두시오. 그것은 온갖 의혹에 문을 활짝 열어주는 것이니까."

"아마 옳으신 말씀이시겠지요."

낯선 사람이 대답했다.

"다만 한 가지 점을 잘못 생각하셨습니다. 탐색을 중지하라는 것은 소원이 아니오, 명령입니다!"

"나는 '직권' 명령을 받았다니까……."

"주 예수께서 손수 그 명령을 내리셨다 하더라도 당신은 이 탐색을 중지하셔야 합니다, 추기경님. 어서 빨리 어떤 변명을 생각해내고, 전문가들을 고용하고 그들에게 돈을 줘요. 당신은 지금까지의 '연구'를 출판하시오. 그러나 위원회 활동만은 중단하시오."

"만일 내가 거절한다면?"

"교황청에는 어느 쪽이 더 쓸모가 있는지, 살아 있는 추기경인지 아니면 죽은 추기경인지 나는 모르겠소. 당신 처지가 얼마나 심각한지 아시라는 뜻에서 그 소포를 보내드린 겁니다. 교황을 흔적도 없이 제거하는 것이 힘든 일이 아니라면, 추기경은 훨씬 더 쉽게 물러나게 만들 수 있다는 사실을 분명 아실 게요. 엘리넥, 당신이 죽는다 해도 신문에 표제기사도 되지 못할걸. 일간지 부음란의 조

그만 기사, 그리고 『로마 관찰자』지에 애도사 정도가 나오겠지요. '옐리넥 추기경이 사고로 사망했다' 하고. 더 고약한 경우에는 '옐리넥 추기경이 자살했다'는 기사가 나올 게요. 그뿐이지요."

"침묵하시오!"

"침묵? 당신이 속한 교황청은 말보다 침묵을 통해서 더 많은 오류를 범했소, 추기경. 우리가 합의에 이르지 못한다면 아주 유감입니다. 그렇지만 당신이 그렇게 어리석지는 않으리라 생각합니다. 이거 내가 같은 말을 되풀이하고 있구만."

옐리넥은 낯선 사람 쪽으로 다가갔다. 그는 이미 분노가 용기로 바뀌는 경지에 이르러 있었다. 낯선 사람의 두 어깨를 꽉 잡고서 그는 말했다.

"이보시오, 이상한 성인이여, 지금 곧바로 내 집을 떠나시오, 그렇지 않으면……."

"그렇지 않으면?"

수도사가 도전하듯이 물었다.

추기경은 자기가 한 협박이 우스꽝스럽다는 것을 깨달았다. 그래서 포기하고 낯선 사람을 놓아주었다. 그의 얼굴에 다시 교활한 웃음이 나타났다.

"좋소."

그는 추기경이 건드렸던 부분을 툭툭 털어냈다.

"그 또한 내 문제는 아니오. 나는 이 사건에서 심부름꾼일 뿐이고 내 할 일은 다 했소. 예수 그리스도를 찬양."

마지막 인사말은 이상하게 들렸다. 비웃음과 조롱이 수도사의 말 속에 들어 있었다. 그는 계속 말했다.

"애쓰지 마시오. 혼자서 나가지요, 혼자서 찾아 들어왔으니."

이것은 마리아의 성촉절에 일어난 일이었다. 추기경은 아무리 생각해도 그 낯선 사람이 누구였는지, 그가 어떻게 교황의 물건들을 갖게 되었는지 알아낼 수 없었다. 그러나 그의 요구는 추기경에게 실현 불가능한 것으로 여겨졌다. 사건은 점점 더 뒤엉키고 수수께끼가 되어가는 것처럼 보였기에 옐리넥 추기경은 자기에게 주어진 온갖 수단을 다 써서 비밀을 캐보기로 결심했다. 그리고 개인적으로 협박을 받은 일이 오히려 그의 결심을 굳게 만들었다. 그는 추기경이 되기도 전에 벌써 교회의 가르침을 위해 목숨을 바칠 각오를 하지 않았던가——하느님의 영광을 높이기 위해서 말이다.

그는 낯선 사람과 만났던 일에 대해서는 우선 침묵을 지키기로 마음먹었다. 한편으로는 그 일이 다른 사람에게는 믿을 수 없는 것으로 여겨질 것이기 때문에, 그리고 다른 한편으로는 옐리넥 자신도 다음날이 되자 벌써 자기가 악마를 만났던 것이 아닌가 하는 생각이 들었기 때문이다.

# 불신
성촉절 다음 월요일

라테란 신학교의 기호학 교수인 가브리엘 만닝을 위원으로 보강한 위원회는 성촉절 다음 월요일에 두 번째로 모였다. 옐리넥 추기경의 사회로 시작되었는데, 그는 성령을 부르고 나서 참석자들 중 누군가가 자기들을 이 장소로 모이게 만든 그 문자의 내용을 알아냈는지 물었다. 그러나 아무도 알아내지 못했다. 옐리넥은 기호학 분야에서 가장 탁월한 전문가인 만닝 교수에게 자문을 요청했다. 만닝은 공식명령에 따라 이 문제를 이미 다루기 시작했다. 그는 우선 이 문자의 내용을 풀어낼 가능성에 대해서 말하겠다고 했다.

만닝은 짧은 시간 안에 비밀을 풀 수 있으리라는 기대는 갖지 말라고 경고했다. 이 수수께끼 문자기호의 모든 암시들은 바티칸 성벽 바깥에서 해결책을 찾을 수 있을 것임을 말해 준다. 발견된 문자조합 '아이파-루바'(AIFA-LUBA)에서 문자의 수가 여덟 개라는 것이 벌써 그에 대한 정황증거가 된다. 기독교 상징체계는 '7'이라는 숫자를 선호하기 때문이다. 시스티나 천장을 테마에 따라 나눈 구획방식에서도 그는 자기 이론이 확인된다고 보았다.

미켈란젤로는 천장을 기독교의 숫자 12로 나누어서 고대의 여자 예언자들과 구약 예언자들의 두 그룹에 할당해 주었다. 그림의 주제는 세계창조로서, 그것은 일종의 우주론을 짐작케 한다. 그러니까 온 세계를 상징으로 표현할 수 있다는 후기 합리주의적 믿음이다. 그것은 인간이 보고 짐작하는 모든 것이 암호나 상징, 기호, 거울, 알레고리이며, 이것은 서로 신비로운 연관성을 가진다는 생각이다. 거기에 이르는 열쇠만 찾으면 된다.

시스티나 벽화들이 그려질 무렵 점성가, 피타고라스 학파, 영지주의자, 카발라 추종자들이 전성기를 누렸다. 많은 사람들, 특히 교육받은 사람들은 당시 시대의 마법적·신비적 표상에 마음을 빼앗겼다. 그러므로 진짜 언어연금술이 존재했음을 입증할 수가 있다. 철자신비주의자와 철자마법사들은 이 언어연금술에 매료되어 단어의 울림과 철자의 울림, 소리와 의미들을 탐구했다.

고대 그리스 사람들은 철자 이름으로 음정을 표현했다. 그들은 24개의 알파벳 이름으로 24개의 아울로스 음정, 그러니까 플루트의 24음정의 이름을 붙였다. 피타고라스와 그 시대 사람들은 음높이가 아주 규칙적으로 현의 길이에 의해 결정된다는 것을 알아내고 몹시 열광했다. 그러니까 눈에 보이는 것으로 귀에 들리는 것을 만들 수가 있다는 발견이었다. 이 발견에 따르면 숫자가 구현되어 음높이를 만들어낸다. 만닝은 이 부분에서 질문하였다. 음악이 자주 연주되던 이 예배당에서 철자들이 멜로디를 나타낸다고 보면 안 될 이유가 무엇인가. 어쩌면 이 멜로디 문장이 비밀의 해결을 감추고 있을지도 모르지 않는가. 이것은 다만 해석의 한 가지 이론일 뿐이다. 그것도 상당히 단순한 해석이론이다.

만약 이 문자조합이 철자-제목으로 해석되어야 할 필요가 있다면 문제는 훨씬 더 복잡해진다. 철자-제목이란 그리스의 모든 지혜보다 더 오래된 것이기 때문이다. 기독교 역사가인 카에사리우스의 에우제비오스는 『복음서의 준비』라는 책에서, 그리스 사람들은 알파벳 이름을 헤브라이 사람들에게서 얻었다는 것을 입증했다. 그 증거로는 헤브라이에서는 학생이라도 철자-제목의 의미에 대해서 잘 알았지만, 플라톤은 이런 재능을 갖지 못했다는 것만 보아도 알 수 있다. 훨씬 뒷날 교부들에 이르러서야 예레미야 찬송가와 비가들에서 보이는, 시행(詩行)의 첫 글자들을 모으면 시의 제목이 나오는 것을 올바르게 해석할 수 있게 되었다.

방금의 진술을 참석자들이 더 잘 이해할 수 있도록 예를 들어 설명해 달라는 국무장관 줄리아노 카스코네 추기경의 요청을 받고 만닝 교수는 장황한 설명을 늘어놓았다. 모든 언어에서 알파벳의 처음 철자는 입을 가장 크게 벌리는 소리를 가진다. 그래서 이 모음은 인간에게 언어의 입을 열어주기 위해 하느님을 보조한다는 영광이 주어진다. 문자조합의 두 번째 철자인 'I'는 구별할 수 없음, 진실, 공정함을 나타낸다. 아이들이나 청년이나 노인들이 그냥 쉽게 내리긋기만 해도 재빨리 아주 훌륭하게 쓸 수 있는 글자이기 때문이다.

그에 반해 'F'는 바로 정반대를 상징한다. 피타고라스가 벌써 제자들에게, 저울을 넘어서지 말라고 말함으로써 공정함의 절대적 상징이라고 평가했던 저울의 반쪽만을 보여주는 모습이기 때문이다. 이것만 알아도 벌써 문자조합의 앞부분의 막연한 의미가 가능해진다. 물론 단어의 내용은 명사, 형용사, 동사 등과 같은 단어 종류들로 나타낼 수 있다는 사실을 고려해야 한다. 이어서 만닝은 메모지에 첫 네 글자를 그리더니 그 옆에 자신의 해석을 다음과 같이 적었다.

A 하느님께서 말씀하신다
I 진실을,
F 그러나 거짓이
A 입 안에 있다…….

그러자 그 자리에 있던 수도사들이 교수에게 나머지 철자들의 상징성과 의미도 설명해 달라고 부탁했다. 그러나 만닝은 앞의 절반의 해석이 쉽게 성공한 만큼 나머지 부분의 해석은 복잡하고 이 시스템에 잘 들어맞지 않는 것으로 보인다고 대답했다. 'L'은 로고스를, 그러니까 이성을 나타낸다. 'U'와 'B'는 뜻이 여럿이고 불분명하다. 'U'는 라틴어로는 'V'와 같고, 가볍고 밝은 소리이며 동시에 숫자 5를 나타낸다. 이 철자는 꼭지점을 밑으로 한 삼각형이고 여자의 음부를 나타내는 것으로(이 말을 듣자 산 카를로 소속 데시데리오 스칼리아 수사가 십자를 그었다), 남성적인 역삼각형과는 대립되는 모습이다. 철자 'B'의 의미는 각각의 언어에서 달라진다. 라틴어에서—그리고 아마도 이 문자조합이 라틴어로 되어 있을 가능성이 높은데—이 철자는 위협이라는 뜻을 포함한다. 지금까지 설명한 것을 바탕으로 풀어보면 시스티나 문자조합은 합리적인 어떤 의미를 보여주지 않는다. 이것은 여기 설명한 체계가 옳은 방식이 아니라는 점을 입증해 준다.

그렇다면 어떤 다른 해석 가능성을 제시할 수 있느냐는 절박한 질문에 기호학 교수인 가브리엘 만닝은 철자분류의 의미에 대해서 말하기 시작했다. 그것은 자음과 모음을 구분하는데, 이 문자조합의 경우 모음이 더 많기 때문에 특별히 의미가 있다는 것이다. 피타고라스파와 문법학자들은 모음과 자음이 다른 것을 프시케(Psyche)와 휠레(Hyle), 곧 영혼과 육체의 구분에 대한 상징이라고 보았다.

일곱 개의 모음은 의심의 여지 없이 라틴어 철자의 아버지가 되는 그리스 철자 신비주의에서, 소리의 재능을 가진 일곱 존재를 가리킨다. 1. 천사, 2. 내면의 소리, 3. 인간의 목소리, 4. 새들, 5. 포유류, 6. 파충류, 7. 야생동물. 그에 반해서 15개의 자음은——그리스어에는 자음이 15개이다——소리를 내지 않는 사물들을 가리킨다. 1. 저 위의 하늘, 2. 창공, 3. 땅 속, 4. 땅 표면, 5. 물, 6. 공기, 7. 어둠, 8. 빛, 9. 식물, 10. 열매 맺는 식물, 11. 별, 12. 태양, 13. 달, 14. 물고기, 15. 바다 밑 땅의 거대한 틈. 만닝은 말을 이었다. 자연과학의 검증방식에 따라서 이런 의미를 비웃을 수도 있지만 어쨌든 그것은 아주 일찍부터 철자신비주의에 몰두한 신비학문이 존재했다는 사실을 보여준다.

그러나 만닝은 이 해석방법 또한 여기 적용할 수 없다고 말했다. 그 이유로는 철자 'Y'가 빠져 있기 때문이라고 했다. 피타고라스는 'Y'를 모든 철자신비의 열쇠이며 상징이라고 보았다. 'Y'에 있는 세 개의 가지는 다음의 의미를 가진다고 생각하기 때문이다. 즉 아랫기둥은 모음을, 그리고 위의 두 개 가지는 유성자음과 무성자음을 나타낸다──그러니까 'Y'는 인식을 나타내는 철자라는 것이다. 이런 도식에 따라 해석하려고 한다면 전체 문자조합의 열쇠문자로서 'Y'가 나타나 있어야 한다는 것이다.

국무장관 줄리아노 카스코네 추기경은 무한한 해석 가능성을 보고 점점 더 불안해졌다. 그는 만닝에게 가장 가능성이 높은 체계들을 설명해 달라고 요구했다. 그는 개인적으로 어떤 해결 가능성을 좋아하는가를 물은 것이다.

교수는 이렇게 대답했다. 시간이 짧은 관계로 아직까지는 재료를 충분히 검토해 보지 못했다. 그러나 경험으로 보아 특히 두 가지 가능성에 관심이 간다. 우선 헤브라이 알파벳 신비주의의 정황 증거들이 여기 보인다. 그것은 철자신비주의의 중요한 일종으로 수많은 그리스, 중동, 유대, 아랍의 오래된 전승에 사용되고 있으며, 「요한 묵시록」에도 나타나고 있다.

옐리넥 추기경이 말을 중단시켰다. 위원회는 이미 이 이론에 대해서는 아우구스티누스 펠트만에게서 다 들었다. 옐리넥은 그 밖에 어떤 해석 가능성을 그가 좋아하는지 듣기를 원했다.

가브리엘 만닝이 다시 말을 이었다. 다른 한편 이 문자조합의 특성은 노타리콘(Notarikon 혹은 Notarigon)을 암시하기도 한다. 이것은 초기 기독교에서 자주 쓰이던 것이지만 다른 비밀종파에서도 널리 쓰였다. 이 비밀종파의 이름을 말하는 것은 피하겠다. 만닝은 노타리콘의 예로 그리스 말 '이크티스'(ICHTHYS)를 들었다. 그것은 '물고기'라는 말로 번역되는 단어다. 초기 기독교도들은 그들의 신앙공동체의 인식표로 모래 위에 물고기를 그리곤 했다. 물고기 표지의 원래 뜻은 빨리 잊혀졌으나 그 상징은 그대로 남아서 뒷날에 새로 해독되어야만 했다.

'이크티스'라는 단어의 철자 뒤에는 하나의 주문이 숨어 있다. 곧 '예수스 크리스토스 테오우 이오스 소테르'(Jesus Christos Theou Yios Soter)라는 말로서, '예수 그리스도, 하느님의 아들, 세계의 구원자'라는 뜻이다. 스콜라 철학자 알베르투스 마그누스는 『신학적 진실 요강』이란 책에서 예수(Jesus)라는 이름을 노타리콘 방식으로 풀었다. 원래 뜻이 이해가 가지 않던 이 단어를, 다른 단어들의 첫 글자를 모아놓은 것으로 해석하면 하나의 의미를 찾아낼 수 있게 된다. 곧 '슬픔 속의 기쁨, 영원한 생명, 약한 자에게 강함, 가난한 자에게 부유함, 배고픈 자에게 양식'(Jucunditas maerentium, Eternitas viventium, Sanitas languentium, Ubertas egentium, Satietas esurientum)이 되는 것이다. 심지어는 학자들과 철학자들까지도, 그렇다, 바로 이들이야말로 철자신비주의에 빠져 있었던 것이 분명하다. 시스티나 예배당에 있는 저 피렌체 사람의 문자조합도 바로 이들 위대한 선배들을 모방한 것이라고 생각할 수도 있다.

만닝이 이름을 말하기를 거부한 것은 대체 어떤 신비교인지 옐리넥이 물었다.

질문을 받은 사람은 이렇게 대답했다. 유대의 카발라교가 철자를 상징화하고 신비로운 목적으로 이용했다. 그리고 시스티나 프레스코의 글자배치로 보아서, 그리고 아주 특이한 글자순서로 보아서도 미켈란젤로가 유대 신비교를 암시하려 했다는 생각을 완전히 배제할 수는 없다.

그러자 성무청의 홀에 큰 불안이 일어났다. 추기경들, 참사회원들, 교수들은 큰 소리로 이야기를 주고받고, 교리 문제 담당 장관이며 카에사레아 명예주교인 로페즈는 거듭 소리를 질렀다.

"악마가 거룩한 어머니 교회의 털 속에 이를 한 마리 풀어놓았다. 거룩한 어머니 교회의 털 속에 이를 한 마리 풀어놓았다. 말하기도 끔찍하구나!"

이 모든 것은 하나의 마법주문이며 속임수라는 벨리니 추기경의 비난에 대해 만닝은 이렇게 대꾸했다. 시스티나 문자는 그 내용이 참되기 때문에 조사를 하라는 것이 아니고 그냥 그 내용을 검토하라는 것이었다. 어쨌든 자기가 받은 명령은 그랬다. 내용을 밝혀낸 다음 그것이 참된 것인지를 검토하는 것은 바로 이 위원회에 맡겨진 일이다. 옐리넥은 그 말에 동의했다. 그러나 벨리니는 여전히 고집을 부리면서 모든 기호학자들은 신앙의 적이라고 말했다. 그들은 전부냐 무냐를 가리려고 하고, 셰익스피어와 프란시스 베이컨이 동일인물이며, 괴테가 카발라 추종자라는 것을 입증해 주는 예들만 들먹인다고 했다.

가브리엘 만닝은 추기경의 말에 동의했지만, 그래도 현재 상황에서는 문자의 내용을 토론하려는 것이 아니라 그 해답을 찾으려는 것이라는 지적을 되풀이했다. 어쨌든 해답이 입증되지 않는 한 사정이 그렇다. 분명 철자신비학은 측량할 수 없는 요소들과 엉터리 학문의 요소를 수없이 포함한다. 여러 가지 다른 단어들을 동일한 수치로 결합시키기 때문에 이 신비학 추종세력의 반대자들에게도 드물지 않게 반대 증명을 할 수 있는 기회를 만들어 준다.

이 가짜 학문의 토대는, 알파에서 오메가에 이르는 그리스 철자 24개에 1에서 24라는 숫자를 매기는 것이다. 이것은 여러 가지 세계 수수께끼의 해결에 토대가 되었다. 실제로 어이없는 결과들이 나오고, 대단히 탁월한 사람들도 이 학설을 추종했다. 나폴레옹에 대해서는 이런 말이 전해진다. 그는 젊은 시절에 벌써 철자신비학에 빠졌다고 한다. 보나파르트(Bonaparte)라는 글자들의 조합은 82를 나타내고, 82는 다시 왕가 이름인 부르봉(Bourbon)을 나타낸다. 그래서 자기가 프랑스 통치자의 소명을 입었다고 믿었다는 것이다.

유대인으로 철자신비학에 반대하는 사람들은 의심의 여지가 많은 이 학문의 도움을 받아서, 창세기가 '거짓과 기만'이라는 말과 수치가 같으며, 전능하신 하느님은 '다른 신들'이라는 말과 수치가 같다는 것을 입증했다. 그러나 이런 것들이 지금 이곳에서의 주제는 아니다. 비밀스런 문자조합의 학문적인 해석을 찾아내는 것이 이곳의 주제이다.

옐리넥 추기경이 입고 있는 평복 주머니에서 종이 한 장을 꺼냈다. 모든 눈길이 위원장인 그에게로 쏠렸다. 추기경이 말했다. 자기도 이 문자조합의 해석을 시도해 보았다. 아직까지는 자신의 해석 시도를 알릴 용기가 없었다. 그러나 이제 이 해석이 여러 가지 가능성을 가지고 있으며, 어쩌면 웃기는 일일 수도 있다는 것이 눈앞에 드러났기에 그 동안 해석한 것을 감히 위원회에 알릴 용기가 생겼다. 옐리넥은 펜을 가지고 여덟 개의 의심스런 문자들을 아래로 길게 써내려 갔다. 그런 다음 그는 산만한 글씨체로 다음과 같이 여덟 문자 옆에 단어들을 썼다.

A  atramento
I  ibi

F  feci

A  argumentum

L  locum

U  ultionis

B  bibliothecam

A  aptavi

엘리넥은 누구나 볼 수 있도록 종이를 높이 쳐들었다. 그리고 강세를 두고 천천히 읽었다.

"색채로 나는 그곳에 증거를 남기리라. 도서관이 복수의 장소로 선택되었다."(Atramento ibi feci argumentum, locum ultionis bibliothecam aptavi)

그러자 긴 침묵이 그곳을 지배하였다. 추기경들과 신사들과 참석자들은 추기경의 손에 들려 있는 떨리는 종이를 멍하니 바라보았다.

도서관이 복수의 장소라고? 그 말을 어떻게 이해해야 하는가? 바티칸 도서관이 무엇을 감추고 있나? 사람들은 눈으로 사서 신부 아우구스티누스를 찾았다. 그러나 그의 자리에는 이제 후임인 피오 신부가 앉아 있었다. 그는 모든 눈길이 자기에게 쏠리는 것을 보고는 어찌할 줄을 모르고 어깨를 올리면서 손바닥을 바깥쪽으로 펴보였다. 주님이 나타났을 때 제자 클레오파스처럼 아무것도 모른다는 표시를 해보인 것이다. 그러나 그것이 참석자들의 눈길을 열어 깨달음으로 안내할 표지는 아니었다.

국무장관 줄리아노 카스코네 추기경은 당황해서 웃음을 짓고는, 진정시키는 어조로 만닝에게 이 해석을 어떻게 생각하느냐고 물었다.

"아무것도 아니라고 생각합니다."

기호학자는 단도직입적으로 대답했다. 이 해답은 전혀 입증 능력이 없다는 것이 이유였다. 그것은 매우 단순하게 보이지만 그 어떤 논리도 없다는 것이다. 어째서 알파벳 첫 글자가 한 번은 'atramento'이고 한 번은 'argumentum'이며 또 한 번은 'aptavi'여야 하는가? 이런 해석을 암시하는 것이 대체 어디 있단 말인가? 아니다. 미켈란젤로는 물론 그렇게 단순하게 만들지 않았다. 미켈란젤로는 아니다라고 주장했다.

국무장관 카스코네는 처음으로 침착성을 되찾은 것 같았다. 그는 약간 화가 나고 동시에 실망한 표정으로 어째서 만닝은 이 문제에 대해 그렇게 자신만만한가, 그리고 그 자신은 전혀 아무런 설명도 못하면서 옐리넥 추기경의 해석을 도무지 인정하지 않으려고 하는가 하고 물었다. 교수는 침묵했다. 카스코네는 옐리넥 추기경에게, 내용적으로나 형식적으로 자신의 탐구에 대한 설명을 하라고 요구했다.

옐리넥은 이렇게 답변했다. 내용상으로도 형식상으로도 자신은 이런 결과에 대해 이유를 제시할 수 없다. 다만 미켈란젤로도 한때 이 일을 하면서 그랬을 것으로 생각되지만, 그냥 상상력이 제멋대로 흘러가게 놓아둔 것뿐이다. 미켈란젤로는 기호학자가 아니었고, 학자도 아니었다. 그는 내면으로부터 치밀어오르는 대로 창작했고, 감정을 물질로 변화시켰다. 그리고 예술가가 어떤 이유에서 어떤 문자를 어디에다 집어넣을지 그렇게 오래 생각했을지 의심이 간다. 이 내용에 대해서는 아주 공개적으로 말하지는 않을 생각이다. 그리고는 국무장관에게 회의가 끝난 다음 단둘이

서 '1급 비밀로' 이야기하기를 청하였다.

그가 이 말을 하는 도중에 도미니크 소속 피오 신부, 산 카를로 소속 데시데리오, 마리아 시종회의 피에르 뤼지 찰바, 그리고 예수회의 아담 멜체르의 번뜩이는 둥근 안경이 위협적인 모습으로 모두 일어섰다. 아담 멜체르는 주먹으로 탁자를 치더니, 불화로를 본 느부갓네살 왕처럼 흥분했다. 그는 "이 위원회는 웃기는 연극이 되고 말았다"고 외쳤다. 어떤 사람들이 다른 사람들보다 더 많이 알고, 다른 사람들에게는 가장 중요한 사실을 아는 것이 거부되어 있으니 그렇다. 그러므로 아담 멜체르는 사직을 청한다고 단호히 말했다. 그러자 나머지 수도사들도 그의 요청에 합류했다.

이 말이 떨어지자마자 다른 사람들도 모두 각자의 분노를 터뜨렸다. 그들은 각자 위원회에 협조하는 일을 그만두겠다고 말하고, 성사와 예배를 담당한 주세페 벨리니 추기경까지도 그들과 합세했다. 조금 뒤에 성무청의 홀은 온통 혼란으로 뒤덮였다. 옐리넥이 팔을 넓게 펼쳤지만 전체적인 혼란을 잠재우지 못했다.

성스러운 모임의 참석자들은—옐리넥은 몹시 힘들여서 겨우 자기 말을 경청하게 만들었다—온갖 배경에 대한 설명을 듣게 될 것이다. 그러나 바티칸 비밀 문서고에는 몇 가지 특수상황들이 있으며, 그것은 심지어 교황청의 최고위층에게도 '기밀'로 분류되어 알려지지 않는다고 했다.

옐리넥의 말은 아담 멜체르를 논쟁으로 끌어들였다. 그는 추기경을 가혹하게 비판하고, 위원회는 알지 못하는 적을 향해 모의 전투만 하고 있는 것이 아닌가, 프레스코화 수수께끼의 비밀은 이미 오래전에 풀렸는데 어떤 알 수 없는 이유로 인해 이 모임을 계속하는 것이 아닌가 하는 의혹을 제기했다. 1급 기밀을 지닌 옐리넥 추기경님이 보통 사람은 들어갈 수도 없는 비밀문서고에서 해결책을 얻었다고 말하는데, 그 말을 대체 어떻게 해석할 수 있단 말인가.

멜체르의 생각에 따르면 문자조합의 진짜 내용은 이미 오래전에 알려져 있지만 교회에 아주 치명적인 것이어서, 그것을 대신할 어떤 의미를 찾아내기 위해 이 위원회를 소집한 것뿐이라는 것이다. 이것은 요단 강 저편에 있는 요한을 향해 사제들과 레위 사람들이 질문한 것처럼 위선적인 것이다.

그러자 옐리넥이 펄쩍 뛰며 일어나서 엄지손가락을 쭉 뻗어 멜체르의 입에 금지령을 내리고, 그의 말은 진짜 기독교도의 품위에 어울리지 않는다고 지적했다. 만일 그의 추측이 맞는다면 침묵하는 쪽이 분명 더 나은 해결책이기 때문이다. 이것은 분명 명예를 건드리는 문제이고 명예법정으로 갈 만한 사건이지만, 그래도 그런 식으로 보복하지는 않겠다. 신경이 너무 곤두서 있기 때문이다. 그리고 상대방 멜체르는 벌써 다음날이면 자기 말을 후회할 것이기 때문이다. 자신 역시 아직은 아무것도 모른다. 그저 자신의 해석을 통해, 교수의 판단을 존경한다는 것을 보여주려고 했을 뿐이다.

그에 대해서 만닝은 이미 오래전에 해답은 다 찾아놓고 오로지 교황청에 해가 되지 않도록 겉치레만 필요로 하는 사건의 탐구에 자기를 끌어들인 것은 비열하고 더러운 일이며, 모든 기독교의 미덕과 거리가 멀다고 비난했다. 그렇기 때문에 그는 비밀문서고에 한번 들어가 보겠다고 요구했다. 그렇지 않다면 자신은 위원

노릇을 반납하겠다는 것이다. 이렇게 구석으로 몰리자 옐리넥도 사임을 요구하겠다고 선포했다. 그러자 국무장관이 사이에 끼여들어 모두를 중단시켰다.

"불가능합니다. 명령이오! 참석자들은 모두 이 장소의 평화를 지켜주시오."

그렇게 해서 위원회는 단 한 걸음도 해결책에 다가가지 못한 채 예상 밖으로 빨리 끝났다. 일반적인 혼란에다 서로간의 불신까지 생겨났다. 모두가 서로를 믿지 못했다. 수도사들은 추기경들을, 추기경들은 교수들을, 교수들은 추기경들을, 벨리니 추기경은 옐리넥 추기경을, 옐리넥 추기경은 국무장관 추기경을, 국무장관 추기경은 옐리넥 추기경을, 옐리넥 추기경은 멜체르를, 멜체르는 옐리넥 추기경을 믿지 못하였다. 언뜻 보기에 옐리넥 추기경은 교황청 안에 오직 적들만 가진 것 같았고, 전능하신 분의 분노가 그 옛날 소돔과 고모라를 내리쳤듯이 이제는 바티칸 위에 떨어진 것 같았다.

같은 날 아벤틴 언덕에 있는 오라토리오회 수도원에서는 피오 세고니 신부와 수도원장 사이에 뜻밖의 회동이 이루어졌다. 수도원장은 몬테카시노에서 온 베네딕트 수도사를 본 적이 없다고 했지만 피오 신부는 자기들이 같은 신학교에 다녔다고 고집했다. 그러면서 목소리를 높였기 때문에 수도원장은 두 손을 수도복 소매 속으로 집어넣으면서 자제하라고 경고했다.

피오는 눈을 깜빡이면서 당시의 서류 이야기를 했다.

"그것은 분명 이 수도원에 있을 겁니다. 난 알고 있어요. 어딘가로 보냈다면 그렇게 비밀이 지켜졌을 리가 없어요. 그것이 어디 있는지 말해 주시오!"

"그리스도 안의 형제여, 당신이 말하는 서류는 오직 당신의 환상 속에서만 존재하는 것이오. 그런 것이 있다면 내가 알고 있을 텐데……. 어쨌든 나는 이곳에서 반평생을 보내고 있으니 말이오."

수도원장은 흥분한 신부를 진정시키려고 애썼다.

"그러시겠지요, 원장님. 당신은 이 문제를 무사히 넘기셨습니다. 침묵의 능력 덕분에 그것이 가능했지요."

피오 세고니는 입가에 냉소적인 미소를 띠고 대답했다.

"말하면서 자제하기보다는 침묵하는 편이 더 쉽다오, 형제여."

"압니다. 나는 아는 것을 말해서 언제나 손해만 보았지요. 나는 일평생 죄도 없는 일에 대해서 참회를 했습니다. 무엇인가가 나를 괴롭힙니다. 그래서 사람들은 나를 이 수도원에서 다른 수도원으로, 이 분원에서 저 분원으로 보내곤 했지요. 하느님, 나는 성서에 나오는 나병환자 같습니다."

"당신은 '성 베네딕트회 규정'에 따라 살고 있소. 그리고 수도회 규정은 어느 장소에서나 같습니다. 이제 그만 가보시오."

그렇게 두 사람의 대화는 끝났고, 두 사람은 분노를 품고 헤어졌다. 사도 바울로는 해가 질 때까지 서로에 대한 분노를 그대로 품고 있지 말라고 말했지만 소용이 없었다.

# 어둠 속의 발소리
아마 오순절 주일이었지

며칠 뒤—아마 오순절 주일(부활절 전 50일)이었을 것이다. 그러나 장담할 수는 없다. 그리고 그 날짜는 이 이야기의 진행에 그렇게 중요한 것도 아니다—옐리넥 추기경은 저녁 무렵 문서고로 들어갔다. 이런 일은 여러 가지로 바쁜 추기경에게 특별한 일도 아니었다. 라네리의 파굿 소리가 교황궁 복도를 통해 울리는 것이 특별한 일이 아니듯이. 옐리넥은 자기만이 비밀문서고에서 계속 탐구함으로써 문자의 비밀을 밝혀내는 데 도움을 줄 수 있으리라는 확신에 도달했다. 벨리니도 로페즈도 이 비밀의 방으로 들어올 수는 없었고, 카스코네는 밝혀지기보다는 오히려 감추기를 더 원하는 것처럼 보였기 때문이다.

그는 언제나처럼 뒷문을 통해서 들어갔다. 서기 한 사람이, 타고난 수줍음을—아니 경외심이라고 말하는 쪽이 낫겠다—지닌 젊은이였는데, 약속된 노크 소리를 듣고 그에게 뒷문을 열어주었다. 다른 사람들처럼 추기경도 제목도 잘 모르는 책들을 향해 다가갔다. 옐리넥은 책을 싫어하지 않았다. 책들은 그에게 도전을 해오고, 그를 흥분시켰다. 조반나의 육체와 비슷했다. 그는 책을 쓰다듬고, 주무르고, 표지를 들추곤 했다. 책은 그의 열정이었다.

책들이 가득 찬 벽들과 보관함들이 어울려 만들어내는 미로 속에 서면 저쪽에 누가 있는지, 아니면 이 온갖 학설과 미혹과 문서의 말들 위로 자기만이 홀로 지배자인지 절대로 알지 못한다. 옐리넥처럼 말이 가는 길을 주기도문처럼 잘 아는 사람은 말의 전능함에 대해서도 느끼는 법이다. 문자들이 가진 무시무시하고 끝없는 힘, 그것은 전쟁과 전사들보다도 강하고, 세계를 건설하기도 하고 무너뜨리기도 하며, 구원과 영원한 형벌, 죽음과 삶, 천국과 지옥을 만들어낼 힘을 가지고 있다.

세상 어디에도 이곳처럼 적수들이 그렇게 서로 가까이 자리잡고 있는 곳은 없다. 옐리넥은 그것을 알고 있었다. 그는 최후의 비밀에 접근할 수 있었기 때문에 이런 상황을 다른 누구보다 더 많이 의식했고, 그래서 교황청의 그 누구보다도 저 피렌체 사람이 남긴 기호들을 두려워했다. 그는 다른 누구보다 씌어진 것의 힘을 잘 알고 있었다. 이 모든 사실을 알아도 자기가 오직 작은 파편을 아는 것에 지나지 않으며, 천 번의 목숨을 다 바쳐도 이 비밀문서고의 모든 비밀을 다 파헤칠 수 없다는 것을 분명하게 의식하고 있었다.

옐리넥은 서기의 손에서 손전등을 받아들고 제한구역으로 올라갔다. 아우구스티누스는 그가 탑의 꼭대기층에 이르는 좁은 나선형 계단을 혼자 올라가게 한 적이 없었다. 자신에게는 거절되어 있는 제한구역 문까지 언제나 그를 동반하곤 했다. 그러나 피오 신부는 옐리넥의 동의를 받고서 이런 관습을 없애버렸다. 그 이후로 추기경은 양쪽으로 가지가 뻗은 열쇠를 자기 옷에 지니고 있었다. 층계를 오를 때 냄새가 심했다. 곰팡이들을 죽이는 이 화학약품의 찌르는 듯한 냄새를 그는 얼마나 싫어했던가. 그것은 흥분시키는 책냄새를 뒤덮어버렸다. 검은 문에 이르자 그는 열쇠를 구멍 안으로 밀어넣었다.

문을 여는 순간 희미한 빛이 꺼지는 것을 본 것 같은 느낌이 들었지만 옐리넥은 곧 그 생각을 털어버렸다. 그럴 리가 없었다. 그래서 그는 안에서 다시 문을 잠그고 손전등으로 길을 비추면서 저 피렌체 사람의 비밀서류들을 보관하고 있는 강철금고 쪽으로 다가갔다.

옐리넥은 이미 잘 알고 있는 문서들과 앞으로 읽어야 할 문서들을 가려내면서 혼자 속으로 질문했다. 어째서 불행한 예술가들에게만 위대성이 주어지는 것일까? 미켈란젤로의 모든 편지에서는 분노, 근심, 걱정, 염증, 답답한 심정 등이 나타나 있었다. 그는 마치 불행하기 위해 태어난 것처럼 보였다. 모든 면에서 '삶에 대한 염증'과 사기꾼이나 모사꾼, 원수들, 심지어 때로는 암살자들에게 쫓기는 듯한 느낌을 가졌고, 묵시록적인 불안감에 시달렸다.

다른 사람들이 그를 괴롭힌 것이 아니라면 그 자신이 스스로를 괴롭혔으며, 형이상학적인 존재와 상상적인 동경을 갈구하고 그러면서도 영원한 우울증에 붙잡혀 있었다. 이것이 그의 예술을 위한 늪지대 토양이었던가? 자유의 달콤함을 즐길 수 있기 위해서는 노예 신세가 되어야 한단 말인가? 보는 것을 제대로 평가하기 위해서는 눈이 멀어야 하고, 듣기 위해서는 귀가 멀어야 하는가?
 그 사이 성베드로 성당의 건축을 맡고 있던 81세의 미켈란젤로에 대해, 알려지지 않은 한 사람이 남긴 문서에는 다음과 같은 내용이 적혀 있었다.

 노친네가 침을 흘리고 유아 증세를 보인다. 이 피렌체 사람을 직위에서 내보낼 시간이 되었다. 그가 종이 위에 그렸던 것을 실제로 만들어낼 수 있는지 의심스럽기 때문이다. 미켈란젤로는 나쁜 석회가 반입되었다고 항의했다. 이 석회는 거품 이는 그의 상상력에서 나온 것이 아니라 난니 비지오가 공급한 것인데, 그 또한 건축가로서 나이는 젊지만 이미 오래전부터 이 피렌체 사람의 직위를 이어받기를 바라고 있다. 그야 어찌 되었든 이런 싸움은 건축에는 해가 될 뿐이며, 그렇기 때문에 미켈란젤로를 내보내고 비지오가 그의 자리를 대신해야 한다는 것이다.

 이런 문헌들 사이에 수신자에게 전해지지 않은 그의 소네트 한 편이 끼여 있었다. 그것은 삶의 경계선에 서서 분명하지만 이해되지 않는 것을 표현하고 있었다. 그러나 양피지 문서 하나하나는 결정적인 단서가 될 수도 있다. 옐리넥은 가끔씩 막히면서 그것을 읽어내려 갔다.

 이곳 삶의 바다 맨 끝에서 비로소
 너무 늦게서야 배운다. 오 세상이여,
 그대가 주는 즐거움의 내용을. 그대는

줄 수도 없는 평화를 약속한다,
태어나기도 전에 이미 죽어버린
저 존재의 평화를.

두려움에 가득 차 이제 돌아보니, 하늘이
나의 날에 종지부를 찍고 있는 지금. 끊임없이
내 눈앞에 그 옛날의 달콤한 오류가 떠오른다,
그것을 잡은 사람의 영혼을 파괴하는 그것.

이제 나는 증언하노라, 태어나면서 곧장
죽음으로 향한 가장 짧은 오솔길을 택한 사람에게
저 위 하늘에서 가장 행복한 운명이 주어져 있음을.

그러나 이 생각은 기독교적이라고 부를 수 없었다. 태어나지 않는 것이 모든 지혜보다 더 우수하다고 말했던 소포클레스의 생각이다. 대체 어떤 달콤한 오류가 미켈란젤로의 영혼을 파괴했던가?
성스러운 종교재판의 하수인인 카를로라는 사람의 보고서에는 이렇게 씌어 있었다.

미켈란젤로는 밤이면 교외지역에 있는, 이단자와 카발라 추종자들이 사는 집들을 몰래 방문하고 밝은 낮이면 이런 뻔뻔스런 행동을 감추니 수상쩍다. 경건한 기독교도라면 피하는 것이 옳은 집들이다. 가차없는 지옥이 저주받은 자들의 몫이다.

미켈란젤로는 유대의 신비교인 카발라 추종자였을까? 전혀 그럴싸하게 들리지 않아도 많은 것들이 그것을 뒷받침하고 있었다. 어째서 이 사람은 죽기 직전에 모든 기록들과 스케치들을 불태웠을까? 왜 그래야만 했을까? 의사의 기록이 그가 기록들을 불태운 일을 확인해 준다.

그러나 이 피렌체 사람이 죽은 다음, 친구인 다니엘레 다 볼테라와 토마소 카발리에리가 개봉한 저 봉인된 나무상자에는 무엇이 들어 있었나? 이 상자에는 다 볼테라와 카발리에리가 보고한 것처럼 겨우 8,000스쿠디밖에 들어 있지 않았을까? 아니면 이 두 친구는 어떤 치명적인 문서를 찾아내 그것을 비밀의 장소로 옮겼을까? 왜 미켈란젤로는 생애의 마지막 30년을 보냈고 예술가로서 최고의 성공을 거두었던 로마에 묻히지 않았을까?

그의 의사인 피스토야 출신 게라르도 피델리시미가 피렌체 공작에게 보낸 보고서는 이 의문에 해명을 해준다.

오늘 저녁에 저 탁월하고, 정말이지 자연의 기적으로 우뚝 선 거장 미켈란젤로 부오나로티가 더 나은 삶을 향해 이승을 하직하였습니다. 나는 다른 여러 의사들과 더불어 그의 마지막 병을 치료했기에 자기 시신을 피렌체로 보내달라는 그의 마지막 소원을 들었습니다. 그밖에 친척들이 임종에 참석하지 않았고, 그가 유언도 없이 죽었기에, 그의 특별한 미덕을 잘 알고 계신 전하께 이 보고를 올립니다. 죽은 사람의 소원이 이루어질 수 있도록, 그리고 그의 아름다운 고향도시가 이 세상이 한때 가졌던 가장 위대한 사람의 유골을 통해서 더욱 큰 명예를 얻도록 하기 위해서입니다.

로마, 1564년 2월 13일. 전하의 은혜와 너그러움에 힘입은 의사 게라르도.

그런데 이 모든 편지와 기록과 문서들이 왜 바티칸의 비밀문서고에 보관되고 있을까? 왜 편지들이 압류되고 문서들이 수집되었나? 그에 대한 설명이 있다면, 단 한 가지만이 가능하다. 미켈란젤로, 자신의 예술로 다른 어떤 사람보다도 거룩한 어머니 교회의 위신을 높인 이 위대한 예술가가 이단자라는 의심을 받았다는 것이다. 그리고 그가 죽은 다음 어떤 방식으로든 이것이 사실로 확인된 것이다. 단순한 의심만으로는 이런 자료를 비밀문서고에 압류 보관할 이유가 되지 못하기 때문이다.

어두운 사념에 잠겨서 옐리넥 추기경은 문서 하나하나를 손전등 불빛에 비추어보았다. 그러다가 양피지 한 장이 그의 손에서 미끄러져 바닥에 떨어졌다. 추기경은 편지를 주우려고 몸을 굽혔다. 몸을 구부리는 동안 왼손에 들린 손전등 불빛이 옆에 있는 서가의 맨 아래쪽을 비추었다. 이 서가는 완전히 비어 있어서 저쪽편을 볼 수가 있었다.

만군의 주여(Deus Sabaoth), 이럴 리가, 이럴 리가 없다!

서가 저쪽편에서 옐리넥은 한 켤레의 구두를 보았다. 한 순간 그는 자신이 잘못 보았다고 생각했다. 한 순간 비밀문서고의 답답한 분위기 속에서 자기가 착각을 일으킨 것이기를 희망했다. 이런 희망은 그 신발이 갑자기 발꿈치를 쳐들고 멀어져가는 것 같은 착각을 만들어냈다. 옐리넥은 하느님께서 소돔과 고모라에 유황과 불의 비를 쏟아부을 때 뒤돌아본 롯의 아내처럼 놀라서 소금기둥이 될 지경이었다.

"멈춰라! 누구냐?"

그는 흥분해서 소리쳤다. 그리고 손전등으로 어둠 속을 비추었다. 옐리넥은 서가를 돌아서 그가 저 이상한 출몰현상을 보았던 장소로 가보았다. 쭉 늘어선 부스타들을 비춰보았지만 손전등의 넓은 빛은 너무나 약해서 저 뒤쪽의 어둠을 비추지 못했다. 그래서 그는 발걸음 소리를 내지 않기 위해 한 걸음씩 아주 조심하면서 살금살금 걸어갔다.

"누구요?"

대답을 얻으리라는 희망보다는 오히려 용기를 만들어내기 위해서였다.

"누구요? 누가 있소?"

옐리넥은 두려움을 느꼈다. 전에는 몰랐던 느낌이었다. 이 순간의 낯섦, 기묘함, 무시무시함이 불러일으킨 느낌이었다. 사나운 몸짓으로 옐리넥은 손전등을 이리저리 휘두르면서 자기가 있었던 장소를 비추어보았다. 불빛은 불안하게 춤추고 이 소동을 통해 되살아난 부스타들이 벽과 천장에 긴 그림자를 던졌다. 많은 그림자들이 사나운 앞발의 형상을 하고서 그의 뒤를 쫓는 괴물처럼 보였다. 이런 현상을 보았기 때문일까, 아니면 창문 없는 공간의 답답한 공기 탓이었을까, 이때 그는 갑자기 어떤 목소리를 들었다. 목소리는 처음에는 마구 뒤엉켜 있었지만 이어서 명료한 울림으로 울려왔다.

"예레미야야, 무엇이 보이느냐?"

"꽃 피어나는 감복숭아 나무가 보입니다."

옐리넥은 지극히 자명하게 대답했다.

"바로 보았다. 나도 내 말이 이루어지는가 이루어지지 않는가를 깨어 지켜보리라."

목소리가 대답했다. 그리고 한 번 더 낯선 목소리가 말했다.

"무엇이 보이느냐?"

"부글부글 끓는 솥물이 보입니다. 그것이 북쪽으로 쏟아지려 합니다."

추기경은 머리가 어지러운 상태에서 대답했다.

"이 나라에 사는 모든 사람에게 북쪽에서 재앙이 쏟아져내리리라. 잘 들어라, 이제 나는 북녘의 모든 나라들을 불러오리라. 그들은 몰려와서, 모두가 예루살렘의 옥좌 바로 옆에 각자의 옥좌를 세우리라. 나는 나의 백성이 저지른 모든 죄를 이렇게 심판하리라. 저들이 나를 떠나 다른 신들에게 제물을 바쳤기 때문이다. 그들은 자기들이 손수 만든 성벽 앞에 쓰러지고 말리라. 그러나 나는 너를 들어올려 단단히 방비된 성, 쇠기둥과 놋쇠 담으로 만들어 온 세상과 유다의 왕들과, 그들의 고관들, 그들의 사제와 백성들에 맞서게 하리라."

목소리가 대답했다.

무아경에 빠져서 어둠 속에서 울려오는 이 무서운 말에 귀를 기울이고 있는 동안 추기경은 가장 어두운 구석에서 빛을 보았다고 여겼다. 천장을 향한 수줍은 불빛이었다. 그는 수줍게 울리는 외침을 되풀이했다.

"거기 누구요? 거기 누구 있소?"

그러나 다음 순간 옐리넥은 공포의 외침 소리를 내질렀다. 이 방의 어두운 고독을 자기와 나누어 갖고 있는 그 사람이 갑자기 자기 소매를 잡아당긴 것만 같았다.

옐리넥은 옆으로 전등을 비추고 원인을 알아냈다. 그는 튀어나온 2절판 대형서적에 부딪친 것이다. 그의 손전등 불빛이 책의 등딱지를 비추자 불길한 조짐처럼 금박을 입힌 문자가 어둠 속에서 그를 향해 번쩍였다. 거기에는 이렇게 씌어 있었다.

「예레미야서」(LIBER HIEREMIAS)

추기경은 십자를 그었다. 저 뒤편에 있는 불빛은 움직임이 없었다. 한 순간 옐리넥은 자신은 그냥 자기 할 일만 계속하고, 신비는 신비로 남겨두어야 하지 않을까 하고 생각해 보았다. 자신이 그렇게 행동한다고 해도 무엇이 달라지겠는가. 그러나 저 신비에 찬 인물 속에 어쩌면 이 모든 재앙의 해답이 들어 있을지 모른다는 생각이 떠올랐다. 그리고 어쩌면 상대방도 같은 생각을 하고 있을지 모른다.

그래서 그는 계속 불빛을 향해 살금살금 걸어서 서류의 벽으로 다가갔다. 조심스럽게 손전등을 아래로 향하고 서류의 벽 너머를 살펴보자 천장을 향한 손전등이 바닥에 놓여 있을 뿐이었다. 그 순간 반대방향에서 큰 소리가 울리는 것을 들었다. 비밀문서고의 문이 쿵 소리를 내며 닫힌 것이다. 이어서 옐리넥은 열쇠 잠그는 소리를 들었다. 추기경은 손전등을 들고 출입문으로 갔다. 문은 잠겨 있었다. 그는 비밀문서고 내의 제한구역이 자기가 믿는 것처럼 비밀스럽지 못하다는 사실을 깨달았다.

옐리넥은 문을 열고 잔기침을 해서 자신이 나온 것을 알렸다. 곧바로 그를 안으로 들여보낸 서기가 달려왔다.

"여기서 어떤 사람을 보지 못했소?"

추기경은 자기 질문이 아주 중요한 것처럼 보이지 않게 하려고 애쓰면서 물었다.

"언제요?"

서기가 되물었다.

"방금."

서기는 머리를 옆으로 저었다.

"마지막 사람이 두 시간 전에 돌아갔습니다. 콜레기움 토이토니쿰의 수도사였죠. 그는 여기 등록부에 이름을 적었는데요."

"그럼 제한구역은?"

"추기경님!"

서기가 그런 생각만으로도 죄가 된다는 듯이 화를 내며 대답했다.

"제한구역 문 소리를 듣지 못하셨소?"

"물론 들었습니다. 추기경님이 낸 소리라고 생각했는데요."

"좋소, 좋아요."

옐리넥 추기경은 대답하고 두 개의 손전등을 제자리에 돌려놓았다.

"그건 그렇고, 제한구역용으로 손전등이 몇 개나 있습니까?"

"두 갭니다. 하나는 성하를 위한 것, 하나는 추기경님을 위한 것입니다."

서기가 대답했다.

"좋아요, 좋아."

옐리넥은 같은 말을 되풀이했다.

"그렇다면 성하나 국무장관 추기경이 언제 마지막으로 여기 오셨지요?"

"오, 그건 오래전 일입니다. 아주 오래요. 기억이 나지 않는군요."

그러면서 그는 몸을 굽혀 바닥에서 양피지 두루마리를 집어올렸다.

"뭔가 잃어버리셨군요, 추기경님!"

서기가 말했다.

"내가?"

옐리넥은 멍하니 양피지 문서를 바라보았다. 물론 그것이 자기가 잃어버린 것이 아님은 분명했다. 그러나 추기경은 재빨리 그것을 받았다.

"이리 주시오, 고맙소."

서기는 공손하게 인사하고 물러갔다. 추기경은 옆에 있는 책상 한쪽에 앉았다. 아무도 자기를 관찰하는 사람이 없다는 사실을 확인하고 나서 그는 두루마리를 펼쳤다. 하드리아누스 6세의 서명이 있는 문서였다. 저 알 수 없는 침입자가 도망치다가 그것을 잃어버린 게 분명했다.

옐리넥 추기경은 탐욕스럽게 이 라틴어 문서를 읽었다.

하느님의 은총으로 지상에서 그리스도를 대신하는 하드리아누스 6세 교황은 근심과 슬픔을 지니고, 교회의 머리와 지체에 병이 심한 것을 본다. 가장 거룩한 일들도 오직 자신의 이익만을 위해 함부로 쓰이고, 거룩한 어머니 교회의 계율은 오직 위반을 위해 존재하는 것처럼 보인다. 교황청의 추기경들과 고위 성직자들도 올바른 길에서 벗어나, 하급직위의 성직자들에게 경건의 모범이 아니라 죄악의 모범이 되고 있다. 이런 이유와, 당사자들에게 개인적으로 전달된 여러 이유들에서, 하나의 표지를 주기 위해서 나는 교황청의 개혁을 하려 한다.

여기서 문서는 중단되었다.

이 문서는 교황 하드리아누스 6세가 교부한 적은 없었지만 어쨌든 교서의 초안으로 보였다. 우연히 혹은 강제로 끝나버린 초안이었다. 하드리아누스는 지난 450년 동안 마지막으로 이탈리아 바깥 출신 교황이었다. 그는 짧은 기간만 통치하고 나서 1523년 9월에 죽었다. 그리고 그의 의사가 독약을 먹였다는 소문이 있었다. 옐리넥은 이 양피지 문서와 비밀서고에 침입한 인물 사이에 어떤 연관성이 있을까 생각해 보았다. 도대체 그 어떤 연관성이 있기는 있는 것일까? 아니면 여기서는 자신이 전혀 짐작도 못하는 사건이 벌어지고 있는 것일까? 마침내 그는 양피지 문서를 평복의 가슴단추 사이에 밀어넣고 몸을 일으켰다.

추기경은 교황의 선물방을 통과하는 우회로를 잡았다. 스티클러가 다음번 장기수를 이미 두었는지 보기 위해서였다. 이곳은 생각에 잠기기에 가장 좋은 길 같았다. 여기서 대체 무슨 일이 일어나고 있는 것일까? 누가 무엇을 감추려고 하고 있을까? 누가 무엇을 밝혀내려고 하고 있을까? 이런 생각들이 점점 더 심하게 그의 머릿속을 괴롭혔다.

선물방에 있는 값비싼 장기판 위의 한 판은 추기경의 참가가 없이 스페인 판으로 발전해 있었다. 옐리넥은 농부를 e2에서 e4로 옮기면서 경기를 시작했다. 스티클러 역시 e7에서 e5로 옮기면서 따라왔다. 옐리넥은 말을 g1에서 f3로 옮겼다. 스티클러 역시 말을 b8에서 c6로 옮겼다. 이어서 추기경은 비숍을 f1에서 b5로 보냈다. 그러자 스티클러는 오랫동안 망설였다. 놀라운 일이 아니었다. 똑같이 좌우대칭으로 맞받는 것, 그러니까 자신의 비숍을 b4로 보내는 것은 그다지 추천할 만한 일이 아니었다. c3

에 아직 말이 있지 않았기 때문에 옐리넥은 자신의 졸로 c3에 있는 말을 쫓아보낼 수 있었다. 충분히 생각해야만 하는 처지였다.

꼬박 2주가 지나서야 스티클러는 마침내 답변을 해왔다. 그는 농부를 a6로 옮겼다. 그러자 두 사람은 게임의 열정을 재촉했고, 이제 판은 열두 번째 수에 이르렀다. 여기서 옐리넥은 자신의 하얀 말을 f3에서 g5로 옮겼다. 이런 돌진은 스티클러를 깜짝 놀라게 만든 것 같았다. 그는 벌써 여러 날째 망설이고 있으니 말이다.

이날 밤 옐리넥은 잠을 제대로 이루지 못했다. 보통때의 습관과 달리 늦게서야 자리에 들었다. 그러나 제한구역의 방문객이 그를 놓아주지 않았다. 자신 외에 대체 누가 이 내용에 관심이 있단 말인가? 하드리아누스 6세의 양피지 문서는 어떤 흔적을 향해 이끌어가는 것일까? 추기경은 비몽사몽중에 100번이나 100가지의 이론을 내놓았고, 교황청에 있는 100명의 이름을 훑어보고 분명한 대답을 얻지도 못한 채 100번이나 같은 일을 계속했다. 자정쯤 해서 그는 자리에서 일어나 자줏빛 가운을 걸쳤다. 그러고도 호주머니에 손을 찌르고 침실을 오락가락했다.

창문을 통해 길 건너편에 있는 주유소가 보였다. 자정에 영업을 마치는 주유소였다. 휘파람을 불면서 주유소 직원이 자전거에 올라타더니 사라져버렸다. 보도에 있는 전화 부스에서 어떤 남자가 진지한 얼굴로 이야기를 하고 있었다. 마지막에 그는 짧은 웃음을 터뜨리더니 전화 부스를 벗어나 길을 가로질러 똑바로 키지 궁전 입구로 걸어왔다. 옐리넥은 창문을 열고 몸을 밖으로 내밀어서 밝게 조명이 된 거리의 불빛 속에서 그 남자가 집 안으로 사라지는 것을 보았다. 추기경은 전에도 자주 이런 일을 관찰했다. 맞은편 전화 부스에서 전화를 건 남자들이 집 안으로 사라지곤 했다. 그는 아파트 문으로 가서 계단 쪽에 귀를 기울였다. 발걸음 소리가 들렸다. 그것은 맨 아래층 수위의 집 앞에서 멈추었다.

한 순간 그는 눈을 감고 상상해 보려고 애썼다. 토마스 아퀴나스, 스피노자, 아우구스티누스, 암브로시우스, 히에로니무스, 아타나시오스, 바실리우스, 모두가 올바른 학설을 통해서, 그리고 거룩한 삶을 통해서 탁월하게 된 사람들이었다. 이들이 생애 마지막에 정신적인 혼란 속에서 비밀문서를 남겼다고 치자. 이 문서에서 그들은 특별한 신학적 증명 가치를 지닌 불행한 신앙이론을 내세웠고, 그것이 교회에 재앙이 되었다는 상상을 해보았다. 그러나 다음 순간 그는 이런 벌받을 상상에 대해서 자기 가슴을 치고 성급하게 속삭였다.

"주여, 저 두려움의 날, 하늘과 땅이 떨릴 때에 나를 영원한 죽음에서 구해 주소서."

아직도 기도를 하는 중에 옐리넥은 계단에서 울리는 웃음소리를 들었다. 조반나!

## 죽음의 그림자
재의 수요일

　재의 수요일에 이미 오래전부터 피할 수 없는 것으로 보였던 일이 일어났다. 공산주의 일간지 『우니타』가 제1면에 시스티나 프레스코의 신비스런 발견에 대한 보도를 한 것이다.
　종교문제 연구소, 절도 있게 정선된 가구들이 놓인 자신의 사무실에서 필 카니지우스는 신문을 보다 말고 책상을 쾅 하고 내리치면서 극도로 흥분한 음성으로 소리쳤다.
　"도대체 어떻게 이런 일이 있을 수 있지! 재판이라도 해야 할 판이군!"
　바티칸은 시스티나 예배당 천장화의 복원공사를 맡은 사람들이 미켈란젤로가 남긴 비밀철자들을 찾아낸 이후로 엄청난 불안에 빠져 있다고 신문에 씌어 있었다. 수수께끼의 약자들이 드러났는데, 전문가들이 그 의미를 찾기 위한 노력을 하고 있지만 이 일은 교회에 큰 곤란을 가져올 것이다. 미켈란젤로가 교황들을 좋아하지 않았기 때문이라는 내용이었다.

"이건 고의적인 누설이야! 재판이라도 해야 한다니까!"

카니지우스는 화가 잔뜩 나서 말을 되풀이했다.

"아직 입증된 게 없어! 양떼에서 누가 검은 양인지 전혀 모른다니까."

언제나처럼 수석비서관인 라네리 씨를 대동하고 나타난 국무추기경 줄리아노 카스코네가 그를 진정시켰다.

"하느님과 내 늙은 어머니에 걸고 맹세코 나는 아닙니다."

바티칸 건물 및 박물관장인 안토니오 파바네토 교수도 역시 이번 보도에 대해서는 전혀 몰랐다고 맹세를 했다. 서둘러서 불려온 리카르도 파렌티 교수는 이 철자의 내용이 밝혀지기도 전에 단 한마디라도 하기보다는 차라리 혀를 깨물었을 거라고 장담하기까지 했다.

가브리엘 만닝 교수가 소리쳤다.

"미켈란젤로가 교회와 교황청에 대해서 어떤 비방을 했든, 나한테는 상관없어요. 그걸 밝혀내는 건 여러분 일이니까. 하지만 비밀스런 행동으로 냄새를 맡고 돌아다니는 일과 불안은, 나와 우리와 연구소를 해치는 일입니다. 절대적인 비밀엄수가 바로 우리 은행의 자산이니까요."

카니지우스는 이렇게 말했다.

종교문제 연구소는 교황의 개인 거실들이 끝나는 부분에 자리잡고 있는데, 라틴어 대문자 'D' 모양의 건물이다. 그러나 바티칸에 나도는 말로는 이런 모양은 우연히 생겨난 것이고 절대로 디아볼로(Diabolo), 곧 악마라는 단어의 약자는 아니라고들 했다. 종교문제 연구소는 바티칸 시국의 은행이다. 교황 레오 13세가 설립한 이후 숱한 변혁 속에서도 줄곧 그래왔다. 교회의 여러 사업들을 위한 돈을 모으기 위해 설립되었고, 교황 피우스 12세는 이 연구소에 시설물 관리 일을 맡겼다.

오늘날 종교문제 연구소는 이익을 많이 남기는 사업체가 되었다. 세계의 다른 은행들에 비해 세금부담에서 완전히 벗어나 있다는 이점을 가지고 있으며, 라테란 조약에 따라 '교회법인'들을 설립할 권한을 가진다. 조약 제2조는 바티칸의 관청을 이탈리아 국가의 간섭으로부터 분명하게 보호하고 있으며, 그 결과 종교문제 연구소는 돈 많은 사람들 사이에서 좋은 평판을 얻게 되었다. 교회법 박사이고 이 연구소의 소장인 필 카니지우스는 이 현상을 다음과 같이 설명했다. '돈이 가득 든 가방을 들고 바티칸으로 들어오면 이곳에선 이탈리아 외환관리법의 효력이 정지된다'라고.

카니지우스는 화가 나서 찰싹찰싹 소리가 나도록 신문을 책상 위로 내리쳤다. 마치 그렇게 내리쳐서 기사를 신문에서 떼어내 버리려는 것처럼 행동하면서 한 번 더 같은 말을 되풀이했다.

"이 사건은 재판에 회부되어야 한다니까. 그렇게 추진하겠어."

국무장관 줄리아노 카스코네도 똑같이 화가 잔뜩 나서 이 일을 저지른 자들에게 가장 가혹한 교회법상의 형벌로 보복을 해주어야 한다. 그들은 교황청과 거룩한 어머니 교회에 이루 다 측량할 수 없는 해를 끼쳤기 때문이라고 말했다. 이 말에 라네리 씨는 고개를 끄덕이며 동의를 표했다. 파바네토 교수가, 어떤 방식이 되었든 수수께끼를 푸는 일이 급선무라고 화답했다.

만닝 교수가 의심스럽다는 듯한 태도로 질문했다.

"그게 무슨 말입니까? 그러니까 어떤 방식이 되었든……? 그게 무슨 뜻이죠?"

"학계에서 우리에게 해답을 제시할 때까지 어둠 속에서 더듬으며 기다리고 있을 수만은 없다는 말씀입니다. 교회가 명백하고 권위 있는 입장 표명을 하기도 전에 토리노의 수의가 진짜냐 하는 논의가 교회에 얼마나 해를 입혔는지 우리 모두 잘 아는 일 아닙니까."

"학문의 모태는 진실이지 속도가 아닙니다. 이런 발표가 불편하게 여겨질 수도 있겠지요. 하지만 그것이 내 탐구에 영향을 미쳤다면 여론의 관심을 받으며 이 일을 더 정확하게 수행하는 것이 옳은 게 아닐까 하는 느낌 정도입니다."

만닝이 침착하게 답변했다.

"미스터(여보시오)" 하고 카니지우스가 말했다. 그는 가끔씩 '미스터' 하고 말하곤 했는데, 이것은 그가 미국 출신임을 보여주는 일이었다.

"교황청은 당신의 탐구에 대해서 상당한 액수를 지급했어요. 당신이 일을 서두르든가 아니면 며칠 내로 설득력이 있는 설명을 제시해서 이 성벽 안의 일상을 정상적인 것으로 되돌릴 수가 있다면, 이 금액을 두 배로 올려드릴 수도 있소."

그러자 파렌티가 혼자 킥킥거렸고, 다른 사람들은 그를 바라보았다.

"내가 왜 웃는지 알고 싶으십니까? 이 상황은 분명 웃기는 요소를 포함하고 있어요. 보아하니 미켈란젤로는 교황청을 엄청난 혼란에 빠뜨리는 일에 성공한 것 같은데요. 문자들 중 단 한 글자라도 수수께끼가 풀리기 전에 말이지요. 문자가 말을 시작하면 어떤 일이 벌어질지 짐작도 못하겠는걸!"

필 카니지우스가 다시 말을 시작했다.

"정확하게 말하겠소. 만닝 교수. 당신이 1주일 이내에 문자의 비밀을 풀어내지 못한다면 교황청은 다른 전문가들에게 도움을 구하는 수밖에 없어요."

"그건 협박입니까? 내게 겁을 줄 순 없을걸요, 추기경님. 학문에 관해서라면 내게 뇌물을 써도 소용없고 협박도 안 통합니다!"

만닝이 펄쩍 뛰면서 흥분하여 손가락을 카니지우스 얼굴 앞에서 흔들어댔다.

국무장관이 진정시키려고 했다.

"그런 뜻이 아닙니다. 압력을 넣으려는 것이 아니오. 교수님, 이런 극단적인 상황에서 교회가 해를 입지 않으려면 서두르는 수밖에 없지요."

파렌티가 웃음을 터뜨렸고, 그의 웃음에는 비웃음도 섞였다.

"벌써 480년이나 흐른 일입니다. 경건한 것인지 이단적인 것인지 우리가 모르는 어떤 것을 미켈란젤로가 천장에 적어넣은 것이 말이에요. 480년간이나 거기 그대로 적혀 있었고, 그중 절반 정도의 기간 동안엔 볼 수 있는 눈을 가진 사람은 누구나 볼 수 있었지요. 그러던 것이 이제 와서 갑자기 이 문자가 1주일 이내에 해독되어야 한다니 말입니다. 정말 우스워서 참을 수가 없어요. 이렇게 시간적으로 다급해질 줄 알았다면 아마 이 일을 받아들이지 않았을 겁니다."

"하지만 이해하실 수 있지 않습니까! 교회로서는 사정이 정말 난처하잖아요."

파바네토 교수가 사정하듯이 말했다.

이 말에 라네리 씨가 긍정의 뜻으로 고개를 세게 끄덕였다.

"여러분들은 왜 모두가 'AIFA-LUBA'라는 철자배열 뒤에 악의적인 저주나 어떤 끔찍한 일이 숨어 있을 거라고 생각하시지요? 미켈란젤로가 어떤 성경 구절이나 뭐 그런 것을 거기에 적어놓았을 수도 있지 않습니까?"

만닝이 물었다.

그러자 카스코네가 만닝 곁으로 바짝 다가왔다. 그는 나직하게 속삭이듯이 말했다.

"교수님, 인간 내면에 있는 악을 얕잡아 보시는군요. 세상이란 악한 거요."

만닝, 파렌티, 파바네토는 당황해서 침묵했다. 전화 벨이 울려서 고통스런 그 침묵을 깨뜨렸다.

카니지우스가 전화를 받았다.

"프론토(여보세요)! 당신 전화요!"

그는 수화기를 카스코네에게 넘겼다.

"프론토!"

카스코네는 내키지 않는 어조로 말했지만 다음 순간 그의 표정이 거의 경악으로 바뀌었다. 수화기를 꽉 붙잡고 있는 그의 손이 덜덜 떨렸다.

"곧 가겠소!"

그는 나직하게 말하고 수화기를 내려놓았다.

카니지우스와 다른 사람들이 카스코네를 바라보았다. 그는 머리를 옆으로 흔들었을 뿐이지만 얼굴이 창백했다.

"나쁜 소식인가?"

카니지우스가 캐물었다.

카스코네는 두 손으로 입술을 꾹 눌렀다. 그러다가 억눌린 목소리로 말을 뱉었다.

"피오 신부가 바티칸 문서고에서 목매달아 죽었소."

그리고 서둘러서 기도문을 덧붙였다.

"주 예수 그리스도, 영광의 왕이시여, 모든 죽은 신자들의 영혼이 지옥의 고통과 하계의 깊이에 빠지지 않도록 보호하소서." (Domine Jesu Christe, Rex gloriae, libera animas omnium fidelium defunctorum de poenis inferni et de profundo lacu)

그리고 세 번 십자를 그었다.

다른 사람들도 그의 예를 좇아 찬미가를 부르듯 화답하였다.

"그들을 사자의 복수에서 지켜주소서, 지옥이 그들을 삼키지 않도록, 그들이 어둠에 떨어지지 않도록 지켜주소서. 기수 성 미카엘이여, 그 옛날 아브라함과 그 후손에게 약속한 저 성스러운 빛으로 그들을 안내하소서."(Libera eas de ore leonis, ne absorbeat eas tartarus, ne cadant in obscurum ; sed signifer sanctus Michael repraesentet eas in lucem sanctam, quam olim Abrahae promisisti, et semini eius)

피오 세고니 신부는 문서고의 구석진 곳에 있는 창의 십자살에 매달려 있었다. 그는 자신의 넓은 베네딕트 수사복 허리띠를 목 주변에 감고 창문을 반쯤 열고 그곳에 띠를 고정시켰다. 이렇게 해서 그는 둘러선 사람들에게는 이해할 수 없는 일을 해치웠다.

카스코네가 들어갔을 때는 옐리넥과 벨리니 추기경이 벌써 와 있었다. 옐리넥은 의자에 올라가서 목을 매단 사람의 허리띠를 주머니칼로 끊으려 하고 있었는데 카스코네가 그를 만류했다. 카스코네는 베네딕트 수도사의 튀어나온 눈과 벌린 입 속에 말려 있는 혀를 가리키면서 이렇게 말했다.

"보시오, 추기경님, 아무 소용도 없는 일입니다. 다른 사람들에게 그 일을 맡기세요. 의사를 불러요! 몬타나 교수, 몬타나 교수는 어디 있지?"

시체를 발견한 서기가 몬타나 교수에게도 이미 소식을 전했다고 대답했다. 금방이라도 도착할 것이라 했다. 옐리넥은 두 손을 모으고 연이어 웅얼거렸다.

"영원한 빛이여, 그를 비추소서······."(lux aeterna luceat ei)

마침내 몬타나가 흰 옷을 입은 수사 두 명을 거느리고 나타났다. 몬타나는 매달린 사람의 맥박을 재더니 머리를 흔들고는 두 명의 수사에게 죽은 사람을 끌어내리라는 신호를 했다. 그들은 피오 신부를 바닥에 뉘었다. 굳은 눈길이 사나워 보였다. 둘러선 사람들은 손을 합장했다. 몬타나는 죽은 사람의 입과 눈을 감기고 목졸려 죽었을 때 나타나는 검붉은 표지를 확인했다. 그러고는 침착하게 말했다.

"죽었어요. 그는 죽었습니다."

"어떻게 그런 일이 있을 수 있지요? 그는 유능한 사람이었어요." 벨리니 추기경이 말했다.

옐리넥이 고개를 끄덕였다. 카스코네가 서기를 향해서 말했다.

"그리스도 안의 형제여, 혹시 설명할 수 있겠소? 내 말은, 피오 신부가 우울증의 인상을 보이던가요?"

서기는 아니라고 말했지만 다른 사람 속을 들여다볼 수는 없는 일이 아니냐고 덧붙였다. 피오 신부는 거의 밤낮 없이 문서고 서가에서 지냈다는 것이다. 하느님께서 그의 가여운 영혼에 은총을 내리시기를. 피오 신부가 오늘 아침에 모습을 나타내지 않았어도 사서나 서기들 중 아무도 이상하게 여기지 않았다. 보통 그는 아침 동틀 무렵에 문서고로 들어가서 자정 무렵이 되어서야 도서관 어느 곳에 모습을 나타내곤 했기 때문이다.

물론 그는 이따금 완전히 얼빠진 것 같은 인상을 풍겼으며, 메모나 분류번호 따위를 가지고 다니다가 그것들이 서랍이나 호주머니 속으로 사라져버리곤 했다. 그렇지만 탐구내용에 대해서 피오 신부는 한 번도 입 밖에 낸 적이 없다. 그는 말수가 적은 사람이었다. 모든 사서와 서기들은 피오 신부가 비밀 명령에 따라 조사중이라고 생각했다는 것이다.

"비밀 명령?"

아마 미켈란젤로와 시스티나 프레스코의 내용이었을 것이다.

"이 명령은 누구에게서 받은 겁니까?"

"내가 명령을 했습니다!"

옐리넥 추기경이 대답했다. 국무장관은 캐물었다.

"그래서 결과가 나왔습니까?"

"아닙니다."

서기가 대답했다. 바티칸 문서고에 미켈란젤로의 기록이 별로 없다는 것이 이상하다. 그가 파문을 당했다는 생각이 들 정도다. 그럴 경우라도 이보다는 기록이 더 남아 있을 것이라고 했다.

"그건 아마 내가 설명할 수 있을 겁니다."

옐리넥이 끼여들었다. 카스코네는 질문하듯이 추기경을 바라보면서 답변을 기다렸다.

"나는 아마 설명을 좀 할 수 있을 테지만 교회법이 그것을 말하는 것을 금지합니다. 이 말이 무슨 말인지 아시겠지요."

"전혀 모르겠소. 아무것도 모르겠으니 즉시 설명할 것을 직권으로 명령합니다."

국무 추기경이 호통을 쳤다.

"그 직권이 어디까지 미치는지 정확하게 아시겠지요, 추기경님."

카스코네는 잠깐 생각해 보더니 무슨 말인지 이해한 듯 그 말을 받아들였다. 그러더니 서기에게 말했다.

"피오 신부가 찾아낸 분류번호들이 서랍과 주머니 속으로 사라지곤 했다고 말했지요. 그 말을 좀더 자세히 설명해 주시겠소?"

서기가 대답했다. 피오 신부는 자기가 찾아낸 것을 주로 서랍에 보관하곤 했다. 그리고 성직자 평상복 주머니에 언제나 어떤 메모지를 지니고 다녔다는 것이다.

카스코네는 흰 옷을 입은 사람들에게 죽은 사람의 호주머니를 뒤지라고 손짓을 보냈다. 또 다른 사람에게는 서랍의 내용물을 찾아보라고 말했다. 오른쪽 주머니에서 하얀 손수건이 나왔다. 왼쪽 주머니에 종이쪽지가 들어 있었다. 빠르게 휘갈겨 쓴 필체로 'Nicc. III anno 3 Lib. p aff. 471'이라는 글씨가 씌어 있었다.

"이게 무슨 뜻인지 아시오?"

카스코네가 물었다.

서기는 생각에 잠겼다.

"가람피 목록에서 나온 분류번호 같습니다. 그러니까 교황 니콜라우스 3세 시절의 부스타를 말하는 거지요."

"이 부스타를 가져오시오, 가능한 한 빨리!"

국무 추기경은 흥분한 듯이 보였다.

"그렇게 빨리는 가능하지가 않을 겁니다."

서기가 대답했다.

"어째서 안 되오?"

"가람피 목록은 원래 형태대로 보관되고 있지 않습니다. 말하자면 그 사이 하나 또는 여러 가지 새로운 분류번호들이 생겨나게 되었고, 그래서 지금은 새로운 색인 순서에 따라 자리잡고 있어서 그 역사적인 맥락이나 내용을 알지 못하고는 해당 부스타를 찾기가 어렵습니다. 하지만……."

"하지만?"

"이 분류번호는 어차피 전체 맥락에는 별 도움이 못 될 것 같습니다. 니콜라우스 3세는 1280년경에 죽었습니다. 그러니까 미켈란젤로와는 별 상관이 없는 셈이지요. 이 상황에서 도움을 줄 수 있는 유일한 분은 아우구스티누스 신부님뿐입니다."

"아우구스티누스 신부는 현재 이 일에서 은퇴하셨고, 그 사실은 변할 수 없소."

"추기경님, 당신은 한편으로는 가능한 한 빨리 문제를 해결하라고 재촉하십니다. 다른 한편으로는 우리를 해답으로 가까이 데려가줄 사람을 은퇴시키셨지요. 이 점을 어떻게 생각해야 할지 모르겠어요. 우린 아우구스티누스 신부가 필요합니다."

옐리넥 추기경이 국무장관을 상대로 말하기 시작했다.

"누구든 다른 사람이 대신할 수 있는 법이오! 아우구스티누스도 마찬가지요."

카스코네가 대답했다.

"그건 전혀 그렇지가 않습니다, 국무장관님. 문제는 교황청이 현재의 상황에서 아우구스티누스 신부 같은 사람을 포기해도 되느냐는 것입니다. 바티칸 문서고는 문서고 일을 기술적으로 해낼 수 있는 사람을 필요로 할뿐더러 이곳에 보관되고 있는 모든 것을 정신적으로 감당할 수 있는 사람을 필요로 하기 때문이지요."

그러면서 그는 죽은 피오 신부에게 눈길을 보냈다.

"몬테카시노는 바티칸의 인물이 아닙니다."

이어서 두 추기경은 죽은 베네딕트 수도사를 앞에 놓고 격한 말다툼을 시작했다. 말다툼이 진행되는 동안 옐리넥은 자기가 맡은 일을 사임하는 것이 직권으로 인해 가능하지 않다면 위원회의 탐색 속도를 늦추겠다고 위협했다. 결국 아우구스티누스 신부를 다시 부르겠다는 카스코네의 동의를 얻고서야 비로소 말다툼이 끝났다.

## 의심은 의심을 부른다
이어지는 목요일

『우니타』지의 보도가 힘을 발휘했다. 바티칸의 공보실로 기자들이 몰려들어 질문이 쏟아졌다.

'아이팔루바(AIFALUBA), 아이팔루바가 뭔가?
이 코드 뒤에는 어떤 약자들이 감추어져 있는가?
누가 이 문자를 발견했는가? 언제 발견되었나?
그것은 위조된 것인가, 앞으로 제거될 것인가?
어째서 바티칸은 이제야 이 발견에 대해 반응을 보이는가?
교황청은 무엇에 대해 침묵하고 있나?
이 사건을 담당하는 전문가는 누구인가?
미켈란젤로는 이단자였나?
만일 그렇다면 교황청은 어떤 결과를 예측하고 있나?
미술사에 그와 비슷한 예가 있는가?'

국무 추기경 줄리아노 카스코네는 이날 아침 위원회의 모든 위원들에게 침묵할 것을 명령하느라 바빴다. 어떤 정보를 내주느냐 하는 것은 교회의 공보담당 장관인 자기 소관이라는 것이다. 이런 일은 앞으로 며칠간 계속될 것이다. 지금까지 알려진 것을 모두 공개하라, 그러지 않으면 상당히 무모한 소문이 나돌게 될 것이라는 교수들의 재촉을 받고, 또한 옐리넥 추기경의 절박한 경고를 받고서 국무장관 추기경은 교황청의 공식 입장을 표명하기로 결정했다.

기자회견장에서 카스코네는 성명서를 발표했다. 질문들에 대해서는 "노 코멘트!"라고 말하거나 아니면 탐구의 결과가 나타나는 대로 곧바로 이 장소에서 다시 발표하겠다는 답변만 되풀이했다.

옐리넥 추기경은 인상적인 재의 수요일 행사를 한 다음, 생각을 정리하며 목요일을 보냈다. 7주 전부터 그는 어둠 속을 더듬었다. 해답은 오히려 전보다 더 멀어져버렸다. 무엇보다도 비밀 뒤에 다른 비밀들이 숨겨져 있는 것이 분명했다.

시스티나 문자들 뒤에는 고통받은 한 인간의 단순한 저주가 감추어진 것이 아니라, 어떤 방식으로든 교회와 교황청을 해칠 목적을 가진 악마적인 기도가 숨어 있다는 것만은 분명했다. 여러 번이나 옐리넥은 시스티나 예배당에서 저 예언자 예레미야를 관찰했다. 깊은 절망에 빠져서 모든 흔적이 사라져버린 땅바닥을 내려다보고 있는 사람. 그리고 되풀이해서 추기경은 여호야킴 왕 시대와 시드키야 왕 시대에 나온 그의 예언들과, 이집트 사람, 블레셋 사람, 모압 사람, 암몬 사람, 에돔 사람, 엘람과 바빌론에 대한 그의 저주의 말들을 읽어보았다. 그리고 「예레미야서」 26장 1절에서 3절에 줄을 그었다. 그곳에는 이렇게 적혀 있었다.

요시야의 아들 여호야킴이 유다 왕이 되어 다스리기 시작할 무렵이었다. 야훼께서 예레미야에게 이런 말씀을 내리셨다. '나 야훼가 말한다. 너는 내 집 마당에 가서, 유다 모든 성읍에서 내 집에 예배하러 오는 사람들에게 내가 너에게 전하라고 준 말을 하나도 빼놓지 말고 다 일러주어라. 행여나 이 백성이 내 말을 듣고 그 못된 생활태도를 고친다면 얼마나 좋겠느냐? 그렇게만 한다면, 재앙을 퍼부어 그 악한 소행을 벌하려던 계획을 나는 거두리라.'

옐리넥은 이 구절을 여러 번이나 되풀이해 읽어도 더 이상의 것을 알 수 없었다. 그가 지금까지 경험한 모든 것은 그의 파악 능력을 훨씬 넘어서는 것들이었고, 이 방향 혹은 저 방향으로 추측을 해보아도 오직 두렵고 죄 많은 결론에만 도달하곤 했기 때문이다. 무엇보다도 옐리넥은 교황청 안에서 누구를 믿어야 할지, 누구를 믿어서는 안 되는지를 알 수가 없었다. 이런 불확실성의 시간 동안 추기경은 처음으로 이웃사랑, 신앙, 자비심 등과 같은 기독교의 이상들을 의심했다. 그는 이런 의심만으로도 참된 기독교도에게는 죄가 된다는 것을 알고 있었다. 신학적인 사변에서 벗어나서 그는 이 사건을 전혀 다른 눈으로 바라보았다. 옐리넥은 자신과 자신의 직위를 의심했다.

또한 시스티나의 비밀에 얽히든 교황청의 나머지 구성원들에 대해서도 똑같은 의심을 품었다. 베네딕트 수도사의 자살은 그의 감각을 너무나도 어지럽혔다. 성무일도를 적은 경본(經本)의 구절들이 물 속으로 던진 돌 하나가 일으키는 파문처럼 출렁이며 부서져나갔다. 피오 신부가 수수께끼를 풀었지만 그 진실을 감당하지 못했을 것이라는 데에 생각이 미치면 스스로에게 부과한 참회의 기도조차 사라지고 마는 것이었다. 예배의식의 내면성도 그의 영혼에 빛을 주지 못하고 그의 이성을 올바른 길로 인도하지 못했다.

이 순간에 그는 저 문자들이 발견된 이후로 일어난 모든 일을 장기 게임 방식으로 차례로 정리해 보았다. 장기 게임은 특정한 말에 특정한 움직임을 허용한다. 모든 것을 할 수 있는 단 하나의 말을 빼면 다른 말들에게는 금지된 움직임이 있다. 추기경은 이 오래된 게임 규칙에 어떤 지혜가 숨겨져 있는지 분명히 깨닫고 있었다. 그리고 교황청도 확실하게 정해진 규칙을 지닌 거대한 장기 게임에 지나지 않는다는 사실을 알고 있었다. 그것은 결국 인생의 축소판이었다. 그렇다. 그는 갑자기 가장 높은 말에게서 최고의 권력이나 최고의 위험이 나오는 것이 아니며, 오직 나머지 모든 말들의 협동작업만이 권력과 위험을 만들어낸다는 사실을 깨달았다.

새로운 교리와 신앙의 오류들을 다루는 교리 문제 성무장관으로서 옐리넥 추기경은 가톨릭 교회가 많은 허점들을 가진다는 사실을 정확하게 알고 있었다. 그러나 그를 두렵게 하는 것은 적이 누군지 모른다는 것, 전혀 예측할 수도 알지도 못한다는 사실이었다.

옐리넥은 비참한 기분이 들었다. 위장에 통증을 느꼈다. 그래서 자기 집 살롱에 있는 붉은 소파에 누워서 눈을 감았다. 480년이나 묵은 철자들이 교황청 전체를 불안으로 몰아넣는다는 것이 도대체 가능하기나 한가? 최고 권위를 가진 남자들이 한꺼번에 돌아버린 것처럼 행동할 수 있는가? 곳곳에 이렇듯 불신이 퍼져 있을 수가 있는가? 아는 사람에 대한 모르는 사람의 두려움인가?

갑자기 그의 눈앞에 삶에서 처음으로 앎에 눈뜨던 순간이 떠올랐다. 옐리넥에게 있어서 일생 동안 앎이란 책이고, 책들을 모아 놓은 것이고, 도서관과 문서고 등을 의미했다. 그날이 그의 눈앞에 선명하게 떠올랐다. 아직 아홉 살도 채 되기 전에 그가 처음으로 도서관으로 들어서던 날이었다. 부모는 맏아들인 그를 시골에서 대도시의 낯선 사람들에게 보냈다. 이모와 이모부이긴 했지만 그들은 다음 몇 년 동안 언제나 낯선 사람들로만 남아 있었다.

옐리넥 추기경 요제프는 시골 출신이었다. 여나믄 개의 농가들이 모여 있는 아주 작은 마을 출신이었다. 그중에서도 가장 작고 보잘것없는 집이 옐리넥의 집이었다. 그들은 무엇이든 기회를 움켜쥐어야 할 처지였다. 그런 점에서는 네 명의 아이들도 예외가 아니었고, 특히 맏이였던 요제프는 더욱 그랬다. 그렇지만 그의 어린 시절을 불행했다고 말하는 것은 옳지 못한 일일 것이다. 그의 어린 시절은 아무런 요구도 모르기에 어떤 소망도 없는, 어린이의 삶이 줄 수 있는 만큼은 행복한 것이었다.

계절의 변화가 그의 삶의 리듬을 결정했고, 일요일이 액센트를 주었다. 일요일이면 옐리넥의 식구들은 가장 좋은 옷을 차려 입고 이웃 마을에 있는 교회로 갔다. 예배가 끝난 다음에는 음식점으로 가서 아버지는 맥주 한 잔을, 어머니와 아이들은 합쳐서 레모네이드 두 잔을 주문하곤 했다. 이런 이유에서 일요일은 언제나 특별한 날이었다. 신부님과 오르간, 음식점 등이 요제프의 마음에 그 무엇과도 비할 수 없는 기쁨을 만들어주었다. 어머니는 그가 뒷날 벌써 성직자가 된 다음에, 그가 초등학교에 입학할 무렵의 어느 날 아주 진지한 얼굴로 왜 매일같이 일요일이 아닌가 하고 물어보았다는 이야기를 해주셨다.

어머니와 함께 겨우 몇 번 찾아가본 적이 있던 멀리 떨어진 도시는 그에게는 언제나 알 수 없고 의문스럽고 유혹적인 장소였다. 그곳에 가기 위해서는 우선 반 시간 가량 걸어서 선로가 하나뿐인 시골 기차역으로 가야만 했다. 이 기차역은 마을 아이들에게 보통때는 선로 위에 페니히 동전을 올려놓았다가 기차가 지나가면서 바퀴로 눌러서 납작하게 만드는 데밖에는 별 용도가 없는 곳이었다. 언젠가 한번 그는 5페니히짜리 동전을 올려놓았다. 그리고 동전이 원래 컸기 때문에 친구들보다 훨씬 커다란 둥근 판을 얻었다. 하지만 그 대가로 아버지에게 두들겨맞았을 뿐이다. 아버지는 돈에 대해서 존경심을 품어야 하고, 돈이란 힘들여 버는 것이지 납작하게 눌러 망가뜨리라고 있는 것이 아니라고 말씀하셨다.

요제프는 도시에서의 삶을 불신감으로 시작했다. 그는 도시생활이 자연스럽지 않았다. 집들과 상점들과 자동차들과 사람들이 너무 빽빽하게 몰려 있기 때문이었다. 그렇지만 그는 체질적으로 시골 사람이기보다는 오히려 도회지 사람이었다. 그는 보통 시골 젊은이 하면 흔히 생각나듯이 힘세고 붉은 수염을 가진 거친 사람이 아니었다. 요제프는 섬세하고 거의 허약하게까지 보였고, 어머니를 닮아 창백하고 하얀 피부색을 가졌다. 어머니와 장남 사이가 각별히 다정했던 것은 아마 그 때문이었을지도 모른다. 어머니는 도회지 출신이었다.

학교에 다니기 전까지 요제프 옐리넥은 마을의 다른 아이들과 별로 구분이 되지 않았다. 그러나 학교에 가자 사정이 달라졌다.

학교는 이웃 마을에 있었고 당시에는 아이들을 실어 나를 스쿨버스라는 것이 없었다. 그런 게 있었다 해도 사정이 더 낫지는 않았을 것이다. 포장이 되지 않은 두 줄로 깊게 패인 차도는 버스가 다니기에 적합하지 않았기 때문이다. 그렇지만 요제프의 학창시절에 나타난 특별한 일은 이것이 아니었다.

요제프 옐리넥은 아주 특별한 재능을 보였다. 학교는 1학년에서 4학년까지 한 반, 5학년에서 8학년까지 한 반, 모두 두 반뿐이었다. 소년은 윗학년의 수업을 듣는 것을 더 좋아했다. 그리고 같은 반 친구들보다 훨씬 우수해서 곧 학년을 건너뛰었다. 3학년 말에 여선생이 그의 부모를 학교로 오라고 청하더니 오랫동안 이야기를 나누었다. 그러고 나서 옐리넥은 다음 며칠 동안 아버지와 어머니가 오랫동안 이야기하는 것을 들었다. 그런 다음 어머니는 그가 훌륭한 사람이 될 수 있도록 인문계 고등학교(김나지움)에 보내기로 결정했노라고 말씀하셨다. 어떤 교수와 결혼한 이모 집에 묵을 수 있다고 했다.

고전문헌학자인 이모부는 잿빛 수염을 뾰쪽하게 기르고 니켈테 안경을 쓰고 있었으며, 뚱뚱한 가정부와 약간 경솔한 하녀를 둔 대도시 살림살이를 엄격한 태도로 지배하였다. 어머니의 사촌인 집안의 안주인은 창백하고 우아하며 차가운 태도를 지녔다. 그녀는 그에게 우선 집안의 질서를 가르쳐주었다. 정해진 시간에 규칙적으로 이루어지는 식사시간 등, 그가 그때까지 경험해 보지 못한 질서들이었다. 요제프는 이 집안에서 자신만의 작은 방을 얻기는 했지만 가족과 함께 있던 편안한 분위기와 따뜻함은 얻지 못했다. 그러나 커다랗고 널찍한 집, 알지 못하는 고귀한 사람들, 새로운 인상들, 이 모두가 그를 흥분시켰다.

그중에서도 그는 어떤 방에 특별히 매혹되었다. 그곳에서 그는 곧 편안함을 느꼈으며, 아무도 그가 그곳에 출입하는 것을 막지 않았다. 그 방은 바로 집안의 도서관 겸 서재였다. 그 방에는 갈색, 붉은색, 황금색으로 감싸인 책들이 바닥부터 높은 천장까지 꽂혀 있었다. 그가 마음대로 생각을 펼칠 수 있는 공간이었고, 그가 발견여행을 하고 꿈을 꿀 수 있는 공간이었다. 특히 저녁식사를 끝낸 다음에 도서관을 찾곤 했는데, 그것은 교수의 기쁨이기도 했다. 이곳에서 그는 도서관의 냄새, 낡은 종이와 오래 묵은 가죽이 풍기는 곰팡내를 처음으로 맡고 사랑하게 되었다. 알기를 원하면 그저 펼쳐서 읽기만 하면 되는, 책장들 사이에 갇혀 있는 끝도 없는 지식의 냄새였다.

전쟁이 끝나갈 무렵의 어느 날, 어머니가 돌아가셨다는 소식을 접하고 그가 도망쳐 들어간 곳도 바로 이 도서관이었다. 당시 그는 언제나 즐겨 펼치곤 하던 책 중의 책, 커다란 가죽장정에 황금색으로 인쇄된 2절판 책에서 유일한 위안을 얻었다. 사도 바울로가 코린트 사람들에게 보낸 첫번째 편지에 나오는 소박한 고백이었다.

내가 전해 준 복음 그대로 굳게 지켜나간다면 여러분은 이 복음으로 구원을 받게 될 것입니다. ……그것은 그리스도께서 성서에 기록된 대로 우리의 죄 때문에 죽으셨다는 것과 무덤에 묻히셨다는 것과 성서에 기록된 대로 사흘 만에 다시 살아나셨다는 것과…….

그가 사제가 되기로 결심한 것은 아마도 이 순간이었을 것이다.

그 사이에 추기경은 수많은 책들을 탐구했다. 대부분은 스스로의 즐거움을 위해서, 그리고 적은 부분만이 의무를 이행하기 위해서였다. 그러나 그가 가진 모든 지식은 충분하지 못했다. 하나의 수수께끼를 풀기에 충분하지 못한 것이다. 이 수수께끼는 아주 교묘하게 역사 속으로 짜여져 들어가 있어서 자신과 바티칸의 모든 영리한 두뇌들이 모두 두 손을 들 정도였다.

# 먼 곳의 절망
사순절 첫째 주일 전날

사건의 진행순서를 좀더 잘 파악하기 위해서 이야기는 임시로 로마를 떠나서 침묵을 제1의 계율로 삼고 있는 한 수도원으로 가야만 한다. 이 수도원의 수도사들 중에는 벤노 수사라고 불리는, 교육을 많이 받은 경건한 사람이 있었다. 그는 언젠가 한번 젊은 시절이라는 것을 가졌다는 것을 상상하기 어려운 얼굴에 두툼한 안경을 쓴 사람이었다. 그의 원래 이름은 한스 하우스만 박사였지만, 이 시골 수도원에서는 아무도 그 이름을 말하지 않았다. 동료 수도사들도 그 이름을 몰랐다. 벤노 수사는 수도원에서는 늦게 부름받은 사람들이라 칭해지는 사람 중 하나였다. 종교적인 삶에 앞서 세속적인 삶의 교육과 직업을 가졌기 때문이다.

벤노 수사는 공부를 많이 한 미술사가였다. 이탈리아 르네상스를 자기 삶의 내용으로 만들었다가 2차 세계대전이 끝난 다음 갑자기 여기서 언급되는 이 수도원으로 들어갔다. 원래 삶의 활력으로 넘치는 학자였던 그는 수도원에 들어간 이후로는 소심하고 폐쇄적이며 때때로 기묘한 사람이라 여겨졌다. 다른 수도사들에 대한, 어차피 별것도 아닌 관계마저 기피하고 무엇보다도 침묵으로 인해 두드러진 사람이었다. 아주 드물게만 일어나는 일이지만 그가 한번 말을 하면 나머지 수도원 식구들 모두가 귀를 기울이고, 그의 말에 대해서 오랫동안 생각해 보곤 했다.

일요일마다 수도원 뜰의 출구에 수도사들이 모여서 한 시간 이상이나 수도원에 들어오기 이전의 생활, 청년기와 어린 시절, 그리고 깊은 유대를 맺고 있는 부모들에 대해서 이야기를 나누는 시간이면 벤노 수사는 눈에 띄게 말수가 적었다. 알려진 것이라고는 벤노의 아버지가 돈을 잘 버는 석탄 중개상 겸 운송업자였고, 술을 너무 마셔서 벤노가 열 살 되던 해에 죽었으며, 그것이 가족에게는 부담이기보다는 오히려 축복이었다는 것, 특히 아름답고 자부심 강한 부인이었던 어머니에게는 더욱 그랬다는 것 정도였다.

벤노는 어머니의 당당한 자부심을 초자연적인 어떤 것처럼 사랑하였다. 위로 치켜올린 검은 눈썹과 가늘게 다문 입술 양편에 수직으로 자리잡은 주름살. 아름다운 어머니에게 복종하는 것은 그에게 욕구이며 동시에 쾌감이었다. 벤노를 문학으로 이끌어간 사람도 어머니였다. 어머니의 마음에서 문학은 가정용 연료와 적재톤수 등의 상거래보다 훨씬 더 중요한 일이었고, 벤노는 일생 동안 겸손한 존경심으로 그 점에 대해서 어머니에게 감사를 드렸다.

젊은 하우스만은 피렌체와 로마에서 대학을 마쳤다. 그는 이탈리아어를 유창하게 잘했다. 어차피 고전 라틴어에 밝은 사람에게 이탈리아어는 그리 어려운 언어가 아니었다. 그는 미켈란젤로에 관해서 박사논문을 썼다. 집안의 도움을 받아 재정적으로 독립했고 로마에 있는 헤르치아나 도서관에서 약간의 장학금을 받고 있었기에, 그는 아무런 근심 없이 활동을 시작할 수 있었다. 분명 벤노는 중요한 미술사가가 되었을 것이다. 그러나 대개는 삶이 꿈보다 더 강한 법이다.

수도사가 된 계기에 대해서는 뒤에 다시 이야기할 기회가 있을 것이다. 여기서는 승복을 입기로 결심하는 사람들에게 공통적으로 나타나는, 경건함을 향한 꺾을 수 없는 욕망에서 이루어진 일이 아니라는 점만을 밝혀두기로 한다.

앞에서 이야기하던 그날 저녁식사 시간에 수도사들 중 한 사람이 식탁기도가 끝난 다음에 신문을 낭독했다. 그런 일은 1주일에 단 한 번 이날에만 있는 것으로, 수도사들에게 잠깐 동안 바깥세상을 향한 창문을 열어주는 일이었다. 이날 보통의 정치와 스포츠 기사와 나란히 미켈란젤로의 프레스코에 나타난 발견을 보도한 기사도 함께 낭독되었다. 이 보도를 듣자 벤노 수사는 놀라서 수프를 떠먹던 숟가락을 떨어뜨리고 말았다. 숟가락은 장식 없는 수도원 식당 돌바닥에 댕그랑 소리를 내며 떨어져서 다른 수사들이 의아한 눈길로 그를 바라보았다.

벤노 수사는 이해할 수 없는 소리로 실례한다고 웅얼거리고는 서둘러 숟가락을 줍더니 먹는 일을 중단하고 기사의 낭독에 귀를 기울였다. 그의 옆자리에 앉아 있던 붉은 대머리의 튼튼한 수도사는 벤노가 이날 저녁 한 숟가락도 건드리지 않는 것을 알아챘지만, 신문기사와 벤노의 금식 사이에 어떤 연관성이 있으리라고는 상상하지 못했다.

그러나 벤노 수사는 다음날에도 식사를 거부한 채 두 손을 수도복 소매 속에 감추고 말없이 앞만 보고 식탁에 앉아 있었다. 옆자리의 수사가 그에게 말을 걸었다.

"무슨 일인가, 형제여. 한 숟가락도 뜨지 않으니 말이야. 어떤 고통이 자네 얼굴에 씌어 있는 것 같은데. 나한테 털어놓게."

질문하는 사람을 쳐다보지도 않고 벤노 수사는 머리를 가로저었다.

"그냥 몸이 좀 불편할 뿐이야."

그는 거짓말을 했다.

"자네도 알지 않나, 위장 아니면 담이야. 며칠 지나면 나을 거야. 걱정하지 말게나."

그러고 나서 그는 식사시간 내내 침묵했다. 그는 음식을 일절 거절하였다.

유혹이나 죄는 공통적으로 수도사를 여러 날 동안이나 침묵하고 금식하게 만든다. 식탁에서 벤노의 옆자리에 앉은 수사도 형제의 침묵이 그런 이유라고 여겼다. 그래서 그는 다음날에도 그를 그대로 내버려두었다. 죄보다 더 입맛을 쓰게 만드는 것이 무엇이겠는가?

벤노 형제는 식사가 끝난 다음 말없이 일어서서 극히 격한 흥분상태임을 드러내 보이면서 자기 방으로 통하는 층계를 올라갔다. 그의 방은 어두운 복도의 끝에 자리잡고 있었다. 그의 피난처는 그에게 조용한 기도의 시간들을 주었다. 가로 3미터, 세로 4미터, 그보다 더 넓지는 않았다. 이 작은 방에선 밖을 향해 난 창문만이 약간의 위안을 주는 것이었다. 목재침대, 장롱이라는 이름이 어울리지 않는 상자 하나, 그리고 작은 서랍장. 그 차가운 돌판 위에는 손을 씻기 위한 자기 그릇 하나가 놓여 있었다. 이것이 가구의 전부였다. 그밖에는 창가에 기도대가 놓여 있었다. 바닥에 흩어져 있는 책, 도장이 찍히고 쌓여 있는 책들이 그가 학자임을 보여주었다.

　전날 저녁처럼 벤노 수사는 서랍장의 맨 위 서랍에서 시스티나 예배당의 문자 발견을 보도하고 있는 신문을 꺼냈다. 그는 이 신문을 얻어서 기사를 오려 간직하고는 벌써 여러 번이나 되풀이해 읽었다. 그는 단어 하나하나를 다시 읽어보았다. 그리고 종이쪽지를 서랍장에 다시 집어넣고는 깊은 절망에 빠진 것처럼 기도대에 엎드려 두 손을 모았다.

## 아는 자와 모르는 자
### 사순절 첫째 주일 다음 월요일

다른 모든 사람들보다 많은 것을 알고 있는 사람이 하나 있었다. 그러나 그는 아는 것을 침묵해야 하는 사람들 중의 하나였다. 그는 반평생을 앎의 원천에서 보냈기 때문에 높은 직급의 성직자가 아는 것보다도 더 많이 알고 있었다. 그러나 무엇보다도 그는 침묵할 줄을 알았다. 그는 다른 사람이 경건한 의도에서건 천박한 의도에서건 삶의 내용으로 삼은 일들에 대해서 침묵할 줄을 알았다. 이 사람은 아우구스티누스 신부였다.

아우구스티누스는 이상한 사람이었다. 검은 수도회 복장이 통 어울리지 않는 사람이었다. 흰 머리는 짧게 잘라서 뻣뻣하게 위로 솟구쳐올랐고 깊은 주름살이 진 얼굴은 진드기 같은 인상을 주었다. 이 신부가 한번 어떤 일에 몰두하면 그를 다시는 떼어버릴 수 없을 거라는 인상이었다. 특이하면서도 일에 탐닉하는 이 수도사에게 어떤 일이 맡겨지면 그가 황소와 같은 에너지로 일에 달라붙으리라는 것을 느낄 수가 있었다. 서기들은 여러 번이나 아침에 그가 맨바닥에서 냄새나는 부스타 몇 개를 베개삼아 잠자고 있는 것을 발견했다. 수도원으로 돌아가는 길이 그에게는 너무나 부담스러워서, 혹은 이른 아침에 다시 일하러 나와야 하기 때문이었다.

아우구스티누스 펠트만은 자신의 일을 한 번도 일이라고 생각한 적이 없었다. 그것은 오히려 하느님의 더 높은 영광을 위해서 자기에게 내려진 의무를 이행하는 일이라고 여겼다. 이 오라토리오회 수도사는 자기 의무를 이행하는 데 도움이 되는 특징적인 기억력을 가졌다. 그것은 처음부터 그에게 나타났던 것은 아니고, 30년 동안이나 이 일을 하면서 훈련을 통해 얻은 능력이었다. 그의 기억력은 자기가 분류한 부스타를 아주 정확하게 찾아내는 일을 가능하게 해주었다. 나이 들어가는 지휘자에게 귀가 말을 안 듣는 경우와는 달리, 아우구스티누스는 나이가 들어서도 날카로운 눈을 그대로 간직하고 있었고 안경조차 필요없었다.

그는 자기 후임자의 비극적인 죽음 이후로 사람들이 전보다 더욱 절박하게 자기를 필요로 한다는 사실에 위안을 얻었다. 아우구스티누스는 다시 돌아와달라는 국무 추기경의 청을 즉시 다음 날로 이행하였다. 그러나 옛날의 일터에 다시 나타난 사람은 그 사이 이미 다른 사람이 되어 있었다. 그는 서둘러서 자신을 은퇴시켰던 일을 잊지 않았고, 자신을 활용한 다음에는 이미 한 번 그랬던 것처럼 또다시 쫓아내리라는 사실을 잘 알고 있었다. 부스타 없이는 살 수 없다는 자신의 청원을 카스코네는 냉정하고도 가차없이 무시했다. 그날 그는 죽도록 놀랐다. 그리고 국무 추기경 속에 악마가 숨어 있는 것은 아닌가 하고 혼자서 진지하게 물어보았을 정도였다. 어쨌든 아우구스티누스는 그에게서 기독교도의 미덕은 눈곱만큼도 찾아볼 수 없었다.

물론 신부는 카스코네가 왜 그토록 서둘러서 자기를 쫓아냈는지 짐작하고 있었다. 아니, 그 이유를 안다고 믿었다. 30년간 지식의 원천에 앉아 있다 보면 모든 것을 다 알게 된다. 그곳 서가에는 '있으면서'도 없는 물건들이 있다. 그러니까 존재는 하지만 알려지지 않은 것들이 있게 마련이다. 그것들은 저작권 보호기간에 걸려 있는 것이며, 당사자가 살아 있는 동안 아무도 그것에 대해서 알 수 없도록 보장해 주는 장치인 것이다. 그리고 이런 내용이 담긴 거의 모든 부스타를 알고 있는 단 한 사람이 있으니 바로 아우구스티누스 신부였다. 이 서류들의 극히 일부만을 알고 있는 카스코네는 비밀 문자들을 해독하기 위해 애쓰다가 교황청과 교회가 바라는 것보다 더 많은 사실들이 밝혀질까 봐 두려웠던 것이다.

복수란 위대한 영혼에 어울리는 장식품은 아니지만 야훼 하느님께서도 모세에게 이렇게 말씀하시지 않았던가? 복수는 내 일이다. 내가 갚아주리라.

옐리넥 추기경은 그날로 오라토리오회 수도사를 불렀다. 성무청의 거대한 탁자 뒤에 추기경이 자리잡고 있었다. 아우구스티누스는 옐리넥을 특별히 좋아하지는 않았지만, 카스코네에 대한 것 같은 미움을 품지는 않았다.

추기경은 조심스럽게 말을 시작했다.

"그리스도 안의 형제여, 뜻하지 않게 돌아오신 것에 대해서 기쁨을 표하고 싶어서 오시라고 했소이다. 당신은 이 문서고를 관리할 가장 유능한 분입니다. 그리고 우리가 문제를 해결하도록 가장 잘 도와주실 수 있지요. 솔직하게 말하자면 그만두신 뒤로 우린 단 한 걸음도 더 나가지 못했어요."

추기경의 솔직함이 아우구스티누스의 마음에 들었다. 그는 이렇게 물어보고 싶었다.

'어째서 그렇게 서둘러서 나를 쫓아냈습니까, 어쩌자고 누구나 알듯이 부스타 없이는 살 수 없는 나 같은 인간에게서 내 부스타를 빼앗았지요?'

하지만 아우구스티누스는 따지지 않고 침묵했다.

추기경이 다시 말을 시작했다.

"당신은 대단히 유능한 분입니다. 아주 비공식적으로 한번 얘기해 봅시다, 남자 대 남자로 말이오. 당신 생각에 해답은 어디 있을 것 같습니까, 신부님? 내 말은 어디 의심가는 데가 있으시냐는 뜻입니다."

아우구스티누스가 대답했다.

"모든 추측은 벌써 위원회에서 말씀드렸습니다. 구체적으로 의심가는 곳은 따로 없습니다. 아마도 진실은 비밀서고의 제한구역에 있겠지요. 하지만 그곳으로 들어갈 권한이 내게는 없습니다."

오라토리오회 수도사의 말소리는 모욕받은 듯한 울림을 지녔다.

"그렇지 않으면……"

"그렇지 않으면?"

"진짜 비밀은 비밀서고에 감추어져 있지 않고 누구나 접근이 가능한 것일 수도 있습니다. 다만 아무도 그 장소를 모르고 있을 뿐이지요. 내 생각으로는 바로 그것이 시스티나 문자가 발견된 이후로 바티칸 안에 생겨난 혼란과 불안의 원인입니다. 솔직하게 말씀드리자면 교황청 안에는 수많은 이익집단과 맥락들이 있다는 것이지요. 그래서 새로운 것을 말씀드리지는 않겠습니다. 추기경님, 내 생각에는 한 사람이 찾아내는 것을 다른 사람이 두려워하는 것 같습니다."

아무 말 없이 옐리넥은 서랍에서 낡은 양피지 문서를 꺼내서 아우구스티누스 쪽으로 밀어 보냈다.

"어느 날 저녁 문서고 바닥에서 그것을 찾아냈소. 누군가 잃어버린 것이 분명합니다. 누가 이 문서에 관심을 가지고 있는지 아시겠습니까?"

아우구스티누스는 그것을 읽어보았다.

"나는 이것을 압니다."

"그것이 피오 신부의 자살과 관련이 있을까요?"

"그런 생각은 들지 않는데요. 하지만 이 문서와 관련해서 특이한 점이 하나 있습니다. 이것은 문서고 안에서 끊임없이 돌아다니는 문서들 중 하나예요."

"그리스도 안의 형제여, 그게 무슨 말씀이오?"

"아주 간단합니다. 내가 어떤 항목으로 분류해 놓으면 이 항목에서 사라졌다가 다른 자리에서 나타나곤 하는 문서들 중 하나라는 뜻입니다. 서기들은 모두 자기들은 이 일과 아무 상관이 없다고 성스러운 맹세를 했습니다. 어쨌든 이 문서는 신비로운 방식으로 장소를 옮기는 문서들 중 하나예요. 당신은 문서고가 수많은 체계들과 분류항목들로 어지럽다는 것을 아시지요. 가람피는 당시 니콜라우스 3세 교황을 분류했지요. 하지만 이 자리에는 별로 문서가 없었지요. 니콜라우스 교황은 겨우 몇 달만 재위했고, 이것말고는 다른 문서를 남기지 않았기 때문이지요. 그래서 나는 이것을 여기에 잘 어울리고, 또 잘 잃어버리지 않을 특별 항목으로 분류했습니다. 그러니까 겨우 몇 달이나 몇 주, 혹은 때로는 겨우 며칠만 통치하고 갑작스러운 종말을 맞이한 교황들이 만들었거나 그 교황들에 관한 문서들을 위한 특별항목을 만든 것이죠. 1241년 제1회 교황선출 회의에서 선출된 셀레스틴 4세 교황 이후로 그런 종말을 맞이한 교황들이 열 명이 넘습니다."

"이상한 분류법이군요."

"아마 이상하다고 생각하시겠지요, 추기경님. 하지만 요한 바오로 1세의 죽음 이후로는 꼭 필요한 일로 보였습니다. 극히 짧은 기간 통치했던 교황들은 모두가 살해되었다는 의심을 받고 있거든요."

"그런 일은 극히 드물게만 증거가 있을 텐데요……."

"바로 그 때문에 모든 자료들을 한데 모았던 것이죠. 셀레스틴은 선출된 다음 겨우 16일간 통치했고, 요한 바오로는 34일간이었습니다. 나로서는 하느님의 섭리라고만 생각되지는 않거든요."

"증명하시오, 신부님, 증명하란 말이오!"

"나는 범죄학자는 아닙니다, 추기경님. 그저 자료를 모으는 사람일 뿐이오."

옐리넥 추기경은 못마땅하다는 손짓을 했다. 그러나 아우구스티누스는 전혀 흔들리지 않았다.

"지금까지도 성하의 이상한 죽음 전날 저녁에 그분 앞에 놓아 드렸던 서류가 사라진 경위가 설명되지 않고 있습니다. 그리고 아직도 성하의 붉은 실내화와 안경이 어디로 사라졌는지 설명되지 않고 있어요."

옐리넥은 오라토리오 수사를 멍하니 바라보았다. 식은땀이 등

줄기를 타고 내리는 것을 느꼈다. 죽음의 천사가 자기 목을 조르려고 두 손을 올려놓기라도 한 것처럼 추기경은 속이 답답했다. 그는 말을 더듬었다.

"그러니까 없어진 것은 서류만이 아니었군……."

"아니요, 성하의 실내화와 안경도 없어졌지요. 그게 무슨 뜻이든 말입니다."

"그게 무슨 뜻이든……."

추기경은 정신이 나간 상태에서 그 말을 따라했다.

"그렇다고 새로운 사실을 말씀드린 것은 아니라고 생각하는데요? 이미 다 알려진 일이지요."

오라토리오 수도사가 끈질기게 물었다.

"그렇소, 모두 잘 알려져 있어요. 다만 특이할 뿐이지."

옐리넥이 말했다. 그는 비참하기 짝이 없는 기분이었다. 위장이 반란을 일으켰다. 심호흡을 하려고 해보았지만 잘되지 않았다. 눈에 보이지 않는 집게가 그의 가슴을 옭죄어 들어왔다. 그러니까 그것은 누군가가 자신에게 실내화와 안경을 보냈다는 것, 그리고 요한 바오로 1세가 정말로 살해당했다는 뜻일까? 그러나 만일 그렇다면 대체 누가, 어떤 이유에서였을까. 그리고 자신에게 그와 똑같이 살해당할 수도 있다고 협박을 하는 이유는 대체 무엇일까?

"나는 당시 교황청에 있지 않았소. 하지만 대체 무슨 이유로 성하의 실내화가 사라졌을까요?"

옐리넥이 말했다. 마치 스스로를 변명하려는 것 같았다.

추기경은 불안해졌다. 아우구스티누스는 고백한 것보다 더 많이 알고 있을까? 어쩌면 그는 자기를 시험해 보려는 것일까? 모든 것을 아는 이 사람은 대체 무엇을 알고 있을까?

"서류가 사라진 일은 설명이 가능할 것 같습니다, 추기경님. 스티클러 씨는 교황께 서류를 가져다드린 이후로 그 내용을 알게 되었지요. 교황청에는 그리 자랑스러운 내용이 아닙니다, 추기경님. 요한 바오로 1세는 정직성 그 자체였습니다. 뒷날에는 많은 사람들이 단순성 그 자체라고 말했지만요. 그는 경건했고, 거의 성스럽다고 할 만한 사람이었지요. 오로지 경건하고 성스러운 것만을 추구했어요. 그에게는 선과 악이 있을 뿐, 그 사이에는 아무것도 없었습니다. 그런 의미에서 보면 그는 정말로 단순했다는 말이 맞습니다. 이 두 가지 양극단 사이에 있으면서 우리의 삶을 이루고 있는 것들을 그냥 부정해 버렸기 때문이지요. 그는 역사의 가장 끔찍한 사건들이 악에서 연유한 것이 아니라 이른바 선한 사람들이 가진 세계관의 이름으로 행해졌다는 것을 잊었습니다. 교황님은 교황청의 대규모 개혁을 계획했습니다. 요한 바오로가 그 계획을 실현시켰더라면 오늘날 몇몇 사람들은 그 직위를 보존하지 못했겠지요. 친구이신 윌리엄 스티클러는 그 이름들을 알려드릴 수 있을 겁니다, 추기경님. 그러나 어쨌든 성하의 실내화와 안경이 없어진 일은 여전히 수수께끼로 남아 있지요. 그에 대한 시원한 설명은 없습니다."

옐리넥은 넌지시 말을 건넸다.

"만일 그 물건들이 어디선가 나타난다면?"

"그야 물론, 조심스럽게 표현하자면 생각지도 않은 성하의 타계가 그다지 불편하게는 여겨지지 않았던 방향에서 나올 테지요."

갑자기 옐리넥 추기경은 장기 파트너인 스티클러 씨의 이상한 행동을 이해할 수 있게 되었다. 자기는 아무것도 모른 채 그 수수께끼의 소포를 거실에 그대로 놓아두지 않았던가? 스티클러는 그것을 발견했고, 깜짝 놀라서 자기가 성하에 대한 모반자라고 여겼던 것이 분명했다. 하지만 이제 자신은 어떻게 행동해야 할까?

"다른 가능성은 없습니까?"

아우구스티누스 신부는 머리를 가로저었다.

"이 물건들이 다시 나타나는 것을 어떻게 달리 설명하시겠습니까? 아니면 다른 생각이라도 있으신지요?"

"아니, 아니오. 물론 당신 말이 옳아요. 하지만 어쨌든 그것은 가설이니까."

추기경은 대답했다.

벤노 수사가 시스티나의 발견에 대해서 알게 된 이후로, 침묵의 수도원에서 그를 사로잡았던 불안감은 누그러들지 않았다. 반대로 벤노 수사는 다른 수사들에게 점점 더 기묘하게 보이는 행동을 했다. 진짜 이유를 말하지 않고서 그는 수도원장에게, 수도사라 하더라도 살면서 없을 수는 없는 개인적인 서류들과 그밖에 개인적으로 소중한 물건들을 보관해 두는 자신의 사물함을 보게 해달라고 청했다. 이런 물건들을 위해서 수도원장의 방에는 커다란 셔터 문이 달려 있고, 수많은 칸막이가 되어 있는 벽장이 있었다. 수도원장은 벤노 수사가 전에도 자신의 서류들을 보겠노라고 청한 적이 있는지 기억나지 않았지만, 어쨌든 아무런 질문도 하지 않고 허락해 주었다. 그리고 이 방문자가 불안하게 자신의 서류 더미를 뒤지는 동안에 자기 공부에 몰두하고 있는 것처럼 보였다.

물론 그 사이에 이 수도사의 특이한 행동이 수도원장의 눈에 띄지 않았던 것은 아니었다. 다만 그는 그 일에 별다른 의미를 두지 않았다. 수도원장은 벤노 수사의 과거를 알고 있었고, 그가 젊은 시절 미켈란젤로를 공부했다는 것도 알았기 때문이다. 이 발견이 특별히 그의 흥미를 끌었다고 해서 이상할 것이 무엇인가. 처음에 그는 벤노의 탐색이 시스티나의 문자 발견과 관계가 있는지 물어보려고 생각했지만, 어쩌면 이 수사를 당황케 할지도 모른다는 점이 두려웠다. 그래서 그는 사물함 열쇠는 자기가 가지고 있다는 사실을 생각하고 아무것도 묻지 않았다.

# 저주받은 이름
그날 밤과 다음날 낮

옐리넥 추기경은 그날 밤이 다른 모든 밤보다도 더 길었다. 피로감이 몰려와 사지를 마비시키는데도 전혀 잠을 이룰 수 없었기 때문이다. 추기경은 두려웠다. 알지 못하는 것이 두려웠고, 그것이 위협적인 모습으로 눈앞에 나타나서 그를 잡아삼킬 것만 같았다. 그는 침대에서 일어나 몇 번이고 거듭 창문을 통해서 길 건너편 전화 부스를 바라보았다. 그러다가 어떤 남자가 짤막하게 전화를 하고는 집 안으로 사라지는 것을 보았다. 하지만 옐리넥의 생각은 아직도 비몽사몽중에 보았던 예레미야와 예언자들과 여예언자들 곁에 머물러 있었다.

그들은 대지의 갈라진 틈에서 솟구쳐 올라왔다. 가장 높은 산정에서도 널름거리는 노아의 홍수 물길이 귓가에 굉음을 울리고, 옐리넥 자신은 어린아이처럼 작은 모습으로 죽음의 공포 속에서도 쾌감을 느끼면서 어머니의 허벅지를 붙잡고 꼭 매달렸다. 그는 아담의 갈비뼈에서 여자가 창조되는 것을 갈증난 듯이 바라보았다. 여기서 이브는 둥근 몸매에, 창조주를 향한 겸손한 자세와 성품이 선하다. 안전한 은신처에서 그는, 뱀인간이 인식의 나무에서 내미는 사과를 손으로 붙잡는 벌거벗은 이브를 바라보았다. 그는 "조반나! 조반나!" 하고 소리쳤다. 그에게는 오로지 이 이름만 떠올랐고 다른 이름은 기억에서 지워져버렸기 때문이다.

예언자들의 온갖 비행(非行)과 죄 많은 말에서 눈길을 돌리지 못하고 그는 밤을 향해 귀를 기울였다. 그리고 요엘이 울리는 음성으로 '아'(A)라고 말하는 소리를 들었다. 요엘은 문서에서 음란한 내용을 읽었다. 술을 마시는 것으로 인해 민족과 포도덩굴과 들판이 망가질 것이다. 곡식이 망가지고 올리브 기름이 마르면 그것을 필요로 하는 사람들에게서 그것을 빼앗게 되리라.

그리고 여전히 공작새처럼 허영에 넘친 늙은 에제키엘은 자신의 문서를 바람에게 넘겨주고, 성기를 꺼내놓고 지나가는 남자들과 성교하기 위해 자신의 몸을 내어주고 애인들에게 선물을 잔뜩 주었다. 그러고 나자 그는 이집트의 품행 나쁜 누이들을 뒤쫓아 달려가서 그녀들의 젖가슴을 만졌다. 왕의 혈통으로 예언자들 중에서 가장 고귀한 신분인 이사야는 전혀 고귀하게 행동하지 않았다. 시온의 딸들과 어울려 뛰어다니고, 그녀들의 뻔뻔스런 눈길과 이마에 두른 밴드와 발목에 두른 발찌에 경탄을 보냈다. 그들 중 일곱 명과 관계를 맺어서 그의 행동을 지켜보는 일이 쾌락이 되었다.

"이리 오라, 우상을 조각하는 자들과 함께하자!"

그는 계속 소리쳤다.

"이리 오라. 이리 와서 너희 자신의 신을 만들어라. 너희가 원하는 만큼 많은 신들을 만들어라. 그들에게 성스런 연기를 뿌리고 옛날 계율은 다 던져버려라. 그 깨진 조각들을 발로 짓밟아라!"

그런 다음 그는 자기 머리에서 발끝까지 기름을 붓고는, 델피의 여자 예언자에게 춤을 추자고 손을 내밀더니 그녀와 함께 바닥으로 나뒹굴었다. 여자 예언자는 아몬드 모양의 눈을 미친 듯 굴리다가 황홀경에 잠겨 머리를 뒤로 젖히는 바람에 머리 밴드가 바닥으로 굴러떨어져 뱀 모양으로 변했다. 하지만 낼름거리는 혀를 가진 뱀은 사납게 하나가 되어 뒹구는 저들을 위협하지 않고 추기경을 공격했다. 그는 침대 속에서 사나운 황홀경에 잠겨 이 괴물을 밟아대기 시작했다.

예레미야의 모습을 하고 아무 말도 없던 늙은이가 하늘로 높이 솟은 기둥 위에 서서 마치 날아오르려는 듯이 두 팔을 벌렸다. 그가 한쪽 발을 쳐들어 바람이 그의 옷자락을 부풀렸을 때, 옐리넥은 몹시 다급하게 그러지 마시라, 돌처럼 아래로 떨어질 것이라고 소리쳤다. 하지만 이미 늦었다. 예레미야는 머리를 아래로 하고 끝없는 심연으로 떨어져내렸다. 바람이 그의 옷자락에 펄럭였다. 시간이 연장되기라도 한 것처럼 예언자의 추락은 끝도 없이 오래 계속되었다. 중간 어딘가에서 그들, 날고 있는 예언자와 꿈꾸고 있는 추기경의 얼굴이 수족관 속에 든 두 마리 물고기처럼 아주 가까워졌다.

"늙은 예레미야님, 어디로 날아가시나요?"

옐리넥이 소리쳤다.

"앎이야, 형제여, 앎이다."

### 시스티나 천장화

**천지창조 이야기**
1 하느님이 빛과 어둠을 가르심
2 해와 달과 식물을 창조하심
3 불과 물을 가르심
4 아담의 창조
5 이브의 창조
6 원죄와 낙원 추방
7 노아의 감사제
8 대홍수
9 술취한 노아

**그리스도의 조상들**
10 솔로몬과 어머니
11 이새와 부모
12 르호보암과 어머니
13 아사와 부모
14 우찌야와 부모
15 히즈키야와 부모
16 즈루빠벨과 부모
17 요시아와 부모

**남예언자들**
18 요나
19 예레미야
20 다니엘
21 에제키엘
22 이사야
23 요엘
24 즈가리야

**여예언자들**
25 리비아의 여예언자
26 페르시아의 여예언자
27 쿠마이 여예언자
28 에리트레아 여예언자
29 델포이의 여예언자

**구약성서의 구원장면들**
30 벌받는 하만
31 모세와 지팡이의 뱀
32 다윗과 골리앗
33 유딧과 홀로페르네스

예레미야는 대답했다.

"무엇 때문에 그렇게 절망하고 계신가요, 예레미야님?"

옐리넥이 물었다. 예레미야는 아무런 대답도 하지 않았다. 그러나 이미 보이지 않게 된 깊은 곳으로부터 예언자의 외침소리가 울려오는 것이 들렸다.

"처음과 끝은 하나다. 그것을 알아두어라!"

그러자 추기경은 소스라치게 놀랐다.

이 꿈은 여러 가지 점에서 추기경을 흥분시켰다. 황홀경에 잠긴 춤꾼들의 모습이 아직도 그의 눈앞을 스쳐 지나갔다. 예언자와 여자 예언자의 음탕한 몸짓들을 기억에서 쫓아내기가 힘들었다.

아침에 그는 자기 발걸음 소리가 들리도록 질질 끄는 걸음으로 계단을 내려갔다. 그러나 조반나를 만나지는 못했다. 그는 이날 자기 앞에 놓인 일에 정신을 집중할 수가 없었다. 그러니까 이교적이고 공산주의적인 악마들의 영향을 받은 남미 사제들의 교리에 정신을 집중할 수 없었다. 그 대신에 그는 장식 없는 사무실의 구석에 서서 엄격한 기도로 자신을 정화시켜보려고 애썼다. 그러나 이것마저 잘 되지 않자 추기경은 꿈속에서 방종한 모습을 보인 그림들을 살펴보기 위해서 시스티나 예배당으로 향했다.

정확하게 한가운데, 여자를 창조하는 장면 아래에 옐리넥은 자리를 잡았다. 그리고 그 동안 수없이 그랬듯이 머리를 뒤로 젖히고 바라보는 사람의 쾌감을 가지고 눈을 굴렸다. 다음 순간 색채로 뒤덮인 음탕한 세계가 빙글빙글 돌아서 어지러워졌다. 멀리서 그는 꿈속에서 울리던 예레미야의 소리를 들었다.

"처음과 끝은 하나다. 그것을 알아두어라!"

예언자들 중 가장 지식이 풍부한 예레미야, 미켈란젤로의 얼굴을 하고 있는 예언자, 이 예레미야가 문자들의 열쇠일 것이 분명했다. 꿈속에서 들었던 말은 문자들과 무슨 상관이 있는 것일까? 어떤 의미가 여기 덧붙여질 수 있을까?

추기경은 눈을 가늘게 뜨고서 피렌체 사람이 남긴 문자들을 찾아보았다. 마지막이 문자의 시작이라면 어떤가? 옐리넥은 예레미야에서 시작해서 페르시아 여예언자, 예언자 에제키엘, 에리트리아 여예언자, 예언자 요엘로 발걸음을 옮기면서 더듬듯이 읽어보았다. '아 불 라 피 아'(A-B-UL-AFI-A). 반대 방향으로 읽었을 때와 별반 차이가 없이 의미가 없는 철자순서였다. 그렇지만 어쩌면 새로운, 전혀 다른 해석을 가능하게 해줄지도 모른다.

그래서 추기경은 자신의 발견을 아우구스티누스 신부에게 알려주었다. 아우구스티누스는 이마를 탁 치더니 자신의 어리석음을 저주하였다. 아나돗 지방 사제의 아들인 예레미야는 히브리어만을 썼고, 따라서 오른쪽에서 왼쪽으로 썼으며, 왼쪽에서 오른쪽으로 글을 쓴 적이 없었다. 그것은 전혀 새로운 시야를 열어준다. 사서는 문자들을 종이 위에 적었다.

"이것 보십시오, 추기경님. 이 말은 뜻이 있습니다!"

'아불라피아'(ABULAFIA) 하고 옐리넥은 읽었다. 그렇다. 아불라피아는 교회가 저주를 내리고 있는 카발라 추종자의 이름이었다. 카발라는 12세기 중반쯤에 서부지방에서 생겨나서 그곳으로부터 에스파냐로, 나중에 이탈리아로 전파되었고, 교회에 무서운 손상을 입혔던 유대 밀교였다.

"이 피렌체 사람은 악마로군. 이제 우리는 이름을 얻기는 했지만 이름만으로 대체 무엇을 말한단 말인가. 미켈란젤로가 아무런 의도도 없이 이 이름을 천장에 적어놓았다고는 생각되지 않는데.”
예리넥 추기경이 말했다.
“저도 그렇게는 생각지 않습니다. 그 뒤에는 무언가, 어쩌면 아주 많은 것이 숨겨져 있어요. 이 이름을 아는 것만 보아도 벌써 피렌체 사람의 지식이 엄청났다는 사실이 드러나거든요. 세속의 어떤 백과사전이 이 이름을 언급할까요? 어디서도 찾을 수 없을 겁니다. 미켈란젤로가 이 이름을 알았다면, 그는 훨씬 더 많은 것을 알았던 거지요. 그는 이름만이 아니라 아불라피아의 가르침을, 심지어는 그의 비밀스런 지식까지도 알았을 겁니다.”
아우구스티누스가 말했다.
그러자 추기경은 두 손을 모아 기도하였다.
“하늘에 계신 우리 아버지(Pater noster, qui es in coelis)…….”
“아멘.”
아우구스티누스 신부도 함께 기도했다. 예리넥 추기경은 이 사태를 설명하기 위해 다음날 위원회를 소집했다.

침묵의 수도원에서 벤노 수사는 이날 편지를 쓰려고 시도해 보았다. 그러나 그는 벌써 첫줄에서 실패하고 말았다. 벤노는 이렇게 썼다.

영원하신 성하께. 이것은 주 하느님께서 저에게 마련해 주신 가련하고 진실로 쓸모없는 저의 삶에서 의미 있는 어떤 행동을 하려는 수줍은 시도입니다. 그래서 이 구절들이 당신을 깨우침으로 안내해 주리라는 희망을 품고서 감히 이 편지를 시작했습니다.

벤노 수사는 한 번 더 이 구절들을 읽어본 후 종이를 잘게 찢어버리고 새로 시작했다.

사랑하는 성스러운 아버지, 며칠 전부터 시스티나 예배당의 발견에 대한 근심이 저를 괴롭힙니다. 저로서는 이 편지의 내용에 대해서는 침묵하면서, 이 첫마디를 쓰는 것은 용기와 극복이 필요한 일이었습니다.

수사는 쓰기를 멈추고 시작부분을 읽어보고는 적절치 않다고 느꼈다. 그래서 그것도 다시 찢어버리고 생각에 잠겼다. 마침내 그는 몸을 일으키더니 어두운 복도를 따라 돌계단으로 가서 수도원장의 방 앞에 이르러 조심스럽게 문을 두드렸다.
"예수 그리스도를 찬양!"
수도원장은 친절하게 형제를 맞아들였다.
"벌써 며칠 전부터 당신을 기다렸소. 형제여, 그 무엇인가가 당신을 괴롭힌다는 것을 알고 있습니다. 털어놓아 보시오, 나를 믿어도 됩니다!"
그는 벤노에게 의자를 밀어주었다.
수사는 자리를 잡고 앉더니 조심스럽게 말을 시작했다.
"원장님, 아마 짐작하고 계시겠지만 시스티나 예배당의 발견이 제 마음을 몹시 고통스럽게 합니다. 나는 미켈란젤로와 그의 작품들을 연구했어요. 그리고 이 사건이 깊은 내심을 마구 흔들어요."

"이 문자의 내용에 대해서 어떤 의혹을 가지고 있나요?"
"의혹이라고요?"
벤노 수사는 침묵했다.
"하지만 그토록 이상한 행동에는 어떤 이유가 있을 게 아닙니까!"
"이유는……."
벤노 수사는 한참 동안 침묵했다.
"이유는 제가 미켈란젤로에 대해서 많은 것을 안다는 것입니다. 아마도 이 비밀을 푸는 과제를 떠맡은 사람들보다도 더 많이 말입니다. 그러니까 제가 이 문자의 비밀을 푸는 일을 도울 수 있을 것 같다는 말씀이죠."
"하지만 형제여, 어떻게 그런 생각을 하시오?"
"원장님, 저는 로마로 가야 합니다. 허락해 주십시오, 안 된다고 하지 마십시오!"

# 사라진 부스타

## 사도 마티아의 축일

성무청에서 열린 특별위원회는 언제나처럼 위원장인 옐리넥 추기경이 성령을 부르고 출석자들의 참석을 확인하는 엄격한 절차를 거친 다음, 여기서 토론된 일에 대해 비밀을 엄수하라는 직권의 경고가 나온 다음에 시작되었다. 가장 고약한 두려움이 사실로 드러난 것처럼 보였다. 그러니까 피렌체 사람이 남긴 문자들이 히브리 방식으로 오른쪽에서 왼쪽으로 읽으면 '아불라피아'라는 이름이 나온다는 것 말이다.

이 이름을 부르자 참석자들 사이에서 여러 가지 반응이 나타났다. 라테란 신학교의 기호학 교수인 가브리엘 만닝, 교리 문제 담당 감독관 마리오 로페즈, 가톨릭 교육기관 감독관 겸 콜레기움 학장인 프란티섹 콜레츠키, 예수회 소속 아담 멜체르, 피렌체에서 온 미켈란젤로 전문가 리카르도 파렌티 교수 등의 전문가들은 나직한 신음소리로 응답했다. 그것은 이들이 이 발견의 엄청난 영향력을 잘 알고 있음을 보여주는 것이었다. 반면 나머지 사람들은 옐리넥 추기경을 빤히 응시하면서 계속 설명해 주기만 기다렸다.

만닝은 단순히 순서가 거꾸로 된 이 이름을 자신이 찾아내지 못했다는 사실이 부끄럽다고 했다. 그러자 참석자들은 자기 앞에 놓인 종이 위의 철자들을 반대 순서로 적어보았다. 만닝은 말했다. 그것은 물론 의심의 여지 없이 옳으며, 자신이 지난번 회의에서 말한 내적 증거를 이미 지니고 있다. 즉 예레미야는 오른쪽에서 왼쪽으로 읽고 썼다. 그가 쓰는 방식에 따라 읽어보니 의미를 지닌 단어가 나타났기 때문이다. 만닝은 이것이 기호학적 해독의 전형적인 예라고 설명했다.

"그렇다면 그 의미는?"

국무장관 추기경 줄리아노 카스코네가 도발적인 태도로 물었다.

옐리넥 추기경이 나섰다.

"침착하십시오, 추기경님! 우선은 미켈란젤로가 카발라를 암시하려고 했다는 사실만을 알게 되었습니다. 그 이상은 아니에요."

"그렇다면 그 때문에 우리가 이토록 흥분한단 말이오? 그 때문에 이 위원회를 소집하셨소? 그 때문에 교황청 전체가 불안에 빠졌단 말이오?"

카스코네는 화가 나서 소리쳤다.

"카발라는 교회를 붕괴시키려고 했지만 성공하지 못한 수많은 이단론들 중 하나일 뿐이오. 미켈란젤로가 이 밀교의 추종자였다 치더라도…… 좋소, 교회에 뭐 이롭진 않겠지요. 하지만 이런 지식을 얻는다 해도 사는 데는 아무 문제가 없습니다."

"너무 서둘러서 결론을 내리신 겁니다, 국무 추기경님! 미켈란젤로가 이 이름을 천장에 썼다면, 분명 이름 하나를 음흉하게 제시하는 것보다는 더 큰 효과를 겨냥했을 겁니다."

가브리엘 만닝이 경고하듯이 손가락을 쳐들었다.

"교수님, 무슨 말씀이시오? 내 제안은 이렇습니다. 우리는 미켈란젤로가 아마 카발라 추종자였던 것 같으며, 교황들에게 복수하기 위해서 덜 알려진 이 카발라 학자의 이름을 천장에 써넣은 것이라는 공식 성명을 내는 겁니다. 그러면 어느 정도 소동이야 일어나겠지만 흥분은 곧 잦아들 것이고, 우리는 이 문제를 서류와 함께 치워버리는 거지요."

"잠깐!"

옐리넥 추기경이 소리쳤다.

"그것은 온갖 추측과 스캔들에 문을 활짝 열어주는 지름길이 될 겁니다. 우리에 대한 비판자들은 이름만으로 만족하지는 않을 것이고, 탐구를 계속해서 이 이름의 수많은 의미들을 찾아낼 것입니다. 그렇게 되면 토론은 끝도 없이 계속될 것입니다."

그러자 파렌티 교수가 말을 이어받았다. 미켈란젤로 연구는 여러 번이나 그 비슷한 의혹을 품은 적이 있지만 미켈란젤로 부오나로티가 카발라의 추종자였다는 증거가 전혀 없다. 또 한편 학계에는 이 발견이 센세이션이 될 것이고, 수십 년은 아니라도 여러 해 동안 이 문제에 몰두할 것이다.

파렌티는 복원책임자 브루노 페드리치를 향해서 물어보았다. '혹시 아불라피아라는 이름과 연관되어 있을지도 모르는 다른 문자들이 다른 자리에서 나타날 것으로 짐작되지는 않는가'라고.

페드리치는 이를 부인했다. 이미 알려진 문자들이 발견된 이후로 문제가 되는 색채 층위마다 석영등으로 특별조사를 해보았지만 아무것도 나타나지 않았다는 것이다. 더 이상 문자가 나타날 가능성은 확실하게 배제해도 좋다고 했다.

마리오 로페즈 대주교가 말했다.

"그럴수록 우리는 이 이름을 탐구해야겠군요. 아우구스티누스 신부님, 우리에게 설명해 주실 만한 게 있습니까?"

아우구스티누스는 그의 질문을 받고 선악과를 감싼 뱀처럼 몸을 돌렸다. 시간이 짧은 탓으로 '아불라피아'라는 이름에 대한 기록을 충분히 찾아보지 못했다. 게다가 놀랍게도 아불라피아 부스타가 존재하지 않는다. 바티칸 연감에는 나타나 있기 때문에 자신은 그것이 존재할 것이라고 생각했다.

국무 추기경 카스코네가 사납게 소리쳤다.

"그 말 좀 자세히 설명해 주시겠소, 아우구스티누스 신부님?"

"물론이지요."

오라토리오 수도사가 말했다.

"아브라함 아불라피아는 이단에 빠지기는 했지만 분명히 지혜로운 사람이었습니다. 그는 1240년에 사라고사에서 태어나 아버지에게서 성서와 미슈나와 탈무드를 배웠습니다. 그러고는 동양으로 가서 철학과 신비학을 탐구했지요. 특히 카발라와 신지학에 빠졌고, 그 과정에서 감히 글로 적기 어려운 일들을 발견했다고 주장합니다. 그는 카발라에 대한 이론적 논문 26편과 22권의 예언서를 썼습니다. 그중 어느 구절에서, 자신은 많은 것을 쓰고 싶지만 감히 쓸 수가 없으며, 그렇다고 그것을 그대로 내버려두고 싶지는 않다고 했습니다. 또 그것을 쓰다가 중단하고 다른 여러 곳에서 그에 대한 암시만 해두었다고 말하고 있습니다. 그러니까 이것이 자기의 방식이라는 것이죠."

"당신은 아불라피아가 철학자나 예언자라고 말하려는 겁니까?"
국무 추기경 카스코네가 외쳤다.

"그는 철학자와 예언자라고 불려도 마땅합니다. 아불라피아가 31세가 되었을 때 예언의 정신이 그에게 나타났습니다. 그는 자신을 어지럽게 하는 악마들의 환영을 보았다고 말하고 있습니다. 그리고 15년간이나 눈먼 사람처럼 오른편에 사탄을 데리고 이리저리 더듬어 찾았노라고요. 그런 다음에야 아불라피아는 예언서들을 쓰기 시작했습니다. 그 예언서들에서 그는 자기 이름 아브라함과 수치가 같은 온갖 익명들을 사용했지요. 그래서 그는 '즈가리야' 혹은 '라지엘'(Rasiel)이라고도 자칭합니다. 그러나 그의 예언서들은 거의 전부 사라져버렸습니다."

옐리넥 추기경이 조심스럽게 헛기침을 했다.

"본건으로 돌아갑시다. 아우구스티누스 신부님, 당신은 아불라피아와 바티칸의 교류가 있었다고 암시를 하셨습니다. 그게 언제였고, 그때 상황은 어땠습니까?"

"내가 아는 한 1280년경이었습니다."

옐리넥 추기경은 놀란 소리로 물었다.

"그러니까 니콜라우스 3세 치하였단 말씀이오?"

"그렇습니다. 이것은 여러 가지 의미에서 특이한 만남이었지요. 두 사람의 진짜 만남은 이루어지지 못했지만, 특이한 일들이 시작되었지요. 우선 말씀드려야 할 것은 이 시기에 카발라 추종자들의 이론이 널리 퍼져 있었다는 점입니다. 종말이 다가오면 하느님의 약속에 따라 메시아가 교황에게 와서 자기 백성의 자유를 요구하실 것이다. 그제야 사람들은 메시아가 진짜로 오신 것을 보게 되리라는 이론이었지요. 아불라피아는 이 시기에 카푸아에 살고 있었고, 거기서 높은 명성을 얻었습니다. 니콜라우스 교황께서는 아불라피아가 로마로 와서 자기에게 소식을 전해 주려고 한다는 소식을 들으시고, 이 이단자를 성문에서 체포해서 그를 죽이고 시체를 도시 바깥에서 불태우라고 명령했습니다. 아불라피아는 교황의 명령에 대해 알고 있었습니다. 그런데도 조금도 개의치 않고 성문을 통해서 도시로 들어왔고, 거기서 니콜라우스 교황이 지난 밤에 죽었다는 소식을 들었습니다. 아불라피아는 28일간 프란치스코회에 붙잡혀 있다가 놓여났고, 그 다음 그의 종적이 사라졌습니다. 아불라피아가 어떤 소식을 전하려고 했는지는 오늘날까지 알려지지 않았습니다."

국무 추기경이 말했다.

"내가 그 설명을 제대로 이해한 것이라면, 당신이 말씀하신 니콜라우스 교황은 바로 죽은 피오 신부의 호주머니에서 나온 그 이름인 것 같은데……."

"그렇습니다. 분류번호 'Nicc. III'은 니콜라우스 3세 교황을 뜻합니다. 하지만 이 분류번호를 달고 있는 부스타가 없어졌어요."

그러자 그때까지 침묵하고 있던 예수회의 아담 멜체르가 목소리를 높였다.

"그것 참 신비로운 이야기군요. 그리고 지금까지 문자의 발견과 관련해서 일어났던 모든 일과 아주 잘 들어맞습니다. 교황의 죽음의 원인이 오늘날까지 명백하게 밝혀지지 않았다는 것을 지적할 필요조차 없군요."

카스코네가 격하게 말했다.

"그러니까 니콜라우스 3세가 살해당했음을 암시하는 것들이 있다고 말하고 싶은 겁니까?"

멜체르는 어깨를 으쓱하고는 침묵했다.

이어서 국무 추기경이 한마디했다.

"그리스도 안의 형제여, 우리는 사실들의 이유를 캐기 위해 여기 모인 것이지 추측을 발설하고자 모인 것이 아닙니다. 니콜라우스 3세 성하의 암살에 대한 증거가 있다면 그것을 내놓으시오. 하지만 추측만이라면 침묵하시오!"

그러자 예수회원은 극도로 흥분해서 소리질렀다.

"그러면 우리는 생각하는 것조차 억압받는 지경이 되었단 말입니까? 사정이 그렇다면 추기경님, 나는 사임을 요청합니다!"

옐리넥 추기경이 흥분한 사람들을 진정시키려고 애썼다. 그는 위원회의 원래 주제로 돌아가자고 절박하게 요구했다. 그는 우선 이렇게 요약했다.

"그러니까 우리는 카발라 학자 아브라함 아불라피아, 니콜라우스 3세 성하, 화가 미켈란젤로 부오나로티, 베네딕트회 피오 신부 사이에 어떤 비밀스런 연결이 있다는 것을 확인했습니다. 앞의 두 사람은 13세기에 살았고 미켈란젤로는 16세기, 피오 신부는 20세기에 살았습니다. 여기 모인 사람 중 우리에게 해답을 줄 어떤 맥락을 아시는 분 있으십니까?"

이 질문에 대해서 추기경은 오직 침묵만을 답변으로 얻었다.

위원회는 새로운 인식을 얻었다는 인상만 지니고, 각 개인이 생각을 해보고 난 다음 사순절 둘쨋주 금요일에 다시 모이기로 날짜를 잡았다.

## 피렌체 사람의 분노
사순절 둘째 주일

로마행 급행열차 안. 벤노 수사는 아주 여러 해 동안 여행을 하지 않았다. 그는 고통스러운 여행을 기억 속에 가지고 있었다. 지금 호사스런 기차 안에 앉아서 지나가는 산악풍경을 아무리 보아도 지칠 줄을 몰랐다. 그는 혼자였다. 때때로 경본을 읽어보려고도 했지만 몇 줄 읽지도 못하고 치워버리곤 했다.

어린 시절 그는 기차를 타면 언제나 바퀴의 리듬에 귀를 기울이면서 덜컹거리는 바퀴의 일정한 리듬에 맞는 말들을 생각해내곤 했다. 지금은 그런 리듬이 거의 들리지 않았다. 바퀴의 덜컹거림은 부드러운 흔들림으로 바뀌었다. 자기도 모르는 사이 벤노 수사는 이 쾌적한 리듬에 맞는 말들을 찾고 있었다. 그러다가 갑자기 머릿속을 '꽝' 하고 망치가 내리치는 듯한 말이 떠올랐다.

"루가복음 거짓말, 루가복음 거짓말, 루가복음 거짓말."

머릿속에서 이 말을 쫓아내고 다른 말을 찾아내려고 아무리 애를 써도 이 말은 결코 끝나지 않는 고문처럼 그에게로 되돌아오는 것이었다.

기차가 벌레처럼, 때로는 가파른 언덕을 따라 때로는 흐르는 강물 줄기를 따라 남쪽으로 달리는 동안 미켈란젤로가 그의 머리에 떠올랐다. 이 단독자, 은둔자, 인류 미술사상 가장 위대한 창조를 하였으면서도 자신에 대해 별말을 남기지 않았고, 오히려 그것을 은폐하고 감추기 장난을 좋아했기에 오늘날까지도 많은 것이 수수께끼로 남은 사람. 미켈란젤로, 그를 낳았을 때 열아홉 살이었던 어머니 프란체스카가 석수쟁이의 아내인 유모에게 어린아이의 양육을 맡겼기 때문에 유모의 젖과 아울러 돌을 향한 사랑도 함께 빨아들였다고 농담조로 말한 사람. 미켈란젤로, 르네상스의 아들이면서 한 번도 르네상스에 속하지 않았고 자신만의 초지상세계를 만들어낸 사람, 고대와 신플라톤주의 사상과 단테의 무한한 상상의 힘에서 무아지경의 창조세계를 만들어낸 사람.

그는 젊은 어머니가 일찍 죽은 다음부터 사랑받지 못하고 운명의 타격을 입은 사람이었다. 쉬지 않고 부지런한 시장이었던 아버지 로도비소는 마지못해 그를 학교에 보냈다. 미켈란젤로는 도미니크 수도사들과 다비드 기를란다요, 그리고 당시 피렌체시의 가장 찬양받는 대가들에게서 배웠다. 괴짜에다 수줍은 성격이어서 그는 어머니의 죽음으로 인한 사랑의 결핍을 극복하지 못했다. 여자들은 그에게 언제나 여신과 성녀의 모습으로만 비쳤다.

수도사인 벤노처럼, 미켈란젤로는 일생을 수도사처럼 살았다. 도덕적인 어떤 강압에 의해서가 아니라 오히려 경건함과 숭고한 사랑의 감정에서였다. 그에게는 단테의 베아트리체가 모범이었다. 그러면서 그토록 젊고 모성애에 넘치는「피에타」상, 특이한 섬세함을 지닌 성모와 여자 예언자들을 창조했다. 그에게는 과거, 특히 자기 자신의 과거와 조상들의 과거가 중요했다. 그는 귀족의 자부심을 드러내 보였고, 대부분의 남성적인 묘사들에는 아버지의 환상들이 나타나 있다.

미켈란젤로는 열네 살에 펜과 붓을 끌로 바꾸었다. 그 일은 피렌체 시의 정상에 화려하게 서 있던 로렌초 데 메디치를 기쁘게 했고, 로렌초는 소년을 자기 집에 맞아들였다. 이 젊은 시절의 어느 날 생각지도 못한 일이 일어나 그의 일생에 흔적을 남겼다. 싸움 도중에 동료 학생인 토리지아니가 주먹으로 그의 얼굴을 후려쳐서 코뼈를 부러뜨렸고, 이날 이후로 그의 얼굴이 꼴사납게 되고 만 것이다. 이 사건은 미켈란젤로 부오나로티 같은 미의 숭배자에게 단순히 육체적인 것을 넘어 얼마나 깊은 고통을 남겼을까!

급행열차가 남쪽을 향해 달리는 동안, 벤노 수사는 피렌체 대성당에서 도미니크 수도사 사보나롤라의 참회 설교에 귀를 기울이는 열아홉 살짜리 미켈란젤로를 생각했다. 사보나롤라는 높은 신분에 있는 신사들의 사치와 고위 성직자들의 오만을 질책했다. 고위 성직자를 향한 질책은 이미 신앙에 대한 죄악이었다. 사보나롤라는 거침없이 설교단 위의 무례한 인간과 도시와 교회에서의 부패를 공격하고, 당시의 신학이 하찮은 것으로 추락했다고 비난했다. 작고 깡마르고, 금욕주의자의 얼굴을 한 그는 자기를 뒤따르는 수천 청중의 귀에다 묵시록적인 환상들을 내던졌다. 두려움을 퍼뜨리는 환상들로서, 전쟁이 닥쳐오고 통치자들에 대항한 모반들로 뒤흔들린 나라에서는 그야말로 믿음이 가는 말들이었다. 그는 하느님의 분노와 피렌체의 멸망을 설교했다.

"보라, 나는 땅 위로 홍수가 덮쳐오게 만들 것이다."(Ecce ego abducam aquas super terram)

젊은 미켈란젤로는 두려움에 가득 차서 그 말을 들었을 것이다. 하느님의 분노와 땅 위로 덮친 물의 모습들은 여러 해 뒤에 시스티나 예배당의 천장에서 저 도미니크 수도사가 예언한 절박한 모습으로 다시 나타나 있다.

본질적으로 미켈란젤로는 독학자였다. 그는 이미 존재하는 것에서 배웠다. 메디치 궁전의 정원에 있는 고대의 조각상들, 그리고 도나텔로와 기베르티의 작품들에서 배웠다. 기베르티는 자신의 예술로「천국의 문」(피렌체 대성당 앞의 세례당에 기베르티가 만든 청동문을 가리킨다. 『구약성서』의 열 개 장면이 정교한 부조로 조각되어 있다―옮긴이)을 활짝 열어주었다고 미켈란젤로는 말했다. 그는 자기 스승인 기를란다요를 점점 더 소홀히하였다. 그의 첫 조각작품들은 사라졌지만 그의「피에타」상은 유명해졌다. 소녀와 같은 성모가 죽은 예수를 무릎에 올려놓고 있는 이 조각상은 성 디오니지 추기경의 주문을 받아 제작한 것이었다. 그리스 여신의 아름다움을 보여주는 작품으로 카라라 산 대리석을 금세공사의 섬세한 손길로 다듬었다.

꽃 피듯 피어나는 소녀의 아름다움을 지닌 성모에 대해 질문을 받자 예술가는―미켈란젤로의 어머니가 죽을 때 나이와 같다는 생각이 든다―'순결한 여자는 늙지 않는 법'이라고 대답했다. 순결한 여자는 순결하지 못한 여자보다 훨씬 신선한 법인데, 하물며 성모는 얼마나 더 아름답고 신선하겠는가. 그녀의 영혼에는 죄 많은 욕망이 조금도 들어온 적이 없으니 말이다. 그러니까 가장 성스러운 성처녀가 아들에 대해서 통상적인 인간의 나이를 고려할 때 생각되는 것보다 훨씬 더 젊게 묘사되었다고 해도 그리 이상할 것은 없었다. 스물두 살의 미켈란젤로는 이 작품에 대해 자부심을 느꼈고, 일생 처음이자 마지막으로 작품에 이름을 새겨 놓았다.

예술가는 자기 시대와 주변환경을 반영하는 거울이다. 미켈란젤로는 피렌체로 돌아온 후 상황이 변한 것을 보았다. 사보나롤라의 추종세력은 나날이 커졌고 참회의 행렬들이 도시를 가로질러 지나갔으며, 점점 더 많은 사람들이 거기에 합류했다. 흑사병과 기아가 수많은 희생자를 데려갔다. 그 사이로 사보나롤라의 높은 음성이 울리면서 참회와 도덕적인 태도를 요구했다. 사보나롤라는 자신을 하느님의 도구라 칭했지만 대부분의 추종자들의 눈에 이 도미니크 수도사는 예언자로 보였다.

로마의 교황은 세 번에 걸쳐서 교회와 교황에 반대하는 말을 설교단에서 중단하라고 경고했다. 마침내 알렉산더 보르지아(알렉산더 6세 교황)는 파문을 선포했다. 그러나 이 조치가 나오자 참회 설교사는 더욱 사나운 말들을 쏟아놓았다. 그에게 교황의 교서는 침묵의 계기가 되지 않았다. 반대로 그는 교황궁의 도덕성의 타락까지 질타하였다. 그것도 자기 양심에 걸고 그렇게 했다. 지롤라모 사보나롤라 수사는 교황이 성직을 매매한다고 비난했다.

마침내 적들의 공작으로 그는 체포당해서 고문당하고 고백을 하도록 압력을 받았으나, 고문에서 풀려나자마자 자신의 고백을 철회했다. 그러나 그는 종교재판을 벗어나지는 못했다. 교황은 그를 로마로 불러오려고 했으나 마음을 바꾸어서 사형 판결을 선언할 사신을 피렌체로 파견했다. 1498년 마리아의 승천일에 사보나롤라는 정부청사 앞 광장에서 화형당했다.

미켈란젤로는 화형의 장작더미 아래 모인 구경꾼들 사이에 서 있지는 않았다. 그는 당시 로마에 머물고 있었다. 그러나 그 끔찍한 광경을 직접 눈으로 보지는 않았어도 인간의 악의가 이 예민한 예술가의 마음을 건드렸다. 경건한 자들 중 가장 경건한 자들도 인간의 악의에서 벗어나지 못했다. 바로 이들 경건한 자들과 가장 경건한 자들이 미켈란젤로에게 일거리와 빵을 제공하는 자들이었다. 그렇게 해서 갈등이 생겨났다.

미켈란젤로는 화가보다는 조각가로 더 많이 활동했다. 세 개의 원형 성모 그림들은 이 시절의 얼마 안 되는 회화작품들이다. 그가 레오나르도, 페루지노, 라파엘로의 압도적인 힘 앞에서 주눅이 들었는지 우리로서는 알 길이 없다. 율리우스 2세 교황이 미켈란젤로를 거듭 로마로 불러서 조각가로서의 기술을 이용하려고 했다는 것은 놀라운 일이 아니었다. 율리우스 교황은 목자라기 보다는 전사였고, 사제라기보다 정치가였고, 부드럽다기보다는 거친 사람이었다. 이런 인간상에는 어울리지 않는 일이었지만 그는 미술을 칼처럼 사랑하고 위대한 예술가들의 작품에 경탄했다.

그러던 중 어떤 예술가 한 사람이 교황을 젊은 피렌체 사람에게 주목하도록 만들었다. 어디다 쓸지 알지도 못한 채 교황은 그냥 미켈란젤로를 알고 싶어서 그에게 여행경비로 100스쿠디를 하사했다. 그리고 뒤에야 비로소 그에게 자신의 묘비를, 성베드로 성당에 세울 자신의 기념비를 만들게 하자는 생각이 떠올랐다. 그러나 교황과 미켈란젤로 사이의 협동작업은 불행으로 발전했다. 교황의 무관심과 예술가의 고집이 팽팽하게 맞섰다. 급기야 미켈란젤로가 로마에 더 머물게 된다면 차라리 자신의 묘비를 만들지 늙은 교황의 묘비는 만들지는 않겠노라는 말을 남기고, 영혼에 분노를 품고 로마를 떠나는 것으로 끝을 맺었다.

미켈란젤로는 대리석 값과 인부들에게 돈을 지불하기 위해 빚을 내지 않으면 안 되었다. 그의 학생들 중 하나였던 콘디비는 뒷날 '묘비의 비극'이라는 말까지 했고, 예술가 자신도 이렇게 주석을 달았다.

"내가 젊은 날 차라리 성냥 만드는 기술을 배웠더라면 그런 절망에 빠지지는 않았을 것이다."

교황은 그의 악의적인 말들을 들었다. 하지만 미켈란젤로가 돌아오면 이런 행동에 대해서 벌을 받지 않을 것이라고 말했다. 피렌체 사람들은 교황이 이 조각가를 얻기 위해 전쟁을 시작할지도 모른다고 정말로 두려워했다. 미켈란젤로는 당시 아주 진지하게 콘스탄티노플로 도망쳐서 그곳에서 술탄의 은총을 받아 삶을 꾸려나갈까 하는 생각까지 했다. 일거리는 충분했다. 술탄은 콘스탄티노플에서 페라로 넘어가는 황금곶에 다리를 세우려는 계획을 가지고 있었다.

그러나 마침내 교황과 미켈란젤로는 타협의 길을 선택해서 볼로냐에서 만났다. 율리우스 2세가 마침 500명의 기사들을 거느리고 볼로냐를 정복했을 때였다. 그는 그곳에서 4미터 높이의 청동상을 주문했다. 이 상은 두 번째 주물작업까지 이루어졌지만, 3년 뒤에 돌아온 볼로냐의 통치자 가문인 벤티볼리오 일가에 의해 파괴되고 말았다고 알려져 있다. 나머지는 대포 주조에 쓰였다.

　로마로 돌아온 다음 미켈란젤로는 묘비 일을 계속했으나, 율리우스 교황은 예술가를 그 일에서 떼어놓으려고 했다. 40개의 계획된 조각상들 중에서 미켈란젤로는 「모세」상을 막 완성하였다. 그즈음 성베드로 성당 뒤편에 놓아두었던 대리석을 도둑맞았다. 어느 날 교황은 절망한 조각가에게, 시스티나 예배당에 그림을 그려달라는 주문을 내놓았다. 시스티나 예배당은 그의 아저씨였던, 수치로 물든 식스투스 4세가 25년 전에 손수 축성식을 올린 건축물이었다. 미켈란젤로는 창조와 옛날 이야기를 그리기로 결심했으나, 그 얼마나 고집스럽고 기묘한 방식이었던가!

　여행중인 벤노 수사는 기차 바퀴가 "루가복음 거짓말, 루가복음 거짓말……"이라는 리듬을 계속하는 동안 피렌체 사람 미켈란젤로를 계속 생각했다.

## 누가 적인가
### 사순절 둘째 주일 다음 월요일

오랫동안 충분히 생각을 하고 난 다음, 사순절 둘째 주일 지난 월요일에 옐리넥은 교황의 시종인 윌리엄 스티클러를 찾아갔다. 그는 저 기묘한 내용물이 든 소포 이야기를 했다. 알지 못하는 사람이 자기 집에 그것을 두고 갔다는 것, 아마도 며칠 뒤에 자기 집에 침입해 들어와서 시스티나 예배당 문자에 대한 조사를 하지 말라고 경고했던 사람과 같은 사람일 것이라는 추측 등을 말했다.

스티클러는 옐리넥의 보고를 말없이 듣고 있더니 아무 말 없이 수화기를 잡고 다이얼을 돌린 후 이렇게 말했다.

"추기경님, 옐리넥 사건에 특이한 전환점이 나타났습니다. 직접 한번 그분의 이야기를 들어보시죠."

얼마 뒤에 주세페 벨리니 추기경이 나타났다. 그리고 옐리넥은 아무런 연관성도 없이 실내화와 안경을 소지하게 된 경위를 다시

한 번 더 이야기했다.

"그런데 어쩌자고 이제야 고백하십니까?"

벨리니가 물었다.

"고백이란 오직 죄라는 인상을 가지고 있어야만 가능합니다. 이 물건들을 소지한 것은 기묘한 일이긴 하지만 그래도 내 마음에 죄의식을 불러일으키지는 않았어요. 스티클러 씨가 장기를 두러 왔을 때 소포를 치워놓지도 않았다는 것이 그 증거가 되겠지요. 이 소포의 의미에 대해 어떤 예감만 가졌더라도 분명 그것을 그렇게 늘어놓지 않고 감췄을 겁니다. 한 가지를 잊지 마십시오. 나는 요한 바오로 교황이 죽었을 때 교황청에 소속되어 있지 않았다는 점을요."

"어느 편에 서 계십니까, 옐리넥 추기경님?"

주세페 벨리니 추기경이 말을 돌리지 않고 물었다.

"어느 편이라니요? 그게 무슨 뜻입니까?"

"교황청이 하나가 아니오. 모두가 모두에게 호의를 가진 것이 아니라는 사실은 이미 눈치채셨겠지요. 국적과 출신이 다른 사람이 이렇게 많이 모여 있으니 그거야 자연스러운 일이지요. 아직은 그 대답을 하지 않으셔도 됩니다. 다만 이것만은 말하겠소. 당신을 친구라고 생각해도 되겠습니까?"

옐리넥은 고개를 끄덕였다. 그러자 벨리니 추기경은 말을 계속했다.

"요한 바오로 교황은 음모에 희생되었어요. 내게는 의심의 여지가 없는 일입니다. 수많은 물건들이 사라진 것은 오직 하나의 암시일 뿐이오. 내 말을 믿어요."

"나도 그 소문은 압니다. 하지만 지금까지는 거기에 대해 회의

적으로 생각했지요. 교황의 예상치 못한 죽음은 많은 생각을 하도록 만드는 일이긴 합니다."

옐리넥이 대답했다.

"그렇다면 그 이상한 소포는?"

"그 일이야말로 정말이지 내가 생각을 돌리게 된 계기였지요. 물론 그 뒤에는 명백한 의도가 숨겨져 있습니다. 요한 바오로가 정말로 살해당했다고 가정해 봅시다. 그렇다면 이 소포를 협박이라고 생각해야겠지요. 그리고 이 협박이 전혀 효과를 내지 못하자 누군가가 그 협박을 직접 말로 설명할 심부름꾼을 보낸 거고요."

옐리넥은 스티클러에게 물었다.

"사라진 것은 대체 어떤 서류들입니까?"

벨리니가 옐리넥의 말 사이로 끼여들었다.

"교황의 시종에게는 침묵하라는 명령이 주어져 있어요. 하지만 이 서류가 교황청 소속원들의 이름을 포함하고 있었다는 것은 비밀이 아닙니다."

"알겠습니다."

옐리넥이 대답했다.

벨리니는 잠시 생각을 하더니 말했다.

"당신은 용감한 사람이군요, 옐리넥 추기경님. 내가 당신 처지였다면 어떻게 행동해야 할지 몰랐을 겁니다. 나는 바울로보다는 오히려 베드로였을 것 같군요. 베드로가 된다는 것이 하느님께 해가 되지는 않지요."

그렇게 그들은 헤어졌다. 옐리넥은 이 대화를 나눈 다음에도 벨리니를 믿어도 좋은지 아직도 알 수가 없었다. 그로서는 벨리니가 교황청의 어느 편 혹은 어느 그룹에 속하는지, 누가 그의 적이고 누가 그의 친구인지 분명하게 알 수가 없었다. 그래서 앞으로도 계속해서 모든 사람에 대해 의심을 품기로 마음먹었다.

벤노 수사는 로마에 도착한 그날 밤을 아우렐리아 거리에 있는 싸구려 여인숙에서 지냈다. 다음날 그는 아벤틴 언덕에 있는 오라토리오회 수도원을 찾아갔다. 수도원장 오딜로는 수백 년 전부터 이 수도원의 전통이 되어온 상냥함으로 낯선 교단 수사를 맞아들였다. 벤노 수사에게 로마에 머무는 동안 이곳에 유숙하라고 제안했고, 벤노는 그것을 감사로 받아들였다.
"며칠간만입니다."
그가 말했다.
낯선 사람은 수도원장에게 자기가 전에 로마에 체류할 때부터 이 오라토리오 수도원을 잘 알고 있노라고 말했다. 그렇지만 벌써 오래전 일이다. 전쟁 때 그는 오라토리오 수도원 도서관에서 공부를 했노라고 했다.
"그리스도 안의 형제여, 그것이 정확하게 언제였나요?"
"전쟁이 끝날 무렵, 그러니까 독일군이 로마에 주둔하고 있을 때였지요."
수도원장은 깜짝 놀랐다.
벤노 수사는 말을 계속했다.
"명예롭지 못한 종말이었습니다. 그런 것은 생각하고 싶지도 않군요. 종전 마지막 몇 주를 남겨놓고 나는 징집을 받았습니다. 예술과 내 연구는……."
"이제 그 연구를 계속하기 위해서 돌아오신 거군요?"

"그래요. 젊어서 끝까지 생각하지 못한 일의 맥락을 나이 들어 찾아내는 수가 있으니까요."

벤노 수사가 대답했다.

"맞는 말씀이오!"

수도원장이 대답하고 이렇게 덧붙였다.

"그리스도 안의 형제여, 오라토리오 수도원 도서관을 이용하고 싶으시겠군요."

"그렇습니다. 원장님."

"다만 걱정되는 것은 도서관이 그 시절 이후로 많이 변했다는 점이지요."

"그건 그다지 상관없습니다. 아마 금방 일을 끝낼 수 있을 겁니다."

이 낯선 수도사가 보이는 자신감에 오딜로 원장은 의심을 보였다. 지난 수십 년이 흐르면서 도서관은 그 모습을 바꾸었다. 어떻게 낯선 사람이 오늘날 도서관이 어떤 모양인지 안다는 말인가? 어떻게 그는 그토록 자신감에 차서 일을 끝낼 수 있다고 장담한단 말인가? 그들이 말없이 도서관으로 통하는 계단을 올라가는 동안 수도원장은 이 낯선 수도사를 환대한 것이 잘한 일인가 의심하기 시작했다.

위에 도착하자 그는 도서관 서기들에게 낯선 수도사를 잘 접대하라고 지시했다. 그리고 벤노 수사를 그들 한 사람 한 사람에게 인사시키고는 일을 하도록 남겨두었다.

그날 저녁 기도가 끝난 다음 오딜로 원장은 수도원의 외딴 부분으로 갔다. 그곳 망루의 지하실에는 수많은 오래된 문서들이 보관되어 있었다. 그러나 원장의 관심을 끄는 것은 서류들이 아니라 거친 목재상자들이 저장된 곳이었다. 상자 숫자를 헤아려 보고, 봉인이 제대로 되어 있는지 살펴보고 나서 원장은 아무것도 건드리지 않고 지하실을 나섰다.

# 성벽 너머의 눈길들
### 다음날

로마의 최고급 호텔 중의 하나인 엑셀시오르 호텔. 오늘날에도 유니폼을 입은 하인들이 입구를 지키는 이 호텔에서 늦은 오전에 별로 눈에 띄지 않는 회색 옷을 입은 신사들 일곱 명이 만났다. 그들은 털이 긴 벨벳이 깔리고 거울들이 늘어선 복도 양쪽으로 자리잡은, 회의나 그 비슷한 회동을 위해 사용하는 수많은 살롱들 중의 한 곳으로 들어갔다. 문에는 어떤 종류의 회동인지를 나타내는 명패가 붙어 있지 않았지만 이런 비밀스러움이 오히려 극히 중요한 회동임을 보여주었다.

두드러지지 않은 옷을 입은 신사들은 이탈리아 여러 은행들의 행장과 부행장들이었다. 그러니까 콘티넨탈 일리노이 내셔널 은행 및 시카고 트러스트 컴퍼니, 뉴욕의 체이스 맨해튼, 제네바의 크레디트 스위스, 런던의 함브로스 은행, 로마의 방카 우니오네 등이었다. 하얀 성직자 칼라를 일부러 착용하지 않고 다른 사람들과 마찬가지로 회색 양복을 입은 종교문제 연구소의 필 카니지우스는 당황한 태도였다. 신사들은 설명을 요구했다. 뒷날 들은 말에 따르면 다음과 같은 광경이 벌어졌다.

"오늘 여러분께 해드릴 수 있는 유일한 설명은 이뿐입니다. 아불라피아라는 이름은 현재까지는 절대적으로 수수께끼라는 점입니다."

카니지우스가 말했다.

"뭐요!"

체이스 맨해튼의 부행장인 짐 블랙푸트가 경멸적인 콧소리를 냈다.

"당신네 그 이상한 문자가 우리하고 무슨 상관입니까. 우리 관심은 그저 바티칸에서 계속 토론하고 비밀스런 짓들을 하는 것을 막기 위해 당신이 어떤 일을 할 생각인가 하는 것뿐입니다."

"우리 회사는 어떤 방식으로든 머릿기사에 나오는 일만은 절대로 원치 않소."

크레디트 스위스의 우어스 브로트만이 끼여들었다.

"하지만 여러분, 절대로 그런 일이 생길 리가 없지요. 현재 이 사건은 학자들의 일일 뿐입니다. 그들은 미켈란젤로가 시스티나 천장에 적어놓은 아불라피아라는 이름의 의미를 밝히려고 애쓰고 있지요. 그 이상은 아닙니다."

카니지우스가 진정시키려 들었다.

"그것으로 이미 충분하다고 말하고 싶은데요."

로마의 가장 존경받는 은행가의 한 사람인 방카 우니오네의 안토니오 아델만이 대꾸했다. 그의 말은 은행가들 사이에서는 무게가 있었다.

"금융시장보다 더 민감한 곳은 세상에 없어요. 어쨌든 우리는 벌써 최초의 인출을 겪었소. 그러니까 카니지우스, 어떻게 좀 하란 말이오. 가능하면 빨리, 눈에 띄지 않게 처리하시란 말입니다!"

필 카니지우스는 당황했다. 그는 원칙적으로 다른 은행가들과 같은 생각이었지만 그래도 그들을 진정시키려고 애썼다. 그리고 문자에서 새로운 것이 발견될 때마다 금융시장이 흔들린다면 학문 탐구에서 모든 가능성을 빼앗아야 할 것이라고 말했다.

"한 번 더 강조하지만 여기서는 문자 따위가 문제가 아닙니다. 그것이 미켈란젤로의 것이건, 라파엘로나 다 빈치나 그밖의 누구 것이건 상관이 없소. 여기서 문제가 되는 것은 우리 은행연합의 신용 문제란 말입니다. 우리들 공통의 사업은 기묘함이 없지도 않소. 이 점은 당신께 상기시켜 드리지 않아도 되겠지요. 카니지우스 씨, 지금까지 종교문제 연구소는 비밀의 장소로 생각되어 왔습니다. 온 세상이 이 문자해독에 열을 올리다가 이런 사정이 변할까 봐 걱정하는 것뿐입니다."

블랙푸트가 대답했다.

"지난번 교황의 예기치 못한 죽음을 생각해 보시오. 그의 암살 소문과 연결되었던 일을 생각해 봐요. 시장이 그 충격에서 벗어나는 데 3년이 걸렸어요. 아니 카니지우스, 우리 사업은 바티칸의 확고함에 대한 믿음이 중요합니다. 이 기묘한 사건은 확고함에 도움이 되지 못해요. 내 말이 무슨 말인지 이해하시겠지요?"

함브로스 은행의 더글러스 테너가 덧붙였다.

"우리 모두가 빙빙 돌려 말하고 있소. 돈세탁을 하려면 맨 먼저 떠오르는 곳이 바로 종교문제 연구소요. 당신이 돈세탁을 하면 여기 모여 있는 우리 모두가 돈을 벌지만, 그것이 불법이라는 것은 모두가 알고 있소. 그 일이 새나가기라도 하는 날에는—이렇게 말하고 싶군요—우리 명성에도 그다지 도움이 되지 않습니다. 나는 당신에게 다음의 사실을 알리라는 명령을 받고 왔어요. 바티칸이 짧은 시일 내에 조용해지지 않으면 우리 그룹은 유감스럽지만 당신네와의 거래 중단을 생각하고 있다는 것 말입니다."

닐 프루드먼이 열을 올렸다. 그는 콘티넨탈 일리노이의 부행장이고 카니지우스와는 오래전부터 알고 지낸 사람이었다.

다른 사람들은 그렇게까지 말하려고는 하지 않았지만 그래도 비슷한 생각들이었다.

은행장들이 엑셀시오르 호텔에서 회동하고 있던 그 시간에 엘리넥 추기경은 바티칸의 비밀서고에서 아브라함 아불라피아에 대한 흔적들을 찾고 있었다. 그 이름 뒤에는 단순히 카발라 학자와 이단자를 가리키는 것 이상이 숨어 있다고 그는 확신했다. 그러나 이런 탐색은 건초 더미에서 바늘을 찾는 일과 같았다. 엘리넥은 수많은 부스타들을 찾고, 타오르는 눈길로 필적들의 비밀을 풀었다. 과거의 낯선 냄새가 독처럼 그를 마비시켰다. 이 오래된 문서들에서 수백 년이 떨어져 있었건만 그가 이 양피지 문서들에서 찾아낸 사람들은 현재가 되었다.

특히 미켈란젤로가 그에게 점점 더 가까이 다가와서 추기경은 때때로 그와 큰소리로 이야기도 하고, 그가 편지에서 수사적으로 내놓은 질문에 대한 답변을 듣기도 했다. 그는 점차 피렌체 사람의 난폭한 어조와, 교황과 교회를 향한 저주와 욕설의 포격에 익숙해졌다. 처음에는 그런 말을 들으면 그 자신도 몸이 움츠러들곤 했다.

　아불리피아를 향한 실마리 찾기는 점차 모르는 땅으로 들어가 장소를 알아내고 만남을 얻는 여행처럼 모험으로 변했다. 옐리넥은 열의에 가득 차서 장소들을 찾다가 방향을 잃어버리고 다른 흔적들을 찾아내고 기뻐하곤 했다. 그가 만난 어떤 흔적들은 멀리 피해가기도 하고 또 다른 흔적들은 오래 탐색하기도 하였다. 짧게 말하자면 추기경은 자기 과제에 도취하여 빠져들었다. 세상의 그 어떤 힘도, 극히 적대적인 발견에 이르게 되리라는 전망조차도 그의 열성에 제동을 걸 수는 없을 것이다. 그는 제한구역에 접근할 수 있는 자기만이 아불라피아에 대한 비밀을 풀 수 있으리라고 확신하고 있었다.

　늦은 시각, 거의 자정 무렵이었을 것이다. 옐리넥 추기경은 선물방으로 들어서서 15번째 수를 두었다. 그는 자신의 퀸을 c5에서 d4로 옮겼다. 옐리넥은 이제 어떤 일이 일어날지 긴장이 되었다.

## 예언자들
### 그리고 그 다음날

다음날 옐리넥 추기경은 파렌티 교수, 복원공사 책임자인 브루노 페드리치, 바티칸 건물감독인 파바네토 교수 등을 현장검증에 오라고 불렀다. 그림의 묘사들을 해석해 보려는 의도였다. 어쩌면 이런 방식으로 비밀의 흔적을 찾아낼 수 있을까 해서였다.

파렌티는 부정적이었다.

"여러 세기에 걸친 미술사가들이 그런 해석을 이미 시도해 보았지요. 각자 자신의 설명에 대한 증거를 제시하지도 못하면서 언제나 다른 결론에 도달했어요."

네 사람은 목을 뒤로 젖혔다. 눈길을 돌리지도 않고 옐리넥이 말했다.

"그렇다면 당신도 이 전체 그림에 대한 자신의 해석을 가지고 있겠군요."

"물론이지요. 하지만 다른 모든 사람들처럼 내 해석도 역시 주

관적인 것일 뿐입니다."

파렌티가 대답했다.

"미켈란젤로는 신앙심이 있는 사람이었습니까, 교수님?"

추기경은 말을 돌리지 않고 물었다. 그리고 서둘러 말을 덧붙였다.

"이 장소에서 이런 질문을 받고 아마 놀라셨겠지만 말이오."

파렌티는 옐리넥을 바라보았다.

"추기경님, 그 질문이 저를 놀라게 한 것보다는 제가 드릴 답변에 당신이 더욱 놀라실걸요. 나는 이렇게 주장하겠습니다. 미켈란젤로는 성스러운 어머니 교회 편에서 보자면 고약한 기독교도였다고 말입니다. 그가 교황들을 미워했기 때문이 아닙니다. 그보다는 어떤 일이 그의 삶과 생각을 바꾸었거나 아니면 다른 길로 안내했던 것 같습니다."

"그가 신플라톤주의자였다고들 말합니다. 그리고 젊은 시절에는 피치노와 교류했다고 말입니다."

파바네토 교수가 그를 돕고 나섰다.

"피치노? 피치노가 누구요?"

페드리치가 끼여들었다.

파렌티가 설명했다. 마르실리오 피치노는 인문주의자이며 철학자였다. 그는 메디치 가문이 세운 플라톤 아카데미에서 학생들을 가르쳤는데, 모든 철학적 사상을 전부 플라톤과 연결시켰다. 그래서 신플라톤주의라고 말하는 것이다.

"그러니까 이단이란 말이오?"

"피치노는 사제였어요. 그는 이단으로 고발되었지만 무죄로 석방되었습니다. 그는 인간의 영혼은 하느님께로부터 나온 것이고 원천과 하나가 되기를 원한다고 말했어요. 당시 많은 교회 사람들에게 그 말은 이단이었죠."

파렌티는 어깨를 으쓱하였다.

"하지만 성경 말씀을 그토록 정확하게 아는 사람은 절대 이단이 아닙니다."

파바네토가 이의를 달았다.

"그것은 잘못된 결론이오! 역사는 교회의 가장 큰 적들이 바로 성서를 아는 사람들이었다는 점을 보여줍니다. 이름을 거론할 필요는 없겠지요."

파렌티가 대답했다.

"이미 발견된 문자들은 잊어버립시다. 당신은 문외한에게 미켈란젤로의 천장화를 어떻게 설명하시겠소?"

옐리넥이 파렌티 교수에게 말했다.

"좋습니다. 개인적인 의견을 펼치도록 해보죠. 우선 일반적인 해석부터 시작합니다. 예술가와 교황 사이에 오간 편지들을 통해서 우리는 미켈란젤로가 율리우스 2세의 소원에 따르지 않았다는 것, 그리고 교황이 미켈란젤로에게 표현의 자유를 허용했다는 것을 알고 있습니다. 미켈란젤로 부오나로티가 여기 나오는 이 초상화들에 대해서 직접적인 책임이 있는가, 혹은 알려지지 않은 어떤 인물의 신학적인 구상이 그 뒤에 숨어 있는 것이 아닌가를 의심하는 전문가들도 있습니다."

파렌티가 대답하자 옐리넥이 진지하게 물었다.

"그렇다면 누가 거론됩니까?"

"이 질문에 대해서는 오늘날까지 아무도 답변하지 못하고 있어요, 추기경님."

"그렇다면 신학적 구상이란 대체 어떤 것입니까, 교수님?"

"예를 하나 들지요. 영국의 어떤 연구자는, 예언자들과 여예언자들의 순서에는 사도들의 신앙고백에 나타난 열두 신조가 숨어 있다는 겁니다. 특정한 명제들이 그들의 가르침이나 표현형식이나 아니면 그들의 생애와 일치하고 있기 때문이지요. 그는 다음과 같이 설명합니다. 즈가리야에 대해서는 '전능하사 천지를 만드신 하느님 아버지를 내가 믿사오며'(Credo in Deum Patrem omnipotentem creatorem coelie et terrae), 요엘에 대해서는 '그 외아들 우리 주 예수 그리스도를 믿사오니'(et in Jesum Christum, Filium eius unicum, Dominum nostrum), 이사야는 '이는 성령으로 잉태하사 동정녀 마리아에게 나시고'(qui conceptus est de Spiritu Sancto, natus ex Maria Virgine), 에제키엘은 '본디오 빌라도에게 고난을 받으사 십자가에 못박혀 죽으시어 매장되시고'(passus sub Pontio Pilato, crucifixus, mortuus et speultus descendit ad inferos), 다니엘은 '죽은 자 가운데서 다시 살아나시어'(tertia die resurrexit a mortuis), 예레미야는 '하늘에 오르사 전능하신 하느님 우편에 앉아 계시다가'(ascendit ad coelos, sedet ad dexteram Dei Patris omnipotentis), 요나는 '산 자와 죽은 자를 심판하러 오시리라'(inde venturus est iduicare vivos et mortuos), 델피의 여예언자는 '성령을 믿사오며'(credo in Spiritum Sanctum), 에리트레아 여예언자는 '거룩한 공회와 성도가 서로 교통하는 것과'(sanctam Ecclesiam catholicam, sanctorum communionem), 쿠마이 여예언자는 '죄를 사하여 주시는 것과'(remissionem peccatorum), 페르시아 여예언자는 '몸이 다시 사는 것과'(carnis resurrectionem), 리비아 여예언자는 '영원히 사는 것을 믿사옵니다' (et vitam aeternam)라는 것이지요."

"대담한 해석이군요!"

옐리넥이 말했다. 나머지 다른 사람들은 생각에 잠겨 침묵하였다.

"무엇보다도 이런 종류의 해석으로는 모든 것을 설명하면서 아무것도 설명하지 않지요."

"정말 그렇습니다. 텍스트와 표현들을 해석하면 당황스러운 일치만을 발견하게 되니까요."

파렌티가 대답했다.

"예를 들면요?"

페드리치가 물었다.

"여기서 다니엘은 부활을 말하고 있는데, 실제로 다니엘 12장에는 '그러니 그만 끝을 향해 가라. 세상 끝날에 너는 일어나 네 몫을 차지하게 될 것이다!' 라고 되어 있거든요. 이사야는 그리스도의 탄생을 상징하는 인물인데, 이사야 9장에 이런 글이 있습니다. '우리를 위하여 태어날 한 아기, 우리에게 주시는 아드님, 그 어깨에는 주권이 메어지고' 라고 말입니다. 최후의 심판을 예고하는 요나는 제3장에서 니느웨에 대한 하느님의 심판을 묘사합니다. 나머지 예언자들의 경우에도 비슷한 일치를 확인할 수가 있습니다. 그러나 의문이 드는 것은 여예언자들의 묘사지요. 델피의 여예언자(무녀)에게는 성령을 배당할 수 있다손 치더라도 나머지 여예언자들은 미켈란젤로의 묘사와 일치시키려면 상당한 생각의 곡예가 필요하단 말입니다."

"그러니까 미켈란젤로에게 이런 지성을 인정해 줄 수 없다는 말씀인가요?"

파바네토가 업신여기듯이 말했다.

"그럴 능력이 아니라 그럴 의지를 인정하지 않습니다."

파렌티가 대답했다.

"미켈란젤로는 그런 괴짜 같은 비밀을 자주 사용했나요?"

옐리넥이 물어보았다.

"그렇습니다. 미켈란젤로는 분별 있는 사람이 아니었어요. 그는 파악하기 힘든 자기만의 세계에서 살았어요. 이 예술가가 『구약성서』를 잘 알고 상당히 제멋대로 다루었다는 점은 의심의 여지가 없습니다. 어떤 사건들은 지나치게 다루고 어떤 것들은 완전히 무시해 버렸습니다. 예를 들면 다른 예술가들에게는 상당히 주목을 끈 모티프였던 바벨 탑 건설 같은 것을 빼버렸지요."

파렌티가 대답했다.

"카인의 살인!"

파바네토가 끼여들었다.

"역시 빠졌지요. 카인과 그 종족에게 최고의 의미를 두었으면서도 말입니다."

옐리넥이 말했다.

"내 생각으로는 미켈란젤로의 성서 관찰을 신학자의 그것과 분리해서 생각해야 할 것 같군요. 그래야만 이 프레스코의 내용에 접근할 수가 있다는 말이죠. 이 묘사들을 탐구하면 할수록 미켈란젤로가 의도적으로 단순하게 작업을 했다는 생각이 들어요. 교수님은 어떻게 생각하십니까?"

"이것을 다음과 같이 요약하고 싶군요. 『구약성서』의 창조 이야기와 구원 이야기에 대한 미켈란젤로의 해석은 문자가 아니라 그 정신에 따라서 생겨났습니다. 창조 부분을 한번 봅시다."

파렌티는 천장의 앞쪽을 가리켰다.

"하느님께서 7일째 되는 날에 쉬기 전에 여덟 가지 창조작업을 하셨습니다. 미켈란젤로의 경우에는 아홉 가지예요. 아담과 이브의 창조가 두 가지 분리된 사건으로 되어 있거든요. 성서에는 남자와 여자로 만들어내신 것으로만 나와 있어서 이것을 꼭 묘사할 필요성이 있는 것은 아닌데도 말입니다. 그는 창조의 일곱 날을 다섯 개의 프레스코에 나누어 그렸어요. 첫번째 그림, 그러니까 하느님 아버지가 어둠에서 빛을 갈라내시는 장면을 보면 벌써 수수께끼가 시작됩니다."

엘리넥 추기경이 말을 끊었다.

"어째서 하느님 아버지가 여자의 젖가슴을 하고 계신지 우리에게 설명을 좀 해주셨으면 하는데요."

"용서해 주십시오, 추기경님. 모릅니다. 오늘날까지 그에 대한 적절한 설명이 없습니다. 그에 반해서 두 번째 그림, 그러니까 해와 달과 땅을 창조하신 장면은 상대적으로 명백합니다. 아주 논란이 없는 것은 아니지만 말입니다. 하느님은 폭풍우 속으로 가는 것처럼 양팔을 활짝 뻗치고 돌진해오시지요. 여기서 미켈란젤로는 이사야에 의존하고 있는 것 같습니다. 이사야는 이룩하시는 힘을 가진 '주님의 팔'(bracchium domini)을 강조하고 있거든요. 오른손이 태양의 원판을 건드리는 데 반해서, 땅과 식물의 창조 부분을 가지고는 화가가 장난치고 있는 것처럼 보입니다. 하느님이 엉덩이를 드러내 보이면서 태양을 돌아서 가는 모습을 그려놓았기 때문이지요. 하지만 추측컨대 미켈란젤로는 이 대담한 묘사로 아마 모세의 한 구절을 연상시키려고 했던 것 같습니다. 모세가 하느님께 그 모습을 보여주십사 청하자 하느님께서는 오직 뒷모습만을 보여주셨거든요."

"너는 내 뒷모습만은 볼 수 있으리라!"(videbis posteriora mea)

옐리넥이 이렇게 웅얼거리고는 당연하다는 듯이 출전을 덧붙였다.

"「출애굽기」 33장 23절."

파렌티는 고개를 끄덕이고 말을 계속했다.

"학자들은 하느님의 옷자락에서 내다보고 있는 아이들을 놓고 의견이 엇갈립니다. 어떤 사람들은 여기서 예수와 세례요한을 미리 보여주는 것이라고 주장하고, 또 다른 사람들은 시편에 나오는 것처럼 하느님의 업적을 찬양하는 천사들이라고 주장합니다. 세 번째 프레스코에서 하느님 아버지는 아기 천사들을 동반하고 물 위를 날고 있지요. 이것은 가장 분명하고 명백한 장면입니다. 네 번째 프레스코는 아담의 창조를 보여주는데, 물론 가장 유명한 광경입니다. 하느님께서 생명을 불어넣어 주면서 땅 위에 머물러 있는 인간의 늘어진 집게손가락을 살며시 건드리는 모습입니다. 하느님의 팔 아래로 어떤 여자가 벌써 이쪽을 내다보고 있습니다. 하지만 더욱 그럴싸한 또 다른 이론이 있는데요, 아직 어린 이 여성 인물이 솔로몬의 신부 소피아(지혜)라는 겁니다."

옐리넥이 이 구절을 기억에서 불러냈다.

"지혜는 하느님과 함께 생활함으로써 그 고귀한 가문을 나타내었으며, 만물의 주님께서 그를 사랑하셨다. 지혜는 하느님의 지식을 배워서 하느님께서 하실 일을 함께 결정한다. 현세에서 재물이 탐낼 만한 것이라면, 모든 것을 움직이는 지혜보다 더 값진 재물이 있겠느냐?"(「외경」, 지혜서 8장 3~5절—옮긴이)

파바네토가 박수를 쳤다.

"브라보, 브라비씨모! 『구약성서』를 다 외우시는 것 같군요, 추기경님!"

옐리넥은 부정의 손짓을 해보였다.

리카르도 파렌티가 말을 계속했다.

"보시다시피 미켈란젤로의 많은 묘사들은 단순하고 표면적인 해석만을 허용합니다. 그러나 또한 배후의 해석도 있지요. 그것이 '아불라피아'라는 이름의 해석을 힘들게 합니다. 다섯 번째 프레스코인 이브의 창조를 보면, 네 번째 그림에서 이브가 아니라 소피아가 하느님의 외투에서 밖을 내다보고 있다는 이론을 뒷받침해 줍니다. 이브는 전혀 다른 모습이니까요. 둥글고 여자답고 긴 머리를 하고 있지요. 그에 반해서 이곳의 인물은 부드러운 모습에 짧은 머리 모양을 하고 있어요. 이 묘사에서 특별히 눈에 띄는 것은 이 점입니다. 성서와는 다르게 하느님 아버지는 여자를 건드리지 않고 있습니다. 그리고 모든 화가들은 낙원을 화려하게 꽃피어나는 식물들과 열매 달린 나무들로 치장하고 짐승들도 활기 넘치게 표현하는데, 여기선 풍경이 삭막합니다. 아담이 기대어 잠들어 있는 나무조차도 중간 높이에서 끊어진 나무토막에 지나지 않지요. 이로써 미켈란젤로는 하나도 즐겁지 않은 자신만의 낙원을 묘사하려고 한 것일까 자문해 보게 됩니다. 이어지는 원죄 장면도 역시 삭막하고 비어 있지요. 선악과 나무에 매달린 뱀인간이 그림의 중심을 차지하고, 성서의 서술과는 달리 이브와 아담이 금지된 열매를 향해 팔을 뻗고 있습니다. 그리고 하늘에서 붉은 옷을 입은 수천사가 나타나 칼로써 두 사람을 낙원에서 쫓아냅니다. 창조 장면에 나타난 아담과 추방 장면에 나타난 아담의 모습을 비교해 보면 미켈란젤로의 높은 예술성이 뚜렷하게 나타납니다. 앞에서는 신과도 같은 빛나는 아담, 이쪽에서는 인간화되고 상처 입은 모습입니다."

"어째서 미켈란젤로가 카인과 아벨을 빠뜨렸는가에 대한 설명도 있습니까?"

옐리넥이 물었다.

"없습니다. 여기서도 어떤 인물들에 대한 좋아함과 싫어함이 분명히 나타납니다. 노아는 세 번이나 등장하지요. 감사제와 홍수 장면과 술 취한 장면에서요. 이상하게도 미켈란젤로는 여기서 연대순을 바꿔놓았어요. 홍수보다 감사제가 먼저 나오고 있지요. 감사제는 천장화 전체에서 세부적인 데까지 손질이 가장 잘된 장면입니다. 이 장면은 다음의 성경 구절과 관련이 있지요. '노아는 야훼 앞에 제단을 쌓고 모든 정한 들짐승과 정한 새 가운데서 번제물을 골라 그 제단 위에 바쳤다.' 노아는 오른손으로 하늘을 가리키고 있고, 노아의 아내는 그에게 말을 하고 있지요. 앞쪽 오른쪽에는 한 소년이 죽임을 당한 숫양의 심장을 도려내어 건네주고, 또 다른 사람은 나뭇단을 가져오고 또 한 사람은 입으로 불어서 불을 일으키고 있지요. 의심의 여지 없이 이 행동은 홍수 이후에 일어난 것입니다. 그러나 미켈란젤로의 그림에서는 홍수가 감사제 뒤에 옵니다."

파렌티가 대답했다.

페드리치가 고개를 위로 향한 채 말했다.

"어째선지는 모르지만 이 홍수 그림이 내게는 가장 인상적입니다."

파렌티가 대답했다.

"물론 그것이 가장 마음을 사로잡는 그림입니다. 인간의 운명을 순차적으로 보여주니까요."

"그것도 대단히 특이한 방법으로 말이지요."

옐리넥이 덧붙였다.

"특이하다니, 어떻게 특이하다는 겁니까?"

"홍수에 비하면 노아의 구원은 배경에만 나타납니다. 그러니까 말하자면 사소하고 부차적인 일로 그려져 있죠. 이 그림의 주요 주제는 인류의 절멸입니다. 성서에는 이렇게 나와 있습니다. '모든 짐승의 종말을 나는 결정하였다. 세상이 폭력으로 가득 차 있기 때문이다. 나는 땅과 함께 모든 생명체를 싹 쓸어버리기로 하였다'고 말입니다."

"그렇다면 교수님, 아홉 번째 프레스코에서 노아의 술취함 뒤에는 어떤 의미가 숨어 있습니까?"

"여기서 우리는 다시 미켈란젤로의 비밀 하나와 만나게 됩니다. 화가는 창세기 9장의 짤막한 구절에 근거하고 있습니다. 그에 따르면 노아는 포도원을 가꾸는 첫 농군이 되었는데, 하루는 포도주를 마시고 취하여 벌거벗고 잠이 들지요. 미켈란젤로는 이 장면을 취하여 그림 왼편에 포도원에서 일하는 노아의 모습을 보여줍니다. 그림의 전면에서 그는 포도주 항아리와 잔을 옆에 놓아둔 채 벌써 취해 있지요. 맨 오른편에는 가나안의 조상 함이 벌거벗은 아버지를 가리켜 보입니다. 아들 셈과 야벳은 얼굴을 돌리고 아버지의 벗은 몸을 가려줍니다. 아마도 미켈란젤로는 이 장면에서 인간의 오류와 죄와 유혹의 근원적인 모습을 보았던 것 같습니다."

그들은 당황해서 고개를 떨구었다.

그러다가 옐리넥 추기경이 파렌티에게 물었다.

"미켈란젤로의 『구약성서』 묘사에 비밀문자를 풀기 위한 열쇠가 감추어져 있다는 것이 가능하다고 생각하십니까?"

교수는 오랫동안 대답을 미루더니 마침내 천장을 향해 고개를 쳐들고 말했다.

"가능하다고 생각하다니 무슨 뜻입니까? 미켈란젤로의 경우에는 모든 것이 가능합니다. 그러나 가능성과 느낌으로 말하자면 오히려 예언자들과 여예언자들에게서 해답을 찾아야 할 것 같습니다. 그들 중 다섯이 아불라피아라는 이 이상한 이름을 지니고 있기 때문만이 아닙니다. 천장화에서 이들 열두 명의 모습은 아주 두드러진 것이어서……."

"무슨 말을 하시려는지 압니다."

파바네토가 말을 끊었다.

"관찰자의 입장에서 보자면 예언자들과 여예언자들이 『구약성서』의 장면들보다 더 중요하게 보인다는 말씀이지요. 성서 장면들은 마치 그들 사이에 끼워넣은 것처럼 보이니 말입니다."

다른 사람들이 파바네토의 말에 동의했다.

"예언자들을 선별한 방식으로 관심을 돌려보십시오. 미켈란젤로는 이사야, 예레미야, 에제키엘, 즈가리야, 요나, 요엘, 다니엘을 선택했습니다. 그리고 더 중요한 예언자들인 모세, 여호수아, 사무엘, 나단, 엘리야 등을 빼놓았어요. 이것은 좀 당황스러운 일이라 이런 선별의 이유에 대해서 질문해 보게 됩니다. 이것은 순전한 변덕일까요, 아니면 그 뒤에 어떤 원인이 숨겨져 있을까요?"

옐리넥이 외쳤다.

"메시아 예언입니다! 그들은 모두 메시아의 오심을 예언했어요. 다른 사람들은 아니고."

파렌티가 미소지었다.

"그렇다면 요나는요? 그 말은 요나에게도 해당됩니까?"

옐리넥이 대답했다.

"아니오."

"그렇다면 당신의 이론도 틀린 것이지요. 요나가 여기 낀 것을 어떻게 설명하시겠습니까? 내 생각은 이렇습니다. 이 특별한 선별에 대한 유일한 설명은 미켈란젤로가 예언의 말씀보다 예언서를 우선했다는 것이지요. 그는 자신만의 예언서를 남겼거나, 아니면 자기 이름을 단 예언서에 등장하는 예언자들을 골랐어요."

"그렇다면 여예언자들은?"

"여예언자들은 물론 성서 바깥의 인물들이지요. 그들이 여기 있다는 것은 시스티나 천장화의 커다란 수수께끼 중 하나입니다. 미켈란젤로는 한 번도 그에 대한 발언을 한 적이 없어요. 이들 여성 예언자들은 지상의 정령에 사로잡혀 있는 반면, 예언자들은 우주적 정령에 의해 영감을 받았다고 말할 수도 있겠지요. 그렇다면 여기에는 의심의 여지 없이 미켈란젤로의 신플라톤주의적인 사고가 작용하고 있습니다. 그러나 어린이 같은 예언의 정령들이 예언자들과 여예언자들의 배후에 공통적으로 숨어 있습니다. 추기경님, 우리에게 바울로의 그 구절을 말씀해 주실 수 있겠지요."

옐리넥이 고개를 끄덕이고 바울로가 '고린토 사람들에게 보낸 첫번째 편지'의 한 구절을 인용했다.

"하느님의 말씀을 받아서 전하는 사람(예언자)도 둘이나 셋만 말하고 다른 사람들은 그것을 잘 새겨들으십시오. 그러나 곁에 앉은 사람이 하느님의 계시를 받을 경우에는 먼저 말하던 사람은 말을 중단해야 합니다. 그래야 하느님의 말씀을 받은 사람들이 차례로 다 말씀을 전하게 되어 모든 사람이 배우고 격려를 받게 될 것입니다. 하느님의 말씀을 받아 전하는 사람은 자기 심령을 자제할 수 있어야 합니다……"

"바울로가 그렇게 썼습니다. 이제 여기 그려진 사도와 여예언자 열두 명을 비교해 봅시다. 요나, 예레미야, 다니엘, 에제키엘만이 그들의 이름을 알아맞힐 수 있는 상징물을 가지고 있습니다. 나머지 사람들은 미켈란젤로가 명패를 붙여주지 않았다면 누구를 그린 것인지 알아내기가 어려웠을 것입니다. 그에 비해서 요나는 고래와 피마자 풀을 보고 알 수가 있지요. 예레미야는 그 슬픔과 절망으로 알아볼 수가 있습니다. 그것은 그 자신의 말에 근거합니다. '저는 웃으며 깔깔대는 자들과 한자리에 어울리지도 않았습니다. 주님 손에 잡힌 몸으로 이렇게 울화가 치밀어올라 홀로 앉아 있습니다. 이 괴로움은 왜 끝이 없습니까? 마음의 상처는 나을 것 같지 않습니다.' 그리고 다니엘은 두 권의 책으로 알아볼 수 있습니다. 그는 스스로 말한 대로 예레미야에서 구절들을 베껴 썼지요. 에제키엘은 터번을 두르고 있는데, 그에 대해서는 성서에 이렇게 되어 있습니다. '네 눈물을 억누르지 말아라, 만가를 읊지 말아라, 이마에 터번을 두르고 발에는 샌들을 신어라……' 그밖에 나머지 사람들은 용모나 태도가 아주 자유롭게 만들어진 것입니다."

그런 다음 교수는 예언자와 여예언자들의 머리 위에 있는 벌거벗은 남자들로 이야기를 옮겨갔다. 이 나체의 남자들은 많은 관찰자에게 이상한 느낌을 불러일으킨다. 파렌티는 이들이 천사들이라고 말했다. 『구약성서』에 묘사된 천사들은 남성이고, 날개가 없고, 힘이 세고 아름답다. 천사들이 이렇듯 벌거벗은 감각적인 모습을 가진 것은, 두 명의 천사가 롯의 집에서 묵으려고 하자 소돔의 남자들이 늙은이 젊은이 할 것 없이 몰려와서 이 아름다운 젊은이들과 재미 좀 보자고 아우성치는 창세기의 일화에서 미켈란젤로가 얻어온 것이다. 그들이 두 명씩 짝을 이룬 것은 출애굽기에 있는 율법 궤의 묘사에서 얻어왔다. 둥근 판 안에 그려진 그림들 중 하나는 파괴되고 말았는데, 어쨌든 상당히 분명하게 그 내용을 알 수 있다고 파렌티 교수는 설명했다. 그것은 십계명을 알레고리로 그린 것이라고 했다.

마지막으로 파렌티의 이야기는 창문 위쪽에 자리잡은 삼각형, 이른바 초승달 창 부분으로 넘어갔다. 그의 말로는 이것들은 선택된 지파의 계보를 나타낸 것이라고 한다. 아브라함, 이삭, 야곱에서 시작해서 요셉에 이르는 총 40명의 인물들이다. 이것이 대충 살펴본 시스티나 천장화의 내용이다.

그러자 그의 말을 들은 사람들은 침묵하고 각각 제나름의 생각에 잠겼다.

"무슨 생각을 하십니까, 추기경님?"

파바네토가 물었다.

"미켈란젤로가 『구약성서』 부분만을 다루고 있으니 그가 『구약성서』를 위조한 것인지, 멋대로 해석한 것인지, 아니면 다른 목적으로 이런 묘사를 한 것인지 생각하고 있었어요."

파바네토가 대꾸했다.

"설명을 모두 듣고 보니 전혀 다른 질문이 생기는데요. 미켈란젤로는 중요한 성서 지식인이었을까, 아니면 어떤 신학자에게서 도움을 좀 받았을까 하고 말입니다."

파렌티가 대답했다.

"그에 대해서는 알려진 것이 없습니다."

엘리넥이 끼여들었다.

"언뜻 본 인상은 사실과 다릅니다. 모든 아이들이 학교에서 배우는 「창세기」만 빼면 미켈란젤로는 예언자 이사야, 예레미야, 에제키엘만 알았어요. 그밖에는 「시편」을 알았던 것 같습니다. 반면 역사 부분에 대해서는 마카베어 사람들의 책에 나오는 일부 사실들만을 알았지요. 전체적으로 보면 이것은 『구약성서』의 작은 일부분에 지나지 않습니다."

파렌티가 말했다.

"내 생각으로는 이 프레스코화에 나타난 양식상의 차이로 보아 미켈란젤로가 천장화를 그리면서 성서를 집중적으로 공부한 것 같습니다. 화가가 연대순과 반대로 그렸다는 사실을 알아야 합니다. 그러니까 술 취한 노아부터 시작해서, 여기서부터 앞쪽으로 작업을 해나간 것이죠. 하느님 아버지의 묘사방식만 해도 이런 결론을 뒷받침합니다. 미켈란젤로가 맨 먼저 그린 '이브 창조' 장면의 하느님을 한번 보십시오. 그리고 아담의 창조와, 이어지는 다음 장면들에 나오는 하느님과 비교해 보세요. 그러면 전혀 다른 새로운 묘사방식을 보실 수 있습니다. 예언자와 여예언자들의 경우에도 사정이 같지요. 그들 중 맨 먼저 그려진 인물들이 아름다움이 덜한 것은 아니지만, 뒤에 나온 부분이 성서의 디테일에 더욱 충실합니다. 그러니까 미켈란젤로는 성서를 자세히 탐구하면서 이런 세부사항을 알게 되었다고 볼 수 있습니다."

"그렇다면 저 비밀의 문자들은?"

옐리넥이 긴장해서 물었다.

복원공사 책임자인 페드리치가 대답했다.

"이 문자는 처음부터 의도되었던 것이 분명합니다. 문자들이 전체 길이에 형식적으로 잘 분배되어 있는 것만 보아도 그래요. 그밖에도 위원회에서 이미 말씀드렸다시피 이 문자는 뒷날 첨부한 것이 아닙니다. 문자에 쓰인 안료는 그림의 안료와 동일한 것입니다."

옐리넥은 당황해서 바닥을 내려다보았다.

"미켈란젤로는 처음부터 시스티나 천장에 비밀을 덧붙여놓을 속셈을 가지고 있었던 셈이군요. 그러니까 내 말은 이 문자들은 갑작스런 분노나 뭐 비슷한 일회적인 기분에서 생겨난 것이 아니란 말이죠."

"그렇습니다. 내가 발견한 것으로는 말입니다."

페드리치가 대답했다.

# 바티칸의 그림자
역시 같은 날

　인류의 수많은 발견들은 인간의 두뇌 덕분이 아니라 순전히 우연히 이루어진 것이다. 이 사건의 경우도 마찬가지였다. 그 사이 수많은 사람들이 서로 다른 이유에서 이 사건에 관심을 보였다. 우연히도 아우구스티누스가 아벤틴 언덕의 자신이 속한 수도원장에게 시스티나 예배당의 문자가 불러일으킨 흥분과 피렌체 사람이 별다른 일을 하지 않고도 교황청 내부에 엄청난 혼란을 일으켰다는 사실을 보고했다. 그는 이렇게 말을 맺었다.
　"미켈란젤로가 후세에 어떤 마법을 행하는지 모르겠어요. 하지만 이 문자들이 발견된 이후로 과거의 정령들이 되살아난 것 같아요."
　오딜로라는 이름의 자그마하고 늙은 대머리 원장은 수도사의 말을 듣고 나서 말했다.
　"형제여, 내가 한 맹세에 따르면 나는 정직해야 하오. 하지만 이 수도원을 지킬 의무도 내게 있으니 나는 어느 쪽 맹세에 더 충실해야 할지 모르겠소. 내가 당신에게 아는 것을 모두 말한다면 진실이 열매를 맺는 것이겠지. 하지만 내가 더 잘 알고 있으면서도 침묵을 지킨다면 이 수도원과 나아가 교회에도 더 유리한 일이오. 나는 지금 무거운 짐을 짊어졌어요. 아우구스티누스 형제, 나는 어떻게 하면 좋을까요?"

아우구스티누스는 수도원장의 말을 이해하지 못하고 누구나 자기 양심에 맞게 무엇을 말하고 무엇을 말하지 않을지 결정해야 할 것이라고 말했다.

수도원장이 말을 시작했다.

"들어보시오, 형제여. 이 수도원 지하실에는 서류들이 놓여 있어요. 이 수도원, 아니 교회의 순수한 영혼에 오점을 남긴 서류들이지요. 이것들이 이 탐색의 소용돌이에 휘말려들까 두렵습니다. 그 때문에 당신께 진실을 말하려는 거요. 이리 오시오!"

아우구스티누스는 원장과 함께 망루 탑의 좁은 돌계단을 내려갔다. 봄날의 후텁지근한 열기 속에서 그들을 맞아들인 냉기가 처음에는 상쾌했다. 그러나 아래로 내려갈수록 공기는 습하고 무거워졌다. 쇠로 만들어진, 뾰족한 아치 문 앞에서 원장은 열쇠를 꺼내더니 문을 열었다. 오랫동안 열지 않은 문이어서 삐그덕 소리가 났다. 그는 왼편을 더듬어 스위치를 찾아 불을 켰다. 갓도 없이 전구만 덩그러니 매달려 있었다. 전구는 끝없는 건물 안으로 희미한 불빛을 내뿜었다. 양편으로 나무 책장들이 놓이고 책과 서류덮개들이 들어찬 상자들이 대책 없이 혼란스럽게 놓여 있었다.

"전에 이곳에 와본 적이 없지요?"

원장은 문더니 쏟아질 듯 뒤덮인 책장들 곁을 스쳐 앞장서 나갔다.

아우구스티누스가 대답했다.

"없습니다. 이런 건물이 존재한다는 것도 몰랐어요. 대체 여기 뭐가 보관되어 있습니까?"

원장은 멈추어 서더니 2절판 책을 한 권 뽑아 들고 두터운 먼지를 털어내더니 겉장을 펼쳤다.

"자, 보시오."

그는 읽기 시작했다.

"주후 일천육백칠십칠년 성촉절에 성 필리포 네리의 오라토리오 수도회는 89명의 사제와, 맹세는 하지 않았지만 복음서의 가르침을 좇으며 사제의 학업과 수행에 헌신하는 속인이 240명에 이르렀다. 이들 329명은 아래의 방법으로 생계를 조달한다. 자체 수입과 헌금과 여덟 건의 상속……."

"수도원 기록이군요!"

아우구스티누스 신부가 외쳤다.

"그렇소. 1575년 필리포 네리가 수도원을 설립한 때부터 지난번 전쟁이 끝날 때까지의 기록입니다. 그 이후로는 새로운 방식의 회계보고서가 있지요."

원장이 대답했다.

오딜로 원장은 조잡하게 만들어진 나무상자들이 놓인 장소로 다가갔다. 상자덮개들은 못질이 되어 있었다. 오딜로는 주머니칼을 꺼내더니 잠시 뒤에 첫번째 덮개에서 못을 빼냈다. 다른 뚜껑 두 개에서도 못을 빼내면서 그는 이렇게 말했다.

"지금 보게 되는 것은 우리 수도원이 행한 명예의 행동에 속하는 것은 아니오. 그리고 가톨릭 교회에도 마찬가지지."

그러더니 이 작은 남자의 몸 안에 들어 있으리라 생각되지 않는 엄청난 힘으로 첫번째 덮개를 들어올렸다.

"예수 마리아님!"

아우구스티누스 신부가 소스라쳐 놀랐다. 금궤, 장식품, 보석들이 더미를 이루며 뒤엉켜 놓여 있었다. 아우구스티누스가 조심스럽게 물었다.

"이게 모두 진짭니까?"

"그렇다고 할 수 있소, 형제여."

수도원장이 대답하더니 두 번째 상자의 덮개를 만졌다.

"지금 보는 상자들은 그런 것으로 가득 차 있어요."

"수백만 금이나 나가겠는걸!"

"수천만 금이오, 형제여. 눈에 띄지 않고는 이 물건을 처분할 수도 없을 만큼 많다오."

그 사이 오딜로는 두 번째 상자도 열었는데 거기도 보석이 가득 차 있으려니 생각했던 아우구스티누스는 실망하였다.

"신상서류, 여권이군요!"

오딜로는 형제의 얼굴에 잿빛 여권을 들이밀었다. 그는 아무 말도 없었지만 아우구스티누스 신부는 앞면에서 갈고리 십자가 (나치 마크)를 알아보았다. 다른 서류들에도 갈고리 십자가 마크가 찍혀 있었다.

"이게 대체 무슨 뜻입니까?"

아우구스티누스는 서류들을 들쳐보았다. 수백 개는 족히 될 듯싶었다.

"수도원 루트란 말을 못 들어보셨소?"

"아니오. 그게 뭡니까?"

"그렇다면 비밀 조직 오데사(ODESSA)에 대해서도 모르시겠군?"

"오데사요? 아니, 한 번도 들어본 적이 없는데."

"지난번 세계대전이 끝나고 난 뒤 유럽에서는 엄청난 이동이 이루어졌어요. 나치를 피해 망명길에 올랐던 수많은 사람들이 고향으로 돌아왔지. 거꾸로 수많은 국가사회주의자들(나치)은 외국으로 도망을 쳤고……. 그러나 유럽의 경계선은 이미 폐쇄되어 있었소. 사방에서 나치 잔당들을 찾고 있었거든. 그때 오데사가 생겨난 거요. 오데사란 '옛 친위대원 조직'(Organisation der ehemaligen SS-Angehörigen)을 줄인 말이오. 이들 악질 나치들은 제3제국이 전쟁에 질 것을 알아채자 돈과 예술품을 외국으로 보냈소. 그중 일부는 자기들이 착복할 생각이었지. 당시 엄청난 돈이 바티칸 금고로 들어왔소. 이 많은 돈이 누구에게서 온 것이며 어떤 목적을 위한 것인지, 당시 바티칸이 처음부터 알았다고 주장하려는 건 아니오. 그러나 교황청에서 전모를 파악했을 때는 이미 늦었어요. 바티칸과 오데사는 이것을 비밀에 붙이자는 데 합의를 보았지. 나치들이 생각해낸 속임수는 천재적인 것이었어요. 그렇더라도 바티칸의 동의가 없이는 절대로 가능하지 않았겠지. 우선 이 사람들은 자기들이 있는 곳 어디서든, 그러니까 독일·오스트리아·프랑스·이탈리아 등지의 수도원으로 들어갔어요. 한 수도원에는 며칠씩만 묵었어요. 그리고 나서 그들은 대개 원장의 추천장을 가지고 다른 수도원으로 가고 거기서도 며칠 지나면 다시 다른 수도원으로 갔소. 그렇게 해서 점차 그들의 흔적이 사라진 겁니다. 마지막에는 그들 모두……."

"제가 마음속 의혹을 말씀드리지요! 마지막에는 그들 모두 이곳 오라토리오 수도회로 왔다 이거군요. 수도사들로 분장하고 말입니다."

아우구스티누스 신부가 그의 말을 중단시켰다.

"바로 그래요."

"오, 하느님! 그럼 이 사람들은 어떻게 되었나요?"

"바티칸이 그들에게 가짜 여권을 내주었소. 바티칸은 그들의 수사복에 합법성을 부여하고 그들에게 새 이름과 새 주소를 준 거지. 뒷날 생각해 보면 그런 일에는 아이러니가 없지도 않아요. 그 주소들은 빈, 뮌헨, 밀라노 등지의 주교구청들이니 말이오. 바티칸이라고 달리 어쩔 수가 있었겠소. 가짜 수도사들이 외국으로 가고 싶어하니 기뻤지요. 대개는 남미로 갔어요. 그래서 그들을 모두 놓친 겁니다. 이 모든 일은 톤디니라는 사람과 새파랗게 어린 그의 조수 피오 세고니가 맡아 했어요. 톤디니는 바티칸의 이민국 책임자였소. 이민국은 뒷날 국제 가톨릭 이주 위원회라고 이름을 바꾸었지. 세고니는 흘러들어온 '수도사'들과 바티칸 이민국에 다리를 놓아주고 돈과 귀중품 등을 대가로 받았어요."

"피오 세고니라고 말씀하셨습니까? 정말 피오 세고니요?"

원장이 고개를 끄덕였다.

"그래서 나는 당신을 이리로 데려온 거요. 아무도 이 오라토리오 수도원이 이른바 수도원 루트의 종착역이고 여기 어떤 남자가 앉아서 '이웃 사랑'이라는 기독교의 이름을 사칭하여 나치들에게서 돈과 귀중품을 빼앗았다고는 믿지 않겠지. 물론 피오 신부는 그것을 독차지하지는 않았어요. 어쨌든 나는 그렇게는 생각지 않아요. 하지만 그의 행동은 하느님의 높으신 영광을 위한 것이라고 할 수는 없지."

먼지와 나쁜 공기가 남자들의 폐에 쌓였다. 아우구스티누스는 헐떡이며 숨을 쉬었다. 그러더니 가능한 한 입을 조금만 벌리려고 애쓰면서 이렇게 말했다.

"어째서 제게 이 모든 것을 보여주셨는지 자문해 볼 뿐입니다."

"아마도 내가 이 지하실에 감추어진 여권과 보물에 대해 알고 있는 유일한 사람일 거요. 이런 사실은 침묵의 봉인 아래서 전임자에게서 물려받은 것이니까. 아우구스티누스, 난 아주 늙은이오. 내가 이 짐을 떠맡을 수밖에 없었듯이 이젠 당신이 이것을 떠맡아야 하오. 당신이 침묵할 줄 안다는 사실을 알고 있소, 그리스도 안의 형제여. 그리고 당신은 이 불행한 시기의 문서들을 가장 잘 아는 사람이지. 그것들은 전부 바티칸 문서고에 있소. 그래서 당신이 시스티나 문자를 탐색하는 과정에서 이 비밀에 부닥치든가 아니면 다른 방면에서 그곳에 가닿을까 두려웠던 거요. 이제 이 비밀을 알게 되었으니 그것을 지니고 살아야 할 겁니다."

원장이 신중한 목소리로 말했다.

# 야심가들

사순절 둘째 주일 다음 금요일

　사순절 둘째 주 금요일의 위원회는 카발라의 주요저작들이 2행시 경구처럼 보이는 특성을 가진다는 것과 가톨릭 교회와의 접합점에 대해서 토론했다. 그러나 시스티나 예배당의 천장에 나타난 '아불라피아'라는 이름을 설명하는 데 적합하게 여겨지는 어떤 결론에 이르지는 못했다. 그 대신 아우구스티누스 신부는 니콜라우스 3세 시대의 문서 하나를 제시했다. 그에 따르면 아브라함 아불라피아가 프란체스코 수도회에 머무는 동안 비밀문서가 작성되었다는 것이다. 신앙에 역행하는 죄 많은 소책자였다. 이 책을 찾아보았지만 아무런 성과도 없었다. 소각되었을 것으로 추측된다고 그는 말했다.

　이런 보고는 위원회를 흥분으로 몰아갔다. 그래서 이 유대 신비주의자의 문서가 대체 어떤 내용을 담고 있었을까를 놓고 여러 시간 토론이 벌어졌다. 교리 문제 감독관인 마리오 로페즈는 만일 미켈란젤로가 이 문서를 인용하고 있다면 그것은 16세기에는 현존했던 것이 분명하고, 그 이후로도 이것을 없앨 이유는 분명 없었다고 말했다. 어쨌든 아불라피아라는 이름은 바티칸 연감에 다시는 나타나지 않는다. 위원회는 날짜를 확정하지 않고 새로운 사실이 밝혀지면 만나기로 약속하였다.

그날 저녁 옐리넥과 스티클러는 긴 중단을 겪은 다음 마침내 추기경의 집에서 장기 게임을 두기 위해 다시 만났다. 그러나 그 어느 쪽도 장기에는 뜻이 없는 듯했다. 게임은 보통때 늘 나타나곤 하던 교묘함과 우아함을 드러내지 않고 기계적으로 한 수 한 수 계속되었다. 그야 물론 그들의 생각이 다른 일을 맴돌고 있기 때문이었다.

"조심하시오!"

스티클러는 탑으로 하얀 귀부인의 행로를 차단하면서 지나가는 말투로 말했다. 아홉 번째 수였다. 추기경은 도망쳤다.

"우리 둘 다 같은 생각을 하고 있는 것 같은데."

그가 마침내 말했다.

"그런 것 같소."

스티클러가 대답했다.

"당신은…… 당신은 벨리니를 좋아하시지요?"

옐리넥은 말을 망설였다.

"좋아하다니 무슨 말이오. 당신 말이 그런 뜻이라면 나는 그의 편이오. 그리고 그럴 만한 이유도 있고요."

추기경이 쳐다보자 스티클러가 말을 계속했다.

"아시잖소. 바티칸은 서로 싸우고 서로 협조도 하는 패거리들과 정부 하나를 가진 작은 국가조직체요. 거기에는 권력자와 권력이 적은 사람, 편한 사람과 불편한 사람, 호감이 가는 사람과 가지 않는 사람 등이 있지요. 그러나 무엇보다도 위험한 사람과 위험하지 않은 사람이 있어요. 경건성이 바티칸을 지배한다고 믿는다면 잘못일 게요. 나는 세 사람의 교황님을 모셨고, 지금 내가 하는 말이 무슨 뜻인지 알고 있어요. 경건함에서 죄 많은 광증까지는 겨우 한 걸음 떨어져 있지요. 사람들은 바티칸이 인간들이 모인 곳일 뿐 성자들이 모인 곳이 아니라는 것을 곧잘 잊어버립니다."

옐리넥이 단도직입적으로 물었다.

"벨리니가 이 일과 무슨 상관이 있습니까?"

스티클러는 한동안 침묵하고 나서 말했다.

"추기경님, 난 당신을 믿어요. 우리가 동일한 적을 가지고 있는 것처럼 보이기 때문에 당신을 믿을 수밖에 없지요. 벨리니는 요한 바오로 1세의 죽음이 자연사가 아니라고 믿고, 국무 추기경님의 지고한 명령을 어기면서 오늘날까지도 이 사건을 계속해서 조사하고 있는 그룹의 선두에 있어요. 교황님의 물품이 든 소포는 물론 강력한 협박이었소. 당신이 조사를 그만두게 할 셈이었지요. 그러나 그것은 또한 지난번 교황님의 죽음에서 모든 것이 올바른 방식으로만 진행되지 않았다는 사실에 대한 증거라고 생각할 수도 있지요."

"이 음모에 참가한 사람들의 이름을 아시오? 이 사람들은 교황을 제거해서 대체 어떤 이익을 얻은 겁니까?"

윌리엄 스티클러는 장기판에서 킹을 걷어냈다. 그것은 이 판을 이대로 끝내겠다는 표시였다. 그리고 나서 그는 추기경의 얼굴을 들여다보고 말했다.

"침묵을 지켜주실 것을 간청하겠소, 추기경님. 하지만 우리는 이미 한 배를 탔으니 내가 아는 것을 말씀드리지요."

"카스코네?"

옐리넥이 물었다.

스티클러는 고개를 끄덕였다.

"요한 바오로 교황님의 죽음 때 이상한 방식으로 사라진 문서들 중에는 바로 교황청 개혁 지시문도 들어 있었어요. 많은 자리들이 새로 채워지고 많은 사람들이 해임될 참이었지요. 이 변화의 맨 꼭대기에 세 이름이 있었어요. 줄리아노 카스코네 추기경, 종교문제 연구소장 필 카니지우스, 가톨릭 교육기관 감독관 프란티섹 콜레츠키 등입니다. 이렇게 표현하면 되겠군요. 요한 바오로께서 그날 밤 죽지 않았다면 이 세 사람은 오늘날 그 자리에 있지 않을 거라고요."

"하지만 국무추기경 자리가 그렇게 간단하게 교체가 됩니까?"

"그것을 금지하는 법도 규정도 없어요. 물론 그런 생각이 떠오른 적도 없지만."

"나는 언제나 카스코네와 카니지우스가 라이벌이라고 생각해 왔는데."

"그 말도 맞아요. 어떤 의미에서 그 두 사람은 라이벌이고 서로 적이지. 카스코네는 교육을 많이 받은 사람이고 자신의 지위를 자랑하는 데 익숙한 사람이오. 카니지우스는 태생이 농부고 오늘날에도 본성은 농부 그대롭니다. 그는 시카고 근처 출신으로 언제나 대단한 출세를 하려고 생각했지만 교황청에서는 주교 자리 이상으로는 올라가지 못했지요. 그러나 주교직만 해도 그에게는 과분합니다. 그가 종교문제 연구소를 넘겨받았을 때 그것은 그다지 중요한 조직이 아니었어요. 하지만 카니지우스는 특유의 재능으로 그것을 매우 주목받는 재정담당 기구로 만들었지요. 금융기구를 통해서 중요한 역할을 맡아 할 속셈으로요. 그는 돈에 대해서는 본능이라 할 만한 것을 가지고 있어요. 그는 허락만 받는다면 교황관도 미국으로 팔 수 있을 겁니다. 그의 재정업무는 카니지우스를 교황청 안에서 권력자로 만들었지요. 물론 국무 추기경에게는 못마땅한 일이지만, 그 자신도 바티칸의 세속적 권력을 상징하는 사람이니까. 어쨌든 이들 두 사람은 내심으로는 서로 미워하고 있지만 비밀을 지키는 것은 그들 공통의 이해에 맞아떨어집니다. 아시겠소?"

"알겠어요. 벨리니는 그러니까 카스코네, 콜레츠키, 카니지우스와 적대관계군요?"

"물론 선포된 것은 아닙니다. 추기경님. 벨리니는 요한 바오로의 자연사에 대해서 의문을 품고 그것을 공개적으로 발언하는 교황청 안의 제1의 인사지요. 그래서 카스코네, 콜레츠키, 카니지우스는 벨리니 추기경을 피하는 겁니다. 그들은 특히 나를 피하지요. 내가 사라진 문서의 내용을 알고 있으며, 또한 자기들의 직위가 문제가 되고 있었다는 것을 알고 있으리라고 짐작하기 때문입니다. 성하께서 다시 나를 시종으로 선택하셨다는 것이 이들 세 사람에게는 가장 큰 불행이었습니다."

"성하께서는 이 이야기를 알고 계시오?"

"나는 침묵하도록 되어 있습니다. 추기경님. 물론 당신께도요."

"대답하실 필요는 없소, 하지만 나도 알 만합니다."

# 멈출 것인가, 전진할 것인가
사순절 셋째 주일 다음날

사순절 셋째 주일 다음날 옐리넥 추기경은 바티칸 비밀서고에서 비밀스런 발견을 하였다.

그는 자신도 알지 못하는 어떤 이유에서 3주 전부터 비밀스런 방문객을 만났던 그 부분으로는 다시 가보지 않았다. 속에서는 자기가 거기서 무엇인가를 놓쳤다는 생각, 전체 그림에는 맞지 않지만 자신의 퍼즐을 풀기 위해서는 중요한 경계석이 될지도 모르는 어떤 조각을 놓쳤다는 생각이 자꾸만 솟아오르는데도 그랬다.

하지만 스티클러와의 대화가 어쩐 일인지 그에게 용기를 북돋아주었다. 그래서 그는 속으로, 자기가 도서관에서 보았던 두 발은 초대받지 않은 방문객의 발이지 귀신의 발은 아니며, 안경과 붉은 실내화를 전달해 준 알지 못하는 심부름꾼도 초자연적 존재가 아니라 돈에 팔린 지상의 심부름꾼이라고 자신을 타일렀다.

도서관에서 겪었던 고약한 환상도 뒤에 다시 생각해 보니 높으신 분의 섭리라기보다는 긴장의 결과였던 것 같았다.

그래서 그는 합리적인 설명과 비합리적인 두려움 사이에 흔들리면서, 나직하지만 확고한 걸음으로 도서관의 동굴 속으로 들어갔다.

맨 처음에는 아주 오래된 가죽 장정만이 눈에 띄었다. 누군가가 몹시 서두르며 다시 꽂아놓은 것처럼 서가에서 반쯤 삐져나와 있었기 때문이다. 하지만 그것을 빼들고 낮의 빛 속에서 각인된 글자들을 자세히 살펴보니 금색은 이미 벗겨지고 시간이 흐르면서 일부는 잘 보이지 않게 되었지만, 그래도 자신이 환상 속에서 보았던 바로 그 책, 「예레미야서」(LIBER HIEREMIAS)였다.

맙소사, 이 예언서가 이곳 제한구역에 보관되어야 할 이유는 없었다. 옐리넥은 이 책의 시작 부분을 거의 외우다시피하고 있었다.

> 예레미야의 말씀. 베냐민 지방 아나돗에 있는 사제 가운데 하나인 힐키야의 아들. 야훼의 말씀이 예레미야에게 내리기 시작한 것은 아몬의 아들 요시야가 유다 왕이 된 지 13년이 되던 때의 일이었다…….

그러나 놀랍게도 이 책의 내용은 전혀 딴판이었다. 「예레미야서」라는 겉표지 아래에는 저자의 이름도 없이 「기호의 서(書)」라는 제명이 붙은 또 하나의 표지가 있었다. 책의 첫장은 완전히 찢겨져나갔다. 앞부분은 완전히 없어졌지만 씌어진 것은 예레미야의 말씀과 비슷한 데가 있으면서도 전혀 달랐다. 거기에는 이렇게 적혀 있었다.

나는 여기 있습니다 하고 말했다. 그분은 내게 올바른 길을 가리켜 보이고 잠에서 나를 깨우시고 내게 새로운 것을 쓸 영감을 불어넣으셨다. 나는 전에 그와 비슷한 일을 겪은 적이 없었다. 그래서 마음을 강하게 먹고 감히 나의 이해력을 넘어서기로 하였다. 내가 참으로 하느님을 섬기고 저들처럼 어둠 속을 더듬지 않기 때문에 저들은 나를 가리켜 이단이라, 불신자라 한다. 깊은 구덩이에 빠진 채 그들과 그 패거리는 나를 자기들의 허영과 어두운 음모 속으로 끌어들이면 기뻐할 것이다. 그러나 하느님께서 내가 바른 길을 거짓된 길과 바꾸는 것을 가로막으신다.

특이한 예언자의 말투이지만 예언자 예레미야의 말씀은 아니었다. 예레미야도 같은 테마로 이렇게 말한다.

내가 받은 주님의 말씀은 이러하였다. 어미의 뱃속에 네가 생겨나기도 전에 나는 너를 뽑아 세웠다. 어미의 자궁에서 나오기도 전에 나는 너를 만방에 내 말을 전할 예언자로 삼았다.

이것만 해도 앞뒤 문맥이 없는데, 이어진 발견은 추기경을 더욱 헷갈리게 만들었다. 낡아버린 책장과 찢긴 책장들 사이에서 '피오 세고니 OSB'라고 서명이 되어 있는 편지 한 장을 찾아낸 것이다. 편지를 읽기 전에 우선 이런 문서가 존재한다는 사실을 이해하기까지만도 한참이나 시간이 걸렸다. 피오 신부! 자기가 제한구역에 나타나는 바람에 깜짝 놀라게 만들었던 정체불명의 사나이는 정말이지 피오 신부였던 것이 분명하다. 그는 바티칸 서고 책임자로서 지니고 있던 보조열쇠를 이용해서 이 안으로 들어왔던 것이다. 추기경은 정신이 멍해졌다.
그는 편지를 읽었다.

누가 되었든, 바로 이 책에서 이 흔적을 발견한 사람은 비밀의 흔적을 찾아냈다는 사실을 알 것이다. 그러나 그가 거룩한 교회의 믿음에 충실하다면 더 늦기 전에 이만 물러서서 탐색을 중지할 기회가 아직 남아 있다는 사실도 알아두라. 주 하느님께서는 나 피오 세고니에게 이 앎을 지니고 살라는 무거운 저주를 지워주셨다. 나는 그 일을 견디지 못하겠다. 전능하신 분이여, 나를 용서하소서.
피오 세고니 OSB.

엘리넥은 편지를 책갈피에 도로 꽂고 책을 덮고서, 이 발견물을 두 손에 꼭 움켜쥔 채 문으로 달려가 외쳤다.
"아우구스티누스, 이리 오시오."
아우구스티누스는 문서고의 어딘가에 있다가 모습을 드러냈다. 추기경은 가죽장정의 책을 아우구스티누스 앞에 있는 서탁 위에 말없이 내려놓았다. 그러고는 그것을 펼치고 사서에게 편지를 내밀었다. 사서는 그것을 읽었다. 그리고 억양 없는 목소리로 말했다.
"하느님 성모여."

"이 편지가 이 책에 꽂혀 있는 것을 찾아냈소. 피오는 시스티나 문자와 무슨 상관이 있지요?"

엘리넥이 말했다.

"「예레미야서」가 비밀서고에 웬일일까요?"

아우구스티누스는 제목을 보면서 대답했다.

"「예레미야서」는 「예레미야서」가 아니오. 이 이상한 책은 그냥 제목만 그렇게 붙어 있어요. 한번 열어보시오."

아우구스티누스가 그 명령에 따랐다.

"「기호의 서」?"

신부는 엘리넥을 쳐다보았다.

"무슨 뜻인지 아시오?"

"그야 물론이지요, 추기경님. 「기호의 서」는 아불라피아가 쓴 것입니다. 히브리어로 '세페르 하오트'(Sefer ha-'oth)라고 하는데 1288년에 씌어졌지요. 교황 니콜라우스 3세와 만난 다음에 나온 것이 분명합니다."

"죽은 피오 신부는 니콜라우스 교황의 분류표를 호주머니에 가지고 있었소. 내 눈으로 그것을 보았어요."

"그렇다고 상황이 더 잘 이해가 되는 것은 아닙니다."

아우구스티누스는 손으로 책을 쓰다듬었다. 그러더니 왼손의 엄지와 검지로 책을 잡고 그것을 손가락 사이로 미끄러지게 했다.

"정말로 이 책이 핵심이라면 사태는 두 배나 더 수수께끼가 되는걸요. 우선 「기호의 서」 사본이 여러 개 있을 것 같고요, 여기 이 책도 그중 하나일 뿐인 것 같습니다. 물론 그런 일은 개별 판본들을 엄밀하게 비교해 보아야만 해결될 수 있지만요. 그런 일이 정말로 우리에게 도움을 줄지 모르겠군요."

"하지만 피오 신부가 하필 이 책을 시스티나 문자의 열쇠이며 입구라고 본 데는, 분명 어떤 이유가 있을 겁니다."

"어떤 이유요? 대체 어디에 해답이 있을까요?"

"이놈의 미켈란젤로는 악마였어, 악마였다고."

추기경은 두 손으로 얼굴을 감싸쥐고 이 사이로 말을 내뱉었다.

"추기경님, 우리는 탐색에서 앞으로 계속 나갈 수도 있고 이쯤에서 일을 중단할 수도 있는 지점에 도달한 것 같습니다. 어쩌면 죽은 신부의 충고를 따라 여기서 포기하는 것이 낫지 않을까요? 이쯤 해서 이 사건을 그대로 잠재우고 피렌체 사람은 카발라 학자인 아브라함 아불라피아를 가리켜 보임으로써 교회를 모욕하려고 했다. 교황들이 자기에게 행한 부당함에 대해 그런 식으로 복수한 것이라고 발표하는 편이 낫지 않을까요?"

아우구스티누스가 공손하게 말했다.

옐리넥이 신부의 말을 끊었다.

"그리스도 안의 형제여, 그것은 잘못된 길이오. 당신도 분명 알 것입니다. 우리가 이 탐구를 중단하면 다른 사람들이 이 과제를 떠맡고 진짜 비밀을 찾아낼 것이고, 언젠가는 진실이 밝혀질 것입니다."

아우구스티누스는 고개를 끄덕였다. 그는 추기경에게 오라토리오 수도원 지하실에서 원장이 알려준 것을 보고해야 할 것인가 혼자 자문해 보았다. 어쩌면 이들 사이에 어떤 연관성이 있을지도 모른다. 그러나 다음 순간 그는 스스로 그런 생각을 물리쳐버렸다. 미켈란젤로와 나치의 연결이라니, 정말 얼토당토않은 소리처럼 보였던 것이다.

"내 말을 의심하시는 겁니까, 신부님?"

옐리넥이 물었다.
"아닙니다. 하지만 미래를 생각하면 두려움이 생기는군요."
아우구스티누스가 대답했다.

# 감추려는 자와 찾으려는 자
### 사순절 셋째 주일과 넷째 주일 사이 어느 날

오라토리오 도서관에서 세상은 멈추어버린 듯했다. 거의 아무 것도 변한 것이 없었다. 이곳은 앞으로도 변하지 않으리라고 벤노 수사는 확신했다. 그는 부지런히 일했다. 목록 카드에서 목록 들을 살펴보고, 책들을 열어보고, 메모를 하고, 마침내 분명한 목적의식을 가지고 서가 한 곳에 이르러 멈추었다.

"그리스도 안의 형제여."

그는 사서 한 사람을 그쪽으로 불렀다.

"여기 이 자리가 변했네요. 여기서 분류가 새로 시작된 것 같 군요."

"제가 아는 한은 아닌데요."

사서가 대답했다.

"어쨌든 이 도서관에 그런 변화가 있었다는 기억은 없습니다. 여기서 일한 지 벌써 10년이 넘었는데도요."

벤노가 웃으면서 말했다.

"형제여, 나는 40년 전에 이곳에서 작업을 했다오. 당시 이 자리에는 미켈란젤로 관련 자료가 담긴 부스타들이 있었어요. 상당히 흥미로운 문서들인데."

"미켈란젤로 부스타라고요?"

수사는 다른 사람을 불렀고, 이 사람은 또 다른 사람을 불러서 사서 세 사람이 모두 서가 앞에 서서 머리를 가로저었다. 지금 그곳에는 18세기의 설교집들이 꽂혀 있었다. 수사 한 사람이 책 한 권을 뽑아 들더니 펼쳐서는 끝없이 긴 제목을 읽었다.

"구체적인 사례로 본 특별한 신학자와 교회법 학자들의 이해를 위한 일반 도덕신학. 프레몽트레 수도원의 레오나르도 얀센 박사 펴냄."

그리고 그는 덧붙였다.

"아니, 없습니다. 미켈란젤로의 서류들을 이 자리에서 본 적이 없습니다."

수도원 식당에서 저녁을 먹을 때 손님은 수도원 관습에 따라 원장 옆자리에 앉았다. 오딜로는 그가 작업을 시작했는지, 그가 원하는 것을 찾아냈는지 물어보았다.

벤노는 실은 어려움을 겪고 있으며 수도원 도서관의 체계를 아직도 정확하게 머리 속에 간직하고 있는데 자기가 찾고 있는 것만이 특별하게 제자리에 있지 않다, 게다가 아마도 사라져버린 것 같다라고 말했다.

손님의 말이 원장의 호기심을 자극한 것 같았다. 그는 살짝 고개를 숙이면서 탐구자를 도울 수 있다면 자기로서는 영광이라고 말했다. 그리고 벤노 수사가 대체 무엇을 찾는지 궁금하다고 말했다.

벤노 수사는 자기는 당시 처음으로 로마에 묵으면서 시스티나 천장화의 일부 문제들을 탐구했고, 이 그림이 그려지던 시기에 나온 중요한 문서들이 당시에는 이 수도원에 보관되어 있었다고 말했다.

그러자 원장은 놀라서 머리를 옆으로 흔들면서 그런 자료들이 하필 이 오라토리오 수도원에 보관되어 있었다는 게 기이한 일이라는 느낌을 표현했다.

벤노 수사는 이렇게 대답했다. 그에 대한 답변은 실은 대단히 간단하다. 미켈란젤로의 제자이며 친구이기도 했던 아스카니오 콘디비는 자기 스승의 서류와 편지들을 낯선 손길에서 보호하고 싶었다. 그는 당시 오라토리오 수도회 원장과 친분이 두터웠기에 그 모든 것을 보관할 가장 안전한 장소로 이곳을 선택했다는 것이다.

원장은 침묵하며 생각에 잠긴 듯했다. 잠시 뒤에 그는 이렇게 말했다. 벌써 몇 년 전엔가 어떤 사제가 미켈란젤로의 부스타에 대해서 질문한 적이 있었다는 것이 희미하게 기억이 난다고.

벤노 수사는 접시를 옆으로 밀쳐놓고 원장을 바라보았다. 그는 흥분해서 원장에게 그 사제가 누구였는지, 그리고 어디서 왔는지 기억해 보라고 재촉했다.

벌써 오래전 일이라고 오딜로 원장은 말했다. 지지난번, 아니 지난번 교황 시절이었다. 그는 당시 이 일을 전혀 중요하다고 여기지 않았다는 점을 이해해 달라, 하지만 잘 기억해 보면 그 사제는 이 부스타들이 바티칸에서 꼭 필요하다고 말했으며 그 이상은 기억에 없다고 했다.

수사 두 사람이 식탁에서 그릇을 치우는 동안 오딜로 원장은 망설이면서 상대방에게 원하던 것을 찾지 못했으니 이제 집으로 돌아갈 셈이냐고 물었다. 그러나 벤노 수사는 며칠 더 오라토리오 수도원에 묵게 해달라고 청했다.

원장은 동의했지만 벤노 수사는 자신이 여기에 묵는 것이 원장에게는 내키지 않는 일이고, 그가 오늘이라도 당장 자기를 내보내고 싶어한다는 것을 느꼈다.

## 사라지는 문서들
#### 사순절 넷째 주일 다음날과 그 다음날 아침

옐리넥 추기경은 몇 번이고 거듭 편지를 읽어보았다.

　추기경님, 시스티나의 발견과 관련된 혼란을 보고 어쩌면 내가 당신께 어떤 도움을 드릴 수도 있을 것 같다는 사실을 알려드립니다. 전화 주십시오.
　안토니오 아델만, 행장.

이 은행가가 대체 뭘 원하는 거지? 그는 이 문제를 위해 어떤 도움을 줄 수 있다는 것인가? 그러나 추기경으로서는 지푸라기라도 잡지 않으면 안 되는 상황이었다. 그는 자기가 제대로 찾아왔다는 느낌을 가지고 있었다. 보이지는 않지만 목적지를 바로 앞에 두고 있는데 안개의 벽에 부딪쳤다는 느낌이 가끔씩 들곤 했다. 그의 생각은 제자리를 맴돌았다. 해답의 흔적을 찾아냈지만

한 걸음도 더 나가지 못했다. 자신이 찾아낸 책, 그것은 분명 매혹적인 것이었다. 하지만 이 모든 것이 대체 미켈란젤로와 무슨 상관이 있단 말인가?

옐리넥은 비서에게 알반 산으로 갈 참이니 자동차를 준비하라고 일렀다. 어쩌면 시간만 낭비할지도 모른다. 그러나 희망은 인내를 먹고 산다. 비서는 돌아와서 그에게 정문으로 나가지 말라고 했다. 기자 패거리들이 벌써 정문을 점거했다는 것이다. 그래서 추기경은 푸른색 피아트를 뒷문으로 오게 했다. 그러나 소용없는 일이었다. 추기경이 길거리로 나서자마자 곧바로 스무 명도 넘는 기자들에게 둘러싸이고 말았다. 그들은 사납게 몰려들면서 그에게 마이크를 들이밀었다.

"어째서 바티칸은 발견에 대해서 전혀 언급을 안 하는 겁니까?"

"문자 뒤에는 비밀 코드가 숨겨져 있나요?"

"미켈란젤로가 이런 일을 한 까닭은 무엇입니까?"

"미켈란젤로는 교회의 적이었나요?"

"프레스코는 어떻게 됩니까?"

"복원공사는 계속되고 있습니까?"

추기경은 이들 패거리 한가운데를 뚫고 지나가야만 했다. 그러면서 자신은 아무 말도 할 것이 없다. 노 코멘트다. 모든 질문은 바티칸 공보실에 가서 하라고 대답했다. 몹시 힘들여서야 비서는 옐리넥의 뒤에서 자동차 문을 닫았다. 그는 곧바로 출발했다. 아직도 자동차 뒤에 대고 기자들이 소리지르는 것이 들렸다.

"모두 알아내고야 말 겁니다. 아무것도 감추지 못해요, 추기경님. '1급 비밀'이라도 소용없어요!"

그들은 오후에 네미에서 만나기로 약속을 했다. 그림과 같은 네미 마을은 알반 산맥에 있는 같은 이름의 호수를 굽어보고 있었다. 그들이 만나기로 약속한 장소는 '디아나의 거울'(스페키오 디 디아나)이라는 이름이었다. 2층에 자리잡은 조용한 방에는 거울 달린 옷장 속에 가죽장정이 된 이 집의 손님 명부가 보관되어 있었다. 그 이름들 중에는 심지어 요한 볼프강 폰 괴테까지 들어 있어서 이 장소를 빛내주었다. 추기경과 은행가는 지금 처음으로 만났다. 그들은 서로 상대의 이름만 알고 있었다.

로마의 방카 우니오네의 은행장인 안토니오 아델만은 나이가 60은 족히 되어 보였다. 머리는 일찍 세고 섬세한 얼굴 모습에 명석하고 지적인 눈초리를 하고 있었다. 그는 곧바로 말을 시작했다.

"내가 이런 제안을 한 것에 분명 놀라셨겠지요, 추기경님. 하지만 당신이 애쓰고 계신 그 문제에 대해서 듣게 된 이후로 나는 줄곧 내가 아는 지식이 이 수수께끼를 푸는 데 적어도 하나의 퍼즐 조각이 되지 않을까 하고 생각해 왔습니다."

길고 하얀 앞치마를 두른 웨이터가 유리병에 담긴 네미 산 포도주를 가져왔다. 옐리넥은 대답했다.

"우선 말씀을 잘 들어보기로 하지요. 당신에게서 어떤 도움이 나올 수 있을까를 생각해 봤지만, 아니면 바로 그래서겠죠. 자 들어봅시다!"

은행가는 조심스럽게 말을 시작했다.

"추기경님, 혹시 모르고 계실까 봐 드리는 이야깁니다만, 나는 유대인이오. 지금부터 드릴 이야기는 오로지 이 사실에 근거하고 있는 것입니다."

"그 일이 미켈란젤로와 무슨 상관이 있지요?"

"물론 그것은 아주 오래되고 복잡하게 뒤엉킨 이야기지요. 상세히 이야기해야 할 것 같군요."

두 남자는 잔을 부딪치고 마셨다.

"추기경님, 잘 아시겠지만 무솔리니가 몰락하고 연합군과의 휴전협정 서명이 이루어진 다음, 1943년 9월에 독일군이 로마를 점령했지요. 동시에 미군이 이 나라 남쪽, 살레르노 섬에 착륙했어요. 앞으로 어떤 일이 일어날까 하는 두려움이 로마 전역에 퍼졌지요. 특히 이 도시에 살던 8,000명의 유대인은 더했어요. 나는 당시 젊었고 아버지의 은행에서 실습을 하고 있었습니다. 부모님께서는 로마의 유대인들에게도 프라하의 유대인들과 똑같은 일이 일어날까 두려워하셨소. 그래서 아버지는 우리가 처음 3일간을 살아남을 수 있다면 기회가 생기는 거라고 말씀하셨지요. 이 9월 10일 저녁에——나는 이날을 절대 잊지 못할 겁니다——아버지, 어머니, 나, 그렇게 우리 셋은 집에서 기어나와 유대인이 아닌 아버지 친구분의 차고로 가서 낡은 트럭 속에 몸을 숨겼어요. 밤이면 들킬까 봐 두려워하면서 모든 발걸음, 모든 소리 하나에도 귀를 기울였지요. 사흘 뒤에 나는 처음으로 은신처에서 밖으로 기어나왔어요, 배고픔에 밀려나온 거죠. 나치는 유대인들이 금 1톤을 모아주는 대가로 아무 문제 없이 거리를 활보할 수 있게 해준다는 말을 들었어요."

"나도 그 이야긴 들었소."

옐리넥이 말했다.

"그들은 절반만 모으고 나머지 절반은 교황에게서 빌리려 했다더군요."

"그 많은 금을 모으기가 그렇게 간단한 일이 아니었어요. 대부분의 부유한 유대인들은 벌써 도망친 다음이었기 때문이지요. 우리의 신앙형제 한 사람이 아벤틴 언덕에 있는 오라토리오 수도원장과 친구 사이였고, 그래서 그에게 찾아가서 바티칸에서 모자란 금을 좀 빌려달라고 청했습니다. 교황은 금을 빌려주는 데 찬성했어요. 9월 28일에 우리는 개인 자동차 여러 대에 금을 나누어 싣고 타소 거리에 있는 비밀경찰 본부 앞으로 가서 금을 양도했어요. 이 요구가 실현된 다음 로마의 유대인들은 안전할 줄 알았지요. 그러나 그것은 잘못이었소. 나치는 가택수색을 벌였고, 우리 유대인 회당에서 예술품들을 훔쳐갔어요. 그 과정에 유대인 공동체의 주소록이 그들 손에 들어갔소. 며칠이 지나 밤 2시경에 나는 집 대문을 마구 두드리는 소리를 들었어요. 이웃 사람이 나직하게 소리치더군요. '독일군이 트럭을 몰고 오고 있어요!' 라고. 우리는 다시 전에 숨었던 차고에 숨었지요. 이틀 동안 우린 숨어 있었어요. 사흘째에 아버지는 은신처를 떠났지요. 아버지는 집에서 몇 가지 물건을 가져오려고 했던 겁니다. 그리고 다시는 돌아오지 않았어요. 뒤에 들으니 다음날 티부르티나 정거장에서 수많은 유대인을 실은 열차가 독일 방향으로 떠났다고 하더군요."

옐리넥은 당황해서 침묵했다.

아델만이 말을 계속했다.

"로마는 혼란스런 대도시요. 우리 공동체 회원 대부분은 교회와 수도원 어딘가에 몸을 숨길 수가 있었지요. 몇 사람은 바티칸에서 은신처를 구하기도 했고요. 나는 어머니와 함께 아벤틴 언덕의 오라토리오 수도원에서 살아남았어요. 추기경님, 물론 이렇게 물어보시겠지요. '이 모든 것이 시스티나 천장의 비밀문자와 무슨 상관이 있다는 거지?' 그러나 역사는 아이러니가 없지도 않습니다. 나치 시대에 우리 유대인에게 은신처를 제공했던 바로 그곳, 오라토리오 수도원에서 그 온갖 소동이 지나고 나자 이번에는 옛날 친위대원들이 은신하게 되었으니까요. 물론 그 사실을 나는 훨씬 뒷날에야 알게 되었습니다. 옛날 나치 친위대원들의 조직체인 오데사가 아벤틴의 오라토리오 수도원을 회원들의 이주를 위한 교두보로 삼았습니다."

"그 말은 못 믿겠소. 정말 믿지 못하겠소."

엘리넥 추기경이 외쳤다.

"압니다, 정말 엉뚱하게 들리지요. 하지만 추기경님, 사실입니다. 이런 일은 최고위층의 재가를 받고 이루어졌어요. 심지어 바티칸에도 알려졌던 일입니다."

"지금 무슨 말을 하시는지 알고 계십니까?"

엘리넥이 흥분했다.

"당신은 그러니까, 교황이 알고 있는 가운데 가톨릭 교회는 나치 전범자들이 외국으로 도망치는 것을 도왔다고 주장하시려는 겁니까?"

"자발적인 의지에서는 아니었지요, 추기경님. 그리고 바로 그 점이 제가 말하려는 논지입니다. 당시 나치가 교회에 압력을 가할 어떤 중요한 것을 손에 쥐고 있다는 소문이 돌았어요. 교회가 오데사의 요구에 굴복할 수밖에 없게 만드는 어떤 치명적인 것을 말입니다. 그리고 그와 관련해서 미켈란젤로라는 이름이 나왔습니다. 미켈란젤로와 관계가 있는 일이라고 들었습니다."

추기경은 자기 앞 식탁 위에 놓인 포도주 잔을 뚫어져라 바라보았다. 그는 마치 얼굴이 마비된 듯이 보였다. 한참 동안이나 두 사람은 침묵하고 있었다. 그런 다음 옐리넥이 말했다. 산만하게 말을 더듬으면서.

"내가 제대로 이해한 것이라면—그러니까 그 말뜻은—나로서는 전혀 상상도 못할 일이긴 하지만—오 하느님, 당신 말이 옳다면 그것은 나치가 미켈란젤로를 이용했다는 뜻이 되겠군요. 하느님, 미켈란젤로는 400년 전에 죽었어요! 대체 어떻게 미켈란젤로가 압력수단이 될 수 있단 말입니까? 그가 교회에 어떤 해를 입힐 수 있다는 말이지요?"

아델만이 대답했다.

"정확하게 그런 뜻입니다. 이 점을 이해하셔야 합니다, 추기경님. 내가 이 사건에 대해서 알게 되었을 때는 벌써 20년이나 지난 다음이었어요. 이 사건은 내게 너무나 엄청난 것으로 여겨져서 더는 이 문제에 관심을 갖지 않았습니다. 지나간 일에 마침표를 찍었던 거지요. 이 불행한 시기를 더는 기억하고 싶지도 않았어요. 하지만 지금 미켈란젤로 문자에 대한 이야기를 듣고 보니, 늙은 오라토리오 수도원장이 여러 해가 지난 다음 들려주었던 이야기가 생각났습니다. 그리고 어쩌면 이 이야기가 당신에게 도움이 될지 모른다고 생각했지요. 그리고 아주 아무 이유도 없는 것만은 아닙니다. 나는 은행가며, 바티칸 은행과 사업을 하고 있어요. 나는 이 문제가 빨리 해결되기만을 바랍니다. 은행사업이란 게 평화를 필요로 하거든요. 불안한 시대는 언제나 사업이 불리해요—당신이 내 말뜻을 이해하신다면."

"이해합니다."

추기경은 얼빠진 사람처럼 말했다.

"불안한 시대는 사업에는 나쁜 법이지요."

이 이야기가 끝난 다음 옐리넥은 명료한 사고를 할 수가 없었다. 두 사람은 헤어졌고, 추기경은 검푸른 피아트의 뒷좌석에 자리를 잡았다. "집으로" 하고 그는 기사에게 말했다. 그는 기사와 이야기를 나눌 마음이 없었다.

벌써 어둑어둑해졌다. 그들 앞에 놓인 영원한 도시 로마는 먼 저편 평원에서 수많은 불빛으로 빛나기 시작했다. 옐리넥은 앞유리창을 통해 먼 곳을 내다보았다. 그는 아직 시간이 있을 때 조사를 중단하라는 피오 신부의 경고를 생각했다. 그러나 다음 순간 벌써 자신의 비겁함에 대한 분노에 사로잡혔다. 그는 아프도록 주먹을 움켜쥐었다. 이 비밀을 풀고야 말리라, 기어이 풀고야 말리라.

같은 시간 아우구스티누스 신부는 바티칸 서고에 앉아서 아불라피아의 「기호의 서」를 속에 감추고 있는 이상한 「예레미야서」 생각을 하고 있었다. 그는 분류기호를 관찰하고 머리를 옆으로 흔들었다. 분류기호는 책에 비해서 형편없이 최근의 것이었다. 그것도 2차대전이 끝나고 난 다음에야 문서고로 편입된 것이 분명했다. 하지만 그것이 왜 제한구역에 있단 말인가? 아우구스티누스는 라틴어로 번역된 작은 문자들을 읽어보려고 애썼다.

가장 작은 자들 중의 하나인 이름없는 나는 정신적인 확장의 길을 향해 내 심정을 탐구하여 인식발전의 세 가지 방식을 찾아냈으니 곧 잘 알려져 있는 방식, 철학적 방식, 카발라 방식이다. 잘 알려져 있는 방식은 가능한 모든 인위적 수단을 다 동원하여, 친근한 세계의 모든 이미지를 영혼에서 쫓아내려고 하는 금욕주의자들이 주로 행한 방식이다. 정신화된 세계의 이미지 하나가 영혼으로 들어오면 그들의 상상력은 대단히 고양되어 예언을 할 수 있게 되고, 그 과정에서 그들은 강신(降神) 상태에 빠져든다.

철학적 방식은 중심에 접근하기 위해, 자연탐구 및 신학과 유사성을 가진 학문에서 지식을 습득하는 것에 기초한 방식이다. 이러한 방식을 통해서 탐구자는 어떤 것들이 예언으로 채워져 있다는 인식에 도달한다. 그는 인간 이성을 확대하고 심화함으로써 이것들이 나온다고 믿는다. 그러나 실제로 그것은 철자들로서, 그것들이 그의 사유와 상상력에 붙잡혀 움직이면서 그에게 영향을 미치는 것일 뿐이다.

하지만 너희가 내게 다음과 같이 어려운 질문을 던진다면, 어째서 우리는 철자를 말하고 그것을 움직이게 하며 그것으로 어떤 작용을 일으키려고 하는가 하고 묻는다면 답변은 세 번째의 길에 있으니, 곧 영성(靈性)을 불러오는 것이다. 여기서 나는 내가 이 영역에서 체험한 것을 보고하고자 한다.

아우구스티누스는 탐욕스럽게 읽었다. 그의 눈은 작게 인쇄되어서 읽어내기 어려운 페이지들을 따라갔다. 그러면서 그는 자기가 무엇을 찾는 중이었던가 하는 것마저 까맣게 잊어버렸다.

아불라피아는 이렇게 적었다.

야훼께서 나의 증인이시다. 나는 전에 유대 신앙에서, 그리고 토라와 탈무드에서 배운 것에서 강함을 얻지 못했다. 나의 선생들이 철학적인 방법으로 내게 가르쳐준 것은 어떤 지식인 신자, 그러니까 아주 오래된 과거의 지식을 지닌 카발라 학자 한 사람을 만나기 전까지는 내게 아무 소용이 없었다. 그가 지닌 이 지식은 각자가 가진 신앙에 따라 기운을 북돋워주기도 하지만 두렵게 만드는 것이기도 하다.

그는 내게 철자들을 치환하고 결합시키는 방법과, 숫자신비학을 가르쳐주고 그것을 오래 탐구하라 명하였다. 한번은 그가 내게 전혀 이해할 수 없는 철자결합들과 신비의 숫자들로 이루어진 책들을 보여주었다. 오로지 전수받은 사람만이 이해할 수 있을 뿐, 보통의 인간은 이해할 수 없는 책들이었다. 원래 이런 사람들을 위한 책이 아니기 때문이다.

얼마 뒤에 그는 그 높은 망아경으로 이끌어가는 미끼를 나에게 던진 것을 후회하고 내게서 도망치려고 했다. 그러나 그의 수많은 비밀들에 이끌려서 나는 밤낮으로 그를 따라다녔다. 그리고 나는 이상한 일들이 나의 내부에서 일어난 것을 확인했다. 나는 개처럼 그의 문 앞에서 잠을 잤다. 마침내 그는 나를 불쌍히 여겨서 나와 속 깊은 대화를 했다. 거기서 나는 이 깨달은 사람이 내게 모든 지식을 전수하기 전에 세 가지의 시험이 필요하다는 사실을 알게 되었다.

그는 위협하기를, 이 시험들은 일종의 불의 시련으로서 절대적 침묵을 요구한다고 했다. 그리고 나는 그에 관해서는 침묵하고자 한다. 그러나 교황과 가톨릭 교회에 관계된 것에 대해서는 침묵하지 않겠다. 나는 가장 낮은 것을 가장 높은 것으로 올리기로 결심했다. 그리고 복음서 저자 루가가 거짓말을 했다는 사실을 알리는 바이다. 나로서는 비난받을 어떤 의도에서인지 아니면 더 나은 지식을 거슬린 것인지 말할 수가 없다. 그러나 여기서 명료한 말로써 고하노니…….

아우구스티누스는 페이지를 넘겼다. 그러나 결론부분이 없었다. 그는 다음 페이지가 책에서 뜯겨나간 것을 확인했다. 아우구스티누스는 혹시 없어진 페이지를 찾을까 해서 책장을 이리저리 넘겨보았지만, 누군가가 그 언젠가 이 책을 손에 잡고서 이 책의 진짜 비밀을 없애버렸다는 사실을 받아들이지 않으면 안 되었다.

신부는 얼굴에서 피로를 씻어내려는 듯이 손으로 이마와 눈을 쓸어내렸다. 그런 다음 일어나서 천천히 책상 앞을 왔다갔다하였다. 그의 걸음소리가 텅 빈 서고 안에 울려퍼졌다. 수도사 방식으로 두 손을 수도복 소매 속에 감추고 그는 방금 읽은 것을 되새겨보았다. 그중 많은 것을 이해할 수 없었다. 그는 오랫동안 복음서 저자 루가가 거짓말을 했다는 구절을 생각해 보았다. 아불라피아는 이런 주장으로 무엇을 말하려고 했던 것일까?

루가는 초기 이방인 기독교도의 한 사람이었다. 사도 바울로를 도왔던 인물로, 뒷날 바울로의 행적을 「사도행전」에 기록하여 남겼다. 그는 최초로 복음서를 쓴 사람도 아니었다. 그 사이에 알려지게 된 일이지만 최초의 복음서를 쓴 사람은 마르코로서, 「마르코 복음서」는 주후 60년에 씌어졌다. 그것은 루가와 마태오가 쓴 복음서의 원전이 되었다. 그에 반해서 마지막으로 나타난 「요한복음서」는 나머지 세 개 복음서와 별로 공통점이 없다. 모든 복음서들은 서로 방식은 다르지만 예수의 삶과 죽음에 대해서, 그리고 부활하신 주님의 이야기를 전하고 있다. 아불라피아가 특별히 루가를 지칭하여 거짓말을 했다고 말한다면 대체 무엇을 뜻하는 것인가? 이 지점에서 아우구스티누스 신부는 생각이 막혔다.

해답을 알기 위해서는 이 마지막 페이지가 뜯겨나가지 않은 또 다른 「기호의 서」를 찾아내는 도리밖에 없다는 것이 분명했다. 그러나 대체 어디서 또 다른 책을 찾아낸단 말인가? 당시만 해도 책의 부수는 극히 적었기 때문에 단 한 권만 남아 있는 경우도 많았다. 게다가 이런 카발라 서적은 어차피 이 기독교 도서관에 또 다른 책이 있기가 어려웠다.

옐리넥과 아우구스티누스 신부는 다음날 아침에 만났다. 추기경은 신부에게 아무런 소식도 전하지 않았지만 결정적인 페이지가 없다는 소식을 듣고 놀랐다. 이 모든 일이 서로 어떤 내적 연관성을 가진 것인지 두 사람은 도무지 이해할 수 없었다.

옐리넥이 말했다.

"때때로 나는 우리가 미켈란젤로의 비밀에 거의 도달했다고 느껴요. 하지만 다음 순간이면 벌써 우리가 도대체 이 저주의 흔적이라도 제대로 찾아낸 것인지 의심하게 됩니다."

## 영원한 비밀은 없다
성 요셉의 축일

벤노 수사는 이른 아침에 바티칸 주랑에 자리잡고 있는 장식 없는 순례자 사무실을 찾아갔다. 그는 교황을 알현하려고 했다. 사제는 그에게 수요일을 지적해 주었다. 이날 일반인 접견이 있다는 것이다. 그러나 일반인 접견에서는 성하와 개인적으로 이야기를 나눌 수는 없다고 했다. 성직자와 수도사들에게도 예외는 없다는 것이다.

"하지만 나는 성하께 말씀드릴 것이 있다니까요! 아주 중요한 일입니다."

벤노 수사가 화가 나서 소리쳤다.

"그렇다면 서면으로 제출해 주십시오."

벤노가 대답했다.

"서면으로요? 그건 불가능합니다. 이 일은 오직 교황께만 알릴 수 있으니까요!"

사제는 상대방을 머리끝에서 발끝까지 훑어보았다. 그러나 그가 무슨 말을 하기도 전에 벤노가 말했다.

"시스티나 예배당의 발견과 관계된 일입니다."

"그런 일이라면 바티칸 건물 및 박물관장인 파바네토 교수 담당입니다. 아니면 옐리넥 추기경님이 조사를 맡고 계십니다."

벤노 수사가 다시 말을 시작했다.

"이것 보세요. 교황님께 말씀드려야 한다니까요. 아주 중요한 일입니다. 벌써 오래전 일이지만 아무 문제도 없이 요한 바오로 1세와 이야기를 했어요. 그러기 위해서 전화 한 통화로 충분했단 말입니다. 그런데 지금은 이렇게 힘들게 되었습니까?"

"교리 문제 성무청에 당신의 신청을 올리겠습니다. 어쩌면 옐리넥 추기경님이 당신을 맞아들일 겁니다. 그러면 그분께 소원을 말씀드리시지요."

"소원이라고?"

벤노 수사는 쓰디쓴 웃음을 터뜨렸다.

성무청에서 옐리넥 추기경의 비서는 다음 주에 오라는 말로 벤노 수사를 위로했다. 이것이 옐리넥 추기경님과 이야기할 수 있는 가장 빠른 시간이라는 것이다.

벤노는 자신의 정보가 중요한 것이라고 고집을 부렸다.

비서가 대답했다.

"하지만 알아두십시오. 지금은 미술사가들이 아예 패거리로 약속을 원하고 있어요. 그들 모두가 자기가 이 문제에 대한 해결책을 가지고 있다고 주장하죠. 그러고는 전혀 새롭지 않은 이야기만을 합니다. 대부분의 사람들은 자기들의 이론으로 인정을 받고 자기 이름을 알리려는 거요. 내 솔직한 말을 나쁘게 생각지 마십시오, 벤노 형제. 약속대로 내주에 다시 보십시다."
 벤노 수사는 공손하게 감사인사를 하고 오던 길을 되짚어서 성무청을 떠났다.

# 가까이 가다
### 사순절 다섯째 주일 지난 월요일

　수난 주일 지난 월요일에 위원회가 다시 모였다. 커다란 원탁 위에는 「예레미야서」라는 껍질 안에 들어 있는 「기호의 서」가 놓여 있었다.
　개회를 하고 성령을 부른 다음 추기경과 주교들, 존경하옵는 신사분들과 수도사들은 옐리넥 추기경에게 「기호의 서」를 대체 어디서 찾아냈는가 하는 질문을 퍼부어댔다. 추기경은 대답했다. 비밀서고에서 그 장소에 어울리지 않는 책이 자기 눈에 띄었다. 「예레미야서」는 비밀문서가 아니기 때문이다. 자세히 살펴보니 「예레미야서」는 책 껍질과 겨우 몇 페이지뿐이고, 원래 카발라 학자 아불라피아의 붓끝에서 나온 책이 그 속에 감추어져 있다는 것을 알았다.
　"시스티나 천장에 새겨진 그 아불라피아요?"
　주세페 벨리니 추기경이 물었다.

"교황 니콜라우스 3세께서 불태워 죽이라 명령하신 그 아불라피아요."

"그렇다면 그 책이 사라진 게 아니었군."

참석자들은 거칠게 서로 이야기를 주고받았다. 마리아 시종회의 피오 뤼지 찰바는 여러 번이나 십자를 그었다. 옐리넥은 어쩔 줄을 모르고 그 모습을 바라보았다.

"이 점을 어떻게 설명드려야 할지 모르겠습니다."

그는 조심스럽게 말을 시작했다.

"여러분이 어떻게 생각하시든 이 책의 가장 중요한 페이지는 사라졌어요. 뜯겨나가고 없습니다."

그러자 벨리니 추기경이 소리지르기 시작했다. 이 모든 일을 음모 게임이라고 생각한다. 위원회의 어떤 사람들은 벌써 오래전에 비밀의 해답을 알고 있다. 이 해답이 신앙에 끔찍하고 참을 수 없는 것이라고 하더라도, 그리고 신도들에게는 감추어야 할 일이라 하더라도 이 위원회의 위원들은 그 배경을 알 권리가 있다는 것이었다.

옐리넥이 성급하게 대답하였다.

"그리스도 안의 형제여, 그런 말씀을 하신 것이 내가 이 페이지를 없애버린 사람이라는 암시라면, 이런 의심을 완강하게 물리치는 바입니다. 이 위원회를 이끄는 사람으로서 사건을 밝혀내는 것보다 더 중요한 것은 없습니다. 진짜 해답을 감추어서 내게 어떤 이익이 있단 말입니까?"

국무 추기경 줄리아노 카스코네가 벨리니에게 자제하라고 경고하고, 「기호의 서」에서 없어진 페이지가 그토록 중요한 것이며 이 사태의 해답을 제시해 주는 것인지 잘 생각해 보라고 말했다.

"아우구스티누스 신부가 지난번에, 유대인 아불라피아에게서 비밀문서를 빼앗았다는 내용의 양피지 문서를 제시하지 않았습니까, 추기경님? 이 문서가 오래전에 파기되었다고 보는 것이 더 적절하지 않을까요?"

가톨릭 교육기관 담당 감독관인 프란티섹 콜레츠키 추기경이 말을 받았다.

"이런 유대 신비주의자의 책은 단 한 권만 있었던 것은 아닙니다. 아우구스티누스 신부 같은 사람이라면 별로 힘들이지 않고 세계의 그 어떤 도서관에서 또 다른 책을 찾아낼 수 있을 것 같은데……."

아우구스티누스가 대답했다.

"지금까지 모든 시도가 실패로 돌아갔습니다. 「기호의 서」라는 책은 어느 곳에도 목록에 나와 있지 않아요."

"유대인 책이니까 그렇지! 유대 도서관에 알아봐야 하지 않을까요?"

이런 토론에는 관심도 두지 않고 옐리넥은 성직자 평복에서 편지를 꺼내더니 그것을 높이 쳐들고 말했다.

"「기호의 서」에서 없어진 페이지 대신, 이 편지를 발견했어요. 이것은 우리 모두가 아는 사람, 피오 세고니 신부가 쓴 것입니다. 하느님, 그의 가련한 영혼에 은총을 내리소서."

갑자기 조용해졌다. 모두들 추기경의 손에 들어 있는 한 장의 종이를 뚫어질 듯이 바라보았다. 추기경은 단어들 사이를 짤막하게 끊으면서, 더 늦기 전에 이 자리에서 조사를 중단하라는 베네딕트 수도사의 경고를 한마디 한마디 읽어내려 갔다.

"피오는 모든 것을 알고 있었군, 모든 것을 알고 있었어!"

벨리니 추기경이 나지막하게 말했다.

"맙소사!"

엘리넥은 편지를 내주었다. 그래서 모두가 직접 편지를 볼 수 있었다.

국무추기경이 말했다.

"이 「기호의 서」에 어떤 내용이 적혀 있는지 설명해 주시겠소? 그러니까 이상한 방식으로 사라져버린 마지막 페이지 이전까지라도 말이오."

엘리넥 추기경이 대충 다음의 내용을 말했다. 무엇보다도 카발라 인식론에 관한 내용이다. 이것은 거룩한 어머니 교회에도, 그리고 현재의 사건에도 그다지 중요한 것은 아니다. 다만 책 마지막 부분에서 아불라피아는 자기를 가르친 선생이 세 가지 시험을 치른 다음, 전수받은 지식을 자기에게 가르쳐주었다고 보고한다. 이 지식들 중에는 교황 및 교회와 관계된 것들도 있다. 그리고 이것은 루가복음이 거짓말이라는 암시에서 정점에 이르고 있다는 내용이다.

"루가복음이 거짓말이라고?"

콜레츠키 추기경이 손으로 책상을 내리쳤다.

"아불라피아의 주장이오."

"그 이상의 말은, 그 어떤 암시라도?"

"이어지는 페이지에 있어요. 그리고 그 페이지가 사라진 것입니다."

위원들 사이에 긴 침묵이 찾아왔다. 마침내 국무 추기경 줄리아노 카스코네가 말을 했다.

"그리스도 안의 형제들이여, 없어진 페이지에 설명이 들어 있다고 누가 우리한테 장담하겠소? 설사 그렇더라도 그것이 미켈란젤로가 아불라피아를 언급한 이유라고 누가 장담할 수 있겠습니까? 우리는 아무래도 피렌체 사람의 속임수에 넘어간 것 같군요."

아우구스티누스 신부가 말을 받았다.

"그래도 어쨌든 추기경님, 당신의 표현대로 이 속임수가 피오 신부에게는 목숨을 끊을 만큼 중요했던 것이지요."

추기경과 주교와 신사들은 헤어지면서 「기호의 서」의 다른 책이 나타나는 이후로 약속 날짜를 미루었다.

저녁 늦게 카스코네와 카니지우스가 국무 추기경 집무실에서 만났다.

카스코네가 말했다.

"그럴 줄 알았어. 그리고 자네도 이 우스꽝스러운 철자가 우리에게 위험하게 될지도 모른다고 의심을 했지. 조사란 언제나 교황청에는 위험한 일이었어. 요한 바오로를 생각해 봐!"

카니지우스는 이 이름이 언급되자 고통을 느끼는 듯이 얼굴을 찌푸렸다.

국무 추기경이 다시 말했다.

"요한 바오로가 그 어떤 비밀문서를 뒤적거리지만 않았더라도 아직 살아 있을 텐데 말이지. 정말이지 이 불쾌한 종교회의가 열렸더라면 결과는 이루 헤아릴 수도 없었을 게야. 요한 바오로는 교회를 위기에 빠뜨렸을 거야. 아니, 생각할 수도 없는 일이야."

카니지우스가 고개를 끄덕였다. 그는 두 손으로 뒷짐을 지고 카스코네 앞을 오락가락 거닐었다. 카스코네는 붉은 천을 댄 바로크식 의자에 자리를 잡고 앉아 있었다.

"종교회의의 주제는 교회에 치명적인 것이었을 게야. 근본적인 교리 문제에 대한 종교회의라니! 생각할 수도 없는 일이야! 그가 그런 계획을 공표하지 못한 게 다행이지."

"정말 다행이야."

카스코네가 말을 되풀이하며 허리를 굽히면서 십자를 그었다.

카니지우스가 갑자기 멈추어 서서 말했다.

"시스티나 위원회는 가능한 한 빨리 중단되어야 하네. 상황이 당시 요한 바오로 때하고 비슷해. 사방으로 냄새를 맡고 다니잖아. 옐리넥이란 작자는 통 마음에 들지 않는데다가 아우구스티누스는 더 마음에 안 들어."

"이놈의 철자가 뒤에 어떤 것을 숨기고 있는지 알았더라면, 장담하지만 그 철자들을 지워버리게 했을 거야."

"아우구스티누스를 다시 불러와서는 안 되었던 거야."

카스코네가 벌컥 화를 냈다.

"그가 짧은 기간만 통치했던 모든 교황들에 관한 자료를 수집하고, 그중에는 요한 바오로의 것도 있다는 것을 알고는 그를 해고했네. 하지만 피오 세고니의 자살 사건이 끼여드는 바람에…… 나로서는 그를 불러오지 않을 수 없었지. 그를 데려오는 것을 거부했더라면 의심만 샀을 거야."

"이 상황에서는 오직 한 가지 가능성밖엔 없는 것 같아. 자네 직권으로 위원회를 끝내. 위원회는 목적을 이루었다, 미켈란젤로는 이단자의 이름을 시스티나 천장에 새겨서 복수를 한 것 같다, 이 설명으로 충분해. 교회도 교황청도 그것으로 해를 입지 않을 거야."

국무 추기경 줄리아노 카스코네는 그러마고 약속하였다.

## 고리가 이어지다
### 성모의 수태고지 축일

"저를 부르셨습니까, 원장님?"

"그렇소."

오딜로 원장은 아우구스티누스 신부를 자신의 개인 서재로 들이더니 서둘러 문을 닫았다.

"한번 더 이야기하고 싶었소."

"지하실에 있는 물건들 때문에요?"

"그렇소."

오딜로 원장이 아우구스티누스에게 의자를 내밀었다.

"당신도 이제 전체 맥락을 알았으니 그것이 드러나지 않도록 힘을 써야 하오. 피오의 죽음에 대한 조사는 나를 점점 불안하게 합니다. 나는 그들이 어쩔 수 없이 우리 비밀에 도달하게 될까 봐 불안해요. 우리 수도원에 손님이 와 있는 것을 분명히 보셨겠지요?"

"그 독일 베네딕트 수도사요? 어째서 그를 받아들이셨습니까?"

"그것은 기독교도의 의무요. 형제여, 우리는 자리가 있는 한 모든 수도원 형제들을 받아들여야 하오. 나는 그가 그토록 이상한 조사를 하려는 줄 몰랐소. 그는 미켈란젤로 자료가 들어 있는 부스타를 찾는다는 게요. 성모 마리아에 걸고 나는 여기에 미켈란젤로 자료는 없다, 어쨌든 전에 그런 것이 있었다 하더라도 지금은 없다고 말했소. 하지만 벤노 수사가 나를 믿지 않는 것 같소. 내가 벤노 수사를 안 믿는 것처럼 말이오. 당신은 그가 정말로 학자인지, 아니면 실제로는 전혀 다른 일을 꾸미고 있는지 알아낼 수 있을 만큼 충분한 지식을 갖고 있지 않소."

아우구스티누스는 고개를 끄덕였다.

다음날 바티칸 사서 아우구스티누스는 저녁식사가 끝난 다음 낯선 수도사의 식탁에 자리를 잡고 앉았다. 약속대로 오딜로 원장은 두 사람만 남겨두고 물러났다.

"혹시 손님의 일을 도와드려도 될까요?"

벤노 수사는 이 제안에 감사를 하며 이미 원장에게 설명했던 일을 다시 설명했다. 자신은 미켈란젤로 자료들이 들어 있는 부스타들을 찾고 있다, 여러 해 전에 이곳에서 자신이 직접 그것들을 가지고 작업을 했다. 이 자료들은 바티칸 문서고로 자리를 옮겼는가 하고 의문을 품었다.

"내가 아는 한은 아니오."

아우구스티누스는 고개를 가로저었다.

"말해 보시오, 형제여, 그것은 어떤 자료입니까? 당시 당신의 연구는 무엇에 관한 것이었나요?"

벤노 수사는 깊이 공기를 들이마셨다.

"그리스도 안의 형제여, 당신은 아실 겁니다. 나는 당시 아직 수도복을 입지 않았고 그저 젊은 미술사가였어요. 당시 아직 기술이 발달하지 않아 수술할 수 없는 눈의 통증으로 인해서 나는 두꺼운 안경을 써야 했고, 그래서 군대에 면제되었지요. 독일의 장학금을 받아서 나는 전쟁기간 동안 이곳에서 연구를 계속했어요. 나는 모든 천재 중에 가장 수수께끼 같은 미켈란젤로에 빠져 있었소. 그리고 이런 맥락에서 시스티나 천장화를 연구했어요. 내 말을 믿어주시오, 그리스도 안의 형제여, 나는 자주 시스티나 예배당에 머물면서 아주 오랫동안 머리를 뒤로 젖히고 위만 쳐다보아서 마지막에는 미켈란젤로가 천장화를 그릴 때처럼 경련을 일으키곤 했지요. 오라토리오 수도원 도서관에는 당시 미켈란젤로의 편지들이 보관되어 있었소. 그의 그림의 의미와 그 자신의 정신적 태도에 대해서 해명해 주는 중요한 자료들이었지요."

"미켈란젤로는 모든 편지와 고백들을 죽기 직전에 태워버렸소. 그것은 사가들 사이에는 잘 알려진 일일 텐데요."

벤노 수사는 꾸며낸 미소를 지으며 머리를 옆으로 저었다.

"맞는 말씀이오. 하지만 맞지 않기도 하지요. 미켈란젤로는 자기로서는 중요하지 않게 여겨지는 것을 모두 태웠어요. 하지만 제자이자 친구인 아스카니오 콘디비에게 봉인된 쇠상자를 남겼고, 그 안에는 오로지 그의 유서만 남아 있었다고들 하지요."

그리고 덧붙여서 말했다.

"하지만 그것은 사실이 아닙니다, 아우구스티누스 형제님. 나는 내 눈으로 직접 그 궤짝에서 나온 편지들을 보았어요. 그리고 이 수도원에 그 편지들이 있었어요. 미켈란젤로가 특히 교리 문제를 논한 편지들이었지요. 나는 그 자료에 빠져서 놀라운 발견을 했고, 시스티나 천장화에서 그것을 확인했습니다. 높으신 하느님, 정말 흥분된 시간이었지요! 당시 독일군이 바티칸 시국을 정복하여 모든 예술품과 서류들을 확보하고, 교황과 교황청을 안전한 북부로 보낼 것이라는 소문이 돌았어요. 소문에 따르면 히틀러는 교황이 연합군의 손에 들어가서 그들의 영향권 아래 들어가는 것을 바라지 않았다고 하더군요. 교황은 도이칠란트나 리히텐슈타인으로 데려가야 한다고……. 나치는 벌써 이런 계획을 맡아 미술작품을 운반하는 일을 수행할 미술전문가를 선발하고 있었지요. 이탈리아어말고도 라틴어와 그리스어를 잘하는 전문가를요. 그리고 그 리스트에는 내 이름도 들어 있었어요. 그 계획을 들은 교황 피우스 12세는 자발적으로 바티칸을 떠나지 않겠노라고 말했습니다. 나치가 자신을 데려가려고 한다면 억지로 그렇게 해야 할 것이다. 그로서는 단 한 점의 미술작품도 내주지 못하겠다고 말입니다. 당시 바티칸은 이미 비밀경찰의 감시를 받고 있었고, 비밀경찰 몇 명과 친위대 일부가 이곳 오라토리오 수도원에 머물고 있었어요. 군인들이 시간을 보낼 수 있도록 나는 강연을 하곤 했는데, 당시 그들이 주의 깊은 청중이었다는 점은 인정해야겠군요. 어느 날 저녁 나는 미켈란젤로 이야기를 했습니다. 내가 발견한 것을 말했지요. 미켈란젤로가 황제들에게 품었던 미움과 그의 카발라적 성향을 말입니다. 젊은 탐구자의 열광으로 내가 찾아냈던, 교회에는 위험할 수도 있는 서류들에 대해 이야기하고 다음번 강의 때 원본을 제시하겠노라고 약속했습니다. 그날 저녁에 나는 그 사람들이 내 작업에 대해 기대 밖으로 엄청난 관심을 가진 것을 보았습니다. 다음날 아침, 아직 날도 밝기 전에 어떤 제복 입은 작자가 나를 깨우더니 징집명령을 전달하더군요. 발령지는 고향이었지요. 깜짝 놀란 채 나는 짐을 꾸려야 했고, 도서관에 한 번 더 가보려고 했지만 도서관은 봉쇄되어 있었어요. 친위대원 한 사람이 내가 들어가는 것을 가로막더군요. 나야 더 잃어버릴 것도 없었지요. 그래서 이미 복사해 두었던 미켈란젤로의 편지 원본을 되돌려놓는 것이 불가능했지요."

아우구스티누스는 고개를 가로저으며 물었다.

"그럼 당신은 언제 수도복을 입기로 결심하셨소?"

"채 반 년도 지나지 않아서였소. 폭탄이 떨어질 때 나는 그 속에 파묻혔어요. 사흘이 지나 숨이 답답해지기 시작하고 죽음이 바로 눈앞에 닥쳐왔을 때, 나는 살아서 이 위기를 벗어나면 수도원에 들어가겠노라고 맹세했지요. 몇 시간 뒤에 구조되었어요."

"그럼 지금은?"

"나는 교황님께 말씀을 드려야 합니다. 당신이 도와주시오!"

"그리스도 안의 형제여, 들어보시오. 교황님은 이 주제에는 전혀 관심이 없습니다. 그는 당신을 맞아들여 당신과 이 주제를 놓고 토론하는 것을 거부하실 겁니다. 옐리넥 추기경과 이야기해 보시지요."

"옐리넥? 옐리넥 추기경을 찾아갔더니 거기서도 역시 약속만 하고 밀어내던걸요."

"옐리넥 추기경은 이 문제를 다루는 위원회를 이끌고 있어요.

나는 그를 믿고 그는 나를 믿지요. 당신을 그분께 데려가는 일은 어렵지 않은 일이오. 당신을 위해 그 일을 해드릴 테니 준비하십시오."

# 성모여, 굽어살피소서

수난주간 월요일

옐리넥 추기경은 성무청에서 벤노 수사를 맞아들였다. 추기경은 수수한 검은 평복에 추기경 모자를 썼다. 그의 얼굴은 진지하고 이마에 깊은 가로 주름살이 두 개나 패였다. 붉은 모자 아래 드러난 흰 머리는 확고한 의무감을 지닌 관리처럼 엄격하게 가리마가 타져 있었다. 둘로 갈라진 턱 위에 자리잡은 좁은 입술이 꼭 닫혀 있었다. 이 얼굴만 보고는 어떤 생각이 이 사람의 마음을 움직이는지 알 수가 없었다. 커다란 고대의 책상 뒤에 있는 그의 모습은 초대받지 않은 손님에게 경외심을 불러일으켰다.

"아우구스티누스 신부가 당신 이야기를 하더군요."

옐리넥은 그에게 손을 내밀었다.

"교황청이 이 사건을 조심스럽게 다루는 것을 이해하시겠지요. 한편으로 이것은 상당히 까다로운 문제이고 또 다른편으로는 수많은 사람들이 이 일을 위해 뭔가 도움을 줄 수 있다고 생각하거든요. 처음에는 우리도 온갖 소리를 다 경청했어요. 하지만 해결에 도움이 되는 것은 단 하나도 없더군요. 그래서 우린 뒤로 물러서게 된 겁니다. 이해하시겠지요?"

벤노 수사는 고개를 끄덕였다. 그는 꼿꼿한 자세로 추기경 맞은편에 앉아 있었다.

"벌써 여러 해 전부터 몹시 마음을 괴롭히는 짐을 짊어지고 있습니다. 나는 외딴 수도원에서 내가 아는 것을 마음속에 지니고 살아갈 수 있으리라고 생각했지요. 이 앎을 그 어떤 기독교도에게도 털어놓지 않을 만큼 자신이 충분히 강하다고 믿었던 겁니다. 한번 드러나면 비밀은 언제나 또 다른 불행을 이끌어들일 것이니 말입니다. 그러다가 시스티나 예배당의 발견과 조사가 이루어진다는 소식을 들었어요. 그래 이렇게 혼잣말을 했지요. 내가 미켈란젤로의 위험성을 올바른 사람들에게 설명한다면, 어쩌면 그 해독을 좀 줄일 수 있을 것이라고 말입니다. 나는 교황님께 말씀드리려고 했어요. 나 자신을 부각시키기 위해서가 아니라 내 말이 중요하기 때문에요."

옐리넥이 그의 말을 끊었다.

"교황은 이 사건에는 관계를 안 하십니다. 그래서 내게 이야기하는 것으로 만족하시는 수밖에 없소. 나는 이런 목적으로 만들어진 위원회의 위원장이거든요. 그러니 형제여, 말씀하시오. 당신은 피렌체 사람 미켈란젤로가 저 거대한 천장화에 새겨넣은 아불라피아라는 이름의 의미를 아신다는 겁니까?"

벤노 수사는 대답을 망설였다. 이 순간 수많은 일들이, 그토록 불행으로 가득 찼던 자신의 전생애가 머리를 스치고 지나갔다.

잠시 뒤에 그는 대답했다.

"그렇습니다."

옐리넥은 벌떡 일어나더니 책상 뒤편에서 나와서 수도사 곁으로 바짝 다가왔다. 선 채로 앉은 사람을 내려다보면서 추기경은 나직하고 거의 위협적인 어조로 말했다.

"그리스도 안의 형제여, 한 번 더 대답해 보시오."

"그렇습니다. 나는 그 맥락을 알고 있어요. 그 근거도 있고요!"

벤노 수사가 대답했다.

"말씀하시오, 형제여, 말하시오!"

그러자 벤노는 이미 아우구스티누스 신부에게 말했던 자기 생애 이야기를 추기경에게 들려주었다. 대부르주아 집안에서 자란 어린 시절, 아직 어릴 때 갑자기 눈의 통증이 닥치더니 두꺼운 안경을 쓰게 되었다는 이야기. 그래서 아웃사이더가 되었고 학교에서 우수한 성적을 내는 것으로 만족을 삼았다는 것……. 아버지가 일찍 돌아가신 다음에 그는 어머니의 아들이 되었고, 어머니의 뜻에 따라 미술에 헌신하게 되었다. 그래서 미켈란젤로를 연구하러 로마로 왔고, 오래지 않아 피렌체 사람의 유품에서 나온 서류들이 보관되어 있는 아벤틴 언덕의 오라토리오 수도원 도서관으로 오게 되었다.

이 모든 자료들 중에는 미켈란젤로가 콘디비에게 보낸 편지가 있었으며, 이 편지에서 예술가는 아불라피아와 「기호의 서」를 인용했다. 그는 처음에 이 편지에 중요성을 부여하지 않았으나 이런 암시가 호기심을 자극했다. 그래서 「기호의 서」를 찾아보았고, 오라토리오 도서관에서 그 책을 한 권 발견했다.

"추기경께서도 그 책을 알고 계시는지요?"

벤노가 물었다.

"물론이오."

옐리넥이 대답했다.

"그러나 나는 그 책과 시스티나 예배당의 철자 사이의 연결을 이해하지 못하겠습니다."

"「기호의 서」를 읽어보셨습니까?"

"그렇소."

추기경이 망설이며 대답했다.

"전부?"

"마지막 페이지는 빼고요."

"하지만 그게 중요한데! 어째서 마지막 페이지는 빼셨지요?"

"이 판본엔 그 부분이 없었소. 누군가 그것을 뜯어가 버렸어요."

벤노 수사가 추기경을 바라보았다.

"추기경님, 내 생각에는 그 페이지에 비밀의 열쇠가 숨겨져 있어요. 아니면 어쨌든 이 문제에 대한 중요한 암시가 숨겨져 있지요. 그 페이지는 교회측의 쓰라린 진실을 감추고 있어요."

"그렇게 말씀하시는군요. 형제여, 그 페이지에 무어라고 씌어 있나요?"

"아불라피아는 자기 스승에게서 기독교 신앙 및 교회에 관련된 놀라운 진실을 들었다고 쓰고 있습니다. 그리고 그것을 「침묵의 서」에 기록해 두었다는 겁니다. 아불라피아는 「침묵의 서」를 니콜라우스 3세 교황께 바치려고 했으나 만남이 이루어지기도 전에 이상한 방식으로 종교재판의 밀정이 그 내용을 교황께 알렸다고요. 니콜라우스 교황은 그 내용을 아주 위험한 것으로 여겨서 문서를 얻기 위해 전력을 다했답니다. 그러나 교황이 아불라피아를 도시의 성문에서 체포하여 그 문서를 소유하기도 전에 죽었다는 것이죠. 그런데도 아불라피아는 체포되었고, 사람들은 그를 프란체스코 수도원으로 데려갔답니다. 그곳에서 그는 책을 빼앗겼고, 그것은 아직도 그곳에 있다는 것이죠. 아불라피아는 다시는 그 책의 내용을 언급하지 말라는 협박을 받았다고요. 카발라 학자는 이런 것을 기록했습니다. 그리고 그는 교황청이 그 무엇보다도 자신들의 권력만 중요하게 여기는 사람들로 채워져 있다고 「기호의 서」에서 계속 탄식합니다. 자신의 책은 교회에는 두려운 진실을 포함하고 있으며, 그것은 교회의 성스러운 기본 원칙들과 세계관을 변화시킬 것이다. 신앙의 개혁이 필요하다. 그런 이유로 교회는 자신의 입을 봉한 것이다. 교회는 자신의 증언에 귀기울이기를 거부하고 무시무시한 진실을 영원히 봉인해 버렸다. 그러나 신앙이나 신자에 대한 책임감에서가 아니라 권력욕에서 그런 것이다. 교회는 점토질 토양 위에 세워져 있다…… 라고 아불라피아는 썼습니다. 그 증명은 「침묵의 서」에 들어 있다고요."

"당신은 「침묵의 서」를 찾아냈나요?"

"그렇습니다. 미켈란젤로에 관한 서류와 함께 발견했어요. 아무도 그 서류에 특별한 의미를 두지 않았더군요."

추기경은 성급해졌다.

"그리스도 안의 형제여, 당신은 끔찍한 방식으로 암시만 하고 계십니다. 「침묵의 서」에 무엇이 쓰어 있는지 털어놓아 주시겠소?"

"추기경님, 「침묵의 서」는 히브리어 수기본입니다. 아시겠지만 그 수기본들은 정말 읽기가 어려워요. 나는 겨우 절반만 읽었는데, 겨우 그만큼 읽은 것으로 영혼의 평화를 다 잃어버릴 만큼 끔찍한 것이었어요. 아불라피아는 자기 스승이 전해 준 것, 그러니까 성서가 정확하지 않으며 루가복음이 잘못된 전제에서 출발했다고 보고하고 있습니다. 아불라피아는 루가복음이 거짓말이라고 주장합니다…….”

"루가복음 거짓말!"

추기경이 그의 말을 끊었다.

"그것은 이미 논의하였소. 하지만 어째서 루가지? 루가복음에 특별한 것이 대체 뭐라는 겁니까?"

벤노 수사는 신앙의 수호자이신 추기경님에게 복음서의 의문점을 제시하고 싶지 않다면서 조심스럽게 대답했다.

"나는 그 긴 세월 오직 이 문제에만 몰두해 왔습니다. 추기경님, 아시겠지만 초기의 복음서들은 예수의 행적에 관해 광범위하게 일치하고 있지요. 이 점에서 그들은 구세주의 이승의 삶을 기록한 마르코에 의존하고 있고요. 하지만 「마르코 복음서」는 열린 무덤에서 끝이 나고 있습니다. 그리스도의 부활과 승천을 다룬 마지막 부분은 뒷날 덧붙인 것으로, 나머지 복음서들이 다 나온 다음 씌어진 것이죠."

"그렇다면 당신은 루가가…….”

"그렇습니다. 루가가 처음으로 부활 현상을 묘사한 사람입니다. 추기경님도 기억하시지 않습니까. 그가 사도 바울로의 제자였고, 바울로는 '고린토 사람들에게 보낸 첫번째 편지'에서, 그러니까 마르코보다도 더 전에, 모든 복음서들보다 앞서서 다른 사람의 손을 빌린 것처럼 약간 소심한 태도로 부활하신 그리스도에 대한 고백을 하고 있다는 것 말입니다."

"그 구절은 알고 있소."

엘리넥이 기억하면서 미소를 지었지만 이마 위의 주름은 더욱 깊어졌다.

"'나는 내가 전해받은 것을 여러분에게 전해드렸습니다. 그것은 그리스도께서 성서에 기록된 대로 우리의 죄 때문에 죽으셨다는 것과, 무덤에 묻히셨다는 것과, 성서에 기록된 대로 사흘 만에 살아나셨다는 사실입니다.' 이 말은 언제나 아주 중요했어요."

벤노 수사가 말을 계속했다.

"바로 그 편지입니다. 뒤에 이런 말이 이어집니다. '만일 그리스도께서 다시 살아나시지 않았다면 여러분의 믿음은 헛된 것이 되고 여러분은 아직도 죄에서 헤어나지 못하고 있을 것입니다. 그리고 그리스도를 믿다가 세상을 떠난 사람들도 멸망했을 것입니다······. 첫사람 아담은 생명 있는 존재가 되었지만 나중 아담은 생명을 주는 영적인 존재가 되었습니다.' 나는 미켈란젤로 프레스코의 의미를 찾으면서 『구약성서』만을 탐구하는 많은 학자들이 오히려 신약에서 그 의미를 더 잘 알 수 있는 것이 아닌가 하고 자문해 보곤 했지요."

"그러니까 옛날 아담과 새로운 아담, 곧 그리스도 사이의 연관성을 말씀하시는 겁니까?"

"나는 미술사가였고, 지금도 그렇습니다. 그런 공부는 절대 잊어버리지 않거든요. 나는 시스티나 프레스코를 공부했어요. 어째서 이 피렌체 사람이 술 취한 노아와 홍수 부분에서 작업을 시작했는가에 대한 설명을 찾으려고 무척 애썼어요. 그러니까 묵시록적인 죄악으로 멸망한 노아의 홍수에서 시작하여 겨우 5일이면 무너뜨릴 수 있는 세계창조 작업을 하고, 마지막에는 저 끔찍한 최후의 심판으로 마무리되었는가를 말이죠. 이 심판 장면에서 분노한 신은 인간을 깊은 명부 속으로 집어던지고 있습니다. 사도 바울로가 '만일 죽은 자가 다시 살아나는 일이 없다면 내일이면 죽을 테니 먹고 마시자 해도 그만일 것입니다'라고 말한 것처럼 우리도 노아처럼 술에 취할 수밖에 없지 않겠습니까?"

"그렇다면 그것이 시스티나 예배당의 비밀이란 말입니까? 그것의 창조자인 미켈란젤로가 그리스도의 부활과, 그리고 모든 죽은 이의 부활을 부정했다는 것 말입니다?"

옐리넥은 다시 일어섰다. 어지러웠다. 벤노의 설명이 그림에 잘 맞고, 그때까지 불명료하게 남아 있던 많은 것을 잘 설명해 준다는 이유에서만이 아니었다. 피렌체 사람이 죽음을 그토록 두려워했던 것도 놀라운 일이 아니었다. 그리스도가 죽은 자 가운데서 처음으로 부활하신 것이 아니라면 그의 뒤를 따르는 사람들에게 아무런 희망도 없을 것이기 때문이다. 그렇다면 거룩한 교회의 기반에서 몇 개 지점만 붕괴위험에 노출되어 있는 것이 아니라 건물 전체가 흐르는 모래 위에 세워진 것이다.

"이단이다!"

교리 문제를 위한 성무장관 옐리넥 추기경은 주먹으로 책상을 내리쳤다. 교리 문제 성무청은 그 옛날 종교재판이란 이름을 지녔던 기관이다.

"하지만 교회는 벌써 다른 이단설들을 극복했소. 마니교, 아리우스교, 순결파 등이오. 오늘날 누가 그런 것을 진지하게 논합니까?"

벤노 수사는 쉰 목소리로 말했다.

"아브라함 아불라피아는 우리 주 예수께서 사흘째 되는 날에 부활하지 않으셨다고 믿는다고 말한 것이 아닙니다. 그는 그에 대한 증거가 있었고 그 증거는 「침묵의 서」에 있는 것이지요."

"그렇다면 그 증거는 어떤 내용이오?"

"나는 거기까지 가지 못했습니다."

벤노 수사가 고백했다.

"작업을 하는 도중 징집이 되었고, 전날 친위대원들 앞에서 강연을 했는데, 그들은 내가 도서관에 접근하는 것을 막았으니까요."

"「침묵의 서」에 대해선 한 번도 들어본 적이 없소이다."

옐리넥이 말했다.

"하지만 미켈란젤로는 분명 두 가지를 다 알고 있었어요. 「기호의 서」와 「침묵의 서」를 말이지요. 그는 아브라함 아불라피아의 생애 전체를 알고 있었어요. 이 편지에는……."

벤노 수사는 주머니에서 종이쪽지를 꺼내며 말을 이었다.

"미켈란젤로가 아불라피아를 인용하고 있는데, 이것은 시스티나 문자의 열쇠이기도 하지요."

"이리 주시오, 형제여, 이건 대체 어떤 편지요?"

"연구를 하는 중에 이 편지를 지니게 되었어요. 하지만 징집령을 받고 떠나갈 때 그것을 제자리에 돌려놓는 일이 가능하지 않았습니다. 그래서 이 편지를 긴 세월 조심스럽게 보관해 왔지요."

"이리 주시오!"

"하지만 지금 가지고 계신 것은 사본일 뿐이오. 원본은 내 양심이 몹시 나를 괴롭히던 시절에 요한 바오로 교황님께 드렸어요. 보시다시피 난 늙은이오. 그리고 이 비밀을 안고 죽고 싶지 않았소. 요한 바오로는 친절하게 나를 맞아들였지. 나는 지금 당신에게 하듯이 그에게 모든 이야기를 다 했어요. 교황님은 당황하셨지요, 몹시 당황하셨어요. 나는 편지를 놓아두고 집으로 돌아갔어요. 내 임무는 다했거든요."

"이 편지는 교황청에선 모르는 것인데!"

"미켈란젤로의 편지가 그 어떤 동요를 일으켰는지 나는 모릅니다. 다만 요한 바오로 님이 계시던 시절, 아벤틴 언덕의 오라토리오 수도원으로 사람을 보낸 사람은 분명 그분이었을 겝니다. 오딜로 원장은 여러 해 전에 바티칸에서 온 사람이 미켈란젤로의 서류에 대해 문의했다고 말하더군요. 원장은 그게 언제였는지 정확하게 기억을 못해요. 내가 몹시 조르니까 아마 요한 바오로 님이 교황으로 선출된 회의가 있고 난 다음이었을 거라고 하더군요. 그러니까 내가 교황을 찾아뵌 바로 그 무렵이죠. 하지만 요한 바오로 님은 금세 죽었고, 나는 조사가 이루어졌는지 계속되었는지 모릅니다. 신문보도를 보고 나는 한 번 더 이곳으로 왔을 뿐입니다."

"그래요, 와주셔서 정말 좋습니다."

옐리넥이 말했다. 그런 다음 추기경은 당초무늬 장식을 그려 넣은 작은 필체를 읽었다.

    소중한 아스카니오, 자네는 질문을 했고 그에 대해 다음과 같이 대답하겠네. 태어나서 오늘날에 이르기까지 거룩한 어머니 교회에 맞서는 그 어떤 행동을 하겠다는 생각이 내 마음에 들어와 본 적이 없어. 작은 일이 되었건 큰 일이 되었건 말이야.

    나는 피렌체를 떠나 로마로 온 이후 신앙을 위해 수고와 노동을 맡아 하고 있네. 교황들의 심심함을 덜어주고자 나는 보통의 기독교도보다 더 많은 일을 견디고 있어. 조각가들이야 돌을 다듬어 예술가의 정신적인 눈에 나타난 형태를 만들어내면 의무를 다하는 것이지. 성공하건 실패하건 말이지. 그러나 다른 누구보다 자네가 잘 알고 있겠지만 화가들은 특별한 특징들이 있지. 특히 세계의 다른 어느 곳보다도 그림을 잘 그리는 이곳 이탈리아에서는 말이야.

네덜란드의 회화는 일반적으로 이탈리아의 회화보다 더욱 경건하다고 칭해지고 있네. 네덜란드 화가들이 사람들의 눈에 눈물을 흘리게 만든다면 우리는 그저 덤덤하니 말이야. 네덜란드 사람들은 사랑스럽고 편안한 사물들을 묘사해서 우리 눈을 즐겁게 하려고 하지. 그 모습이 사람의 눈을 사로잡기는 하지만 실은 참된 예술성을 전혀 지니지 못한 사물들을 말이네. 무엇보다도 네덜란드 회화를 보면서 나는 단 하나의 그림에 그토록 많은 사물들을 모아놓은 점을 못마땅하게 여기네. 그 사물 하나하나만 해도 하나의 작품을 이룰 만한 것들이니까.

나는 언제나 그렇게 그림을 그리고 그 때문에 부끄러워하지 않는다네. 특히 고대 그리스의 정신으로 그렸던 시스티나 예배당과 관련해서 그렇게 말할 수 있네. 왜냐하면 내 예술은 고대 그리스의 예술이니 말일세. 자네는 아마 내 말에 찬성할 거야. 비록 예술은 그 어떤 나라에 속하는 것이 아니고 하늘에서 내려온 것이긴 하지만.

나는 시스티나 그림을 부끄러워하지 않네. 비록 추기경님들은 그것을 야단치고, 모든 신앙심의 최종목표를 형성하는 것을 묘사하면서 내 정신이 드러내 보인 통제되지 않은 자유를 악마적이라 욕하지만 말이야. 그들은 천사들은 하늘의 광채가 없고, 성자들은 지상의 수치심의 흔적이 없이 그려놓았다고 비난한다네. 수치심의 손상을 구경거리로 만들어놓았다는 거야. 교황들과 추기경들은 그런 열성에 빠져서 내가 시스티나 천장에 그려놓은 가장 중요한 것을 못 보고 있는 것이지.

소중한 아스카니오, 자넨 알게 될 거야. 그러나 내가 살아 있는 한 자네만의 비밀로 간직하게. 내가 그들에게 진실을 말하면 그들은 나를 돌로 쳐죽일 것이네. 내가 그린 인물들이 벌거벗은 것에 흥분하는 사람들 중, 누구도 지금까지 내가 엄격하게 옷을 입혀놓은 여예언자들과 예언자들의 독서열을 알아챈 사람은 없네. 이들 여예언자들과 예언자들은 모두가 책과 두루마리에 몰입해 있네. 나는 내 비밀을 무덤까지 지니고 가야 할 것이라고 생각했네. 그러고 나면 소중한 아스카니오, 자네는 여덟 개의 철자를 찾아내고 그 의미를 묻겠지. 여기 내 대답이 있네. 이 여덟 개의 철자는 나의 복수라고 말이야.

자네는 나와 마찬가지로 카발라에 헌신했고, 가장 위대한 학자 한 사람을 알고 있지. 아브라함 아불라피아 말일세. 비밀을 전수받은 모든 사람들을 위해서 나는 저 위에 엄청난 표시를 해놓았거든. 아불라피아는 교회를 뒤흔들어놓을 진실을 알고 있었네. 그는 저 사보나롤라처럼 정직하고 올바른 사람이었어. 두 사람은 교황들에 의해 몹쓸 대우를 받았어. 그들은 이단으로 몰려 핍박을 받았네. 교회가 원래 교회에 어울리는 모습이 못 되었던 탓으로 말이야.

교회에 위협이 될 수도 있는 모든 진실은 억압되는 거야. 아불라피아도 사보나롤라도 그랬지. 사보나롤라는 화형당했고, 아불라피아는 자기의 문서들을 빼앗겼네. 나는 내 친구들에게서 그렇게 들었네. 더 올바른 지식을 가지고 있었건만 아불라피아가 증명한 모든 것은 완전히 침묵 속에 감추어지고 말았네. 교황들은 세속의 나으리들처럼 행동했고, 아불라피아 이후로도 교회는 조금도 변하지 않았어. 자네는 그들이 나를 어떻게 대우했는지도 알고 있지.

하지만 저 위 천장에, 나 미켈란젤로 부오나로티는 복수를 해놓았네. 다른 교황들이 오게 될 것이고 그들의 눈길이 시스티나 예배당에서 위를 향하게 되면, 그리고 올곧은 예언자 예레미야를 올려다보면, 올곧은 사람 중에서도 가장 올곧은 그를 올려다보면 그들은 그의 우울함과 절망적인 침묵을 알아보겠지. 예레미야는 그 진실을 알고 있기 때문이야. 그들은 나 미켈란젤로가 모두를 위해 눈에 보이게, 그러나 보이지 않게 새겨넣은 암시를 알아볼 것이네. 왜냐하면 예레미야의 발치에 놓인 두루마리는 '루가복음 거짓말'이라고 말하고 있거든. 언젠가 세상은 내가 무슨 말을 하려고 했는지 알게 될 것이네.

로마에서 미켈란젤로 부오나로티.

옐리넥은 침묵했다. 벤노 수사는 추기경을 바라보았다. 긴 침묵이 생겨났다.

"악마적인 복수야. 이 피렌체 사람이 남긴 정말 악마적인 복수로군. 하지만 이 아불라피아는 무슨 말을 한 겁니까? 증거? 세상에 대한 교회의 오래 묵은 반역?"

옐리넥 추기경이 말했다.

"그 생각만으로도 오늘날까지 괴롭습니다, 추기경님."

"이단의 소리요! 당신이 당시 작업하던 부스타들은 어디 있나요, 미켈란젤로의 유품과 「침묵의 서」는?"

"이 편지만 빼고 전부 다 오라토리오 도서관에 남겨두었습니다. 그곳을 살펴보았지만 단 하나의 서류도 남아 있지 않더군요.

사서는 미켈란젤로 부스타나 그의 유품 중 어떤 것도 본 기억이 없다더군요. 오딜로 원장은 여러 해 전에 바티칸 사절이 한번 들러서 아무것도 찾지 못하고 그냥 돌아갔다고 말하더군요."

"이상하군요. 어째서 그 물건들이 사라진 거지? 대체 어디로 간 걸까요?"

추기경은 생각에 잠겼다. 그는 비밀서고의 제한구역에서 미켈란젤로 서류들을 찾아내지 않았던가. 당시 어째서 그 편지들이 이곳 제한구역에 보관된 것일까 하고 자문하지 않았던가. 어쩌면 벤노 수사가 당시 작업을 했던 바로 그 미켈란젤로 유품이었을지도 모른다. 물론——금세 다시 이런 의심이 들었다——자신이 지금 사본으로 들고 있는 이 미켈란젤로 편지를 본 적이 없고「침묵의 서」도 본 적이 없지만 말이다.

옐리넥은 벤노 수사에게 당시 미켈란젤로의 유품에 어떤 서류와 편지들이 있었는지 기억해 보라고 청하였다.

벤노 수사는 대답했다. 벌써 오래전 일이긴 하지만 잘 생각해 보면 유품은 여남은 장의 편지들을 포함하고 있었다. 미켈란젤로에게 온 편지와 그가 보낸 편지들이었다. 그건 물론 이상한 일이었다. 누가 자신이 보낸 편지를 보관한단 말인가? 하지만 앞에 말한 편지 외에 콘디비에게 보낸 다른 편지들이 있었고, 교황에게 보낸 편지들, 피렌체의 아버지에게 보낸 편지들, 그리고 물론 그의 플라토닉한 사랑의 대상 비토리아 콜론나에게 보낸 편지들도 있었다.

옐리넥 추기경은 이날 저녁 키지 궁에 있는 집으로 돌아왔을 때 완전히 탈진한 것 같았다. 맨 꼭대기 층계에서 그를 향해 다가온 조반나조차도 그의 관심을 끌지 못했다.

"부오나 세라(좋은 저녁), 시뇨라."

그는 넋 나간 태도로 말하고 자기 뒤로 문을 닫았다.

서재에서 그는 미켈란젤로의 편지를 몇 번이고 되풀이해 읽었다. 그 내용에 그는 숨이 막혀 죽을 것 같았다. 우리 주 예수가 부활하지 않으셨다고? 그는 이해할 수가 없었다. 다시 생각해 보았다. 저기 미켈란젤로의 손으로 씌어진 철자가 있다, 시스티나 예배당의 천장에 이상한 프로그램이 있다. 그리고 미켈란젤로가 쓴 편지의 사본이 있다. 그 원본은 요한 바오로 교황에게 넘어갔지만 지금은 사라져버렸다. 아불라피아가 쓴 「기호의 서」가 있고, 거기서 가장 중요한 페이지가 사라졌다. 미켈란젤로 유품이 있지만 알 수 없는 이유로 비밀서고에 보관되었다. 그리고 마지막으로 「침묵의 서」가 있다. 그 내용을 완전히 아는 사람은 없다. 그것은 비밀서고에서도 찾아볼 수가 없다.

추기경은 명확한 생각에 도달할 수가 없었다. 지금까지 칼처럼 날카롭던 이성이 거기서 어떤 타당한 결론을 이끌어내기를 거부했다. 지금까지 알게 된 이 모든 것을 추기경들과 주교들과 교수들이 모인 위원회에서 밝힐 수 있을 것인가? 그럴 수는 없다. 이 상황에서 파생되어 나올 위험이 너무나 컸다. 그래서 옐리넥 추기경은 우선 아우구스티누스 신부에게만 설명하고 그와 의논해 보기로 결정했다.

## 오래된 상처
수난주간 화요일

바티칸 도서관의 가장 으슥한 구석, 옛날 책들의 곰팡이 냄새가 지독하고 먼지 때문에 숨을 쉬기도 어려운 곳에서 옐리넥과 아우구스티누스 신부는 만났다. 그는 신부에게 벤노 수사와 나눈 대화를 들려주고, 벤노가 작업하던 미켈란젤로 부스타들을 제한 구역에서 찾아냈노라고 말했다. 다만 미켈란젤로의 편지 하나와 알려지지 않은「침묵의 서」만 거기 없을 뿐이다. 옐리넥은 그 이상은 말하지 않았다.

아우구스티누스는 깜짝 놀란 모습을 보였다. 무엇보다도「기호의 서」의 마지막 페이지의 내용에 대해서, 그러니까 복음서가 거짓말이라고 주장하는 것에 대해서 놀랐다.

"「침묵의 서」에 대해서 전에 들어본 적이 있습니까?"

추기경이 묻고 아우구스티누스가 대답했다.

"기억이 나지 않습니다. 하지만 기다려보십시오!"

그는 서가들 사이로 사라지더니 책자들과 목록들을 살펴보고는 돌아와서 말했다.

"바티칸 서고에는 그런 이름의 책이 알려져 있지 않고 따라서 목록에도 없습니다."

옐리넥은 쪽지 하나를 꺼내서 사서에게 내밀었다.

"이것은 미켈란젤로 유품의 목록이오. 이 물건들이 언제 이곳으로 들어왔는지 알 수 있겠소?"

아우구스티누스는 눈을 가늘게 떴다.

"어쨌든 전쟁이 끝난 다음이군요."

"그렇다면 당시 어떤 일이 있었는지 알겠소!"

"말해 주십시오, 추기경님!"

"오데사에 대해 들어본 적이 있으시오?"

아우구스티누스가 올려다보았다.

"예전 나치 조직 말씀입니까?"

"바로 그렇소. 최근에 방카 우니오네의 은행장 안토니오 아델만과 이야기를 했어요. 그는 아불라피아 문자와 연관해서 교회에는 별로 명예롭지 못한 일화를 들려주더군요."

"알고 계십니까?"

"지난번 전쟁이 끝난 다음 나치가 아벤틴에 있는 오라토리오 수도원에 숨었고, 가짜 서류들을 발급받았다는 사실을 알고 있소. 그리고 바티칸의 묵인하에 일어난 일이라는 것도."

아우구스티누스는 옐리넥을 바라보았다. 그는 침묵해야 할지 이야기해야 할지 알 수가 없었다.

"하지만 아델만과 그게 무슨 상관입니까, 특히 미켈란젤로와는 무슨 상관이 있지요?"

아우구스티누스가 마침내 물었다.

"아델만은 유대인이오. 나치에게 고약한 대우를 받았는데, 그 범죄자들을 믿지 않고 로마에서 숨어 있었기에 살아났답니다. 그들은 당시 로마의 유대인들에게 금과 귀중품 1톤을 내놓으면 해치지 않겠다고 약속했다오. 그 이후로도 아델만은 은신처에서 나오지 않았고 그런 조심성 덕분에 목숨을 구했어요. 전쟁이 끝난 다음 그는 나치가 어떤 일을 가지고 교회를 협박해서, 오라토리오 수도원을 은신처로 이용할 수 있었다는 말을 들었답니다. 그 협박에 미켈란젤로라는 이름이 한몫을 했다더군요."

"그 이상은 말씀하실 필요가 없습니다. 추기경님. 그 이야기를 압니다."

"당신도 알고 있군요……."

"오딜로 원장님이 침묵의 봉인 아래 그 이야기를 해주셨습니다. 심지어는 금도 보여주셨는걸요!"

"금이 아직도 거기 있소?"

"어쨌든 일부는요. 자세한 것은 모릅니다."

추기경은 고개를 끄덕이고 검지손가락을 쳐들었다.

"이제 나는 당시 사건의 진행을 이해하겠소. 벤노 수사가 강연을 했을 때 나치는 귀가 밝았던 게요. 벤노는 미켈란젤로 유품에서 교회에 심각한 해를 입힐 수 있는 비밀스런 「침묵의 서」를 찾아냈다고 보고하였소. 당시 신사들은 모두 자기들의 시대가 끝나간다는 것을 알고 있었소. 그때 교회에 압력을 가할 적절한 수단이 나타난 거요. 그들은 젊은 독일인에게 다음 날짜로 징집령을 전달하고 그가 작업하던 문서들을 자기들이 차지한 거지요. 벤노가 전쟁터에서 그가 지닌 지식과 아울러 죽어버리기를 바랐던 거요."

"하지만 벤노 수사는 살아남았어요."

"그는 살아남았지만 자기의 비밀을 밝히지는 못했소. 나치는 이「침묵의 서」를 이용해서 교회에 압력을 가했소. 수도원 루트는 천재적인 발상이었고, 아벤틴의 오라토리오 수도원은 나치를 외국으로 빼돌릴 아주 안성맞춤의 은신처였소. 교회는 어쩔 수 없이 협조하였소. 아불라피아의「침묵의 서」가 알려지는 것을 바라지 않았거든요."

엘리넥은 생각에 잠겼다. 이 모든 일이 그대로 진행되었다면 바티칸은 작전이 끝난 다음 압력수단을 되돌려받았을 것이 분명하다. 그러니까「침묵의 서」도 함께. 그렇지 않다면 미켈란젤로 유품이 제한구역에 보관된 이유가 대체 무엇이란 말인가? 하지만 자기들도 진짜 내용을 전혀 알지 못하는「침묵의 서」는 대체 어디 있단 말인가?

엘리넥이 말했다.

"내가 아직도 이해할 수 없는 것은 피오 신부 부분이오. 피오는「기호의 서」를 찾아냈고, 분명 무엇을 알았거나 적어도 냄새를 맡았을 거요. 분명히 피오가 마지막 페이지를 뜯어내고 그 자리에 더 이상 조사를 하지 말라는 경고가 담긴 자신의 편지를 끼워넣었을 테지. 그는 치명적인 내용을 지닌 문서가 있다는 사실을 알아챈 게 분명합니다. 그렇지 않다면 이 모든 것은 의미가 없을 테니까요. 하지만 피오 신부는 어떻게 그것을 알게 되었을까요? 특히 그는 왜 자살한 거지? 그것을 알았다고 해서 자기 목숨을 끊을 이유는 없는데 말이오."

아우구스티누스는 이따금 고개를 주억거렸다. 그는 진짜 이유를 알고 있었다. 어쨌든 적어도 원장이 수도원 지하실에서 들려준 이야기에 따라 이유를 알게 되었다고 믿었다. 침묵을 해야 할까, 아니면 자기가 아는 것을 추기경에게 말해야 할까? 그러나 어차피 머지않아 그는 모든 것을 알게 될 것이다. 옐리넥은 중간에 포기할 사람이 아니기 때문이다.

그래서 아우구스티누스는 바티칸 이민국에 대해서 보고했다. 그곳은 나치를 가짜 수도사로 변장시켜서 주로 남미로 보내는 임무를 맡았다. 이민국의 책임자는 톤디니라는 사람이었고, 피오 세고니가 그의 조수였다. 피오는 금과 귀중품을 받기를 꺼리지 않았고, 나치가 로마 유대인에게서 빼앗은 것들을 주로 받았다.

피오 세고니가 바티칸 문서고로 불려온 것은, 바티칸의 어떤 패거리가 어둠 속에 묻혀 있기를 바라는 일을 그의 선임자인 아우구스티누스가 너무 많이 드러낼까 하는 두려움에서였다. 이곳으로 오자 피오는 자신의 과거에 관해서 다시 보게 되었다. 시간은 많은 상처를 치유하지만, 때로는 기억만으로도 그 모든 상처를 다시 터뜨리기에 충분하다. 피오 신부는 미켈란젤로의 유품 속에 들어 있고 그 자신의 이전의 행적과 맞닿아 있는 또 다른 폭파력을 알게 되었다. 그리고 그것을 통해서 교회에 초래했던 치욕을 보았고, 이제 이 문제를 건드리면 그 치욕이 모두의 눈앞에 분명하게 드러나게 될 것을 보았던 것이다.

그러고도 남는 의문은 이것이었다. 피오 신부는 「침묵의 서」를 알았을까? 그가 그것을 찾아내고 없애버린 것일까?

# 후퇴
수난주간 수요일

오전에 위원회가 비상소집되었다. 국무추기경 카스코네가 긴급하게 회동을 요청했다. 카스코네는 누군가가 탐구를 위해 새로운 소식을 내놓을 수 있는가 하는 질문으로 회의를 시작했다. 참석자들은 없다고 대답했다. 옐리넥이 「기호의 서」에서 없어진 페이지의 도움을 받아 수수께끼를 해결하지 않았다면 말이다. 아불라피아가 이 페이지에 무엇을 썼는지 안다면 그 이상의 해석을 시도해 볼 수 있다. 카스코네가 지금 부활절 전주에 위원회를 소집한 것은 무슨 까닭인가?

이런 질문을 받고 카스코네는, 부활절은 교회에는 평화의 축제라고 대답하였다. 그는 오래전부터, 어떤 면에서도 통 진전을 보이지 않는 이 불쾌한 일에서도 평화를 찾아야 하지 않을까 하고 자문해 보았다. 일단 해답은 찾아낸 셈이다. 미켈란젤로는 카발라 학자의 이름을 시스티나 천장에 그려넣었다. 그의 카발라 성향은 자주 언급되었고, 그는 여기서 잘 알려진 일을 되풀이했을 뿐이다. 아니면 옐리넥이 새로운 지식을 얻었는가?

옐리넥은 지금까지 알려진 것 이상의 새로운 것을 찾아내지는 못했다고 대답했다. 그는 서고와 제한구역을 샅샅이 살펴보았다. 그러나 어느 곳에서도 아불라피아가 종교재판측에 빼앗긴 책은 나타나지 않았다. 아불라피아에 대한 다른 암시도 찾아내지 못했다. 유대 도서관에서의 탐색은 아직까지 구체적인 결론이 나오지 않았고, 자신은 지금까지 「기호의 서」의 다른 판본을 찾아내지 못했다. 그래서 바티칸의 성벽 안에서 이 사건을 설명해 줄 어떤 것을 찾아낼 희망을 포기하였다. 이 문서들은 시간이 흐르면서 사라졌거나, 피오가 죽기 전에 그것들을 없앤 것 같다.

죽은 사람이 남긴 편지를 생각해 보면 두 번째 가능성도 배제할 수가 없다. 다만 어떤 수도사가 신문보도를 보고 미켈란젤로의 편지를 하나 가지고 왔다. 그 편지에는 시스티나 천장에 복수를 하겠노라는 경고가 들어 있다. 이 편지를 보고 당시 종교재판국이 개입했다는 것을 알게 되었다. 나머지 다른 것은 위원 여러분께서 이미 잘 알고 계신 일이라는 답변이었다.

카스코네는 이렇게 제안했다.

"추기경님, 말하자면 단 한 걸음도 앞으로 나가지 못했군요. 실은 진전될 것도 없어요. 우린 이미 해답을 찾아냈으니 말이지요. 마음에 들지 않는 일들과 교황에게 고약한 취급을 받아 화가 난 미켈란젤로는 자신의 불쾌감을 보여준 것입니다. 그 이상의 의미가 또 있겠소? 수수께끼는 이미 풀렸어요. 교회가 수백 년 동안이나 기록으로 남길 가치가 없다고 판정한 사람에 대해서 우린 대체 무엇을 알고자 하는 겁니까? 아불라피아 탐색은 해만 가져올 뿐이오. 우리는 알 것은 다 알고 있습니다. 미켈란젤로는 카발라 추종자였다는 것 말입니다. 그래서 여러분을 소환한 것입니다. 우린 시간만 낭비하고 있어요. 우리 각자 중요한 할 일도 많은데 말입니다."

"하지만 국무 추기경님!"

파렌티가 외쳤다.

"이 해답은 충분치가 못한데요! 그리고 학문적으로도 충분치 못합니다."

카스코네가 파렌티의 말을 끊었다.

"우리는 여기서 교회의 사건을 다루는 것이지 학문적 사건을 다루는 것이 아니오. 그리고 이것으로 충분합니다! 나는 여러분께 긴급히 요청합니다. 나와 뜻을 같이하여 위원회를 해체하고 이 사건을 앞으로도 '1급 기밀사안'으로 취급하자는 데 동의해 주십시오."

"나는 절대로 동의할 수 없습니다!"

파렌티가 외쳤다.

"당신을 위한 해답도 나타나겠지요, 교수님. 교회는 잊어버리지 않으며, 긴 팔을 가지고 있소! 그 점을 잊지 마시오!"

옐리넥도 과격하게 반대했다. 현재는 진전이 없지만 분명히 해결의 실마리를 찾았다는 것이다.

국무 추기경 말씀이 옳다고 카니지우스가 끼여들었다. 대부분의 다른 사람들도 동의의 표시로 고개를 끄덕였다. 카니지우스도 위원회를 해체하는 데 동의하며 그 이상의 조사는 이익보다는 해를 가져올 거라고 주장했다.

그렇게 해서 단순히 과반수로 해체가 결정됨으로써 위원회는 끝이 났다. 옐리넥은 직권으로 직위에서 해임되었다. 위원회의 범위 안에서 논의되었던 모든 일은 앞으로도 1급 기밀로 취급하기로 합의했다. 파렌티는 다음 주에 여론에 발표하겠다고 제안을 할 것이고, 그런 다음 철자를 어떻게 할 것인지 결정할 것이다.

옐리넥은 벨리니와 함께 회의장을 떠났다.

"그렇게 기분 나빠하지 마시오, 추기경님."

"나는 실망했어요! 카스코네는 언제나 내가 조사하는 것에 반대했지요. 처음부터 그는 철저한 탐구보다는 빠른 설명만을 원했어요. 적어도 당신만은 내 편이 되어주실 줄 알았는데! 당신의 도움을 기대했소. 정말 당신한테 실망했습니다!"

"카스코네가 옳다고 할 수밖에 없었소. 우린 정말이지 다른 할 일이 많지 않습니까. 가장 최근의 일도 해결이 안 되는 판에 수백 년 묵은 이 일을 뒤적여봐야 무슨 소용이오? 아직 오래 묵지 않은 빚도 많은 판에 말입니다!"

"어쩌면 그럴지도 모르지요. 그 사이 나도 내 탐색이 진전하리라고 믿지 않게 되었으니까요. 너무나 많은 흔적들이 모래 속으로 사라져버렸어요. 하지만 나는 언제나 일을 끝까지 밀고나가는 성격이오. 그렇게 빨리 포기하는 편이 아닙니다. 그렇지 않다면 이 자리에 서지도 못했겠지요. 지금 포기하는 것은 반대입니다, 해결 바로 직전에 말이오."

"우리는 자주 뜻을 굽혀야 합니다, 그리스도 안의 형제여."

벨리니가 질책했다.

"삶은 타협을 요구해요. 내 일은 언제나 쉬울 거라고 생각하시오? 나도 자주 내 본성을 뛰어넘어야 합니다. 몇 주 전에 스티클러와 우리 셋이서 나눈 이야기를 아직 기억하시오? 나는 그때 이야기한 그 입장 그대로요."

"그래서 더욱 나는 다른 진영의 사람들에 반대하는 당신의 지지가 필요했는데……."

"이미 말했듯이 살아남기 위해서는 타협이 필요합니다. 그건 그렇고, 그런 방문을 또 받으셨소?"

옐리넥은 부인하였다.

"나는 그 이상한 경고를 아직도 제대로 이해할 수 없습니다. 어째서 하필 내가 그 소포를 받았을까요?"

"그 사이에 내가 생각을 좀 해보았소. 나는 당신이 모르는 사이에, 저 비밀조직의 톱니바퀴에 끼여든 것이 아닌가 하는 의심이 들어요. 시스티나 문자의 탐색이 처음의 기대보다 더욱 깊이 들어갔기 때문에 말이오. 어떤 측에선가 탐색이 계속되는 것을 두려워하고 있소."

"그래서 교황의 실내화와 안경이 든 이상한 소포란 말입니까?"

"그렇소. 사정을 모르는 사람에게 이 소포는 전혀 이해할 수 없는 것이오. 그러나 탐색을 통해서 앞으로 나가는 사람은 소포가 틀림없이 전해 줄 경고의 배경도 알게 될 테니까. 형제여, 당신의 목숨이 위험합니다. 그것도 아주 위험해요!"

옐리넥은 손가락으로 불안하게 추기경 평상복의 단추를 건드렸다. 그는 쉽게 겁을 먹을 사람은 아니었으나 갑자기 자신의 심장 박동을 느끼고 숨이 답답해졌다.

벨리니가 다시 말을 시작했다.

"당신은 분명 P2라는 명칭을 가진 비밀결사에 대해 들었을 거요. 이 조직은 오래전에 해체된 것이 아닙니다. 그들 회원들의 목표는 권력과 영향력과 부를 이탈리아 국경 너머까지 확대하는 것이오. 그들의 팔은 남미까지 뻗쳐 있소. 그리고 그 회원들은 각국 정부 최고위직, 검사, 산업체와 은행에 자리잡고 있어요. 벌써 오래전부터 교황청의 일원들, 사제, 주교, 추기경들이 이 비밀결사에 소속되어 있다는 소문이 돌고 있습니다. 어떤 추기경과 주교들에 대해서는……."

벨리니는 한동안 말을 끊었다가 다시 이었다.

"나는 아주 분명한 확신을 가지고 있어요. 게다가 재계 최고위층과도 연결되어 있소. 바티칸에 있는 우리 재정국의 돈 사업은—어마어마한 사업과 재정구조가 여기 존재하고 있거든—항상 문제가 없는 것만은 아니고, 게다가 최고의 비밀엄수를 요구합니다. 당신은 물론 이런 말을 들었을 테지. 돈이 가득 든 가방을 들고 바티칸에 들어서면 모든 세속의 회계법은 여기서 통하지 않는다는 법칙 말이오! 교황청 안과 주변에서 일어나는 소동은 이 엄청난 사업에는 위험한 일입니다. 당신의 조사는 교황청에 너무 많은 주목을 불러들였소."

"가톨릭 교회는 동방 정교회의 비밀결사에 가입하는 일도 파문의 이유로 볼 텐데요!"

벨리니는 어깨를 으쓱했다.

"보아하니 어떤 사람들에게는 그런 게 방해가 되지 못하는 것 같소. 이 괴물은 지난 몇 년간 바티칸에서 엄청 커졌어요. P2는 정기적인 첩보활동을 지원하고 있소. 중요인물들에 대한 서류를 모아 그들의 약점을 공개하면서 이용하려는 것이오. 누구든 가입 시에 벌써 부담스런 비밀을 폭로해야 한다는 소문이오. 당신은 오랫동안 로마에 없었지요, 추기경님. 아니면 당신도 벌써 감시를 받고 있나요?"

"집 앞에 있는 전화 부스!"
옐리넥의 음성이 커졌다.
"그리고 조반나, 그 여자, 그 모두가 공모한 게임이었구나!"
"무슨 말씀인지 모르겠소, 형제여."
"아실 필요 없습니다, 벨리니 추기경, 아실 필요 없어요."
그렇게 두 사람은 헤어졌다. 옐리넥은 오랫동안 이 대화를 곰곰 되새겨보았다. 그는 이제야 이상한 밤의 전화들과 방문객들에 대해서 이해하게 되었다. 그는 이제야 조반나의 관심의 이유를 알았다. 하지만 그 관심이 자기를 향한 것이 아니고 그녀가 전혀 다른 목적을 좇는다 하더라도 그녀가 앞으로도 계속 자기 발소리에 귀를 기울여주었으면 하고 내심 바랐다. 이런 점잖치 못한 생각을 품고서 그는 집으로 돌아갔다.

# 암살자들
### 그리스도가 제자들의 발을 씻긴 목요일

저녁때 옐리넥은 장기의 판세를 보려고 선물방에 잠깐 들렀다. 들어서면서 그는 생각지도 않게 카스코네를 만났다. 그는 옐리넥에게 약간 정신 나간 태도로 아주 짧게 인사를 했다. 그러더니 갑자기 매우 급한 일이 있는 것처럼 서둘러 방을 떠났다.

옐리넥은 18번째 수로 자신의 말을 e4에서 c5로 옮겨놓았었다. 그 사이 적수는 탑을 e6에서 g6로 옮겨놓았다. 퀸사이드에서는 하얀 말이 하얀 귀부인과 힘을 합쳐서 우세한 검은 졸을 가로막고 있었다. 옐리넥은 적수의 이런 민첩한 수에 경탄하였다. 적은 아주 분명하게 자신을 덫으로 유혹하여 뻔뻔스럽게 외통수로 몰아붙이려 한다. 옐리넥이 여기서 패배해야 할 것인가? 그는 이 순간 운이 없었다. 그의 의지에 반해 위원회는 해체되었고, 장기판도 유리하지가 않았다.

그는 생각에 잠겨서 기술 좋게 만든 장기말들을 바라보았다.

그 아름다움과 기술적인 완전성은 언제나 다시 그를 매혹하곤 했다. 아니, 사정이 그렇게 나쁘지는 않다. 그는 출구를 찾아냈다.

킹사이드에서 그가 만약 우세를 확보한다면 게임에 결정적인 전기를 마련해 줄 것이고, 자기에게 유리하게 판정이 날 수였다. 그리고 상대방이 부주의한 수라도 두면 게임은 결정적으로 자신에게 유리하게 돌아갈 것 같았다. 추기경은 결심하고 자신의 탑을 e1에서 e3로 옮겼다. 자기가 여기서 상대하는 사람이 대체 스티클러일까? 이 저돌적인 게임은 도무지 스티클러에게는 맞지가 않았다. 어쨌든 자기가 늘 상대하던 저 조심스런 전략가하고는 어울리지가 않았다.

옐리넥은 이런 생각을 물리쳤다. 이 순간 그는 다른 문제들을 가지고 있었다. 「침묵의 서」를 찾다가 이 자리에 온 것뿐이다. 혹시 이번에도 다른 장정 밑에서 그 책을 찾을 수 있을까 하고 수백 개의 부스타들을 열어보고 수백 권의 책을 뒤져보았지만 아무리 조사해도 소용이 없었다.

선물방을 떠날 때 그는 스티클러와 부딪쳤다. 옐리넥은 참지 못하고 말을 던졌다.

"당신 사정이 좋지 못하던걸요. 그리스도 안의 형제여!"

"그게 무슨 말씀이오?"

스티클러가 물었다.

"다음은 당신 차례요!"

"정말 모르겠군요, 추기경님. 대체 무슨 말씀을 하시는 겁니까?"

"우리 판 말이오. 당신은 속셈을 읽기가 편하단 말이야."

"유감이지만 무슨 말씀인지 모르겠습니다, 추기경님."

"설마 당신이 벌써 오래전부터 나하고 게임을 벌이고 있는 그 비밀의 적수가 아니라고 말하려는 건 아니겠지요?"

옐리넥은 높은 문을 통해 선물방으로 스티클러를 끌고 들어가 그에게 장기판을 보여주었다.

"그럼 당신 생각으로는 내가……."

스티클러가 말했다.

"그렇다면 실망이시겠는데요, 추기경님. 여기 이건 근사한 판입니다만, 나는 여기 끼여든 적이 없는걸요."

옐리넥은 당황해서 침묵했다.

"우리 두 사람말고도 바티칸 성벽 안에는 탁월한 장기꾼이 얼마든지 있지요. 예를 들면 카니지우스요."

옐리넥이 고개를 저었다.

"이 전략은 그와는 어울리지가 않아. 나는 그의 게임 방식을 알아요."

"아니면 프란티섹 콜레츠키나 카스코네 추기경님을 생각해 보시지요. 카스코네 추기경은 적수의 다리 걸기를 좋아하는 대담한 전략가요. 이런 말을 해도 된다면 실제 생활에서도 그렇지만. 장기 게임에선 진짜 성격을 감출 수가 없지요. 여기 거론된 사람들은 모두가 이 게임의 대가들이고, 또 여기서 가까운 곳에 자리잡고 있기 때문에 이곳에 올 기회가 많지요."

옐리넥은 숨을 크게 쉬었다.

"그러니까 오래전부터 나는 모르는 적수를 상대로 게임을 하고 있었던 셈이군요."

스티클러는 어깨를 으쓱하였다. 옐리넥은 생각에 잠겼다.

"하기야 놀랍지도 않소. 여기서 누가 대체 진짜 적수를 안단 말이오?"

"나는 믿으셔도 좋습니다, 추기경님. 당신이 나를 믿는다고 생각합니다만, 내게 속을 털어놓지는 않으시죠. 그것은 차이가 있습니다. 어째서 내게 털어놓지 않는 겁니까?"

"그야 속을 털어놓지요. 하지만 여긴 그런 속내 이야기를 하기엔 적합한 장소가 아니오. 방해받지 않고 이야기할 만한 곳이 어디 없습니까?"

옐리넥이 말하자 스티클러는 그를 잡아끌었다.

"이리 오시죠."

두 사람은 함께 스티클러가 살고 있는 곳으로 갔다.

스티클러는 교황궁에 있는 작은 아파트에서 살았다. 추기경들이 거하는 화려한 방들에 비하면 극히 검소한 아파트였다. 어두운 색깔의 가구들은 오래되기는 했지만 값비싼 것은 아니었다. 낡은 쿠션 가구들이 놓인 앉을 자리에는 좌석이 두 개 있었다. 추기경은 침묵의 수도원에서 벤노라는 이름의 수사가 자기를 찾아왔다는 이야기를 했다. 그는 시스티나 철자들과 관련해서 이상한 이야기를 들려주었는데, 그것이 자신의 잠을 앗아갔다고 했다.

스티클러는 추기경에게 어떤 이야기인지 좀더 말해 달라고 청했다.

옐리넥 추기경이 보고하였다. 벤노 수사는 자기에게 미켈란젤로 편지의 사본을 주었는데, 그 편지에는 옐리넥이 가질 수가 없는 어떤 서류에 대한 암시가 되어 있다. 그 서류들 없이는 철자 수수께끼를 완전히 풀 수 없을 것 같다고 그는 걱정했다.

"그 수도사는 어떻게 편지 사본을 입수하게 되었답니까?"

옐리넥이 설명했다. 벤노는 로마에서 미켈란젤로에 관한 연구를 하였다. 그는 특별한 상황에서 원본을 소지하게 되었다. 그러나 신비스러운 암시가 들어 있는 미켈란젤로의 원본 편지는 요한 바오로 교황께 전달했다고 한다. 스티클러는 그런 사건을 기억하는가?

스티클러는 여러 번이나 벤노라는 이름을 되뇌어보더니 마침내 그 이름을 들은 적이 있다고 말했다. 그렇다. 성하의 책상 위에 아주 오래된 편지가 한 통 놓여 있는 것을 본 기억이 난다. 요한 바오로는 그 시기에 빈번히 비밀서고로 향했고, 그래서 스티클러는 그 편지도 그곳에서 나온 것이라고 생각했다. 그는 그 편지가 중요하다고는 생각도 못했다. 요한 바오로의 발언들에서 생각해보자면, 그는—그러면서 스티클러는 기밀엄수를 부탁했다—새로운 종교회의를 준비하고 있었다.

종교회의라고? 옐리넥은 깜짝 놀랐다. 요한 바오로 1세가 그런 계획을 가졌다는 말을 들어본 적이 없기 때문이다.

물론 그럴 것이라고 스티클러가 말했다. 요한 바오로는 그 계획을 발표할 기회조차 없었다. 카스코네와 카니지우스말고는 다른 누구도 그의 계획에 대해서 아는 사람이 없었다. 그리고 물론 하찮은 자기도 알고 있었다고 스티클러는 말했다. 이런 말에서는 자부심의 흔적이 울려나왔다. 카스코네와 카니지우스는 어쨌든 그 계획에 대해 철저한 반대자였다.

그들이 그 계획은 교회에 해롭다고 교황을 설득하려고 애쓰는 것을 그는 여러 번이나 들었다. 그들은 심지어 요한 바오로에게 반대하기까지 했다. 그리고 격렬한 다툼이 벌어진 것도 여러 번이었다. 닫혀진 문 뒤에서 그는 여러 번이나 흥분한 대화와 서로 비방하는 소리를 들었다. 그러나 요한 바오로는 굳건한 태도였고, 어쨌든 종교회의를 소집하겠다고 고집을 세웠다. 교황은 계획을 발표하기 하루 전에 죽었다.

옐리넥은 그의 후계자가 종교회의 계획에 관심을 보이지 않은 것이 이상하다고 말했다. 그러나 스티클러 말로는 그에 관한 모든 서류와 기록들이 사라져버렸기 때문에 불가능한 일이었다고 했다. 스티클러는 요한 바오로가 죽기 전날 저녁에도 그 일에 몰두해 있었다고 아주 확실하게 말할 수 있노라고 했다. 교황은 자유로운 손을 얻기 위해 교황청을 개혁하려 했다는 것이다.

"그 서류들을 도둑맞았다고 생각합니까?"

스티클러는 그렇게 생각한다고 대답했다. 아침에 요한 바오로가 침대에서 죽어 있는 것을 발견한 수녀 말로는, 교황이 여러 장의 서류들을 손에 쥐고 있었다고 한다. 교황의 죽음에 대한 공식 발표문에는 요한 바오로가 어떤 책을 읽고 있던 중에 세상을 떠났다고 되어 있다. 수녀에게는 엄격하게 침묵을 지키라는 명령을 내려서 멀리 떨어진 수도원으로 보내버렸다. 공식적으로 스티클러는 아무것도 모르는 것으로 되어 있다. 그러나 시종으로서 그는 교황의 모든 행동에 대해서 알고 있었다.

한동안 망설인 다음 옐리넥이 말했다.

"나는 끔찍한 의심을 갖게 되었소. 당신말고 두 사람만이 교황의 계획에 대해 알고 있었다고요. 그의 계획에 펄펄 뛰며 반대하는 두 사람은 교황이 자기들의 직위를 빼앗으려고 하는 계획에 대해서…… 그것도 바로 그 시점에…… 없어진 서류하며…… 그렇다면 단 한 가지 결론만 남는데…… 카스코네와 카니지우스가…… 그들일 거요…… 아니, 감히 그 말을 입 밖에 내지 못하겠군."

"그 의심을 나도 품고 있소. 하지만 증거가 없으니 침묵할 수밖에요."

스티클러가 대답했다.

엘리넥은 헛기침을 했다.

"벨리니는 얼마 전에 비밀결사 이야기를 했소. 그에 대해 들어 보셨소?"

"물론이오."

"교황청 직원들도 그 불법 결사에 속해 있다고 하더군요. 방금 그 사람들이 비밀결사와 연결되어 있다고 생각하시오?"

"거의 그렇다고 생각합니다. 비밀결사원들의 명단이 있었거든요. 그리고 두 사람의 이름이 거기에 들어 있다는 말을 들었어요. 아마도 당신의 조사가 그들에게는 기반을 위협하는 것이었겠지요. 그래서 중개자들을 통해서 당신에게 그 협박을 전달한 겁니다. 실내화와 안경이 사라진 일의 원인이 되는 사람들말고는 누가 그런 물건을 협박수단으로 사용하겠소?"

"그 모든 것을 거의 믿을 수가 없군요. 당신 말이 너무나 끔찍해요. 하지만 스티클러, 종교회의 건으로 돌아가봅시다. 그 회의의 주제가 뭐였소?"

"우리 주 예수님의 부활 문제였어요."

"그리스도의 부활? 당시 요한 바오로가 탐구하던 편지와 서류들도 교황이 죽던 날 사라졌나요?"

스티클러가 대답했다.

"처음에는 아니죠. 교황의 시종으로서 요한 바오로의 책상을 정리할 의무가 있었기 때문에 기억합니다. 거기서 몇 개의 오래된 부스타들과 편지들, 그리고 거의 읽기 어려운 히브리 문서를 보았어요. 교황님은 밤새 그 서류들을 붙잡고 계셨는데, 내가 들어갈 때마다 덮곤 하셨지요."

"어떤 서류였는지 혹시 말해 줄 수 있나요?"

"유감이군요, 추기경님. 나는 당시 그런 일에 그다지 큰 의미를 두지 않았어요. 별로 중요하다고 생각지 않았던 거죠. 카스코네가 몹시 다그쳤어요. 저녁때까지는 책상을 다 정리해 놓으라고요. 그래서 아주 서둘러 일을 했어요. 요한 바오로께서 읽고 계시던 문서들을 유품 속에 정리해 넣었지요."

"그럼 교황의 유품은 어디 있소?"

"문서고요. 모든 교황들의 유품을 보관하는 곳에 말이오."

옐리넥은 벌떡 일어났다.

"스티클러, 그것이 해답이오! 그래서 비밀서고에서 서류들을 찾지 못했군. 원래는 그곳에 속하고 거기서 나온 것이긴 했지만 말이오."

# 다 이루었도다
성 토요일에서 부활절 주일까지

우리 주님의 '고난과 죽음'이라는 신성한 의미를 지닌 수난의 금요일도 옐리넥 추기경에게는 조금도 내적인 평화를 가져다주지 못했다. 「침묵의 서」를 찾아낼 수 있을까? 이 질문이 밤잠에서 그를 깨워 일으켰다. 스티클러의 말이 맞기만 하다면! 그의 말은 분명 맞을 것이다. 어쨌든 이것만이 유일한 설명이었다. 즉 오데사가 수도원 루트 작전에 대한 답례로 서류를 바티칸에 되돌려주었고, 서류들은 무관한 사람들의 손길에서 격리되어 제한구역에 보관되었다.

문서들은 그곳에 그대로 남아서 건드려지지도 않고 잊혀질 판이었다. 비밀서고란 공개할 수 없는 물건들을 위한 무덤과 같은 것이기 때문이다. 그리고 아불라피아라는 이름은 일반서고에서 격리되었기에, 벤노 수사가 요한 바오로 교황에게 자신의 과거를 밝히지 않았더라면 그 비밀은 모든 시대의 비밀이 되고 말았을 것이다. 요한 바오로는 아불라피아의 문서를 비밀서고에서 꺼내다가 종교회의 계획을 세웠다.

우리 주여, 교황이 그렇게 행동할 수밖에 없다고 생각하게 만든 「침묵의 서」는 대체 어떤 내용을 담고 있는 것인가? 확실한 것은, 그는 그 때문에 죽었다. 그 비밀문서는 거듭 세상으로 나오려고 하는 것 같았다. 처음에 전혀 주목받지 못하고 아벤틴 언덕의 오라토리오 수도원에 놓여 있었다. 그런 다음 비밀서고, 이제는 교황의 유품 속에 들어 있다. 정상적인 상황이라면 인간의 눈길이 그곳으로 떨어지는 일은 절대로 없을 것이다. 대체 누가 교황의 유품에 관심을 가진단 말인가? 그리고 무엇보다도 서고의 그 구역에 누가 감히 들어간단 말인가?

옐리넥은 부활절이 지나고 화요일에 서고가 다시 문을 열기까지 기다릴 수가 없었다. 그는 당장 확실하게 알아야만 했다. 오늘 당장, 부활절 전날 성스러운 토요일에 말이다. 그래서 그는 열쇠당번을 불러서 자기가 중요한 조사를 해야 할 참이니 열쇠를 자기에게 맡기고 혼자 있게 해달라고 부탁했다. 그리고 그는 바티칸 문서고에서도 구석진 문으로 다가갔다. 그가 아직 한 번도 들어가보지 못한 방으로 가는 문이었다. 발걸음 소리가 울릴 때마다 그의 긴장도 함께 커졌다. 그는 열쇠를 자물쇠에 꽂기 전에 한순간 망설였다. 대체 무엇이 기다리고 있을 것인가? 어떤 끔찍한 진실이 눈앞에 열릴 것인가? 굳게 결심하고서 그는 무거운 문을 열었다.

그는 이 방에 들어와본 적이 없어서 처음에는 천장의 우윳빛 전등에서 나오는 희미한 조명만 있는 그 방의 어둠에 우선 눈이 익숙해져야 했다. 그 방은 무덤 구덩이처럼 보였다. 쇠로 된 작은 상자들과 그릇들이 벽마다 늘어놓여 있었다. 뭐라고 형용할 수 없는 냄새가 났다. 제한구역의 종이와 가죽 냄새가 아니라 습기차고 활기 없는 냄새였다.

이 공간은 무덤이었고, 교황들의 개인 물건을 보관하기 위한 장소였다. 양철상자마다 한때 교황에게 속했던 가장 개인적인 물건이 들어 있었다. 상자에는 제각기 이름이 붙어 있었다. 순서대로 레오 10세, 피우스 12세, 요한 23세······. 그리고 요한 바오로 1세라는 이름이 소박한 동판 상자에 붙어 있었다. 다른 많은 상자들처럼 장식이 되어 있지 않고, 교황이 살아 생전 그랬듯이 소박한 모습이었다.

옐리넥은 작은 상자를 조심스럽게 잡아당겨서—넓이는 50센티미터쯤, 길이는 1미터 정도 되는 상자였다—옆에 있는 탁자 위에 올려놓았다. 그는 연한 갈색의 상자를 한동안 살펴보았다. 이제 수수께끼의 해결에 아주 가까이 와 있었다. 그런데 상자를 열 용기가 사라져버린 듯했다. 그러나 그보다는 모르는 것에 대한 두려움이 더 컸다. 무엇이 기다리고 있을까? 어떤 진실이 자기 눈앞에 열릴 것인가? 자신이 과연 교황의 유품을 뒤질 권리가 있는 것일까? 주 하느님께서 이 문서가 다시 감추어지고 잊혀지기를 바라셨다면 옐리넥이 다시 그것을 세상에 끌어들이는 일이 과연 옳은 일일까? 자신은 그 책임을 질 수 있을까? 그 누구에게도 털어놓지 않고 여기서 혼자 이것을 탐구해도 되는가? 어쩌면 위원회 위원들에게 고해야만 하는 것이 아닐까?

모든 질문들이 한순간 추기경의 마음을 흔들어놓았다. 잠시 후 그는 단순한 잠금쇠 위에 붙은 봉인을 찢었다. 그 내부에는 켜켜이 정리된 편지와 기록문서, 그리고 육필의 문서들이 있었다. 그곳에는 미켈란젤로가 아스카니오 콘디비에게 보낸 편지의 원본이 정말 있었다. 그의 손길이 떨리기 시작했다. 그 아래에서 손끝으로 구멍이 숭숭 난 닳아빠진 양피지 문서를 느낄 수 있었기 때문이다. 그것을 꺼내자 곧바로 줄이 많은 히브리 문자들을 알아볼 수 있었다. 오래되어서 누렇게 바랜 글자로「침묵의 서」라고 씌어 있었다.

문자는 해독하기 어려웠다. 옐리넥은 조심스럽게 읽어나갔다.

이름 없고 하찮은 인간의 하나인 나는 스승에게서 다음의 지식을 전수받았다. 그는 이 지식을 다시 자신의 스승에게서, 그리고 그 스승도 다시 자신의 스승에게서 전수받은 것이다. 그때마다 자기가 들은 것을 오로지 가치 있고 능력 있다고 생각되는 사람에게만 전한다는 조건이 붙었고, 시간이 흘러도 그 내용이 사라지지 않도록 그 사람도 다시 가치 있고 능력 있는 사람에게 전달하도록 되어 있었다.

추기경은 카발라 학자 아불라피아의 전형적인 문체를 알아보았다. 그는 힘들여서 한 줄 한 줄 읽어나갔다. 아불라피아는 이렇게 썼다. 종교재판에 쫓기면서 그는 이 비밀을 구두로 전달하는 것이 가능하지 못할 것이라는 의심이 들어 이 글을 적는다. 이 내용이 잊혀지면 안 되겠기에 그는 이것을 결심했고, 스승의 가르침을 여기 적는다. 카발라와 거리가 먼 사람이 이「침묵의 서」를 단 한 줄만 읽는다 해도 가장 높으신 분의 저주가 내릴 것이다.

이런 암시는 추기경의 호기심만 부추겼다. 그는 할 수 있는 한 빠른 속도로 걸신들린 듯이 읽었다. 그는 전승된 것, 신앙의 강도에 대해서 읽었으나, 이 카발라 학자가 무엇을 지향하는지 한참 동안이나 알지 못했다. 그러다가 마침내 이 문서의 핵심적인 부분에 도달하게 되었는데 거기에는 다음과 같이 적혀 있었다.

나는 인류의 행복을 위해서 이 비밀을 알았다. 인류가 올바른 신앙으로 돌아오도록, 완전한 깨달음에 도달하고 모든 잘못된 믿음을 버리도록 하기 위해서였다. 우리가 죽을 운명을 지닌 인간 예언자라고 부르는 예수는, 그를 하느님의 아들이라고 여기는 사람들이 믿는 것처럼 사흘 만에 죽은 자 가운데서 부활한 것이 아니다. 우리 가르침을 따르는 사람들이 그의 시체를 훔쳐서 상부 갈릴리 지방에 있는 사페드로 옮겼다. 그곳에서 시몬 벤 예루킴이 자신의 무덤에 그 시체를 매장했다. 그들은 나사렛 사람의 죽음을 둘러싸고 벌어질 숭배를 예방하기 위해서 이같이 행동했다. 물론 그 누구도 자기들의 행동이 바로 정반대의 효과를 만들어내어, 이 예언자의 추종자들이 이런 일을 예수가 산 채로 하늘로 올라갔다고 주장하는 계기로 삼으리라고는 짐작도 하지 못했다.

이 글 뒤에는 이 비밀을 후계자에게 계속 전달한 30명의 이름이 촘촘히 적혀 있었다.

옐리넥은 문서를 떨어뜨렸다. 그는 숨이 막혀서 벌떡 일어나더니 평상복의 맨 윗단추를 풀었다. 그리고 다시 의자에 주저앉아 양피지를 집어들고 그것을 눈 가까이 갖다대고서 그 구절을 절반쯤 소리내어 한 번 더 읽어보았다. 마치 그 내용을 자신의 음성으로 다시 확인해 보려는 것 같았다. 다 읽자마자 그는 큰 소리로 세 번째로 읽었다. 그러고는 접신(接神) 상태에 빠진 것처럼 소리지르듯이 한 번 더 읽었다.

  마비시킬 듯한 두려움이 그를 사로잡았다. 그는 숨이 막힐 것 같아서 두 주먹으로 가슴을 두드렸다. 문서와 자기를 둘러싼 모든 것이 흔들리기 시작했다. 하느님, 여기 씌어 있는 것이 사실일 리가 없습니다! 그러니까 그것은 니콜라우스 3세 교황이 감추고자 했던 바로 그 진실이었다. 그러니까 미켈란젤로가 카발라 추종자들에게서 들었던 바로 그 진실이었다. 그리고 교황청이 너무나도 두려워서 나치의 압력에 굴복할 수밖에 없었던 바로 그 진실이었다. 그리고 교황 요한 바오로가 신앙 문제 종교회의를 열 계획을 세우게 만든 바로 그 진실이었다.

  이런 생각이 들자 옐리넥은 양피지를 책상에 떨어뜨렸다. 손에 불붙은 장작개비를 집어든 것 같았다. 두 손이 벌벌 떨렸다. 그는 눈 가장자리에 경련이 일어나는 것을 느꼈다. 질식할 것 같은 두려움에 벌떡 일어나서 양피지에는 전혀 눈길도 주지 않고 빠른 속도로 방을 떠났다.

  두려움에 쫓겨서 그는 캄캄하고 텅 빈 복도를 통해 비틀거리며 걸어갔다. 갑자기 자신을 둘러싸고 있는 이 모든 화려함이 텅 비고 맥빠진 것처럼 보였다. 어디로 갈지도 모른 채 그는 사람 그림자 없는 바티칸을 이리저리 헤매 다녔다. 라파엘로, 티치아노, 바자리 등이 그린 그림들을 바라볼 눈도 없었고, 시간감각도 잃어버렸다. 두 다리는 그냥 기계적으로 움직였다.

  만약에 예수가 부활하지 않았다면 이 모든 것, 자기를 둘러싼

이 모든 것이 의문에 빠지게 된다는 생각이 한 번 더 그의 뇌리를 지나갔다. 예수가 부활하지 않았다면 가톨릭 교회의 가장 중요한 신앙의 기반이 없어지며, 교회가 설교하는 모든 것은 무의미하고 거대한 기만에 지나지 않는다. 옐리넥은 끔찍한 장면이 자기 눈앞에 벌어지는 것을 보았다. 희망을 빼앗긴 수백만의 사람들이 통제할 수 없는 상태에 빠져서 자기들의 도덕적 원칙을 물 속에 내동댕이칠 것이다. 옐리넥 자신은 이런 진실을 전해도 되는 것인가?

그는 보르지아 탑으로 가는 돌계단을 밟고서 여예언자들과 예언자들의 홀을 뒤로 하고 '신앙의 방'으로 들어섰다. 예언자와 사도들이 쌍을 이루어 초승달 창에 새겨져 있어서 이런 이름을 지니게 된 방이었다. 그들은 손에 신앙고백의 시구들이 적힌 두루마리를 들고 있었다. 베드로와 예레미야, 요한과 다윗, 안드레아와 이사야, 야곱과 즈가리야, 하는 식이었다. 옐리넥은 신앙고백(사도신경)을 말해 보려고 했지만 되지 않았다. 그는 서둘러 걸어갔다.

성인들의 방에서 그는 멈추었다. 「침묵의 서」를 제자리에 돌려놓으면, 그것을 요한 바오로의 유품 속에 넣어놓으면 이 발견은 다시 잊혀질 것이다. 아마 몇백 년 동안, 어쩌면 영원히……. 하지만 다음 순간 그는 이런 자신의 생각을 비난했다. 그것으로 이 문제가 세상에서 없어진단 말인가? 불안이 추기경을 계속 몰아갔다. 그는 미켈란젤로가 자신의 얼굴, 즉 지식을 가진 사람의 인상을 만들어주었던 예언자 예레미야를 생각했다.

그는 깊은 생각에 잠겨 절망한 채 아래를 내려다보고 있다. 미켈란젤로는 예레미야 옆에 성인들을 세우지 않고 이방의 형상들을 세웠다. 그것도 분명한 의도를 품고 그렇게 했다. 오, 차라리 요한 바오로의 유품이 든 상자를 열지 않았더라면!

밤이 되어 있었다. 부활절 전날 밤이었다. 시스티나 예배당에서 주님을 찬양하는 코랄이 울려나왔다. 그는 그 소리를 들었다. 원래는 예식에 참석해야 하지만 할 수가 없었다. 옐리넥은 텅 빈 복도를 통해 계속 방황했다. 그러면서 시스티나 예배당에서 울려나오는 하늘의 음악소리에 귀를 기울였다.

'미-제-레-레'(우리를 불쌍히 여기소서) 하는 소리가 추기경의 머리 속에서 부풀어올랐다. 하늘의 명료함을 지닌 '강한 목소리로'(보치 포르차테) 카스트라토 소프라노들이 금속성의 테너와 믿음 깊은 베이스의 공격을 받았다. 소리 하나하나가 영혼이며 사랑이며 고통이었다.

'사흘간의 거룩한 시간'(Triduum sacrum) 동안 후렴구, 시편, 성경 독송, 응답가에 귀를 기울인 사람이라면, 그리고 이제 예수께서 모두에게서 버림받은 표지로 촛불이 다 꺼지고, 후렴구가 울려퍼질 때 교황이 무릎을 꿇고 가슴 답답한 침묵이 흐른 다음 조심스럽게 첫 시구가 울려퍼지고 점차 격한 목소리로 다성(多聲) 합창이 '그리스도께서 다 이루셨네'(Christus factus est) 하는 외침을 노래하면, 이 그레고리오 알레그리의 '신성한 음악'을 한 번이라도 들은 적이 있는 사람이라면 누구도 이 음악소리를 다시는 잊을 수 없다.

오르간도 없이 그 어떤 악기의 반주도 없이 미켈란젤로의 몸뚱이들처럼 벌거벗은 목소리만(아 카펠라) 울려나오면 음악은 눈물을 자극하고, 두려움을 일깨우고, 열망이 되고, 저 피렌체 사람의 손으로 그려진 이브처럼 욕망을 일깨운다——'미제레레……'

그럴 의도도 없었는데 추기경은 바티칸 도서관에 도달했다. 모든 것이 시작된 곳이었다. 그는 창문을 열고 공기를 들이마셨다. 너무 늦게서야 그는 그것이 바로 피오 신부가 창틀에 목을 맸던 그 창문이라는 사실을 알아차렸다. 밤 공기를 빨아들이고, 죽은 자의 탄식처럼 알레그리의 음악이 그의 귀에 울려올 때 어지럼증이 그를 덮쳐서 머리 속이 웅웅거리고, 코랄 음악이 가장 시끄러운 소리로 하늘로 올라가는 우리 주 예수를 찬양할 때에 옐리넥은 아주 살짝 몸을 밖으로 밀쳤다. 그러자 그의 몸은 균형을 잃어버리고 아래로 떨어져내렸다. 떨어지면서 그는 서늘한 바람을 느꼈다. 아주 잠깐 행복의 느낌이 들고 나서 더 이상 아무것도 느끼지 못했다.

그 광경을 목격했던 경비병이 뒤에 말하기를, 추기경은 떨어지면서 커다란 소리를 외쳤다고 했다. 아주 분명하게 말하기는 어렵지만, 그러나 "예레미야!" 하는 소리처럼 들렸다고 했다.

# 침묵하는 죄

예레미야 수사가 내게 들려준 이야기는 그렇게 끝이 났다. 우리는 이 수도원의 낙원 같은 정원에서 5일 동안 내리 만났다. 피렌체 사람이 그린 창조의 날과 같은 5일 동안 나는 널빤지로 지어진 정원의 정자에서 그의 말에 귀를 기울였다. 나는 감히 그의 말을 끊고 단 하나의 질문도 던지지 못했다. 이 5일 동안 수도원의 정원, 판자로 지어진 집, 무엇보다도 수염난 수도사는 내게 아주 친숙한 존재가 되었다. 그러나 예레미야 수사도 내게 신뢰를 품었다. 우리가 만났던 첫째 날에 그는 말을 더듬고 몹시 소극적인 태도를 보이더니, 시간이 흐를수록 그의 말은 유창해졌다. 그랬다. 그는 이야기를 끝내기 위해서 서두르는 것 같았다. 언제라도 우리가 들킬까 봐 몹시 두려워하고 있었기 때문이다.

  여섯 번째 날에 나는 다시 정원의 돌계단을 올라갔다. 비가 내렸지만 작은 정원의 아름다움을 조금도 줄이지 못했다. 비에 푹 젖어서 꽃들은 무겁게 땅으로 고개를 숙였고, 나는 축축한 판잣집에 도착한 것이 기뻤다. 나는 이날 예레미야 수사에게 질문을 해보겠다고 단단히 결심하고 있었다. 그러나 예레미야 수사는 오지 않았다. 무슨 일이 일어났는지 몰랐으므로, 예레미야가 오는 것을 방해한 것이 무엇인지 몰랐으므로, 나는 긴 시간 내내 오두막에서 혼자 기다렸다. 자신의 생각에 잠겨서. 빗방울이 판지 지붕에 떨어졌다. 어떻게 하면 좋지? 수도원으로 가서 예레미야의 소식을 물어볼까? 그런 일은 나를 수상쩍은 사람으로 만들고 예레미야 형제에게는 해를 입힐 것이다.

그래서 나는 기다렸다. 다음날, 일곱 번째 날도 마찬가지였다. 다시 해가 났고, 어쩌면 그가 작은 정원으로 나오는 것을 방해한 것이 비였다면 이 훼방꾼이 없어져서 좋다는 희망도 품어보았다. 그러나 일곱 번째 날에도 수도사는 나타나지 않았다. 나는 그가 할 수만 있다면 도망칠 것이라고 말하던 것이 생각났다. 하지만 다리가 마비된 그가 어떻게 도망친단 말인가?

수도원 교회에서 저녁예배의 노랫소리가 내 귀에 울려왔다. 예레미야는 저 노래하는 수사들 사이에 섞여 있을까? 나는 예배가 끝나기를 기다렸다. 그리고 곧바로 수도원 건물로 걸어갔다. 길다란 복도에서 만난 수도사 한 사람이 내 질문에 수도원장에게 가는 길을 가르쳐주었다. 원장은 두 개의 문으로 격리되어 있고 낡은 목재 바닥에 장식이 없는 커다란 방에 앉아 있었다. 낡은 2절판 책들과 천장까지 닿는 식물 하나가 방을 둘러싸고 있었다. 대머리에 테 없는 안경을 쓴 당당한 사내였다.

조심스럽게 나는 원장에게 예레미야 수사와의 만남을 설명하려고 애썼다. 그러나 내 말이 끝나기도 전에 원장은 내 말을 중단시키고 내가 왜 자기에게 이런 말을 하는지 물었다. 나는 그의 질문을 이해할 수가 없었다.

어째서라니요. 이 모든 일이 지난 7일간 이 수도원에서 일어났기 때문이고, 예레미야 수도사가 자기 의지에 반해서 이 수도원에 감금되어 있기 때문이라고 나는 대답했다.

"예레미야 수사라고? 이 수도원에 예레미야 수사는 없소. 게다가 휠체어에 앉은 수사는 더욱이 없고."

나는 머리를 얻어맞은 것 같았다. 원장에게 내 말이 사실이라고 맹세했다. 예레미야가 바깥 세상과 격리되어 있으며, 사람들이 그가 이성을 잃어버린 것처럼 취급한다. 하지만 예레미야는 미친 것이 아니다. 나는 그것을 보장할 수 있다고 말했다.

원장은 눈을 가늘게 뜨고 나를 바라보면서 머리를 가로젓기만 하고 아무 말도 없었다. 나는 만족할 수가 없었다. 이 모든 것은 어딘지 저 신비로운 수도사가 내게 이야기해 준 끔찍한 이야기와 아주 잘 들어맞았다. 나는 말했다. 물론 예레미야 수사가 가명으로 이런 이름을 썼다고 생각한다. 나는 예레미야 수사라는 이름 뒤에 실제로는 교리문제 성무장관인 엘리넥 추기경이 들어 있으며, 그는 교황청에 의해 죽음으로 내몰렸고, 자살 기도를 했는데도 살아남았다.

원장은 전혀 아무렇지도 않은 것처럼 보였다. 마침내 그는 몸을 일으키더니 서가로 가서 신문을 꺼내왔다. 그것을 내 앞에 있는 책상 위에 올려놓더니 아무 말 없이 1면의 기사 하나를 가리켰다. 신문은 그 전날 날짜였다. 기사는 이런 제목을 달고 있었다.

시스티나 문자위조 사건

로마. 시스티나 예배당의 복원공사 기술자들이 발견한 문자는 위조임이 밝혀졌다. 이미 앞서 보도한 대로 복원기술자들은 미켈란젤로의 천장화를 세척하는 과정에서 맥락이 없는 철자들을 발견하였다. 바티칸에서는 이 문제에 대해서 조사를 하고 위원회를 만들었다.

소문에 따르면 미켈란젤로는 교황 식스투스 4세(재위 1475~1480) 통치 시절에 건설된 예배당에 비밀 소식을 남겼다. 위원장이며 교리문제 성무장관인 옐리넥 추기경이 어제 로마의 기자회견장에서 발표한 것에 따르면, 설명할 길이 없는 이 문자들은 지난 세기에 복원공사를 하는 도중에 첨가된 것으로 화가 미켈란젤로 부오나로티와는 아무런 상관이 없다고 한다.

복원공사가 진행되면서 이 문자들은 제거되었다. 바티칸 건물 및 박물관장인 안토니오 파바네토 교수가 시스티나 예배당의 복원공사 책임자로 새로 임명되었다.


기자회견을 하는 추기경의 모습을 보여주는 사진이 옆에 실렸다. 나는 가슴이 답답해졌다. 혹시 내가 수도사와 그의 이야기를 꿈에서 본 것은 아닌가 하고 원장이 말했다. 사람들은 어떤 꿈을 꾸고는 그것을 실제로 체험했다고 믿는 수가 종종 있으니 말이다.

아니, 아니오. 하고 나는 소리쳤다.

"나는 이 수도사와 5일간이나 만나서 그의 이야기를 들었어요. 나는 그의 얼굴과 그 얼굴의 주름살까지도 묘사할 수 있을 정도요. 다른 수많은 목소리들 속에서도 그 목소리의 울림을 분간해 낼 수 있어요. 이건 꿈이 아닙니다. 예레미야 수도사는 정말로 존재합니다. 그는 마비되었고 힘이 없어요. 매일 다른 수도사가 휠체어를 밀어서 수도원 정원으로 그를 데려왔어요. 하느님, 이것은 진실입니다."

나는 분명 꿈을 꾸었던 것이라고 대머리 원장이 말했다. 이 수도원에 다리가 마비된 수도사가 머물렀다면 자기가 분명 그 사실을 알았을 것이다. 그러나 자기로서는 그런 일을 전혀 모르고 있으니 내가 잘못 생각한 것이 분명하다고 했다.

무기력한 분노가 나를 사로잡았다. 나는 예레미야 수도사가 어떤 느낌을 가졌을까를 느꼈다. 나는 인사도 하지 않고 수도원장의 방을 떠난 후 서둘러 길다란 복도를 걸어 돌계단을 내려와 1층에 도달하였다. 그러고는 가늘고 높은 문을 통과해서 정원에 도달했다. 첫날처럼 졸졸거리며 샘물이 흘렀다. 잿빛 노동복을 입은 수사 두 명이 갈퀴를 들고서 자갈 위로 휠체어 바퀴가 남긴 흔적을 지우는 일을 하고 있었다.

그날 이후로 말해야 할지 말아야 할지, 그 수도사가 내게 들려준 이야기를 보고해도 될지 말아야 할지 하는 질문이 내 마음을 떠나지 않았다. 말하는 것은 죄악이 될 수 있다. 그러나 침묵도 마찬가지로 죄가 될 수 있다.

이 이야기와 관련된 많은 것이 여전히 어둠 속에 묻혀 있다. 어쩌면 절대로 밝혀지지 않을지도 모른다. 오늘까지 나는 어째서 시스티나 천장화에서 예언자 예레미야의 발치에 놓인 두루마리에 아불라피아의 첫 글자인 저 'A'가 지워지지 않고 그대로 남았는지 설명할 길이 없다. 눈이 있는 자는 지금도 그것을 볼 수 있다. 언제라도 말이다.

## 옮긴이의 말

　이 작품을 훑어보기 위해 손에 잡은 지 이틀 만에 다 읽었다. 다 읽기 전에는 손에서 내려놓을 수 없을 만큼 이야기가 재미있었다. 어디 줄거리의 재미뿐이랴. 그 시간 내내 미켈란젤로가 그린 시스티나 천장화 사진을 눈앞에 펼쳐놓고, 그 옆에 다시 천장화 안내지도를 참조하면서 그림을 샅샅이 훑는 지적이고 감성적인 쾌감이 줄거리의 재미 못지않게 짜릿하였다. 괴물 같은 천재 미켈란젤로의 행적을 바티칸 문서고 깊숙한 곳에서 문서를 통해 추적하는 과정이 감성과 지성의 굵은 줄기부터 말초부분까지 구석구석 자극하는 것을 경험하였다.
　이 작품에서는 대단히 광범위하고 부분적으로 깊이 있는 지식을 바탕으로 역사적 사실과 소설적 허구가 구분하기 힘들 만큼 긴밀하게 짜여져 있다. 작품의 바탕을 이루는 두 가지 지적 중심축은 기독교와 관련된 신학적 지식과 미켈란젤로에 강조를 둔 르네상스 미술사 지식이다. 문장 곳곳에 스며든 성서 인용과 비유는 거론하지 않더라도 『신약성서』 판본들과 관련된, 비교적 근거가 분명한 몇 가지 의문사항이 작품의 기본줄기를 구성한다. 그리고 시스티나 예배당의 미켈란젤로 천장화와 벽화를 다룬 부분은 웬만한 예술 안내서에 뒤지지 않는다. 이런 핵심적인 지적 바탕 위에 수많은 역사상의 에피소드와 호사가들의 위장(胃腸)을 자극할 만한 재미있는 정보들이 작품 전체에 쫙 깔려 있다. 일반인에게는 접근이 불가능한 교황청 내부를 들여다보는 일 또한 대단한 호기심을 불러일으킨다.

이렇게 여러 줄기의 이야기들이 상당히 화려하고 현란하게 뒤얽혀 있는데, 특이하게도 독자가 핵심 줄거리를 따라가는 데는 아무런 문제가 없다. 이것은 온갖 재미를 다 긁어모아 단순치 않게 만든 이 작품의 가장 큰 미덕이라고 할 수 있는 부분이다. 바로 시스티나 천장화에 나타난 문자 수수께끼를 푸는 과정이 이야기의 든든한 핵을 이룬다. 이 수수께끼를 풀기 위해 동원되는 기호학 지식과 밀교(密敎) 지식, 그리고 숫자상징들 역시 대부분이 역사적·지적 사실에 바탕을 둔 탄탄한 구조를 보여준다. 이 작품이 지닌 이런 지적으로 탄탄한 바탕구조가 최종적으로 허구적 부분에 대한 독자의 신뢰를 만들어내고 있다.

이 작품은 사건중심이다. 그에 따라 인물의 개성 부분은 극도로 위축되어 있다. 개별적인 인물들은 자기들의 사회적인 역할이나 신분을 대변하는(Rollenfigur) 정도의 특성밖에 보이지 않는다. 인물 위주의 소설을 주로 읽었거나 좋아하는 사람에게는 약간 낯설게 보이겠지만, 이 작품에서는 사건 자체가 주인공으로 등장하는 셈이다. 그런만큼 작가가 사건을 다루는 솜씨는 대단히 탁월하다. 특히 이 작품에 등장하는 다중적(多重的)인 시간 구조는 독자의 이해를 어지럽게 하면서도 교묘하게 전체 사건을 연결하고 매듭짓는다.

영화를 통해서 여러 가지로 중첩된 시간구조를 보는 데 익숙해진 독자라면 약간의 노력만으로 별 어려움 없이 이해가 가능할 것이라고 생각한다. 이야기의 핵심부분은 이야기꾼인 예레미야 수도사의 회상으로 이루어져 있다. 중심 이야기 바깥에 놓인 틀 이야기 부분이 이미 종결된 전체 사건을 액자처럼 감싸안고 있는 것이다. 틀 안에 들어 있는 주요사건 부분을 일관하는 회상의 시간 구조 역시 상당히 재미가 있다. 기독교의 주요 축제일인 주현절에서 부활절까지의 시간 순서가 줄거리 전개의 상징성과 미묘하게 결합되어 있다.

바티칸 문서고에서의 탐색 과정은 시간여행을 연상시킨다. 오늘날의 영화에서 인물들은 타임머신을 타고 원하는 시간으로 돌아가거나 앞서갈 수 있지만, 읽을 줄 아는 눈을 가진 사람에게는 2천 년 역사를 저장한 바티칸 문서고가 기독교 세계에 현존하는, 거대한 과거로의 타임머신이 아닌가. 그래서 주인공인 옐리넥 추기경은 과거의 시간대 속을 자유롭게 넘나든다. 13세기, 16세기, 20세기의 사건들이 문서고 안에서 하나의 줄기 안에 꿰어진다.

문서고 안에서의 탐색이 이루어지는 동안 문서고 바깥의 현실 세계에서도 시간은 계속 흐른다. 문서고에서 발견하지 못한 과거의 사건들은 아직 살아 있는 목격자들의 입을 통해서 증언된다. 그래서 문서고에서 찾아낸 사건들과 문서고 바깥에서 증언된 사건들이 과거와 현재의 시간차를 넘어 하나의 줄기로 연결되는 것이다. 이 작품 마지막 부분에서 이렇게 일관된 사건줄기를 찾아낸 사람은 경탄과 놀라움에 입을 다물지 못할 것이다.

이것은 긴 역사와 유서 깊은 박물관 및 도서관들을 지닌 유럽의 지성이 낳은 작품이다. 이 책을 쓴 필리프 반덴베르크(Philipp Vandenberg)는 1941년에 브레슬라우(오늘날에는 폴란드의 브로추아프)에서 태어났다. 전통적으로 프로이센 사람의 특징인 엄격함, 정직, 정확성, 무뚝뚝함을 내면에 지니고 있으며 현재는 뮌헨 근교 바이에른 시골에 살고 있다. 도이치어로 작업하는 작가로서 세계적인 베스트셀러 작품들을 다수 냈지만 우리 나라에 전혀 알려져 있지 않은 탓으로 여기서 간단하게 작가 소개를 한다.

제2차 세계대전 직후 고단하던 독일에서는 전혀 특별한 일도 아니지만 그는 고아원에서 어린시절을 보냈다. 독문학과 미술사를 전공하던 대학교를 미처 졸업하지도 못하고 취직해서 길지 않은 기간 기자생활을 거쳤다. 그러다가 최초의 작품『파라오의 저주』(1973)를 위한 현장조사를 하려고 사표를 내고 이집트로 날아갔다. 원래 성격대로 대단히 꼼꼼한 현장조사를 거쳐서 엄청난 분량의 현장 보고서를 쓰고, 그것을 토대로 만들어낸 첫 작품이 그를 일약 스타덤에 올려놓았다. 곧바로 세계적인 베스트셀러 대열에 들어간 것이다.

그 이후로 20년 이상 그는 작품활동을 계속하고 있다. 꼼꼼한 성격으로 아주 규칙적인 작업시간을 엄수하고, 발로 뛰는 현장조사와 철저한 문헌조사를 거쳐서 매년 1편 꼴로 작품을 발표하였다. 그는 고대사 문화부분과 초기기독교 문헌 및 판본에 대해 깊은 관심을 가지고 주로 이들 분야와 연관된 소설 및 논픽션들을 쓰고 있다. 전통적인 고전어 김나지움에서 배웠던 그리스어와 라틴어 지식 및 역사 지식이 작업의 밑바탕을 이룬다.

대표작으로는 위에 언급한 『파라오의 저주』와 여기 소개한 『미켈란젤로의 복수』, 그리고 『녹색 풍뎅이』, 『제5복음서』, 『파라오의 음모』, 『진홍빛 그림자』, 『폼페이 사람들』 외 다수의 작품이 있다. 고고학 탐사 및 고대사 분야 논픽션으로 『네페르티티』, 『람세스 대왕』, 하인리히 슐리만에 얽힌 『프리아모스 왕의 보물』, 『가라앉은 헬라스』 등의 작품들이 있다. 전세계적으로 30개 국어 이상으로 번역되었고, 총발간부수 1,600만 부 이상을 자랑하는 반덴베르크의 지적인 모험담과 소설들을 시간을 두고 국내 독자들에게 소개할 수 있게 되기를 바란다.

2000년 6월
안인희

미켈란젤로의 복수

지은이 **필리프 반덴베르크**
옮긴이 **안인희**
펴낸이 **김언호**
펴낸곳 **(주)도서출판 한길사**

등록 · 1976년 12월 24일 제74호
주소 · 413-832 경기도 파주시 교하읍 문발리 520-11
www.hangilsa.co.kr
E-mail: hangilsa@hangilsa.co.kr
전화 · 031-955-2000~3
팩스 · 031-955-2005

제1판 제 1 쇄 2000년  6월 20일
제1판 제11쇄 2005년 12월 20일

값 8,000원
ISBN 89-356-5243-1 03850

• 잘못된 책은 구입하신 서점에서 바꿔드립니다.